A artista de Xangai

Jennifer Cody Epstein

A artista de Xangai

Tradução de
FLÁVIA CARNEIRO ANDERSON

EDITORA RECORD
RIO DE JANEIRO • SÃO PAULO
2010

CIP-BRASIL. CATALOGAÇÃO-NA-FONTE
SINDICATO NACIONAL DOS EDITORES DE LIVROS, RJ

E54 Epstein, Jennifer Cody
A artista de Xangai / Jennifer Cody Epstein; tradução de Flávia Carneiro Anderson. – Rio de Janeiro : Record, 2010.

Tradução de: The painter from Shanghai
ISBN 978-85-01-08284-8

1. Pan, Yuliang, 1895-1977 – Ficção. 2. Artistas – China – Ficção. 3. China – História – Século XX – Ficção. 4. Romance americano. I. Anderson, Flávio Carneiro. II. Título.

09-2920 CDD: 813
CDU: 821.111(73)-3

Título original em inglês:
THE PAINTER FROM SHANGHAI

Texto revisado segundo o novo Acordo Ortográfico da Língua Portuguesa

Impresso no Brasil

ISBN 978-85-01-08284-8

PEDIDOS PELO REEMBOLSO POSTAL
Caixa Postal 23.052 – Rio de Janeiro, RJ – 20922-97

CÓPIA NÃO AUTORIZADA É CRIME
ABDR
ASSOCIAÇÃO BRASILEIRA DE DIREITOS REPROGRÁFICOS
RESPEITE O DIREITO AUTORAL
EDITORA AFILIADA

Para Michael.

Por (e apesar de) tudo.

Nota da autora

Embora este romance baseie-se na vida e no trabalho de Pan Yuliang, é uma obra de ficção. Procura seguir com fidelidade as pinceladas amplas da vida de madame Pan tal qual descritas nas escassas fontes disponíveis (como a biografia chinesa *HuaHun*, breves menções em compêndios e inúmeras notícias em artigos, ensaios e críticas). Em sua maior parte, no entanto, os personagens, eventos e lugares aqui descritos são — como os quadros que os inspiraram — representações impressionistas, e quaisquer equívocos ou imprecisões são inteiramente minha culpa.

Eis um esboço de Leonardo da Vinci. Penetro nesses traços, imagino-o trabalhando, aflito, e vou ao encontro dele.

ROBERT HENRI
The Art Spirit

Parte I

O ATELIÊ

Embora não se possa viver de arte, ela faz com que valha a pena viver. Transforma a fome, a preocupação, os percalços e o subsistir, que de tudo seria desprovido, em uma forma de existência. Dá alma à vida.

— JOHN SLOANE

Montparnasse, 1957

QUANDO A SESSÃO TERMINA, Yuliang dirige-se à pia descascada no canto do ateliê. Uma das duas modelos vai embora de imediato. A outra, Leanne, fica um pouco mais, ajeitando a roupa íntima e reacomodando a cinta-liga no alto da coxa. Ao prender novamente as meias, inclina-se para observar o quadro de Yuliang e os frutos ainda úmidos do trabalho das últimas cinco horas: uma árvore, um lago. Ela ajoelhada ao lado de outra mulher nua.

Limpando as mãos salpicadas de tinta no avental, Yuliang observa Leanne observar a moça em que se transformou. *Ela trabalhou direitinho hoje*, pensa a pintora. As modelos novas costumam precisar de mais tempo para se despir e ficar nuas diante de estranhos. Mas Leanne a surpreendeu, pois tirou o vestido-túnica de orlom e a roupa íntima de forma despreocupada, como se tivesse se despido em público a vida inteira. Não se perturbou com a exposição do corpo; nem pediu desculpas ou tentou esconder a espinha na coxa esquerda. A cada pausa ao longo da sessão de cinco horas, porém, ela atravessava o ateliê e, ainda despudoradamente nua, checava em silêncio o progresso de Yuliang.

A pintora, que costuma continuar trabalhando durante o descanso das modelos, achou aquela atitude desconcertante. Não chegou a interromper o trabalho, mas prosseguiu de um jeito distinto do planejado, hesitando retocar o corpo pintado da moça sob seu olhar na vida real. Procurou dedicar-se a outros elementos — ao salgueiro, à manta amarrotada —, sentindo, o tempo todo, o aroma da observadora: uma mescla de perfume barato com cheiro de cigarro e um ligeiro suor agridoce. Além de um odor de limpeza e cravo, como o de lençóis arejados. Leanne contou que o pai administra uma lavanderia, próximo à Gare de Lyon.

A água começa a sair veloz da torneira enferrujada. Yuliang aguarda, as pontas dos dedos ainda pressionando a bica gelada, coberta por restos de sabão. Quando o líquido sai limpo, ela coloca os pincéis sob ele. As cores fluem, misturando-se a seus equivalentes neutralizantes: o azul-ultramar virou cádmio, que virou azul comum, que virou amarelo-ocre, e as cores vivas adquiriram um tom amarronzado ao escorrer no ralo.

Yuliang começou a lavar as mãos quando Leanne espirrou, uma pequena explosão, quase melodiosa de tão aguda.

— *Pardon* — desculpa-se Leanne.

— *Non, non* — diz Yuliang. — Lamento que esteja tão frio aqui. — Ela se dirige à modelo em francês, pois o chinês falado pela jovem é bastante limitado, pelo que pôde perceber.

— Talvez seja o gato. Às vezes faz meu nariz coçar. — A moça leva um lenço ao lábio superior.

— Ah. — Yuliang volta a se concentrar nos pincéis, visualiza o tecido do lenço por um momento: a brancura reluzente, com brilho produzido por ferro quente e goma. A família de Leanne, procedente de Guangxi, administrou um dos bancos chineses de Hanói até 1954. Afora isso, a jovem não revelou muito mais; Yuliang supõe que os comunistas se apoderaram do banco quando conquistaram o norte.

Será que Leanne tem saudades de lá?, pergunta-se a pintora. Pois ela própria sente muita falta da China — apesar de tudo. "Você tem vontade de voltar para sua terra?", indagou um jornalista em sua última exposição. "*Naturellement, parfois*", respondeu ela, embora, na verdade, tenha essa "vontade" o tempo todo. A questão é que sua "terra" lhe parece agora menos um lugar e mais uma parte integrante de si mesma, um órgão cancerosamente afetado pela saudade. A ferida diminui quando ela pinta. Mas a dor, em virtude de tudo o que perdeu, jamais se foi. Lugares e pessoas continuam a surgir num piscar de olhos, tão incrivelmente reais que ela pode tocá-los. O encanto parisiense de Fouzhou

Road, com suas ruas ladeadas de olmos e mansões estilo Tudor. Um mercado em Xangai, o ambiente saturado de dialetos e o odor forte de carne chamuscada. Mulheres lavando alimentos e pratos às margens de um rio, cuidando de seus bebês rosados, que choram. A algazarra do comércio realizado no Yang Tsé, com suas infindáveis maldições criativas.

Yuliang cerra os olhos. Em instantes, ela volta à atracação do navio a vapor, Zanhua abraçando-a com força, desesperado, com a ridícula bengala golpeando seu ombro. Parecia tão claro para ela naquele momento — em 1937 — que a suposta Vida Nova pregada por Chiang Kai-shek já estava meio morta. Chaipei havia sido arruinada. Os soldados de Hirohito rodeavam Xangai como lobos circundam a caça antes de atacá-la de novo. Mas o verdadeiro perigo vinha dos próprios compatriotas de Yuliang, os Camisas-Azuis de Chiang Kai-shek e os criminosos da Gangue Verde — a própria paleta opressora do generalíssimo. Todos sabiam, àquela altura, que a pintora era um alvo — se não seu corpo, certamente seu trabalho. Ainda assim, Zanhua implorou-lhe que reconsiderasse. "Você pode ficar", insistiu ele. "Não é tarde demais. A situação aqui está prestes a mudar. Posso sentir." Até mesmo agora — já se passaram mesmo vinte anos? — Yuliang ainda pode ouvir sua voz. E, por um instante, enche-se de dúvidas. *Será* que deveria ter ficado?

Não seja ridícula. Abrindo os olhos, ela descarta o sentimento de forma tão brusca quanto fecha a torneira. Seu trabalho é sua vida. É certo que está sozinha aqui. Mas conta com os quadros, os gatos. Os clientes e os admiradores. O pequeno círculo de amizades. Todos atestariam que tomou a decisão certa. Sua amiga Junbi fez um comentário nesse sentido outro dia, ao examinar seu autorretrato mais recente: "Tem algo novo neste aqui."

— Está se referindo ao fato de eu ter me retratado fumando, jogando *e* bebendo? — A pintora nem mencionou a nudez. Evidentemente, não era novidade.

— Não é isso. — Junbi parou para pensar por alguns instantes, franzindo a sobrancelha delicada. — Ah! Já sei. Você está sorrindo. Na verdade, você parece feliz.

— Acha mesmo? — Porém, ao contemplar a si mesma, a face rubra, os contornos arredondados, a postura excepcionalmente relaxada, foi obrigada a admitir que o via também: parecia, por fim, uma mulher que apreciava a própria vida.

Seu devaneio é interrompido pelos toques dos sinos da Chapelle des Auxiliatrices. Olha para o relógio, em seguida levanta o olhar para Leanne, que ainda está apenas de meia, em pé, perto da mesa. Será que ela permaneceu ali durante todos aqueles 30 minutos?

Como se tivesse ouvido o gemido silencioso de Yuliang, Leanne dá um passo para trás, mordendo o lábio inferior.

— Algo errado? — quer saber a pintora.

— Minhas pernas. Você as retratou... como posso explicar? Bem... cheinhas.

Arrá. Então foi por isso que ela ficou ali rodeando.

— Sinto muito — diz Yuliang, secamente.

E mesmo ao pronunciar essas palavras, ela lê na face da jovem que não é bem isso, não tem nada a ver com vaidade. Trata-se de um simples questionamento. *Por quê? Por que você as pintou desse jeito?*

Yuliang não costuma explicar sua arte. Nem para os críticos, muito menos para as modelos. Não obstante, quando dá por si já se pôs ao lado de Leanne.

— *Alors* — começa ela, delineando a superfície do quadro com o cabo do pincel. Traça três linhas: da coxa da jovem à ponta de sua cabeça; dali ao traseiro de Xiahe; e, finalmente, ao longo da perna esticada desta até o dedo do pé apoiado no joelho nu de Leanne. — Estas não são apenas suas pernas. São parte da estrutura compositiva. Um triângulo. Está vendo? Se eu as deixasse finas demais, provocaria um desequilíbrio. Até mesmo os contornos são grossos. Entende um pouco de caligrafia? — A moça meneia a cabeça, negando. — Bom, se entendesse, reconheceria a pincelada. É muito similar à usada nos rolos de caligrafia.

A modelo olha para o chão. Enfia um pé em um dos sapatos de verniz. Yuliang acompanha o movimento, pensativa. Então, faz exatamente o que não deveria: contempla de novo o quadro.

O que vê a deixa arrasada: centenas de falhas aparecem. Pinceladas que aparentaram ser certeiras meia hora atrás transformaram-se em erros grotescos. O salgueiro está sem graça. Os cabelos de Leanne — pintados, pensou ela, com o intuito de transmitir a ideia de translucidez — parecem simplesmente duros. E, sim, não restam mesmo dúvidas: as pernas da modelo estão grossas demais.

Vencida, ela se apoia na mesa. *Sou uma farsa*, pensa. *Até mesmo depois de todos esses anos...*

— Madame, está se sentindo bem? — Com os sapatos, Leanne fica uns 7 centímetros mais alta que ela. Por um instante, Yuliang sente-se tentada a abraçar o pescoço branco, a confessar. Chorar. Porém, a jovem toca seu braço e a pintora enrijece, tal como sempre faz quando a tocam sem sua permissão.

— O combinado foi 5 francos, certo? — Yuliang pega a bolsa, abre-a e retira as notas, estendendo-as à modelo com frieza.

Leanne pestaneja.

— Obrigada — diz, ao aceitar o dinheiro. Ocorre uma pausa constrangedora. — Gostei da sua bolsa — acrescenta.

Yuliang sorri sem entusiasmo. A jovem vira-se para pegar o sobretudo cor de salmão.

— Amanhã às 11 horas de novo?

— Amanhã vamos descansar — avisa Yuliang, embora tenha acabado de tomar esta decisão. Quer passar o dia sozinha. Para corrigir os erros. — Venha na sexta, às quatro da tarde. — E, ao notar a hesitação de Leanne, pergunta: — Não pode nesse dia?

— Posso, sim. Eu vou ficar com meu pai até as três.

— Ótimo. — A pintora senta-se de novo. Está tarde. Quer mesmo é fumar, deixar-se levar pelo trabalho reconfortante e pelos movimentos circulares da moagem das tintas. No entanto, um aluno chegará às seis, um dos estudantes de belas-artes. O rapaz é jovem demais, porém muito bonito: um italiano de olhar lânguido. Ele permite que ela tente ensinar-lhe na língua nativa dele, embora hoje o italiano de Yuliang certamente não seja muito melhor que o chinês falado por ele. A pintora procura os cigarros Gitanes, aguardando o farfalhar do sobretudo e lã de Leanne e o barulho suave da porta se fechando. Ao não ouvir nenhum dos dois, fita o pequeno espelho que pendurou diante da porta (não tanto para afastar espíritos quanto para detectar seus congêneres mortais, mais importunos). O espelho reflete a modelo, ainda à entrada, a mão enluvada segurando a maçaneta.

— Minha querida — diz Yuliang —, tenho de *trabalhar*.

— Desculpe. É só que... — A voz da jovem é respeitosa mas segura. Dá a impressão de saber que Yuliang escutará o que tem a dizer. Soltando um suspiro, a pintora recosta-se e aguarda, contemplando o prédio do outro lado da rua. — Desde que a gente se conheceu — começa Leanne, calmamente —, na semana passada, venho sentindo que foi mais do que... coincidência. A forma como você me encontrou.

— Acha que é obra do destino.

Yuliang o diz com bastante ironia, de modo que Leanne lhe lança um olhar de esguelha.

— Talvez. Sim.

Você tem muito a aprender, pensa a pintora. Mas limita-se a afirmar:

— Não encontrei *você*, minha querida. Simplesmente vi um rosto bonito.

Embora o que lhe chamou a atenção, quando Leanne saiu de uma confeitaria no Quai de Bercy, segurando uma torta e espalhando aromas adocicados à medida que caminhava, não tenham sido bem os traços clássicos da jovem — a boca escarlate volumosa, as sobrancelhas grossas —, mas a sensação de que algo furtivo e frágil os ressaltava: a camada superficial pungente produzida por mágoas ou privações.

— Na escola só de moças lá da minha terra — prossegue a modelo (então, Hanói ainda é seu lar) —, a gente tinha aula de arte. Eu adorava. — Ela faz uma pausa. — Acho que um lado meu sempre teve esperanças de que um dia...

— Você quer pintar — interrompe Yuliang.

Leanne enrubesce.

— Sempre tive vontade. Acontece que nunca soube por onde começar. — Ela brinca com a pulseira de jade, o único acessório que não tirou hoje. — Não posso pagar muito. Mas posso posar de graça. E também ajudar a lavar.

Sua esperança é ingênua o bastante para levar Yuliang a empalidecer. Comprimindo os lábios, a pintora se vira em direção à janela. O tom de tijolo do prédio residencial destaca-se em meio aos reflexos das luzes das lâmpadas vespertinas. Yuliang observa uma das janelas iluminar-se quando um abajur do apartamento é aceso. Um vulto diminuto — criança? cachorro? — ensombrece parte da vidraça. Em seguida, desaparece.

Deve parecer tão fácil, apenas mudar de posição. Percorrer o estúdio, pegar um pincel. E *voilà*, outra Valadon. Por incrível que pareça, Leanne não é a primeira modelo a lhe pedir isso. Não fazem ideia, essas jovens, da dor — da verdadeira dor — envolvida. A verdade é que a bolsa de Yuliang pode estar na moda, mas sua obra certamente não está. As pessoas já não querem moças e flores. Anseiam por salpicados e texturas. Testes de Rorschach. Pinturas a dedo... O que foi mesmo que o marchand da Avenue de Montaigne disse? "Nossos clientes buscam trabalhos que vão além do figurativo. Querem...", e, falou com o semblante sério, "polivalência metafórica. Humor. Jogo de formas. Entende?"

A bem da verdade, Yuliang não entendeu. E continuava não entendendo. Só de pensar naquele termo (não o encontrou em nenhum dos seus seis dicionários) tem vontade de rir. Porém, uma coisa é certa: se *multivalence de metaphor* é o que mais andam vendendo, com certeza não pode se dar ao luxo de dar aulas com desconto. Ainda mais para uma principiante.

O que ela ouve a si mesma dizer enquanto Leanne dá de ombros é:

— Você tem alguns desenhos? Traga-os na próxima vez.

Os olhos da modelo arregalam-se.

— Obrigada, madame.

— Eu ainda não aceitei — mente de modo enérgico e vira-se pela segunda vez. — Por favor, não deixe o gato sair — pede, olhando para a imagem refletida no espelho. — De vez em quando, ele dá uma de Houdini.

Ouve-se um ruído seco enquanto o gato é posto em uma cadeira. Em seguida — finalmente! — a porta fecha-se. Os saltos altos ressoam pela rua lá fora.

Ainda inquieta por algum motivo, Yuliang serve-se de uma taça de vinho Bordeaux. Pega um cigarro e acende-o. Continuo mansa demais, pensa, exalando a fumaça sobre seu lago. É por isso que estou nesta situação: mal conseguindo pagar a ração do gato. Erguendo uma xícara esmaltada, analisa o olhar fixo (bastante desbotado agora, mas ainda altivo) da fênix pintada na lateral. Depois, estuda a própria mão. O anel de ouro em seu dedo indicador está arranhado e opaco. Uma malha de veias azuladas e rugas estende-se das cutículas ao pulso: a idade estreita sua rede. Quando o gato salta em seu colo e começa a massagear suas pernas, leves pontadas de desconforto espalham-se sob sua saia fina. A dor, como uma corrente de inverno, tira-a do devaneio. Ela sorve o vinho, acariciando o dorso branco do gato.

— Você é muito mimado — comenta ela, repreendendo o bichano, em chinês. — A sua vida é fácil demais. Sabia disso? Hein, mestre Gato? — Ele entreabre os olhos, sonolento. Ela acompanha seu olhar vagaroso em direção ao quadro. — Eu tinha mais é que começar tudo de novo.

No entanto, estranhamente — e talvez seja apenas o efeito do vinho —, a pintura lhe parece mais recuperável. O céu pelo menos serve. Os seios em forma de maçã de Leanne também estão bonitos. Bem como o sorrisinho melancólico, que não diz nada. A pequena Mona Lisa em Hebei. Yuliang pensa na cicatriz similar às de queimadura que viu nas costas da jovem. Uma ação precipitada? Um encontro secreto? Uma luta com um agressor mascarado? Sente curiosidade com relação a esta jovem sino-francesa, procedente da Indochina. Talvez por isso tenha concordado. Se Leanne acabar se tornando sua aluna (e é o que vai ocorrer, por que negar?), Yuliang sairá um dia com ela. Tomarão um *vin de table* barato, discorrerão sobre o que as levou até aquela cidade. A pintora faz isso com todos seus estudantes novos. Parece mais do que justo, uma vez que a maioria vai até lá tanto pela sua história quanto pelo seu talento. Anseiam por uma narrativa lasciva: bordéis, homens brutos e, no final, o pincel mágico que traçou sua fuga, como Zhuge Liang o fez na antiguidade. Mas Yuliang não lhes dá isso, claro. Sua pintura contorna as partes perigosas de seu passado, transformando-as em uma série de versões que contam apenas o mais importante. A esta altura, ela se tornou sábia o bastante para saber que a história — principalmente a dela — vende. E ela precisa de publicidade, já que evita os marchands.

Lá fora, os sinos ressoam de novo. Apenas uma vez: 18h15. Uma porta bate; ela ouve os passos de sapatos italianos na escada. Yuliang contempla com nostalgia seu morteiro; suspira. *Preciso do dinheiro*, lembra a si mesma.

Levantando-se, verifica o cabelo no espelho e limpa um risco azul-marinho do rosto, que, a não ser por isso, está totalmente limpo. Pensa nos dias vindouros, quando ficará sozinha com as modelos e com o lago. A garoa batendo nas persianas anima-a mais. Adora pintar na chuva, adora o jeito com que a chuva faz o mundo parecer íntimo e seguro. Pretende moer mais tinta para dar mais volume aos cabelos de Leanne e retocar o gramado, fazendo o orvalho reluzir ao pôr do sol. Quando terminar, acrescentará, triunfante, seu nome. Em chinês:

潘玉良
Pan-Yu-Liang

O fato de que o comprador, caso ela encontre um, não vai saber lê-lo não faz muita diferença. Yuliang não assina para ele, mas para si mesma, com o intuito de unir o trabalho ao próprio âmago e imprimir nele uma mensagem: ela venceu.

Parte II

A JORNADA

Meu corpo é branco; meu destino, de suaves formas sinuosas,
eleva-se e afunda como montanhas às margens dos riachos.

Não importa de que forma me moldem as mãos,
Vermelho e genuíno mantém-se meu coração.

— Ho Xuan Huong
(concubina vietnamita do século XVIII)

Um

Zhenjiang, 1913

Ao MEIO-DIA ela ouve a voz do tio, animada, com o tamborilar aveludado da chuva ao fundo:

A flauta e o tambor seguem o ritmo da canção do viajante
Em meio aos prazeres e às folias, irrompe a melancolia...

A música é interrompida quando ele se dirige ao gato: "Olá, Tartaruga! Você já comeu?" Xiuqing visualiza-o inclinando-se e acariciando o bichano. Os dedos magros movem-se com dificuldade sobre o dorso preto curvado. Sua face descorada mostra-se fascinada, apesar de ele já possuir o gato há sete anos — um ano a mais do que o tempo em que vem cuidando de Xiuqing. Mesmo assim, o tio saúda os dois da mesma forma, como se fossem guloseimas encontradas inesperadamente na despensa.

Terminado o afago, seu *jiujiu* continua a cantar. Hoje ele voltou mais tarde do que de costume. Normalmente, deixa a casinha ao anoitecer e regressa ao primeiro sinal do amanhecer. Ela sente mais do que ouve esses retornos: a vibração pesada dos passos do tio, o odor nauseante das roupas cheirando a fumaça assim que ele entra. A parede entre os dois sempre oscila ligeiramente no momento em que ele se joga na cama instável.

Daí a pouco, Xiuqing senta-se e, em seguida, levanta-se. Dá uma espiada para ver o que falta.

O que falta: no início eram apenas objetos insignificantes, dos quais só Lina, sua jovem criada, dava por falta. A concha extra da cozinha, uma panela de arroz. No ano anterior, entretanto, desde que as idas de Wu Ding às casas de ópio próximas ao Templo Celestial tornaram-se mais frequentes, o valor dos itens retirados aumentou. O rolo de pintura do céu e da terra, diante do qual Xiuqing se postava, fitando-o durante horas a fio (perguntando-se: *Como as pinceladas negras se tornaram a terra? Como é que uma pintura em aquarela pode ser o céu?*) naqueles primeiros dias sombrios depois de o terem deixado ali. O porquinho que eles vinham engordando no quintal também desapareceu, muito antes das festas do ano-novo. E, no dia anterior, Xiuqing descobriu que até arroz estava faltando: na última vez que entrara na despensa, havia três potes vazios, com a tampa entreaberta. Perguntou a Lina o que tinha acontecido com aquele alimento, mas a moça disse que não sabia de nada. Porém, seus olhos agitaram-se um pouco, evasivos e ansiosos. Ela sabia o que a criada devia estar pensando: a usurpação de arroz no meio da noite era sinal infalível de que um lar enfrentaria dificuldades.

— Pequena Xiu — ouve o tio chamá-la, com sua voz de tenor sonolenta e monótona.

— Sim? — Xiuqing apoia a boneca que vinha ninando, acomodada em suas coxas. Esta cai de costas e fita, sem expressão, as telhas. O rosto é feito de casca de toranja, esculpido pelo tio dois anos atrás, no seu aniversário de 12 anos. O vestido foi improvisado com o avental da mãe, enrolado duas vezes e apertado com força; o cheiro dela ficou impregnado no tecido: água de arroz, fuligem e cedro. Ao menos, Xiuqing acha que pode sentir esses aromas ao abraçar a boneca, à noite, na cama. Supõe, igualmente, que ouve a voz da mãe, embora, na verdade, mal se lembre de como ela era. Ainda assim, em meio ao torpor que antecede os sonhos, consegue ouvi-la cantarolar baixinho seu nome: *Xiuqing*.

As pedras do quintal ficaram escorregadias e prateadas por causa da chuva. Xiuqing caminha sobre elas com cuidado. O tio encontra-se sentado à sombra, o gato formando um montículo peludo em seu colo. Olheiras acinzentadas marcam a parte inferior dos olhos do *jiujiu*. Ele ajeita os óculos, que, às vezes, deixa a menina colocar (só usa o acessório para causar boa impressão — as lentes não têm grau).

— Tudo bem? — pergunta ele, abrindo um largo sorriso. — O que tem para o jantar?

— Que tal pampo-chinês de rio com molho cremoso e rolinhos primavera? — *Além de pequenas porções de arroz*, pensa Xiuqing. Ela nem pergunta onde ele esteve; sabe que o tio mentiria, de qualquer forma. Esconde a verdade dela o tempo todo e sempre a deixa sozinha. Mas, desde que ele volte para casa, ela não se importa.

— Ótimo — diz o tio. — Estou faminto. — O que, na verdade, é outra mentira: exceto nas poucas vezes em que tentou deixar de fumar, Wu Ding come como um passarinho. No entanto, gosta quando Xiuqing e Lina cozinham como se fossem receber convidados. Aprecia o aspecto e o aroma da mesa farta. — Trouxe uma coisa para você — acrescenta, e pega algo sob a cadeira.

Xiuqing pega o presente e senta-se no chão para abri-lo. Desamarra a fita encardida. Dentro do papel pardo encontra uma pilha de catálogos ocidentais. Nas capas, há fotos de *yangguizi* — mulheres brancas como fantasmas — com as maçãs do rosto coradas e os corpos curvilíneos, trajando roupas ocidentais.

— Nova república, novo figurino — diz o tio sorrindo. — Isso é o que as moças modernas vão começar a usar agora. — Um intelectual autodeclarado, apesar do passado de artesão, ele se considera uma autoridade no que diz respeito tanto à velha quanto à nova China. — Eu encontrei esses catálogos na missão. Sei que você gosta muito de fotos bonitas. Vai poder ver tudo durante a nossa viagem.

— Viagem? — Xiuqing levanta o olhar. Não costumava sair muito. Além do desconforto causado pelos pés enfaixados, a mãe dizia que moças de bem ficavam em casa. E, desde que a levaram até ali, o tio, a despeito de toda a ladainha sobre mulheres modernas, seguiu, de certa forma, os desejos da irmã. Contratou Lina para que ensinasse Xiuqing a cuidar da casa e a cozinhar e para que a levasse a uma vizinha, de maneira que pudesse aprender a bordar. Afora essas breves saídas, a jovem só deixou a casinha do tio exatamente 12 vezes: cinco festivais, três óperas e quatro passeios no ano-novo, rumo ao pagode de Zhenfeng. Além de uma ida hesitante e sorrateira ao final da rua, apenas para provar que podia fazê-lo, embora, como nasceu no ano do javali, ela soubesse que estava destinada a ficar perto de casa.

Mas dar um pulo na rua após o anoitecer é uma coisa. Fazer uma viagem é bem diferente. A única que fez foi a de três dias de barco, de Yangzhou até ali, após o funeral da mãe. Tudo de que se lembra é que sua roupa branca de luto ficou coberta de fuligem, pouco a pouco. — E... e a Lina? — pergunta, com a voz trêmula. — E quem vai arrumar a casa?

— Não se preocupe com essas coisas, pequena Xiu. Sua vida está prestes a mudar. — Ele pronuncia essas palavras com lentidão, satisfeito com a previsão que elas evocam. Em seguida, começa a cantarolar de novo: — *Reina o silêncio. A Lua perdura, e vê-se o reflexo em tom de esmeralda abaixo...* — Faz uma pausa, arqueando a sobrancelha.

— Li Qingzhao? — É uma brincadeira entre os dois: ele recita e ela identifica o autor. As jovens modernas, diz o tio, têm de conhecer os clássicos.

— Isso mesmo! — Ele abre um largo sorriso. — E ela foi...

— Uma poetisa *ci*, da dinastia Song.

— Não simplesmente *uma* poetisa, pequena Xiu. Uma das melhores que este país já teve, apesar de muitos considerarem seus poemas como obra de mulher. A certa altura, ela perdeu tudo: marido, casa, riqueza. Mas não se deixou abater pelos infortúnios. Li Qingzhao se curvava, como bambu. Transformava o pesar em versos tão puros e verdadeiros que, quase mil anos depois, continua a ser reverenciada... — O tio divaga por alguns instantes, fitando as articulações nodosas dos dedos. Então, pega um relógio de bolso rachado. — Vamos partir em exatamente... hã, 17 horas. — Em seguida, fecha-o, provocando um clique enfático. — Por que não vai fazer a mala?

— Fazer a mala? — Ele está falando sério.

— É. Pegue muitas peças. Roupa de inverno também. — Ergue os olhos. — E de festa. Talvez o cheong-sam vermelho que comprei para você usar no ano-novo. — Chama o gato, colocando os pés na mesa para formar uma ponte alta. Vendo-a, Tartaruga dá um salto e pousa nela. Rodopia nas coxas do dono e deita-se. Xiuqing fica aguardando na cadeira, sentindo certo pânico. Quando olha para o tio, vê que ele cerrou os olhos: vai cochilar.

DE VOLTA AO QUARTO, ela ajeita os catálogos, sobrepondo-os, fazendo com que formem um eficiente leque de segunda mão. Enquanto os olha, distraída, dois ou três pingos de chuva batem na janela forrada de papel, ensaiando o aguaceiro. Da cozinha, ouve-se o som da faca de carne de Lina, levando-a a pensar no repolho verde picado. *Tomara que ela corte tudo bem fininho*, pensa Xiuqing.

E, logo em seguida, outro pensamento lhe vem à mente: *Tomara que a gente consiga pagar a Lina este mês.*

Quando o tio está em melhores condições, escreve cartas para os iletrados e vende de porta em porta os sapatos e lenços bordados por Xiuqing. Mas, desde que ela passou a se encarregar das contas da casa (no ano passado, depois que uma de suas longas estadas em uma clínica coincidiu com a retirada da maior parte dos móveis da casinha por parte de credores), tem plena consciência do estado periclitante de sua situação financeira. É apenas graças aos contatos de Lina — e à sua habilidade como pescadora — que se come ali.

Suspirando, Xiuqing abre o baú de pinho, um dos poucos itens que convenceu os credores a deixar, e começa a formar uma pilha:

Duas túnicas de algodão de trama grossa
Duas calças de algodão
Uma faixa trançada, para feriados e ocasiões especiais
O cheong-sam barato, à altura do joelho, que o tio lhe comprou para que usasse nos escassos passeios do ano-novo, neste mesmo ano
Uma jaqueta acolchoada (*roupa de inverno também*)

Após um instante de hesitação, ela inclui um par de sapatilhas de algodão liso, descartando um outro, que é mais novo porém, agora, grande demais para ela. Na última vez que o pôs, os pés haviam acabado de ser enfaixados e a dor lhe provocou um choque intenso, um grito mudo. As solas permanecem limpas porque ela engatinhou durante quatro meses. Essas sapatilhas de preparação levam-na a se lembrar de algo mais. Curvando-se, a jovem retira um par de sapatinhos embrulhados em um lenço amarelado. Estes tampouco tocaram o piso. Na verdade, nem foram usados. A seda vermelha é intricadamente bordada, com fileiras de nós chineses ressaltando peitos de gralha. Delicados pontos haste e pontos partidos delineiam colinas cheias de peônias. Em algumas partes, a técnica foi usada com tal habilidade e delicadeza que a seda exposta forma, por si só, um tema. Porém, um pequeno espaço próximo à parte de trás do salto esquerdo ficou vazio por um motivo diferente. Involuntário, incompleto. Uma boca diminuta, chorando.

Xiuqing pega os sapatinhos e ergue-os um pouco, um de cada vez. Foram feitos para o dia de seu casamento, para saracotear pela terra e pelo piso. Sua mãe falava dessa cerimônia vindoura quase todos os dias no final, quando ficava ligeiramente inclinada na cama. Bordando, dando nós, cortando os fios com a boca. Foi somente muito tempo depois que a menina se deu conta de que a mãe lhe vinha bordando mais do que sapatos. Costurava uma promessa para a filha: após o enfaixe, a busca, o estabelecimento de uma boa união. "O seu tio aumentou as chances dele com a mente: aprendendo a ler. Mas os pés de uma jovem são sua melhor oportunidade de aperfeiçoamento. Se os seus ficarem bem pequenininhos, teremos sorte de novo. Assim que você crescer, assim que eles se tornarem lírios perfeitos."

Mas os pés de Xiuqing não chegaram a se tornar lírios perfeitos. A mãe morreu antes que os ossos se quebrassem por completo, de acordo com as especificações da parteira, e, no final, ela já não tinha forças para fazer com que a filha caminhasse sobre eles da forma apropriada. Quando a menina chegou a Zhenjiang, seus pés já haviam crescido o equivalente a três dedos, e faltou-lhe determinação para quebrá-los de novo. Por esse motivo, agora, aos 14 anos, os seus são maiores até que aqueles que as avós do bairro chamam, com escárnio, de "estilo Yangzhou" — 15 cm de comprimento, o dobro dos diminutos lírios apreciados pelas mulheres bonitas de Souzhou. Os pés maiores facilitam a caminhada, claro. A mãe, no entanto, teria ficado horrorizada. Na certa os chamaria de "percas do mar". Xiuqing tenta não pensar mais no assunto.

Não pode deixar de se perguntar, no entanto, se esta viagem terá a ver com a esperada descoberta de um parceiro. Será possível? Será que o tio velho e excêntrico de fato encontrou um rapaz para ela se casar? Xiuqing não consegue imaginá-lo vivendo sozinho, sem ela. Por outro lado, tampouco se vê morando ali para sempre. Como dizia a sua mãe, as meninas são criadas para os outros...

No fim das contas, ela coloca os sapatinhos na pilha que vinha formando para colocar na mala, por via das dúvidas. Embora não possa calçá-los, ao menos lhe trarão sorte.

Recostando-se, Xiuqing examina o quarto, à procura de algo de que possa precisar, e pousa o olhar no espelho quebrado. Sua companheira mais confiável ali, a Garota do Espelho, contempla-a sem expressão. A face é ligeiramente quadrada e pálida, com a testa ampla e o maxilar marcante. Os olhos são longos, com cílios volumosos, e os lábios, grossos e inocentes, embora raramente sorriam. Xiuqing sabe que a consideram bonita. No entanto, neste momento, o que ela vê é uma menina de semblante tenso e cansado. "Vai dar tudo certo para a gente", diz ela ao reflexo. "Será uma aventura."

A imagem apenas retribui o olhar, com a boca retesada pela inquietude.

NO GUICHÊ DA COMPANHIA de barco a vapor Royal Britannica, os cartazes e anúncios são escritos em caracteres romanos, com a tradução em ideogramas menores e outras letras ainda mais diminutas abaixo. Tudo aquilo é igualmente ilegível para Xiuqing, apesar de o tio afirmar distinguir cinco línguas estrangeiras (na seguinte ordem: inglês, japonês, alemão, francês e "talvez americano").

Os *yangguizi* formam fila em um guichê no qual trabalha outro branco diabólico, e a jovem põe-se a estudá-los com um certo interesse. As duas mulheres que estão na fila não lembram nem um pouco as moças curvilíneas das revistas — são mais velhas, mais gordas e visivelmente menos elegantes. Uma delas retribui o olhar de Xiuqing com irritação. A menina continua a fitá-la, com toda a liberdade de quem visita um zoológico.

O tio se dirige ao final da fila, descrevendo a viagem.

— A gente vai como os estrangeiros, como os grã-finos. Duas camas, uma janela enorme. Uma vista linda para o rio.

Xiuqing contempla o rio, o local onde o casco velho de um barco a vapor antigo serve de plataforma para o novo, no qual viajarão: o *Crying Loon*. Para ela, a embarcação, com sua série infinita de janelas e a misteriosa ausência de velas, lembra um favo gigante. Os passageiros apoiam-se no parapeito como abelhas indolentes. Cules completamente nus rebocam o imenso barco pelas partes rasas até a área de embarque, as cordas de cânhamo ferindo as costas queimadas de sol. Quando eles chegaram, Xiuqing tentou observar como eram da cintura para baixo. Chegou a entrever um órgão pendurado, de tom avermelhado e formato similar ao de um verme, antes que seu *jiujiu*, acompanhando seu olhar, fizesse rapidamente com que entrasse na fila com ele.

Agora, diante dos demais viajantes, a menina se apoia ora num pé ora noutro, tentando atenuar o comichão provocado pelas faixas, as quais apertou demais pela manhã.

— A gente vai perto da janela mesmo, tio?

— Perto da janela! — confirma ele, cheio de pompa. — O rio prateado. O céu azul. — Acende um cigarro, acrescentando: — A nova faceta esverdeada da nova nação.

Não só o Yang Tsé como também o céu apresentam um tom cinza, quase igual ao dos pombos, que, em bandadas emplumadas, espalham-se tanto dentro quanto fora do guichê. Para Xiuqing, a cor argentada dos três itens é igualmente bela, embora de jeitos diferentes. No céu nublado há uma mescla de azul, branco e preto. No rio, uma densa corrente de um cinza dourado. Até mesmo os pombos lhe trazem à mente arco-íris brilhantes, com matizes de azul-esverdeado, violeta e verde-jade, como se as penas obscuras ocultassem joias.

Tio Wu fica ali de pé, observando as três filas, ajeitando os óculos; por fim, dá de ombros e se mete no meio da aglomeração, que absorve os dois. Todos parecem gritar, vários dialetos formando um lamento monótono e uníssono: *Walawala, wa-la*. Xiuqing sente cotoveladas, costas e costelas apertando-se contra ela. O rapaz atrás dela acabou de comer peixe salgado, provavelmente com cerveja passada. Ela solta um suspiro e olha-o de esguelha. Trata-se de um soldado, apenas alguns anos mais velho que ela. Talvez a mesma idade do futuro noivo. Usa um colete cáqui no estilo ocidental, mas o rabo de cavalo e a calça de samurai são do antigo exército imperial. A menina pergunta-se se ele foi convocado para ir a Nanquim; o tio lhe falou a respeito da batalha por lá. Um lado luta em prol do presidente provisório da China, Yuan Shikai, odiado pelo tio de Xiuqing, e o outro, por algo denominado *processo parlamentar* ou *resultado eleitoral*, termos que o *jiujiu* não explica por que, como viciado em ópio, foi impedido de votar.

Quando o soldado pega Xiuqing olhando-o, abre um largo sorriso, e ela sente-se enrubescer. A menina tenta abrir caminho à frente, com o intuito de fugir de seu olhar, mas o movimento da multidão empurra-o adiante, colocando-o ao seu lado. Logo, ela sente a mão dele em suas costas. Depois, mais para baixo. Depois, mais baixo ainda. Em seguida — o rapaz age com tamanha rapidez e firmeza que, a princípio, ela não sabe ao certo se captou bem as sensações de seu próprio corpo — a mão dele se acomoda habilmente entre suas coxas.

Lá.

Ele não lhe lança um olhar malicioso, nem dá atenção ao seu semblante chocado. Age como se aquilo fosse normal nas filas de passageiros. *Será que é?*, pergunta-se Xiuqing. Como é que as pessoas agem em situações como essa? Se ela fosse a Lavadeira de Seda de *Histórias de mulheres honradas e virtuosas*, se atiraria no rio. Mas esse rio parece bastante sujo. E, embora os antepassados possam ter louvado a castidade da Lavadeira de Seda (pois ela se jogou apenas porque um soldado lhe pediu informações, nem mesmo a tocou!), Xiuqing intui, de alguma forma, que o tio não pensaria como eles.

A garota tenta mover o quadril, mas a mão do rapaz acaba penetrando mais na divisão de seu bumbum. Por fim, ela leva a própria mão diminuta ao traseiro e faz pressão para trás. Ouve um sorrisinho abafado; de novo, o hálito de peixe salgado. Então, a mão se afasta. Porém, as nádegas dela tremem de vergonha.

— Estamos quase lá — grita para trás o *jiujiu*, encorajando-a. — Primeira classe à vista!

NO FIM DAS CONTAS, tanto a primeira quanto a segunda classe são caras demais.

— Eles aumentaram o preço — queixa-se o tio. — Deve ser por causa desse monte de estrangeiros ricos.

Viajarão na terceira classe, à altura do casco sem janelas do barco, encaixotados como bolinhos cozidos a vapor. O único acesso à água é um pequeno convés nos fundos, cujo tamanho não chega ao de um jardinzinho, cheio de muco seco e dejetos endurecidos de gaivotas.

— Perfeito — sussurra Wu Ding, demarcando a diminuta área no piso reservada para eles. — Tem espaço para respirar aqui. Perto da água. Mais do que bom. — Desenrola um cobertor e prende-o com sapatos. Um dos pares é dele, o outro, da sobrinha. Não os sapatinhos de casamento, claro. Xiuqing não entende muito de ópio, porém, conhece o tio o bastante para saber que não vê o mesmo que ela: os dedos debilitados de sua mãe e os magníficos jardins bordados por aqueles dedos. Na certa, ele enxerga cápsulas do fruto da papoula, erguidas como uma montanha escura e imóvel.

Com efeito, até mesmo neste momento os olhos de Wu Ding perscrutam a multidão, inquietos: não deve lhe restar muito ópio. Xiuqing tem a sensação de que ficará sem o tio à noite. A ideia a aterroriza mais do que a de dormir diretamente ao lado dele, sem a costumeira parede entre os dois. Naquele ambiente apinhado, em sua maioria de homens, ela se sente como um pêssego sem casca. *Melhor fazer o* jiujiu *começar a conversar*, pensa.

— *Jiujiu*, eu tenho uma pergunta.

O tio enrola uma jaqueta, ajeitando-a com tapinhas suaves.

— Está vendo só? — pergunta ele. — Não ficou ótimo? Virou um gostoso travesseiro. Me dá o seu casaco, pequena Xiu. Vou fazer um para você também. — Xiuqing entrega a jaqueta de seda acolchoada a Wu Ding, que, então, enrola-a. — Prontinho? Não é tão ruim assim! — comenta ele, com um olhar de satisfação. — O que foi, pequena Xiu?

Ela pergunta a primeira coisa que lhe ocorre:

— Eu só estava imaginando se o senhor chegou a pensar no meu... no meu futuro. O que queria saber é: encontrou alguém para... — *Foi uma péssima escolha*, percebe Xiuqing. Como podia mencionar algo que não deveria ser mencionado? — Minha mãe sempre dizia — prossegue ela, com cuidado — que o casamento é a coisa mais importante. Dizia que toda mulher deve ter filhos. Dizia que...

Saindo de seu devaneio, ela ergue os olhos. O semblante do tio se fechou de repente. Por um instante, ele apenas umedece os lábios. Então, balança a cabeça.

— Casamento! — vocifera, tão alto que a família ao lado vira-se para observá-los. — Você por acaso é alguma bobinha tímida que não tem valor sem um marido?

Xiuqing mete as mãos nas mangas da própria blusa. Assim não se sente tão exposta.

— Não, minha menina, nããããããão! — ele exclama, tão alto que atrai olhares de desaprovação a duas fileiras dali. Ignorando (como sempre) os demais, volta a sentar-se no cobertor, de pernas cruzadas, preparando-se para passar um sermão. Xiuqing deixa escapar um leve suspiro de alívio. — Eu estou dando a você uma oportunidade que vai além do casamento. Vai fazer parte da mão de obra, minha sobrinha. Está indo para Wuhu para trabalhar.

Ela leva alguns segundos para absorver o significado daquelas palavras. *Trabalhar?* A imagem dos cules desnudos labutando, os músculos retesados, as costas cheias de vincos do tamanho das cordas, vem-lhe à mente. Pensa em Lina lavando o piso próximo ao fogão, matando uma galinha ao torcer-lhe com tranquilidade o pescoço.

— Trabalhar — diz Xiuqing, tentando se acostumar com a ideia.

— *Você vai trabalhar* — repete ele, sorrindo. — Poderá ser dona do próprio nariz. — Cerrando os olhos, recita de forma suave, mas com emoção:

> *Põe-se a Lua, espelho do céu em movimento*
> *Aglomeram-se as nuvens, recobrindo os baluartes marinhos.*

— Li Bai — adivinhou Xiuqing.

— Acertou de novo. Está vendo só? Você é muito inteligente. Pode se tornar o que quiser. Poetisa. Professora.

— Eu vou dar aula? — pergunta a sobrinha, incrédula. Sempre achou que somente os homens ensinavam. E velhos. Com barbas longas e bengalas, que usavam para bater nos alunos desobedientes.

O tio coça a cabeça.

— Na verdade, não. O lugar que consegui é... bom, você vai fazer outra coisa primeiro. Mas o salário é ótimo. O salário é excelente. — Ele passa a língua pelos dentes, pensativo. Quase para si mesmo, acrescenta: — E, depois de algum tempo, quando já tiver economizado, vai poder se dedicar a algo diferente.

— Então eu vou trabalhar com bordado?

Wu Ding hesita por um breve instante; Xiuqing mal o nota, antes de ele bater nas próprias pernas com entusiasmo, em sinal de confirmação.

— Isso mesmo! — grita. — Bordado! É exatamente como os mestres Hume e Emerson nos dizem. Precisamos concretizar nosso potencial. — Cerrando os olhos, recita, cheio de inspiração: — "O homem é sua própria estrela. E a alma que se converte em um ser honesto e perfeito controla toda luz, todo poder, todo destino."

A sobrinha assente — por puro reflexo, já que ele mantém os olhos fechados, e ela não faz ideia de quem sejam os mestres "Riumi" e "Emê Som". O tio adora trazer à baila aqueles nomes estrangeiros, sobretudo depois de ir até a clínica e a biblioteca da missão. Xiuqing nunca sabe se ele gravou direito os nomes na mente enevoada. Neste momento, isto basta: o *jiujiu* está satisfeito com ela. Não vai deixá-la sozinha. E ela não vê o soldado por perto.

Bordar, pensa a menina, recostando-se um pouco no novo travesseiro. Claro que ganhará dinheiro com isso. Seus pais ganhavam bem trabalhando nessa área. Quer dizer, até chegarem os homens maus. A mãe nunca chegou a lhe contar exatamente o que eles fizeram — o tema cerzia seus lábios rubros, unindo-os quase tão estreitamente quanto sua exímia costura. Mas Xiuqing deduzia que tinha a ver com ideogramas e contratos escritos e com o fato de seu *baba* ser analfabeto. Foi uma das razões pelas quais prometeu a si mesma que um dia, tal como o tio, aprenderia a ler e escrever.

O rapaz do guichê mete a cabeça no vão da porta.

— Quem não tiver bilhete pode dar o fora. Próxima parada, Wuxi.

Inicia-se um burburinho, as pessoas batem de leve nos bolsos. Ninguém sai. Wu Ding resmunga e, em seguida, acomoda-se de novo no cobertor.

— Já vamos partir — diz ele, colocando o chapéu em cima do rosto.

Xiuqing deita-se no próprio cobertor e pensa na mãe. Os cabelos longos e perfumados. O rosto tão redondo, pálido e essencial quanto a Lua. As mãos fortes e delicadas passando a agulha pelo bastidor metálico de bordar. Os lábios grossos recitando os últimos versos do poema de Li Qingzhao:

Ao afagar a flor murcha, tocando nas pétalas perfumadas,
Tento recuperar o tempo perdido.

Dois

— Por que ele caiu? — pergunta Xiuqing três dias depois, dando um leve chute. Está apoiada na balaustrada do barco, inclinada para a frente, quase no limite de seu equilíbrio.

O tio não responde. Parece ter perdido o exíguo fio da meada de sua aula sobre Li Bai. A preleção não foi a respeito dos poemas do bardo viajante, mas sobre sua morte: ele caiu de uma embarcação há mais de mil anos. Talvez perto dali ou até mesmo naquela extensão de água de tom cinza-dourado, em algum ponto entre Tongling e Wuhu.

Xiuqing aperta mais a jaqueta em torno de si. Depois de três dias no rio, sente-se castigada pelo vento, encolhida e pequena em suas roupas. Por um momento, imagina que não passa disso: roupas. Calça amarrotada e empoeirada, e uma blusa. Algodão enrugado impregnado com os odores do barco, pendurado na grade para secar. Quando seus olhos chegam à altura das coxas, vê as manchas gordurosas de macarrão tipo borboleta derramado. Se estivessem em casa, pediria que Lina lavasse a roupa hoje mesmo, colocando tudo de molho em água do rio e serragem de pinho e, depois, pendurando as peças para secar em um penedo. "Pouquíssima coisa neste mundo é tão agradável quanto roupa arejada", dizia a mãe. Na época anterior ao enfaixe de seus pés, a menina ia junto, e ficava tentando pegar girinos e peixinhos enquanto a mãe sovava a rouparia numa pedra. "Não se afaste mais do que isso, Xiuqing!", bradava a mãe, quando a filha ia longe demais. "Fique onde eu possa te ver!"

— Já foi longe o bastante, pequena Xiu — avisa o tio, neste momento. — Se você se inclinar mais, vai cair. — Apaga com o calcanhar o quinto cigarro daquela manhã. — Ele caiu do mesmo jeito que você vai, se não tomar cuidado.

Ela o desafiou apenas por um instante, testando a força da gravidade. Pelas pernas, olha para o ponto por que acabaram de passar. Ao se deslocar, o barco deixa uma esteira cor de bile.

— Pequena Xiu. — O tom de voz do tio começa a ficar mais ríspido. Com um leve grunhido, a menina se endireita. — Li Bai caiu à noitinha, durante uma viagem. Estava tentando alcançar a Lua.

— A Lua?

— Ela estava debaixo do barco. Submersa. O velho tapado tinha bebido demais. — Wu Ding acende o sexto cigarro, seus dedos já começaram a tremular um pouco. Ele está chegando ao seu limite. Xiuqing faz um cálculo mental rápido. Faz dois dias que viu o tio acocorado no terraço imundo da popa, compartilhando um cachimbo com um comerciante da segunda classe. Quando ela e Wu Ding caminharam pelo convés naquela manhã, depararam-se com ele. O tio o cumprimentou sem amabilidade e se afastou depressa, puxando a sobrinha. "Não é um sujeito muito educado", murmurou, de modo evasivo. "Melhor evitar esse homem, nesse ambiente tão pequeno." E Xiuqing soube, sem precisar perguntar, que o tio contraíra dívida com aquele comerciante também, tal como o fizera com todos os agiotas e as casas de penhor de Zhenjiang. — Li Bai se afogou — prossegue ele, com firmeza, como se concluindo um debate. — Não sabia nadar.

— Isso não parece algo muito sensato de se fazer. Tentar pegar a Lua na água.

— Os artistas não se preocupam com o bom-senso, e sim com os *sentidos*. — Ele tosse, um ruído tão estridente e úmido quanto o vento. Apalpa a roupa em busca do lenço, porém não o encontra. — Eles buscam os reflexos da existência, não a vida em si.

Xiuqing apoia-se em um dos pés, tentando se equilibrar de novo. Reflete sobre esta diferença: coisas e reflexos, objetos e imagens. Fita o Sol poente, os raios reluzindo no rio como se fossem joias. A Lua — o espelho de Li Bai — é um disco prateado no leste. A menina tem vontade de pendurá-la, com um cordão de seda, no pescoço.

O tio tem outro acesso de tosse, e Xiuqing entrega-lhe seu lenço, observando-o convulsionar com o pano no rosto. Ele nota as manchas de sangue no tecido antes de guardá-lo depressa no bolso.

— Não é melhor eu pegar água para o senhor? — pergunta ela, preocupada. — Posso ir procurar o encarregado do chá.

— Ahhh, Xiuqing — diz o tio, com suavidade, como sempre o faz. — Pequena Xiu. O que eu faria sem você?

Uma gaivota inclina-se na direção dos dois, as asas retesadas e imóveis. Seu grasnido é um eco ruidoso da tosse de Wu Ding. Abaixo deles, um monte de cules tira as roupas, preparando-se para entrar na água e atracar o barco. Enquanto o tio os contempla, o vento enxuga uma lágrima de seu olho esquerdo. Depois, abruptamente, ele fita a sobrinha.

— Wuhu espera por nós — exclama, como se esta fosse uma surpresa há muito aguardada. — Vamos nos aprontar.

ENQUANTO O BARCO SEGUE rumo à margem, Xiuqing semicerra os olhos, perscrutando a escuridão cada vez maior à frente. Consegue discernir os tetos ladrilhados das lojas ribeirinhas e o bruxulear da nova iluminação de rua. Um pináculo isolado e elevado destaca-se diante das montanhas, a ponta suavizada pelo anoitecer. O tio conta-lhe que a catedral foi construída por europeus que faziam parte da pequena comunidade de missionários e comerciantes forasteiros de Wuhu. Quando a xenofobia atingiu seu ápice, durante a Guerra dos Boxers, os ocidentais tiveram de se esconder naquela construção, cobrindo com tábuas as janelas cor de confeito e fechando as portas imponentes com pregos. Os habitantes da cidade, incitados pelos nacionalistas chineses, os boxers, cercaram a catedral, gritando: "Demônios cabeludos!" e "Fornicadores de mãe!" Xingavam os europeus de "fantasmas desbotados" e "comedores dos nossos bebês". Acabaram destruindo quase toda a edificação. Os ocidentais e os boxers fugiram pelo rio.

— Os estrangeiros comem bebês? — pergunta Xiuqing, horrorizada.

— Não — responde o tio. — Mas as pessoas achavam que sim. Pensavam que quando os forasteiros levavam crianças para a catedral, planejavam fazer um banquete festivo. Não ajudou muito eles chegarem e darem porco para elas comerem. Leite de vaca. Batata cozida e milho.

Xiuqing sente um calafrio. Cera mastigável devia ser muito mais saboroso.

Luzes cintilantes saúdam a embarcação. Inúmeras sampanas acercam-se, tal qual um enxame de insetos esfomeados, com olhos atentos e patas agitadas. Quando se aproximam, Xiuqing se dá conta de que os olhos são apenas desenhos: pontos pretos e brancos, com as pontas acentuadas das proas formando os narizes. As patas são os braços das pessoas, famílias inteiras gritando desesperadas, como se estivessem chegando para apagar um incêndio.

Três yangs pela bagagem e pelo transporte, ótimo negócio! Ótimo negócio!

Nada disso! Esse cão sarnento está mentindo. Vai roubar vocês até não querer mais! Não prestem atenção nele!

Melhor vir aqui, meu barco é novinho em folha! Vão andar no luxo!

Quando as sampanas alcançam os passageiros, um sujeito com nariz arredondado pega as trouxas de Wu Ding e da sobrinha e abre um sorriso, exalando um hálito fétido. Outro segura o braço de Xiuqing, apertando-o com a mão imunda. O barco a vapor oscila, espirrando água em ambos os lados. O navegador grita:

— Quem você está empurrando, cara de porco selvagem? Nasceu no ano do javali? Vai acabar afogando todo mundo!

— Eu nasci no ano do javali — sussurra Xiuqing, mas ninguém presta atenção.

De algum modo o tio consegue negociar naquele caos, e logo Xiuqing senta-se sob o bambu arqueado de uma sampana. A mulher que o conduz usa sapatos grandes com pontas acentuadas e estranhas, e cheira a suor, sal e peixe seco. Quando vê a menina, sorri e diz algo em uma língua tão incompreensível quanto a das gaivotas, que continuam a grasnir no céu.

Três

DE MANHÃ, EMERGINDO de sonhos pesados e perturbadores, Xiuqing acorda ao som das batidas do tio na porta: toc, toc, toc.

— Levanta, levanta, pequena Xiu! O tempo vale ouro! — A menina abre os olhos. O tio entreabre a porta e observa-a, com as pupilas dilatadas em virtude do fumo. — Por que não põe o vestido? Vai pentear o cabelo e ficar bonita para tomar café da manhã. — Ele bate a porta com força.

Xiuqing levanta-se e espreguiça-se. Abre a persiana. Lá fora, dois pardais banham-se, batendo as asas e remexendo-se em uma poça próximo a uma bomba d'água. Ela pensa: *Vamos, andem.* Lina disse que quando essas aves caminham, é sinal de sorte.

Um dos pássaros curva a cabeça, bebe um pouco d'água. De seu bico se desprendem pequenas gotinhas, como diamantes em voo.

NO ANDAR DE BAIXO, o *jiujiu* está sentado a uma mesa desarrumada, diante de um sujeito com casaco de seda verde-esmeralda. O homem contempla Xiuqing quando ela para no vão da porta. Examina o cheong-sam vermelho, o cabelo bem penteado. Aquele olhar direto deixa-a ligeiramente envergonhada.

— Aí está você. Sente aqui conosco. Venha tomar chá. — O tio dá tapinhas no assento ao seu lado.

— Esta é a sua sobrinha — diz o sujeito do casaco verde, de forma inexpressiva.

— Isso mesmo.

A menina passa o curto silêncio que se faz acariciando a borda da xícara com os lábios. O homem avalia-a mais, o maxilar movendo-se de um lado ao outro como o de um bode enquanto mastiga. Pedacinhos de pasta de camarão estão grudadas em várias partes de seu bigode.

— Este é o mestre Gao — diz o tio, por fim. — Está nos ajudando a conseguir um trabalho para você.

— Ainda temos que acertar alguns detalhes — ressalta o sujeito, cuspindo algo no piso.

É um costume que o tio condena, acha ultrapassado, anti-higiênico e rude. Porém, não faz nenhum comentário a respeito neste momento. Limita-se a dizer, com suavidade:

— Entendo.

Xiuqing fixa o olhar no pequeno bule, no desenho das montanhas Huangshan em tom azul-escuro. Picos elevam-se na direção da asa; riachos estreitos correm até o bico. Quando ela verte o chá, é como se as águas fluviais amareladas adquirissem vida e derramassem na xícara.

Mestre Gao limpa as mãos e levanta-se.

— Se tudo for realmente como me disse, acho que podemos usá-la. Antes, a Casa só pegava meninas mais jovens. Só que, recentemente, mudamos nossa prática. Tínhamos que investir dinheiro demais. Garotas dessa idade... Quantos anos ela tem?

— Quatorze.

O sujeito assente.

— Um pouco velha, mas ainda jovem o bastante para aprender. Se for obediente.

Xiuqing aguarda o tio contar ao homem que ela já aprendeu tudo de que precisava para bordar. No entanto, ele diz apenas:

— Ah, ela a minha sobrinha é muito obediente. — Começa a dobrar e desdobrar o jornal, e a menina observa a tinta sujar os dedos dele como fuligem.

O homem faz um gesto com o queixo em direção à serviçal.

— *Niangyi* Zheng vai cuidar dos detalhes e do contrato. Se tudo estiver em ordem, vai levá-la esta tarde.

A mulher ergue a cabeça ao ouvir seu nome. Um olho contempla Xiuqing, estreito e perscrutador. O outro mantém-se oculto sob uma camada branca e úmida, assentada sobre a córnea como um escudo.

Mestre Gao coça a região entre as pernas e caminha ao redor da mesa.

— Mais empréstimos — lê o homem, sobre o ombro curvado de Wu Ding. — Os funcionários deste governo extravagante, estilo ocidental, estão cavando a própria cova. Por que precisamos de ruas mais amplas?

— Acho que para os carros.

O sujeito solta um grunhido.

— Ninguém vai conseguir comprar sequer um asno se isto continuar. Vamos ficar devendo tudo para aqueles malditos narigudos. — Franze o cenho. — A propósito, eu soube que temos um amigo em comum.

— É. O mestre Fang — confirma Wu Ding, com a voz tensa. — Eu falei que ele mandou lembranças.

Xiuqing olha-o. Sabe que mestre Fang é o dono da casa de ópio favorita do tio e do local que fica ao lado, no qual os homens compram mulheres ("Compram para quê?", perguntou a menina certa vez a Lina. A empregada, porém, apenas comprimiu os lábios).

— Eu me referia a outra pessoa. O mercador Deng, de Chibi.

Wu Ding empalidece.

— Ah, sim. A gente se conheceu a bordo do *Crying Loon*. — Levanta-se com relutância, retorcendo as mãos, sujando-se ainda mais. — Tivemos uma conversa interessante.

— Ele gostaria muito de terminá-la — explica mestre Gao, de forma significativa.

A sobrinha notou que o tio engole em seco. Então — por incrível que pareça — o homem estica a mão e pousa-a no ombro da menina, sem o menor constrangimento. Como se ela fosse sua filha. Ou sua esposa.

Xiuqing fita Wu Ding. Espera que ele diga algo. No entanto, ele se limita a apoiar-se num pé e noutro, como um estudante nervoso.

— Talvez — começa mestre Gao, acariciando com suavidade o pescoço da jovem — você possa ir visitá-lo. Quando voltar para casa.

Seus dedos cheiram a peixe defumado. Xiuqing encara o tio, com os olhos tão arregalados que as pálpebras doem. *Socorro. Ajude-me.*

Mas Wu Ding olha para as próprias mãos; pelo visto, finalmente notou as manchas de tinta.

— Claro — responde o tio, aceitando uma toalha quente e úmida da serviçal, uma mulher idosa. — Era o que eu planejava fazer. Na verdade, ia comprar minha passagem hoje à noite.

Hoje à noite? As batidas do coração da menina se aceleraram de novo. O tio dissera que ficaria alguns dias. Que visitariam a cidade juntos. Que a apresentaria a todos. Então, iria levá-la para fazer uma boa refeição de despedida antes de ir embora. Por apenas algumas semanas...

— Ótimo — exclama mestre Gao, contornando a orelha de Xiuqing com os dedos. Em seguida, de modo brusco, afasta-se, jogando duas moedas na mesa. — Vou enviar um mensageiro, para que o mercador Deng fique sabendo que você passará por lá.

Assim que ele sai, o tio senta-se, pesadamente.

— *Jiujiu?* — diz a sobrinha, com a voz trêmula.

Wu Ding mantém os olhos na xícara.

— Talvez — murmura ele — seja melhor começarmos logo com isso. — Não diz isso para ela. Porém, quando *niangyi* Zheng põe a mão nodosa no ombro da jovem, ele pede, com seriedade: — Colabore, sobrinha.

— Obedeça ao seu tio — grasna a mulher, quando Xiuqing tenta se desvencilhar.

Wu Ding vira-se de costas. Contempla o único objeto artístico da parede, um quadro estranho, feito de ferro. Os traços rudes retratam um homem pescando em um rio. *Niangyi* Zheng ajoelha-se, resmungando, como se fosse fazer um *kowtow*, a reverência chinesa. A menina tenta conter uma risadinha inesperada, embora a cena não lhe pareça muito engraçada. Os dedos envelhecidos sondam seus sapatos delicados, medindo comprimento e largura. Inserem-se na fenda cor de pêssego, testando profundidade e firmeza. Quando termina, levanta-se apoiando-se nos pés grandes, e desabotoa a blusa de Xiuqing na altura da cintura. A menina sente as mãos da velha de novo, desta vez frias e rudes, na barriga, no pescoço e nos braços. Com um puxão, a menina põe a blusa para baixo.

— Para! Para com isso!

Niangyi Zheng faz uma pausa. Olha para as costas imóveis de Wu Ding e, em seguida, dá um sopapo com força na têmpora de Xiuqing.

— Fica quieta. — A serviçal pega na pele macia do antebraço da jovem e a torce como se fosse uma chave na fechadura. — Não tem escolha, você vai ter que aguentar. Tenta pensar em outra coisa.

O desamparo sentido por Xiuqing aumenta, vindo de algum lugar bem dentro dela. A respiração torna-se mais lenta em face dessa sensação. Os braços e os lábios ficam dormentes; o local em que recebeu o golpe lateja. Ela sente os dedos ásperos percorrerem sua nuca e seus seios. *Em outra coisa.* Os mamilos enrijecem-se, como duas moedas de cobre. *Pense. Em outra coisa. Pense.* Xiuqing busca algo em que se aferrar, alguma ideia ou imagem que a ajude e a tire dali. Pensa nas peles das pessoas e em seus tons e matizes diferentes. Na forma como mudam com o toque. A marca de um tapa fica vermelha primeiro e, em seguida, adquire um tom rosáceo. Depois, some. Já beliscões e socos, como os que viu em Lina (que apanha do pai de vez em quando), escurecem a pele. Deixam marcas roxas, as quais vão clareando aos poucos, formando veios azulados, avermelhados e amarelados. Lina lhe mostrou que podem ser disfarçadas com um composto preparado cuidadosamente no boticário. Os ingredientes são talco, sebo e ruge.

Ah, Lina.

O tio estica um dedo indolente e toca na vara de pesca de ferro do sujeito de ferro do quadro.

— Vem. A gente termina lá em cima — diz a mulher.

AS DUAS ESTÃO NO QUARTO alugado de Xiuqing, diante da cama de bambu, na qual se encontra a roupa separada da jovem. As peças que precisam ser lavadas foram empilhadas à esquerda; as limpas tinham sido dobradas e colocadas à direita. Sobre estas a menina colocou os sapatinhos vermelhos, antes do café da manhã. Os catálogos haviam sido arrumados com esmero na mesinha baixa.

Niangyi Zheng pega os sapatinhos e desvira-os. Então, folheia rapidamente um dos catálogos. Olha para Xiuqing, intrigada. Em seguida, dá de ombros e joga no chão tudo o que estava na cama, formando uma pilha desordenada. Seu olho bom encontra-se com os da menina no espelho.

— Me diz uma coisa — começa a dizer, arregaçando as mangas —, seu tio falou que você ainda está intacta. É verdade? Já vi muitos viciados em ópio nesta vida e conheço esses tipos muito bem. Aposto como este mente o tempo todo.

A Garota do Espelho apenas retribui o olhar, tão inexpressiva quanto uma menina em um pôster. Xiuqing, de fato, estuda o reflexo das duas como se estivesse vendo nada além de um cartaz impresso. Talvez uma propaganda de creme rejuvenescedor: uma velha e uma garota mostrando como o tempo modela os rostos.

— Seu pêssego — explica a mulher. — Seu tio disse que nunca foi provado.

A mente da jovem recria a imagem da fruta: polpa carnuda, de tom alaranjado. Semente rugosa, em forma de olho. O tio, em mais uma de suas peculiaridades, odeia a fruta. Diz que é trabalhosa de se comer.

— *Aiyaa!* — queixa-se a velha. — Você é tão molengona quanto um pêssego também? — Virando-se na direção da jovem, posiciona-a. Com rudeza, empurra-a para a cama. Observa os pés de Xiuqing outra vez, balançando a cabeça em sinal de desaprovação. Em seguida, abre a calça da menina e baixa-a até os tornozelos delgados.

Xiuqing sente as mãos da mulher tocando-a nas coxas. Dá-se conta da brisa, que entra pela janela e percorre sua pele. *Vou precisar me lembrar disso*, pensa, estarrecida. *Vou precisar contar tudo para eles. Quando vierem me salvar*. Contudo, quem virá resgatá-la? Lina? O fantasma furioso da mãe? O noivo com o qual sonhou muito tempo atrás? Além do mais, Xiuqing nem vai conseguir ter palavras para explicar o que está acontecendo. Restará apenas a vergonha, incrivelmente dolorosa. E é por causa desse sentimento que ela vira a cabeça e brada:

— Tio! Por favor! *Jiujiu!* — E, em seguida: — Mamãe!

O grito ecoa em meio à quietude; a voz de uma criança, dissonante e rouca. Uma cadeira cai no chão de modo repentino, em algum lugar. Não há resposta.

SÉCULOS DEPOIS — FOI O QUE PARECEU — os dedos se retiram, pegajosos. Xiuqing ouve passos e água derramando na bacia. A voz da velha aparenta vir de um ponto distante:

— Está tudo em ordem. Vou fazer com que ele redija o documento. — O ruído de seus passos ressoa pesadamente ao longo do corredor.

Duas imagens passam pela cabeça da menina: de pardais não caminhando e da Garota do Espelho deitada ali, na cama. Ela permanece parada, mal respirando. As batidas do pulso diminuem tanto que quase chegam ao mesmo ritmo, imóvel, das moças dos catálogos, as quais contemplam o teto com animação.

QUANDO XIUQING FINALMENTE VOLTA para o andar de baixo, Wu Ding está sentado à mesa do café da manhã, tal qual estava no momento em que ela desceu pela primeira vez. Agora, porém, é *niangyi* Zheng que se acha diante dele, face a face. Como um homem. Os papéis que ambos seguram parecem estar meio úmidos; o tio tinha acabado de redigi-los. A velha entrecerra os olhos para observar a sua cópia, com a focalização excessiva e tensa que Xiuqing rapidamente reconhece como analfabetismo.

Wu Ding lê:

> *Uma vez concluída a venda, ela será levada e receberá outro nome. Quando crescer, fará as vontades do comprador, que disporá dela ao bel-prazer, em atividades respeitáveis ou não. Em caso de desobediência, poderá ser descartada sem nenhum empecilho. Por meio desta consignação, os parentes abdicam de todo e qualquer interesse pela jovem, concordam em nunca mais entrar em contato com ela e em jamais resgatá-la. Em caso de falecimento, fato que ambas as partes considerarão obra do destino, não haverá queixas.*

Uma pausa em que ele ajeita os papéis.

— Como é mesmo aquele trecho sobre os parentes? — pergunta *niangyi* Zheng.

— Eu tenho avó — anuncia Xiuqing, de repente. Fala alto, com a mesma voz de menininha que surgiu sem querer, no quarto. — Tenho mãe também. Lá em casa, em Yuangzhou. As duas vão ficar furiosas...

— *Silêncio!* — manda o tio, batendo na mesa.

A sobrinha obedece.

Aos poucos, como se requeresse um esforço tremendo, Wu Ding vai relaxando cada um dos dedos.

— Sou o último parente vivo dela. — Ante o olhar desconfiado da mulher, acrescenta: — Minha mãe morreu sete anos atrás. Minha irmã, um ano depois. — Coloca os papéis na mesa e ajeita-os, alinhando as bordas e as pontas.

— Como elas morreram? — quer saber *niangyi* Zheng, desconfiada.

— Minha mãe, simplesmente de velhice. Minha irmã, da doença do mundo. Eu tinha até outra irmã, mas morreu ainda criança. Quando a segunda era bebê.

— De quê?

— Doença da água.

— Da água — repete a mulher, pensativa. — E o pai?

— Ele se jogou no rio quando esta aqui tinha dois anos — conta sem emoção, como se as palavras não significassem nada para ele. — Dizem que tinha perdido todo o dinheiro.

— E qual é mesmo a idade dela?

— Quatorze. — Ele sorriu meio triste. — Ano do javali. O que, como você sabe, quer dizer que ela nunca vai se afastar muito de casa.

— Mas é teimosa?

Xiuqing olha fixamente para o tio, com expressão de súplica.

— Nem um pouco — responde ele, retribuindo o olhar da sobrinha pela primeira vez nesta manhã. — Ela é forte, mas é como o bambu. Vai se curvar com os ventos fortes, mas não vai quebrar.

O tio continua a fitá-la por mais alguns instantes. Então, pigarreia e desvia os olhos.

NA VEZ SEGUINTE em que a velha bate em Xiuqing, a jovem já não pensa em tons de pele. Pensa nos seus pés, em como devem estar ensanguentados. Nunca, jamais andou tanto antes.

A serviçal golpeia-a de novo.

— Ande logo. Você é uma garota ou um tronco com pernas?

As bofetadas doem, apesar de serem dadas de forma estranhamente afetuosa, não tão fortes quanto seria possível. Como se as duas compartilhassem uma espécie de camaradagem. *Nós vamos conseguir*, parecem dizer os golpes suaves. *Enfrentamos dificuldades juntas*. Xiuqing tenta caminhar mais rápido, no mínimo para evitar os tapas da mulher.

— Sabe, na verdade, você é uma menina de muita sorte — diz *niangyi* Zheng, agora apressando-se para acompanhá-la. — Minha mãe morreu também. Eu tinha mais ou menos a sua idade. — Os lábios murchos enrugam-se em torno do pequeno cachimbo prateado, ressoando como beijos enquanto ela traga. — E me deram um marido imprestável. Um viciado em ópio, como o seu tio, só que não conversava nem se vestia tão bem. Mas esses homens são todos iguais.

Xiuqing lembra-se do *jiujiu* acenando-lhe animadamente da porta do hotel. Recitando — enquanto as entranhas da jovem enrijeciam — a última estrofe do verso do barco a vapor:

Pobres águas de minha terra. Sei bem qual é a sensação:
Quinze mil quilômetros de despedidas nesta embarcação...

— E eu — prossegue a mulher — não conseguia manter nada em casa. Ele vendeu minhas panelas, meu material de costura. Chegou até a vender as minhas filhas; todas, menos o bebê. Quando esse dinheiro acabou, o viciado me arrendou para o Velho Cao. Durante seis anos eu limpei a cozinha imunda do sujeito durante o dia e dormi com o velho nojento à noite. Já o meu marido passou três anos de pernas para o ar, em situação muito melhor. — Dá uma cusparada, com desdém.

Xiuqing fita-a; está curiosa, mesmo contra sua vontade.

— E o que aconteceu então?

— O meu marido morreu. O Velho Cao me mandou para casa, mas ficou com o meu filho. E quando voltei, minha filha já não me reconhecia. — Seu rosto se contrai, a princípio em virtude da dor e, em seguida, por causa de algo que quase lembrava orgulho. *Está vendo só*, parece dizer, *eu aguentei.*

A agitação nas ruas aumenta à medida que prosseguem. Comerciantes abrem caminho, apressados, empurrando barris de farinha de trigo e querosene. Um ferreiro com uma forja portátil e o rosto manchado de preto por causa da fuligem e do suor quase atropela Xiuqing. O vapor da fornalha parece fogo cuspido por um dragão em seu pescoço, duplamente quente no calor sufocante de meados do verão. A menina dá as boas-vindas à alta temperatura, como se fosse queimar a imundície que a recobre esta manhã. Pensa em pular no carrinho de mão do sujeito e pressionar o corpo contra a bigorna dele.

— O que você vai fazer será bem melhor — prossegue a mulher. — Pelo menos, vai ter vários homens. Não só o mesmo velho o tempo todo.

— Tem *homem* lá? Fazendo bordados?

A *niangyi* fitou a jovem como se ela tivesse acabado de contar uma piada de mau gosto.

— O seu tio não contou nada para você, não é?

— Contou sim — diz Xiuqing, novamente na defensiva. — Ele falou dos sinais do destino. E de como um homem perfeito controla toda luz, todo poder e... e destino.

Recita o verso sem dificuldade, com o tom tão elegante e desconcertante quanto o que o tio sempre usava. E, por um momento, enquanto a velha a olha de soslaio, sem compreender, Xiuqing sente que ganhou algo. Porém, a satisfação se esvai com as palavras seguintes de *niangyi* Zheng:

— Minha pequena bordadeira. Deixe eu lhe contar uma coisa: esta casa gira em torno dos homens e das agulhas deles. E os malandros não vão meter os instrumentos no seu lindo sapato de casamento. — Ela dá uma risada. — Pelo menos, não apenas nele... Mas você vai descobrir tudo por si mesma, já já. — Coloca a mão na testa, para cobrir os olhos. — Está vendo aquele telhado verde? Fica ali. É a Casa do Eterno Esplendor.

A jovem observa-a. Não vê nada de esplendoroso ali: uma residência de dois andares, as persianas pintadas com um tom berrante de jade. Na entrada há um monte de placas, esculturas, penduricalhos e treliças rebuscadas, pintadas em vermelho e dourado. Pedaços de papéis tinham sido pendurados em fios sobre a porta, com ideogramas grossos e estilizados, as palavras aparecendo e sumindo de vista com a brisa.

Enquanto Xiuqing contempla o local, uma cena lhe vem à mente, de súbito: não apenas a imagem, como também o som e o aroma de verão. Foi em uma manhã, dois ou três anos atrás. Quente e clara como esta, o canto dos grilos ressoando em um coro estridente. Ela esquadrinhava os jasmins do quintal, à cata de besouros com casca iridescente. Conseguiu pegar uns 12 e, depois, tentou fazer algo de que ouvira falar certa vez: amarrou fios de linho nas peludas patas traseiras dos insetos, tirinhas de papel nos fios e fragmentos de porcelana de uma xícara de chá quebrada, que serviriam de lastro. Em seguida, soltou os bichinhos, com suas coleiras.

Com o peso dos cacos e as flâmulas esvoaçantes, os besouros voaram, formando círculos ao redor dela. Xiuqing sentiu-se orgulhosa de si mesma, emocionada com seu poder. Poderia até provocar tempestades, pensou. Dominar a natureza... No entanto, no terceiro dia, todos os besouros já haviam morrido. Pareciam contas fluorescentes espalhadas no solo, as patinhas imóveis e encolhidas. Ela enterrou-os em uma cova coletiva, no pátio dos fundos.

As duas chegam à entrada sofisticada. A velha bate com força na porta, que se abre.

— Sou eu — explica. — Trouxe um lírio do porto. Um bom, desta vez. Maxilar e nariz benfeitos. Mãos delicadas.

Xiuqing percebe que ela não mencionou os pés.

O criado examina-a de alto a baixo, sem interesse aparente. Seu cabelo aparenta ter sido cortado com uma faca.

— Bem-vinda — diz ele.

Parte III

A CASA

Postas a presilha e a saia
Abrem-se flores purpúreas fulgurosas
Corações incendeiam
Peônias desabrocham
Ressoam instrumentos de corda, tocando ah!

— CANÇÃO POPULAR CHINESA

Quatro

XIUQING FICA SENTADA NO PÁTIO, enquanto *niangyi* Zheng trata de seu contrato com uma gorda que usa maquiagem pesada demais para o horário. Fumando, as duas tagarelam, regateiam e discutem. Então, a velha vai embora, sem nem mesmo dar uma última olhada em sua antiga incumbência.

A gorda vira-se para Xiuqing.

— Bom, negócio fechado. Aquela sanguessuga sabe mesmo negociar. Só espero que você valha a pena. — Ela caminha em círculos ao redor da menina enquanto fala, olhando para Xiuqing. — Levante — continua ela, com prazer. — Vou adotar você oficialmente na semana que vem. Por enquanto, pode me chamar de Ganma.

Madrinha?, pensa Xiuqing.

Como a menina não se levanta nem responde, a mulher se aproxima mais.

— Olha, o que a gente faz aqui não é vergonhoso não. Muitas garotas como você trabalham nisso. — Dá um passo atrás e toca nos pés diminutos de Xiuqing. A menina abraça com mais força os joelhos. — É algo virtuoso — prossegue a Madrinha, ludibriando a recém-chegada. — Você só está fazendo o que qualquer filha honrada faria pela própria família. — Xiuqing observa as formigas próximas aos pés da mulher: criaturinhas com corpinhos brilhantes. Não são brancas, mas pretas, como contas. Carregam e puxam com força uma minhoca bege, quando a Madrinha eleva a voz, irritada: — Não tenho tempo para isso, sua imbecil. Sou uma mulher de negócios. *Levante.*

Entretanto, Xiuqing continua a observar a minhoca. Nota que metade do corpo do bicho está achatado, na parte em que provavelmente foi pisoteado. Os esforços das formigas fazem a minhoca oscilar, como se ainda estivesse viva.

Apenas depois que a mulher se retira é que ela ousa erguer o olhar. Uma das persianas do segundo andar foi entreaberta. Lá dentro, Xiuqing vê uma mulher, na frente de um espelho. Penteando e penteando os cabelos longos. Os lábios rubros movem-se: pelo visto, conta as escovadas. Distraída, a garota conta junto com ela: *Uma. Duas. Três.* Quando chega a dez, a Madrinha voltou com um chicote de couro. Açoita Xiuqing, sobretudo nas costas, embora dê um golpe especial nos pés. As chicotadas são mais repulsivas que dolorosas, e Xiuqing não se move.

Por fim, a Madrinha vocifera algo e o criado aparece.

— Era para esta idiota ser dócil feito um porco domesticado. Na verdade, é tão obstinada quanto um garanhão. Na certa foi por isso que ele se livrou dela: ninguém se casa com uma égua.

— Tem homem que gosta de mulher teimosa — comenta o sujeito. — Como dizem por aí, quanto mais árdua é a batalha, mais doce a vitória. — Ele pega Xiuqing no colo de modo casual, como se sempre tivesse feito isso, e a carrega no ombro, tal qual um saco de batatas. Dá uma palmada no traseiro da menina, faz outro comentário malicioso, que ela não entende. Em seguida, leva-a até um quarto escuro e joga-a entre cântaros de óleo e cestas de cebola. Ao sair, fecha e tranca a porta.

XIUQING FICA DURANTE HORAS na despensa da Casa, sem se mover. Observa a luz da única janela formar um retângulo solitário e bruxuleante o ambiente. Depois de uma volta completa, as sensações voltam. Os pés doem. Os olhos ardem. A pele lateja nas partes atingidas pelo chicote de couro da mulher. Ela passa a sentir cheiros; alho, óleo de amendoim, carne apimentada. Quando anoitece, o som de risos ecoa pelas paredes. Xiuqing ouve o barulho de taças e louças, bem como de moças reclamando. O ruído de um tapa ressoa como um fogo de artifício.

— Não me importa se ele tem todas as doenças do mundo — grita a Madrinha. — Você pegou dinheiro emprestado e agora precisa pagar. O trabalho *sempre* tem de ser concluído.

Mais tarde, ouvem-se vozes masculinas. Primeiro a do criado, diante da entrada principal. Ele anuncia em tom monótono uma série de nomes: mestre Kai. Mestre Peng. Mestre Yao. Às vezes simplesmente "honrado convidado". Xiuqing reconhece a voz de mestre Gao, que, por algum motivo insondável, é chamado de Pai por todas as mulheres dali. Pouco a pouco vão surgindo as vozes de outros homens, com gracejos e exclamações. Gritos agudos misturam-se com passadas pesadas, portas sendo abertas e fechadas com força. Uma cítara soa como o choro de uma criança. É de seu *ci* favorito de Li Qingzhao: "A Festa do Duplo Nove." Xiuqing recita em silêncio o poema na escuridão:

Chuvisco suave e céu encoberto
Melancolia no longo dia sombrio
No turíbulo dourado
Vai se apagando o incenso,

Por algum motivo, no entanto, a própria familiaridade da letra faz com que ela se sinta ainda mais deslocada. É como se o significado até de coisas conhecidas estivesse mudando.

É SOMENTE NO DIA SEGUINTE que a Madrinha abre a porta. Ela pergunta a Xiuqing se recobrou o juízo. A menina lhe responde baixinho que sim.

Sem dizer uma palavra, a recém-chegada segue a mulher pelos corredores da Casa, que parecem túneis, passando pelo ambiente do qual vinham os sons dos homens e da música que ela ouviu. Ontem sentiu cheiro de incenso e de carne temperada. Hoje, de vinho de ameixa estragada e vômito.

Xiuqing segue a Madrinha até o banheiro e despe-se, tal como solicitado. Entra, tremendo, na bacia de estanho gelada. A água está imunda, cheia de rolos de fios de cabelo flutuando em curvas vagas, além de crostas de pele similares a neve suja. Mesmo assim Xiuqing a aprecia; é o primeiro banho que toma depois de quase uma semana. Esforça-se para ignorar a forma como a Madrinha avalia seu corpo desnudo, mas enrubesce quando ela a obriga a caminhar de um lado para o outro, molhada.

— Um nome — diz a madame, com rispidez.

— O quê?

— Você vai precisar de um novo nome. — Xiuqing pestaneja, sem entender, ao que a mulher reage: — *Aiyaaa*, tão tapada quanto um pinguim de geladeira. — Cobrindo os olhos, ela solta um suspiro de enfado. — Sempre pago demais. *Confio* nas pessoas... — Quando abaixa as mãos, dos olhos sai uma lágrima negra, com restos da maquiagem, em virtude da pressão das palmas e do calor do quarto. Xiuqing fica esperando, cobrindo com as mãos suas partes íntimas. Por fim, diz: — Acho que podemos começar com Yuliang, Bom Jade! — Ela empertiga-se, pensativa. — Zhang Yuliang. Isso mesmo. Combina com você. — Em seguida, fita a jovem de forma perniciosa. — Seus pés são grandes demais, claro. Mas podemos dar um jeito no resto. Com certeza. Zhang Yuliang. — Entrega as roupas para Xiuqing.

— E o meu nome de verdade?

— Não sabe que quem é muito tagarela se mete em problemas? Ainda mais aqui. Os homens não gostam quando as mulheres ficam batendo papo a noite inteira. — A Madrinha enxuga a testa molhada de suor e franze o cenho. Em seguida, como se estivesse mostrando de que cor é o céu para uma criança, explica, pausadamente: — A gente é a sua família, agora. Só contamos umas com as outras. Não precisamos de ninguém mais além de nós mesmas.

Xiuqing sente certa tontura enquanto é levada, com o corpo ainda úmido porém vestido, à cozinha. *Zhang*, pensa. *Yu-liang. Yu. Yu. Liang. Liang.* O som parece estranho e artificial; ela não saberia nem escrever os caracteres daqueles nomes. Já o seu verdadeiro, ela sabe pôr no papel. (Antigo nome? *Não*. Seria o mesmo que abdicar do próprio braço.) O tio o escreveu para ela no dia em que a levou para sua casa. "Está vendo só?", perguntou ele, dando as pinceladas com cuidado. "É você. Xiu: *esperta*. Qing: *inocente*." Foi a primeira coisa, no mês subsequente à morte repentina da mãe, que penetrou no entorpecimento provocado pela perda sofrida pela menina de oito anos. Entretida, ela levou o papel de arroz engordurado para o quarto e praticou a escrita do nome quase até amanhecer.

Não faz a menor ideia, no entanto, de como escrever *Bom Jade*. Quando dá por si, anseia pela presença do *jiujiu*. Para se punir, belisca com força o próprio braço.

— Ele está morto — sussurra, com raiva.

Foi uma das decisões que tomou na noite anterior, no escuro: não pensar nem falar nele. Nem consigo mesma.

— O que foi *agora*? — pergunta a Madrinha, por sobre seu ombro. — Ainda está jogando conversa fora?

— Não. Só tossi.

Ela não parece convincente. Ao contrário do tio, Xiuqing não mente bem. No entanto, é outro aspecto que resolveu mudar na noite passada. Mentiria para aquela gente, lutaria contra eles e, no fim, iria abandoná-los. Javali ou não, fugiria.

NA COZINHA, XIUQING é apresentada, como Yuliang, ao cozinheiro e às duas empregadas de semblante taciturno. O homem lhe dá chá, uma tigela de arroz frito com carne de porco e uma pequena porção do almoço, camarão com folhas de chá verde. A Madrinha aguarda com impaciência enquanto a garota, subitamente esfomeada, devora a comida. Então, dá a ela um novo bule de chá e a conduz pela tela da passagem da porta.

Garotas perambulam pela sala de jantar, esfregando os olhos, mancando e resmungando. Queixando-se de cansaço e corpos doloridos. A Madrinha reprime algumas e afaga outras. Apresenta Xiuqing como "a nova folha". Chama as outras moças de *minhas flores*. No início, a menina mal pode acreditar que a mulher fala sério ao usar esse termo. Com os cabelos desgrenhados e os restos de maquiagem de quem dormiu sem lavar o rosto, elas não lembram em nada algo floral, e muito menos cheiram como flores. A única exceção é Jinling, a moça que Xiuqing viu na janela. Ela entra por último, exalando o aroma de um lenço elegante: uma mescla exótica de gardênia e almíscar. Até mesmo sonolenta, é tão estonteante quanto as mulheres retratadas nos antigos rolos de pintura: pálida e delicada, como está na moda, cílios longos e olhos semelhantes a serenos poços negros. A boca é diminuta e escarlate, com dentes pequeninos, charmosos e irregulares, como os de uma criança. Os cabelos foram repicados, formando mechas extensas, que contornam a face como as penas lustrosas de uma ave silvestre. Enquanto as demais moças comem com sofreguidão e conversam de boca cheia, ela se senta tão reta quanto um tronco de árvore, levando *fan* à boca com gestos elegantes e femininos. Contempla tudo e todos como se fosse a anfitriã.

A Madrinha conta a Xiuqing que Jinling é a número um da Casa. Ela veio da região da Concessão francesa de Xangai.

— De uma Alameda de Flores e Salgueiros de verdade — acrescenta com orgulho. — Você tem muita sorte. Foi ela que escolhi para ser a sua professora aqui.

O coração de Xiuqing bate um pouco mais depressa, fora de seu controle. Mas Jinling simplesmente franze o cenho.

— Por que eu deveria ensinar alguém? Vou perder tempo e dinheiro. Duas coisas que me fazem falta. — Encara Xiuqing, empertigando o rosto. — Mas que rostinho carrancudo! — acrescenta.

As outras moças soltam risadinhas abafadas. A Madrinha põe fim ao burburinho com um *pssssiu*.

— Por favor — insiste. — A cerimônia da escovação dos cabelos dela vai ser logo depois do ano-novo. E *olhe* só para ela. Acho que é mais refinada que Suyin. Mas não resta muito tempo.

Ao ouvir essas palavras, a moça que as servia para e olha Xiuqing de alto a baixo, mordendo os lábios.

— Depois do ano-novo? — interrompe Dai, uma das que estão sentadas à mesa. Bastante gorda, aparenta até ser a filha de verdade da Madrinha. — Onde ela vai ficar? Nem tem nenhum quarto livre.

— Vai ter.

Olhares sonolentos dirigem-se depressa à cabeceira da mesa, na qual se encontra uma mulher chamada Xiaochen. Além da número um, foi a única a entrar totalmente maquiada, mas as camadas de pó de arroz pastoso não escondem as rugas profundas próximas aos olhos e à boca. Suas pupilas parecem estar estranhamente dilatadas e vazias. Quando as olha, Xiuqing lembra-se do tio Wu.

Jinling dá uma fungada. Os pauzinhos pairam sobre o prato principal. Xiuqing observa as mãos com unhas pintadas de vermelho como se elas transmitissem um código tácito.

— Ele nunca coloca inhame suficiente — comenta Jinling, fazendo bico.

— O cozinheiro põe o que a gente tem condição de comprar — diz a Madrinha, irritada.

— Chá! — vocifera uma das moças. — Qual é o nome dela mesmo? Ei, Yuliang! — E então, como Xiuqing continua se esquecendo de seu novo nome, a outra insiste: — *Garota nova!* Idiotinha! Vai pegar mais água quente!

Obedientemente, Xiuqing leva o bule até a cozinha. Como não há ninguém lá, ela se dirige ao fogão. Por alguns instantes, observa o conteúdo de uma panela. Em seguida, pega depressa uma tigela extra de uma estante.

De volta à sala de jantar, coloca-a próximo ao cotovelo de Jinling, perto o bastante para que a número um a alcance. A outra mulher jovem, Suyin, fita Xiuqing com curiosidade. Seu olhar encontra-se com o dela e seus lábios se entreabrem, mostrando a língua pequenina e alaranjada. É só depois de alguns instantes que a recém-chegada nota que, na verdade, trata-se do rabo de um pitu; continua olhando, hipnotizada, até que um gritinho abafado faz com que dirija a atenção à mesa. Ela se dá conta de que derramou todo o chá fora da xícara de Jinling. O líquido entornado formou uma trilha aquosa de tom marrom na mesa. A número um ergue o braço rápido e limpa a mancha depressa, como um gato ferido. Xiuqing fica esperando uma reprimenda, ou outro tapa.

Porém, quando ergue os olhos, Jinling não a fita. Franze o cenho, concentrada na tigela de inhame extra que a recém-chegada colocou perto dela. E, quando levanta a mão, é apenas para pegar um lenço e enxugar com tristeza a manga de seda.

Então, levanta o olhar para Xiuqing.

— Você realmente tem *muito* que aprender — diz.

Cinco

NO FIM DAS CONTAS, Yuliang se acostuma com este novo nome, rude e extravagante, bem como com a nova vida, rude e extravagante. É Jinling que a ajuda a se adaptar em ambos os aspectos. Na verdade, vindas dos lábios rubros da cortesã ("Ai, Yu Liang!"), as palavras parecem menos um castigo que uma música contemporânea e divertida.

A número um mostra à protegida a rotina noturna de preparo, colocação de maquiagem e limpeza. Ensina-lhe a apontar o lápis de olho preto para poder traçar uma linha firme, a reabastecer o medalhão de ruge quando precisar fazer atendimentos e a pentear os cabelos um número específico de vezes — 168, para ter prosperidade.

É Jinling quem lhe explica que rituais devem ser feitos, quais incensos devem ser acesos, que preces recitadas. Indica-lhe que lâminas de papel dourado têm de ser colocadas todos os meses debaixo do colchão, para assegurar a satisfação do cliente e gorjetas generosas. Mostra-lhe o estoque de pérolas semente que mantém trancado na gaveta e ensina-lhe a cozinhá-las a vapor em um pano branco e a triturar as pedras úmidas com açúcar, no pilão. Depois, Jinling come a pasta granulosa em três ou quatro pequenas abocanhadas, fazendo careta. Ninguém mais na Casa tem recursos para comer pérolas. Mas, segundo a número um, o costume era um bom investimento, pois deixava sua pele sedosa. Ademais, ajuda-a a fazer a digestão; a regularidade é imprescindível para a manutenção do equilíbrio e da serenidade feminina, explica com paciência à protegida.

— É o que acontece quando as galinhas comem areia — comenta. Em seguida, ri, porque *galinha*, ensina ela a Yuliang, é outro termo para *prostituta*.

Jinling mostra à protegida outros frutos de seus anos de trabalho: quase duas dúzias de vestidos, com remates de ouro e brocado, que, embora não sejam tão benfeitos quanto os confeccionados pela mãe de Yuliang, são impressionantes. Ela tem tantos lenços de pescoço que, quando abre a gaveta, saltam para fora numa lufada diáfana e colorida. Tem caixas de enfeites para os cabelos, fios com pedrinhas para entrelaçar nos penteados luzentes. Taças de vinho laqueadas, pretas como piche, decoradas com fênices douradas. Um medalhão redondo para dar sorte, que ela usa no pescoço, e uma chave maior que a unha do polegar de Yuliang. Com esta Jinling tranca o baú de três gavetas com a garça-azul saltitante entalhada. Yuliang adora este baú — o enfeite gracioso, a madeira lustrosa. Ali dentro encontra-se o verdadeiro tesouro da número um. Ela o mostra à menina, certa tarde: vários anéis de brilhante e colares de esmeralda, uma pulseira banhada a ouro com intricados desenhos de flores e peixes, um pingente de jade, tão translúcido quanto banha de carneiro, em formato de galo — é o signo dela, conta a Yuliang. Pequenas histórias acompanham cada objeto: "Este eu ganhei de um juiz rico lá em Xangai. Ele queria se casar comigo, mas a esposa não deixou... Esta foi presente do filho de um príncipe mongol. O rapaz queria me levar para as campinas, para a gente transar sobre um cavalo... Este quem me deu foi um importante tenente do general Sun Yat-sen, que já fugiu para o Japão. Eu queria conhecer o Japão. Você não?" E Yuliang responde que sim, apesar de, segundo a tradição, gente do ano do javali não gostar de viajar.

Tudo isso é o dote de Jinling. Sua herança de Xangai. Ela guarda os itens com reverência, exceto dois ou três que vai colocar. Desdenha as moças que usam bugigangas no cabelo todo, nos dedos e orifícios. Ninguém em Xangai era tão vulgar assim.

— Lá, não era só uma questão de cama e dinheiro. A gente dançava, tocava peipá e escrevia poemas. Decoramos a obra clássica do taoísmo, *Tao Te*

Ching. Algumas noites, eu nem tinha que dormir com ninguém. Só ficava sentada conversando e servindo vinho.

— Por que você foi embora? — quer saber Yuliang. Tenta ignorar os ruídos que chegam através das paredes: um sujeito grunhindo e dando estocadas como um porco, Dai gritando *oooh* e *aaaaaah-aaah* e, às vezes, *ui*!

Jinling analisa a protegida.

— Você precisa relaxar — aconselha, em tom de repreensão. — Senão, nunca vai conseguir sobreviver aqui. Acho que vou pedir para a Madrinha arranjar uma sessão de demonstração para você. Um dos meus clientes gosta de ser observado. — Coloca um colar de filigrana à altura dos seios e inclina a cabeça. — O que você acha?

— Aquele ali ficaria melhor. — Yuliang aponta para o de jade.

A outra lança-lhe um olhar questionador.

— Sério? — Coloca o outro colar e franze o cenho. Em seguida, sorri. — Bom!, acho que você tem razão. — Ergue os cabelos e curva a cabeça para que Yuliang o feche. — Pelo dinheiro — prossegue. — Saí de Xangai por causa do dinheiro. A velha lacraia pagou caro pelo meu contrato. E ainda me deve um bônus. — Assim se referia à Madrinha, cujas mãos inchadas e cheias de anéis parecem estar em toda parte ao mesmo tempo: contando e recontando os ganhos das moças na alvorada, apalpando bainhas e forros de roupões em busca de gorjetas secretas, apertando dedos e cotovelos à cata de caroços, inchaços e outros sinais de doenças venéreas, conferindo a agenda vermelha da "lua", na qual registrava os ciclos menstruais, ou o livro-caixa, em que anotava as dívidas de suas flores, cujos montantes parecem aumentar indefinidamente. Jinling não consta ali; como número um, ganha mais dinheiro que as outras.

Xiaochen, uma veterana que trabalha neste ramo há vinte anos, é a que menos ganha.

— Ela está com as feridas do mal de Cantão — conta Suyin a Xiuqing, alguns dias depois.

— Mal de Cantão...? — repete a jovem, confusa.

— Vergões vermelhos. Foram os *fan kuei* que levaram isso quando chegaram pela primeira vez em Cantão. Daí passaram para as mulheres da vida de lá. — A voz sai abafada, em meio aos pregadores de roupa que colocou na boca. As duas estão pendurando a roupa íntima de seda e os penhoares de linho transparentes, os quais são lavados semanalmente. — De qualquer forma, Xiaochen quase nunca consegue clientes. Ela diz que tem 16 anos. Todo mundo diz que tem 16 anos. Só que eu acho que, na verdade, ela tem uns 40. Já pensou? — Balança a cabeça e pega um pregador. Pendura um par de sapatos no varal, e eles oscilam entre ambas como borboletas agitadas. — A Madrinha faz Xiaochen tomar mercúrio de vez em quando. E eu tenho que ajudar a dar as injeções de leite fervido no bumbum dela. — Suyin revira os olhos, exasperada com o aturdimento de Yuliang, e vocifera: — *Doença*. Você pega nos quartos noturnos. Dos homens. Nem é preciso tocar nos sujeitos para se contaminar. Basta sentar no mesmo lugar em que eles estavam. — Dá uma estirada numa anágua cor-de-rosa. — Passa até pelo travesseiro.

— Se isso for verdade, então quase todo mundo pegou a doença. Elas pegaram? *Nós* pegamos?

Suyin apenas dá de ombros.

— Você vai saber se pegar. Mas quase ninguém conta quando isso acontece.

Pelo visto, Suyin está a par de muitos segredos. Sabe que Lirong, por exemplo, passa batom vermelho todas as noites.

— E o que é que tem de mais? Todo mundo passa batom, não?

— Não *nesses* lábios, sua boba. — Suyin deixa cair o último pregador da boca ao se inclinar, rindo. São apenas 11 horas. O riso sufocado ressoa pelo silencioso pátio dos fundos. Então, explica finalmente: — Ela acha que os lábios dela são muito escuros. E que passar batom faz eles parecerem mais jovens.

Embora não seja tão engraçado assim, Yuliang acaba sorrindo também. Daí a pouco, está morrendo de rir, seu estômago chega a doer. E, quando ouvem vozes irritadas dos quartos ("*Aiya!* Falem baixo, suas imbecis! A gente tem que dormir!"), as duas usam as chamativas mangas de um *qipao* e ceroulas de cetim como mordaças, tentando, sem muito sucesso, abafar as risadas.

UMA SEMANA DEPOIS, a Madrinha marca a primeira apresentação oficial de Yuliang, após a cerimônia anual do Caminho Iluminado. As empregadas empilham laranjas e notas de dinheiro em torno de um bodisatva dourado. Velas formam uma trilha bruxuleante até os pés da imagem. Terminado o ritual, há um banquete, para o qual são convidados os clientes mais importantes — trata-se, na verdade, de um convite para que eles vão e gastem dinheiro. Jinling faz questão de arrumar a protegida no dia de sua apresentação. Empresta à jovem um lindo casaco azul, brincos longos e uma fivela com orquídea para os cabelos. Maquia pela primeira vez Yuliang. Sua língua sobressai como a ponta de uma ameixa fresca enquanto delineia de preto os olhos pestanejantes da menina e passa pó de arroz na testa e no nariz, para que fiquem esbranquiçados e suaves. Yuliang faz uma careta e espirra, sentindo cócegas. Tenta não piscar quando Jinling pressiona seus cílios com um pequeno bastão de metal.

— Fica quieta — pede Jinling. — Precisa ficar linda. Algum ricaço pode ver você hoje e fazer uma oferta alta para o dia da cerimônia da escovação dos cabelos. Foi o que aconteceu comigo.

— Em Xangai?

A número um lança-lhe um olhar severo enquanto passa ruge.

— Claro que foi em Xangai.

O couro cabeludo de Yuliang ainda pinica nos locais em que a outra penteou, torceu e prendeu seus cabelos. Sabe o que a *escovação dos cabelos* quer dizer ali. Não se trata do ritual que a mãe lhe descreveu com tanta frequência, no tempo em que ainda havia possibilidade de casamento no futuro: "Uma noite antes, vou pentear seus cabelos. Para dar sorte."

"Quantas vezes, mãe?", perguntava ela, apesar de já saber qual era a resposta.

"Três vezes", explicava, ciente de que a filha já sabia. "A primeira é para que tenha vida longa. A segunda, para que seja amada e respeitada até a velhice. A terceira, para ter certeza de que você..."

"Vai ter muitos filhos!", interrompia Xiuqing. "E vou sim!"

E a mãe sorria e dizia: "E, com sorte, vai ter meninos, para que ajudem você quando envelhecer."

Na Casa, ninguém dá a mínima se uma flor tem ou não vida longa. Com certeza, não há quem espere por amor e respeito. E quanto aos filhos — bom, Yuliang já viu os esforços dolorosos feitos pelas moças da Madrinha para impedir a concepção. Recorrem a chás e poções, bem como a moedas estrangeiras enormes. Quando isso não dá certo, restam as adoções e os abortos. Mas ocorrem infecções e depressões. Não raro até abortos. Uma jovem, Linyao, já faleceu depois da chegada de Yuliang. Grávida de quatro meses, ela se jogou do Pagode de Zheta quando o amante não fez dela sua concubina. "Que idiotice", censurou Jinling mais tarde, "tirar a própria vida. Por causa de um *homem*." Sua opinião quanto à Lavadeira de Seda não diferia: "Que desperdício. Pelo que me contaram, ela era muito bonita. Podia ter encontrado um bom parceiro."

Agora, franzindo a testa, concentrada, ela dá os últimos retoques nos lábios de Yuliang.

— Esfrega os lábios um no outro — ordena.

O batom tem gosto de sabão gorduroso. Porém, quando a menina vê seu reflexo no espelho com moldura de jade, observa que a Garota do Espelho está adorável. Nunca viu seus olhos tão grandes e claros como agora. O nariz aparenta menor que um botão. Os lábios parecem sorrir, apesar de ela não os mover. A número um, fitando-a por sobre o ombro, acaricia a maçã do seu rosto.

— A Madrinha vai ficar muito satisfeita — afirma, com suavidade. — Você está muito diferente mesma menina que chegou aqui.

E, de fato, ela se sente distinta; quase separada de si. Como se a Garota do Espelho finalmente houvesse assumido o controle. É um sentimento novo, meio atordoante. No entanto, ao contrário de tantas das outras ocorrências inusitadas dali, Yuliang não luta contra ele. Estranhamente, o desligamento lhe dá a sensação de liberdade.

DUAS SEMANAS DEPOIS, quando tudo volta ao normal, Yuliang acha-se sentada, rígida, em uma cadeira de bambu velha. Contempla um retrato, o de uma mulher. A face da mulher transmite um ar de tranquilidade, e os braços parecem nimbo ao redor do garoto que carrega no colo. O sorriso em seus lábios é uma miragem. Sempre que Yuliang fita o retrato com o olho esquerdo, ele desaparece; quando fecha o esquerdo enxergando apenas com o direito, o sorriso ressurge, furtivo e sedutor. Apenas insinua uma emoção, em vez de expressá-la efetivamente. Trata-se de um sorriso feminino perfeito. "Quando você sorrir", aconselhava a mãe de Xiuqing, "não mova os lábios. Quando caminhar, não mova a saia."

O clamor ardente de uma moça penetra em seus pensamentos:

— Aaaaah, aaaaah, ah-ah-ah.

— Ela está olhando? — A madeira range e chia. Ouve-se um gemido prolongado. Em seguida, a voz de um homem de novo: — Eu acho que *não* está.

— Yuliang! — repreende Jinling.

A menina finge ouvi-la. *Sorria!* Ocorre-lhe que há algo fundamentalmente errado com o retrato. Por fim, dá conta do que é: o espaço liso sobre o lábio da beldade. Uma mulher de verdade teria algo ali, uma marca dupla sutil, um leve sulco na pele, em direção ao nariz.

— Yu-*liang*! Olhe para mim! Além de cega é surda?

Suspirando, Yuliang finalmente abaixa os olhos, percorrendo pequena janela com persiana até a cama sob ela. Jinling está deitada de lado. O mercador Yi está atrás dela, com o braço grande abraçando com força o pescoço da moça.

— Ela estava vendo — diz Jinling. — Não estava, Yuliang? — Ela arfa um pouco ao falar.

— Eu vi tudo — confirma a menina. — Foi... — Mas não sabia o que era aquilo. Retorce as mãos no colo.

Os olhos do mercador encontram os da menina enquanto ele estende a mão para baixo, para ajeitar algo.

— Fico feliz em saber que foi tão construtivo.

Em seguida, o cliente senta-se e espreguiça-se, esticando os longos braços para o teto. As mãos enormes pendem, como se houvessem sido suturadas de forma desleixada nos pulsos.

Jinling senta-se também, lançando um olhar exasperado para Yuliang. Acaricia o pescoço do cliente, cantarolando baixinho.

— Não preste atenção nela. Você é formidável. Quase me perfurou!

A número um fita a outra de novo, e esta, obediente, memoriza o termo junto com as outras expressões ensinadas por ela: "Você é duro que nem ferro! Quase desfaleci nos seus braços!" É a primeira vez que Yuliang vê o pênis de um homem tão de perto; neste momento, entende por que às vezes chamam o troço de tartaruga. O do mercador Yi encolheu e murchou timidamente sob o olhar atento da observadora. Os testículos lembram pele de galinha depenada.

— Hora de se lavar — sugere Jinling com suavidade, arqueando uma de suas sobrancelhas perfeitas.

Yuliang levanta-se rápido, uma linha de suor escorrendo em seu joelho. Enquanto se dirige à bacia, carregando a pequena tigela com Buda, seus pensamentos voltam ao retrato de madame Guanyin. Foi feito por um artista local, com Jinling como modelo. Entre os mercadores, ela é uma espécie de celebridade. Quase sempre a incluem no calendário de flores anual da Associação de Mercadores, no qual para cada mês há uma moça diferente, belas representantes da região.

O homem levanta-se. Yuliang ajoelha em sua frente. A água perfumada vai ao encontro do odor de peixe e suor do sexo. As mãos de Yi Gan brincam distraídas com os cabelos da jovem, enquanto ela lava o membro flácido. Os dedos grossos do mercador arrancam alguns fios do coque que indica sua virgindade.

DEPOIS QUE ELE SAI do quarto, Yuliang reenche a pequena tigela com Buda. Acrescenta meia colher de chá de sal e a leva para Jinling. O gato do bordel, Dinheiro, que sempre está ou profundamente excitado ou dormindo, enrosca-se com insistência nos tornozelos da número um.

— Sai — ordena Jinling.

Zelosa, Yuliang pega o bichano e deixa-o no corredor, e ali o gato coloca a pata atrás da orelha, tal qual um contorcionista, e começa a se lamber com avidez.

Quando ela volta, Jinling examina o seio, que foi mordido.

— Aquele velho maldito merecia ser cortado em mil pedacinhos — comenta, fazendo bico. — É a segunda vez que ele faz isso. Eu devia contar para a Madrinha. Não quero ver mais esse sujeito.

— Devia mesmo — concorda Yuliang. Porém, ela sabe que Jinling não vai fazer isso. Yi Gan é o chefe da Associação de Mercadores. Trata-se do tipo de cliente conhecido pelas meninas daqui como "tofu": sempre presente e fácil de espremer para soltar dinheiro. Desagradá-lo seria prejudicial para todos: moças, empregadas e Madrinha. Até mesmo para Jinling.

A simples ideia de criar problemas para a número um faz Yuliang sentir um calafrio na nuca.

— Não está mesmo brava comigo, está?

Jinling apoia a perna em uma cadeira.

— Brava? — Estende a mão, em busca do pano.

— Porque eu não fiquei olhando.

A outra toca-se nas partes íntimas por alguns instantes e, em seguida, passa a limpar-se.

— Ah, isso. Não. Não mesmo. — Estremece. — É bem possível que ele fique até mais tentado a fazer uma oferta. Sabe: "Aquela ali é tão inocente, não consegue nem olhar!" Os homens gostam desse tipo de coisa numa virgem. — Seus dedos brancos perscrutam com habilidade as dobras rosadas que o mercador acabou de comprar. Yuliang a observa, ao mesmo tempo envergonhada e hipnotizada. — Mas, depois, você precisa aprender a ser mais animada. Ninguém quer dormir com um cadáver. — Range os dentes ao sentir o efeito do sal. — Quer dizer, quase ninguém — acrescenta, dando uma risadinha.

Seis

NOS MESES SEGUINTES, YULIANG busca segurança nos pequenos afazeres e rituais. A rotina torna-se uma armadura. Na Casa, as "folhas" vão se deitar às duas ou três da madrugada e têm de acordar às sete em ponto. Elas se revezam para se acocorar no aro quebrado do urinol do quarto, atrás do biombo que resguarda apenas seus corpos. Lavam-se com a água de uma jarra da cômoda, esfregando e reenfaixando os pés doloridos. Então, colocam as roupas "de serviço". Yuliang usa o cheong-sam que ganhou de Wu Ding para as tarefas mais sujas — esfregar o chão, recolher os urinóis dos aposentos a fim de prepará-los para o uso dos visitantes noturnos. Ela aprecia cada rasgão, cada respingo de comida e cada mancha espalhada. Conforme o tecido vai puindo, toma-o como o espírito gasto do tio. Desintegrando-se aos poucos.

Depois de tomar café da manhã, as moças varrem o pátio. Yuliang procura cacos de vidro de garrafas e convites de atendimento amassados. À medida que o inverno chega, a neve penetra no espaço entre as pedras, formando linhas e criando a ilusão de um piso axadrezado e polido. Yuliang remove a neve, junto com os palitos de fósforo usados, que lembram ossinhos queimados e retorcidos. Apesar de saber que não pode fazê-lo, ela joga o lixo na calha, esperando, desafiadoramente, causar uma inundação quando a primavera chegar.

As tardes são dedicadas a treinamentos mais formais, ministrados a Yuliang e Suyin na despensa vazia. As duas recebem ensinamentos sobre música, comportamento e "amor". A tez da professora de música é flácida, como se fosse feita de cera quente. Ela tira canções de ouvido em seu peipá de três cordas e ensina às moças melodias populares a respeito do reflexo da Lua na água, em lagos congelados. Yuliang as canta sem desafinar, e tem bastante força na voz nos versos masculinos. A professora disse à Madrinha que a moça possuía um "talento incomum" e que tinha "grandes chances" na área de entretenimento. A verdade, claro, é que Yuliang já conhecia a maioria das canções. Uma das poucas e tristes heranças do tio.

Nas aulas sobre "amor", as moças roçam nos próprios pulsos contas do prazer encordoadas em um fio de seda manchado. Examinam imagens da obra clássica do século XVII, *Flor de ameixa no vaso de ouro*, e desvendam estatuetas de pessoas em diversas posições. Os livros pertencem à Madrinha, e as miniesculturas foram levadas até lá pela monja taoísta que lhes ensina as peripécias na cama. As moças sussurram os nomes das posições de modo lânguido, lembrando mosquitos no verão: Giro do Dragão. Escapulida do Tigre. Coelho Mordiscando Lebre.

— Na posição da Cigarra — instrui a monja —, a mulher deita de bruços, o homem fica atrás e ergue o quadril dela até o dele. Sua haste de jade penetra tão profundamente que some de vista.

— Se for a haste de jade de Feng Yitmien — cochicha Suyin para Yuliang —, então ela já começa quase invisível.

Feng Yitmien é um vendedor de chá que costumava ficar com Mingmei. Os pés e as mãos dele são tão delicados quanto os de uma mulher.

— Idealmente, o homem tem de dar 54 estocadas. Essa é a quantidade que possibilita o prazer mútuo — prossegue a professora.

A Madrinha, que meteu a cabeça no cômodo para supervisioná-las, protesta:

— Se ele quiser dar duas mil estocadas, que seja assim. O importante é vocês concluírem o trabalho.

É uma de suas regras mais repetidas: não importa como esteja indo o atendimento, as moças precisam terminá-lo. E não se trata apenas de um conselho.

As que não o fazem e não apresentam uma boa desculpa — e, para a Madrinha, só derramamento de sangue conta — apanham. Com frequência (e ironicamente) até sangrarem.

De vez em quando, à noite, Suyin e Yuliang vão participar de atendimentos com moças mais velhas. A primeira função delas é receber o convite e o depósito requerido do mensageiro que os leva. Esse valor consiste de modo geral em quinze por cento do total da noitada, o qual varia bastante, pois se baseia nas exigências do cliente. O convite de atendimento é distribuído pela própria moça, que deixa vários em restaurantes ou nas mãos de seus clientes favoritos. Na frente se coloca o nome da moça e o endereço da Casa. Atrás, o cliente explica para que função a jovem está sendo requisitada: ópera, banquete, festa de aniversário ou comemoração de negócios. A Madrinha os lê: *Zao Tong solicita a honrosa presença de Lirong no restaurante Jade Garden, nos fundos. Hu Zinyang convida Dai para ir à Casa Yuan Shikai.* Em seguida, ela conta com cuidado o depósito, anota-o e devolve-o, juntamente com o convite, para Yuliang ou Suyin. Ambas as aprendizes, então, ajudam a jovem requisitada a se maquiar, se vestir e subir em um dos dois palanquins da Casa. Seja qual das virgens tenha sido escolhida para acompanhar a moça, vai sentada nos ombros do criado.

Nessas noites, com os pés entrelaçados como diminutos berloques sob o queixo do empregado, as mãos agarrando os cabelos sebosos e mal cortados dele, Yuliang vislumbra a vida além das paredes da Casa. Vê, em sua maior parte, homens, andando de forma rude pelas ruas, voltando do trabalho, indo para suas residências, para jantares ou encontros. Vez por outra ela se depara com estrangeiros de uma das igrejas: gente pálida, de pernas e braços longos, trajando preto. Uma das mulheres que vê fora da Concessão estrangeira tem os cabelos da cor e textura de palha, presos de forma desajeitada na parte posterior da cabeça. Os cachos da garotinha que está com ela são quase da mesma cor. Esvoaçam como uma crina emaranhada em suas costas. A pequena murmura algo para a mãe quando Yuliang e o homem passam. Sua voz lembra o sibilar de uma cobrinha. A aprendiz, intrigada com aquelas palavras que soam e parecem tão diferentes das de sua língua, inclina-se tanto que faz o criado perder o equilíbrio.

Já nos eventos, Yuliang tem de pôr água no vinho da moça mais velha, para que não fique muito embriagada enquanto conversa e flerta. Checa os convites e toma o cuidado de mantê-los em ordem. É terminantemente proibida de sumir da vista do criado, pois a Madrinha não quer as virgens "misturando-se" nem fugindo. O homem, então, segue Yuliang por todas as partes, mesmo quando ela vai ao banheiro. Fica vigiando até quando a jovem se acocora, muito envergonhada, tentando em vão urinar sem provocar muitos salpicos.

Apesar desse tipo de humilhação, essas noites dão a Yuliang a sensação de pequenas escapadas. Às vezes, montada nos ombros do criado, chega a sonhar em fugir do quarto sem ser notada. Correria abertamente e esbaforida pela rua, a despeito dos pés enfaixados. Talvez alguém a ajudasse. Ou, então, talvez pudesse se esconder em um barco-casa ancorado próximo à margem. No decorrer da longa viagem no rio obscuro, cor de estrume, os donos do barco passariam a conhecê-la. Seriam uma família genuína e apropriada. Uma mãe de verdade, não uma Madrinha. Um pai de verdade, não um tio. Talvez até um bebê; ela adoraria brincar com um! Yuliang surgiria como um gênio, para bordar roupinhas e chapeuzinhos. Prepararia comidas típicas do sul, que teria aprendido em um passe de mágica: cabeça de peixe assada, arroz em panela de barro. Conquistaria de imediato a família pega de surpresa. "Você melhorou tanto as nossas vidas", diria a mãe. "Por favor, venha morar com a gente. Seja nossa filha mais velha."

E Yuliang iria. Dormiria com o bebê e a mãe como um gatinho em uma ninhada aconchegante. A salvo dos homens. Feliz por constatar que o dia seguinte começaria às seis da manhã, não às seis da tarde.

SEIS DA TARDE É A HORA em que a movimentação na Casa ganha impulso. No quarto de Jinling, Yuliang organiza os acessórios e os apetrechos da mentora. Ajuda-a a se banhar, levando água e preparando a maquiagem. Agora já sabe como depilar o buço usando pedaços de fios. Redesenha as sobrancelhas de Jinling com um lápis de carvão, ora formando uma elegante pata de aranha ora arcos pouco acentuados, como os das asas de aves. Sente-se bastante confiante por poder fazer tais escolhas. Uma vez terminada a maquiagem, ajuda a número um a escolher o primeiro traje da noite. Jinling é a única que usa uma roupa diferente a cada cliente. As empregadas se queixam de que lhes dá mais trabalho, e Xiaochen resmunga que é "arrogância". Mas a melhor da Casa sempre distribui gorjetas extras para as serventes, e, ultimamente, ninguém dá bola para o que diz a rabugenta. "Ouça bem, Yuliang", ensina Jinling, "mudar de roupa faz com que o cliente se sinta especial e bem-vindo. Ele fica achando que é o primeiro da noite."

Yuliang memoriza o conselho, juntamente com a promessa da Madrinha de que terá seu próprio guarda-roupa: seis vestidos novos assim que seu hímen for rompido. Nesse ínterim, ela se concentra nas estampas e texturas dos de Jinling. Aprende os ideogramas bordados nos casacos e lenços e usa-os em combinações, a seu ver, auspiciosas: prosperidade e felicidade. Felicidade e sorte. Sorte, riqueza e sabedoria. Cria novas composições de cores: os verdes do mar, os azuis do céu, os prateados das estrelas. No início, Jinling encara com desconfiança algumas dessas escolhas. "Nunca usei este vestido com esse xale", diz, e pede uma segunda opinião. Entretanto, como com o passar do tempo os pareceres continuam sendo positivos, a número um para de questionar. Chega a comentar com a Madrinha que o gosto de Yuliang está cada vez mais refinado. "Essa menina vai ser boa", afirma, apertando de leve o joelho da aprendiz sob a mesa.

Às sete, o criado já começa a informar quem entra, usando os códigos especiais da Casa. "Chegou um convidado" alude a um desconhecido, já que os clientes conhecidos são sempre anunciados pelos nomes. Se o freguês tem uma garota preferida, o arauto já o indica: "Jinling, Yi Gan honra você com sua presença. Pede que prepare chá para ele." Às dez, a Casa já está cheia de fumaça e burburinho regado a bebida. A algazarra aumenta durante a contagem do jogo de dedo. Yuliang e Suyin vão para a cozinha e trazem os pratos: caranguejos de carapaça larga com molho de feijão-preto e chili, carne de porco dourada com batata, tigelas e mais tigelas de arroz quente. As duas contornam as mesas de jogos, ao som das pedras do majongue. Transitam diante da professora de música com sua face enrugada e suas árias monótonas, afastam-se das mãos que tentam apalpá-las e desviam dos colos ubíquos e protuberantes. ("Nada de colo!", ordena a Madrinha. Bateria nelas se as encontrasse sentadas no colo de alguém, mesmo que as tivessem agarrado contra a vontade delas.) Observam enquanto as moças mais velhas levantam-se, indo e vindo, com as faces manchadas e coradas, às vezes com expressão de enfado ou simplesmente cansaço. "O membro do velho asqueroso ficou rígido?", gritam os homens. "O velho canhão conseguiu explodir?"

A Madrinha serve e observa os clientes, graceja e barganha. Anota os valores devidos e pagos nos livros-caixas. Prova a comida e manda que seja levada ao freguês, embora vez por outra a envie de volta para a cozinha. Vigia às escondidas a ala noturna, encostando o rosto nas portas fechadas para verificar se há encontros amorosos não aprovados, presentes e gorjetas não relatados e sons mais alarmantes que os tapinhas de uma relação mais selvagem. Às vezes, ouvem-se gritos reais de dor: "Aiiiiii. Para! Para! Socorro!" Os berros pairam como fantasmas em meio aos risos e à fumaça, provocando breves interrupções nos brados da clientela. Geralmente, é a própria Madrinha que se levanta quando isso acontece e ruma depressa, apesar dos pés pequenos, à ala noturna. Costuma dizer que tapinhas banais fazem parte do esquema, mas que desfigurar ou matar suas moças, não. Se isso ocorrer caberá aos clientes pagar não só um valor adicional, como também as despesas médicas. Os piores casos vão parar no tribunal.

— Quais são os casos piores? — pergunta Yuliang a Jinling certa manhã, bem cedo, depois que Mingmei foi atacada. A moça de fala mansa, procedente de Suzhou, saiu da ala noturna com pedaços de cordas avermelhadas amarrados nos pulsos e tornozelos. Uma grande quantidade de sangue escorria de sua perna esquerda. Havia um corte no alto dessa coxa, com quase meio dedo de profundidade em algumas partes. Um soldado com o uniforme desleixado, do exército privado de algum senhor da guerra, saiu atrás dela, fumando e sorrindo. Ainda estava fechando a calça. Ele afirmou, dando de ombros, que a faca escorregara e que estavam brincando. Referiu-se à ferida como um *arranhão* e disse que Mingmei era uma *atriz*. Ameaçou não pagar, pois não havia tido a chance de terminar. Porém, a Madrinha exigiu e recebeu o pagamento

— e muito mais que o valor de uma noite comum. Acrescentou uma estimativa exagerada da despesa médica e uma multa pela cicatriz que Mingmei teria. Exigiu ainda um adicional para não processá-lo e outro para a limpeza das marcas de sangue no piso. No final, com a ajuda do criado e de diversos clientes (incluindo um juiz), conseguiu esvaziar a carteira do soldado. "Não se usa ferro bom para fazer prego", comentou mais tarde, quase carinhosa. "Homem bom não se torna soldado."

— Não sei — responde Jinling de modo sombrio, naquele instante em que a luz solar ingressa pela janela. — Não sei quais são os casos piores.

Ela faz uma careta quando Yuliang abre um dos inúmeros botões em estilo rolotê de seu *qipao*; são todos do tamanho de uma pérola e vão do joelho ao pescoço. Jinling nunca consegue tirá-los sozinha. Quando está bêbada ou cansada, às vezes simplesmente os arranca.

Os olhos escuros da número um encontram-se com os de Yuliang no reflexo tênue do espelho. O tom de pele dela é rosa pálido neste momento, embelezado pelos raios do sol do crepúsculo. A aprendiz pensa: *Ela parece mais velha*. Não se trata de uma crítica, pois não é cliente nem a Madrinha. Mas em ocasiões esquece-se do quão cansada até Jinling, a indefectível número um, fica ali.

Yuliang toca a mentora, indo da nuca aos ombros. Faz massagem com movimentos circulares descendentes usando os polegares e, em seguida, os indicadores. A princípio, pressiona com hesitação, entretanto, quando Jinling cerra os olhos e apoia a cabeça em sua barriga, comprime com um pouco mais de força. Inclina-se para massagear a camada fina que protege os pulmões e o coração da número um. As batidas de seu coração ficam mais rápidas.

— Está bom assim? — sussurra ela.

Jinling abre os olhos. Parece confusa, como se estivesse dividida entre duas respostas. Contudo, responde apenas:

— Está. — E, soltando um suspiro, volta a cerrar os olhos.

Sete

O PERÍODO FESTIVO TERMINA com uma série de preces e pirotecnia. Na Casa Yuan Shikai, fogos de artifício formam peixes e dragões esplendorosos no céu. Na outra — a do Eterno Esplendor —, os que podem sanam suas dívidas e iniciam outras.

As moças, por sua vez, estão bastante descansadas, pela primeira vez no ano. Passaram a semana anterior — a maioria dos clientes ficou com as famílias e amigos — jogando, fofocando e comendo. Na verdade, todas, menos Xiaochen, que, por fim, foi mandada embora. Pelo que se soube, acabou sendo vendida (por pouco mais de uma única tragada no cigarro) para o "Cortiço dos Cravos", o pior bordel de Wuhu. Fica atrás de um depósito ferroviário, um casebre imundo, de livre acesso, sem nenhuma comodidade. Os clientes — condutores de riquixá, estivadores e até alguns mendigos — pagam uma miséria pelos serviços. Em certos quartos nem há cama.

O sumiço da prostituta mais velha da Casa é um alívio, de certa forma. Nas semanas anteriores, a aparência de Xiaochen se deteriorou. Apesar da face e do pescoço entupidos de maquiagem, a camada grossa de cosméticos não escondia as rugas profundas e a tez marcada. Os seus vestidos estavam fora de moda, as cores e os cortes remetiam aos tempos longínquos de outrora, quando ela ainda tinha crédito. Todos sabiam que a moça não conseguia um cliente "excitado", que ficasse, tirasse a roupa e passasse a noite, desde as corridas de barcos-dragões. Às vezes, os homens permitiam que Xiaochen se sentasse com eles e cantarolasse algumas músicas tradicionais. Porém, a maior parte se afastava como moscas golpeadas ao vê-la.

— Tinham medo — especula Suyin certo dia, enquanto descasca amendoins com Yuliang. — Pensavam que era como aquela mulher que disse para o marido nunca olhar para ela à noite. Mas uma vez ele olhou, logo depois que a esposa teve o filho dele.

— E o que foi que viu? — quer saber a outra, mas com certa hesitação: Suyin adora chocá-la. Floreia histórias sobre parentes distantes e amigos para dar a elas um toque de credibilidade.

— Descobriu que era de carne e osso só da cintura para cima — conta a amiga, que também compartilha o quarto com Yuliang. — Dali para baixo, tinha um esqueleto apodrecido.

— Mas como eles podiam transar, se ela nem tinha pele? — pergunta a aprendiz. — E como a mulher conseguia carregar o bebê, sem deixar cair? Ele já teria notado. Com certeza.

— Alguns homens são tão egoístas que não notariam a diferença nem se estivessem penetrando num bule de chá — explica Dai, prestativa. Essa flor rechonchuda foi obrigada a entrar em uma dieta rigorosa para emagrecer, no entanto, sempre dá um jeito de fazer lanches enquanto a Madrinha cochila.

— Aconteceu mesmo — diz Suyin, com firmeza, passando a ela um punhado de amendoins para que os abra. — A irmã da esposa do meu tio conhecia o sujeito.

— Bom, então, prova para a gente — exige Dai. — Vai lá no Cortiço do Cravo e pede para a Xiaochen baixar as calças. Duvido que você se atreva!

Yuliang fita a colega "folha" com ar de divertimento, esperando, até certo ponto, que aceite o desafio, só por diversão. Mas, antes que a outra responda, a Madrinha aparece à entrada. Dai solta um gritinho e engole em seco; porém, não é ela que a madame busca.

— Yuliang — diz ela —, a Suyin vai terminar os seus afazeres na cozinha hoje. Você tem que ir pegar suas coisas. — Como as moças a fitam, surpresas, acrescenta: — É uma garota de sorte. Vai ter o próprio quarto.

A aprendiz olha para Suyin, cuja face registra o mesmo choque que a dela. Entretanto, a Madrinha ainda não terminou:

— Ah, e a sua cerimônia da escovação dos cabelos vai ser daqui a uma semana. Peça para Jinling anotar no livro-caixa. — Vira-se para sair. Em seguida, lembrando-se de algo, volta. Atravessando a cozinha com rapidez, dá um tapa na cara de Dai, com tanta força que deixa uma marca vermelha.

— Não vai jantar hoje à noite, sua porquinha. Agora vai lá para cima e troca de roupa.

— VAI SER Yi Gan.

Yuliang fita a amiga e mentora.

— Não.

— Ah, Yuliang. Por que tanta surpresa? — Jinling balança a cabeça. Mas então dá um passo para dentro do quarto e faz sinal, pedindo que a outra entre. Em seguida, fecha com cuidado a porta. — É isso mesmo. Foi ele quem fez o maior lance.

— Há quanto tempo você sabia?

— A Madrinha me contou na semana passada. — Jinling vai até a janela, devagar, retorcendo as mãos pálidas à altura da cintura. — Eu ia contar para você, mas... — Yuliang não chega a ver, mas ouve o som suave e o farfalhar de uma encolhida de ombros.

A aprendiz anda vacilante até a cama, e cobre o rosto com as mãos. Visualiza Yi Gan, seus braços a se enroscar, as mãos de macaco.

— Você sabia que isso ia acontecer mais cedo ou mais tarde — ressalta com suavidade a mentora, tocando no ombro da jovem. — Todas nós passamos por isso.

Eu não sou uma de vocês, pensa Yuliang. No entanto, limita-se a dizer, em um tom de voz quase inaudível:

— Não quero que ele me toque.

Jinling emite um breve som: "Tsc." Ela acaricia a mão e, em seguida, o braço da aprendiz. Depois, massageia com delicadeza os ombros da menina. — Deite-se — murmura.

Entorpecida, Yuliang obedece e permite que Jinling se curve ao seu lado, como um gatinho. A mentora sussurra, perto de seu ouvido, frases suaves, mas pouco reconfortantes para a aprendiz.

— Pensa só na grande festa que farão antes. Todas as coisas boas que você vai comer e usar. Um vestido de seda vermelho tão rígido por ser cheio de bordado que pode ficar em pé sozinho. Eu já vi! E vai ter um grande banquete, quase como o de hoje. E o mercador Yi bancará o evento. A melhor comida. Tudo o que você pedir.

— Não quero nada.

— Shhh. Pede *tudo*. É o único jeito. Assim você vai conseguir começar a economizar.

— Não posso. — Ela sente as batidas do coração da amiga através do tecido de algodão diáfano da camisola dela. Com um dos dedos, a outra lhe dá batidinhas nas costas. — Vamos embora daqui. A gente pode pedir esmola para viver. Ou fugir escondida num barco. As pessoas vão ficar com pena da gente e vão ajudar. Tenho certeza de que vão!

— Eles acabarão encontrando a gente. Agora estamos registradas na polícia. Contam com listas e descrições. Daqui a pouco, vão ter até fotografias.

— Mas aí a gente foge de novo — insiste Yuliang. — Vão acabar desistindo. Claro que vão.

— De jeito nenhum! — diz Jinling. — Escuta o que eu estou dizendo, Yuliang. Escuta bem. — Ela faz com que Yuliang se vire. Seu hálito é meio picante, ligeiramente floral. Jinling borrifa uma colônia francesa especial na boca, todas as noites. Não para agradar aos homens, mas para se livrar do gosto deles. — Outro dia, você me perguntou qual tinha sido o pior caso. Vou contar. — A pressão de seus dedos no braço da aprendiz aumenta. — Tinha outra garota que vivia aqui, antes de você chegar. A aprendiz de flor que você substituiu. Ela disse as mesmas coisas e fugiu. E, quando foi encontrada e trazida para cá, escapou de novo.

— Está vendo só?

A outra ergue a mão.

— Na segunda vez, eles a mataram. Ninguém diz isso, mas todo mundo sabe.

Yuliang fica tensa. Ao longo do curto período que passou ali, já viu bastante violência. Papa Gao surrou Mingmei e quase lhe tirou a vida e, em seguida, ofereceu o corpo ensanguentado da jovem aos amigos. As prostitutas atacaram umas às outras também — conta-se até que Xiaochen contratou alguém, certa vez, para desfigurar uma flor rival da casa de chá; o homem jogou ácido na face da mulher. Até aquele momento, no entanto, Yuliang nunca tinha ouvido falar da ocorrência de assassinatos.

— Quem... quem foi que matou?

Jinling apenas lança-lhe um olhar significativo.

— A polícia encontrou o cadáver dela no lago Wuhu. Deixaram o corpo aqui. Yuliang, eu vi a moça. Os tornozelos pareciam bexiga de porco inchada. O couro cabeludo... estava soltando. Não só a pele, tudo. Até o crânio. — Ela estremece e cerra os olhos. — Foi então que eu percebi.

— Percebeu o quê?

— Que a única forma de fugir deste lugar é fazer o que eles querem. Se conseguir atrair clientes, vai comprar sua saída.

Yuliang cobre os olhos de novo.

— Como é que você aguenta? Aquelas mãos. Aquelas bocas. Aqueles...

— Porque temos de aguentar. — Comprime os lábios rosados. — Você tem de deixá-los penetrar seu corpo. — Acaricia os cabelos da aprendiz. — Mas vou contar um segredo: não precisa deixar que penetrem na sua mente. Os seus pensamentos são apenas seus, e de ninguém mais. Basta se concentrar em outra coisa.

Aquelas palavras lhe fazem lembrar, inesperadamente, da formiga-branca que a levou até lá, do dia em que o tio a traiu com tanta crueldade. "Vai ter de aguentar", disse a serviçal, com rispidez. "Tenta pensar em outra coisa." Dedos retorcidos apalparam-na e forçaram-na a abrir as pernas... Yuliang tenta conter o choro, mas não consegue.

— Eu devia me matar. Comer ópio. Agora mesmo.

— Ah não. Não, não. — A amiga puxa-a para si, apertando-a com mais força, e começa a balançá-la. — Você não pode se matar. O que é que eu vou fazer então, hein? Como vou viver sem você?

No quarto ao lado, as empregadas tentam decidir o que fazer com o coronel, que está inconsciente de novo. O criado sugere que o deixem dormir lá.

— Separem uma cama limpa na ala noturna, para ele. Mas não se esqueçam de chamar o sujeito antes que a velha lacraia acorde.

As empregadas riem.

— Senhor. Por favor, senhor. Vossa Eminência. Acorde — chamam elas.

Yuliang não consegue respirar. A moça do lago boia nos recônditos de sua mente.

Jinling continua a balançá-la. Então, começa a cantarolar. A princípio, uma melodia sem letra. Mas, depois, as palavras começam a adquirir forma, como diminutas pérolas formadas no oceano: *"Shi shang zhi you ma ma hao... Mei ma de hai zi xiang ge cao..."*

Tua mãe é a melhor do mundo
Sem ela, não passas de capim no capinzal
Longe do coração materno
Como haverás de ser feliz?

Mãe, pensa a aprendiz, desalentada. Mãe, sinto muito. A dor não vai embora, mas, ao menos, ela sente que respira com mais facilidade. Sobrepujada, apoia a face no colo branco da mentora. Por alguns instantes, simplesmente fica ali. Então, começa a acariciar a região macia com o rosto. Há uma ligeira depressão, descobre. Um recanto suave, que marca o ponto em que se inicia o pescoço. Pousa os lábios ali e descobre que encaixam perfeitamente.

Oito

No quarto novo, tal como no antigo, Yuliang esconde os sapatinhos de casamento. Como sempre, evita olhá-los. Porém, nas vésperas de seu "casamento" arranjado, ela tira o pequeno embrulho de papel da pilha de sua roupa íntima de seda.

Abre-o com cuidado e pega o sapato do pé esquerdo. Durante as festividades, ela resolveu bordar a parte que faltava, mas, antes, decidiu praticar primeiro, durante horas: pontos de cadeia, pontos apanhado e partido, além dos de formação de ideogramas no estilo Manchu. Treinou também os pontos cheio, arroz e oblíquo para formar os caules das plantas. Reproduziu cada flor com perfeição em ao menos dois ou três lenços, antes de pegar o sapatinho inacabado. Os olhos doíam e os dedos cansados latejavam quando finalmente terminou. No entanto, seu esforço foi recompensado: examinando à luz de vela o calçado, mal pode discernir onde o bordado antigo acaba e o novo começa.

Embora devesse sentir orgulho de si mesma — por ter adquirido tal habilidade —, Yuliang se sente mal. A ironia da situação não lhe passa despercebida: terminou o presente da mãe apenas para zombar dos sonhos dela.

O melhor seria queimá-los, pensa. Imagina: seda vermelha, chamas alaranjadas. Um derradeiro ritual funerário. Os sapatinhos, então como espectros negros, esvoaçariam de volta para sua mãe. Regressariam à sua legítima dona. Em seu legítimo estado.

Quando Yuliang abre os olhos, a seda se encontra tão perto da chama da vela que a faz bruxulear. Quase sem pensar, ela aproxima um pouco mais o sapatinho, porém, dessa vez, em vez de examinar as flores, estuda as próprias mãos, as serventes brancas e macias que acariciam gatos, escovam os cabelos de Jinling e limpam roupas e coxas. "Seus dedos são tão bonitos", disse Jinling, mais de uma vez. "Lembram as mãos de uma artista de verdade." As da mãe eram um pouco menores, pelo que Yuliang lembra. E estavam quase sempre em movimento: lavando louça, desembaraçando seus cabelos e, claro, bordando o tempo todo. E, enquanto ela formava motivos, tecia histórias. Sobre como encontrara o marido (nunca a respeito de como o perdera) e as dificuldades do ano do javali. "Foi muito pior do que todos imaginavam. A chuva não parou de cair no Yang Tsé, durante dias e dias. O rio borbulhou, como se tivesse sido esquentado num fogão gigantesco. As enchentes alagaram as ruas, os campos e os brotos de arroz e milho até que ficaram saturados, totalmente perdidos. Mas a gente comeu tudo assim mesmo."

"Por que, mamãe?"

"Não tinha outra coisa. Quando os campos foram destruídos, arrancamos as cascas úmidas das árvores. Tentamos fazer ensopado com elas. Depois, até isso acabou. Então, comemos a argila das margens fluviais, um barro especial que enchia a barriga e até lembrava comida, se a pessoa estivesse faminta a esse ponto. Às vezes, a gente quebrava ladrilhos e comia o pó como se fosse farinha de arroz."

"E a senhora comeu mesmo *pó*, mãe?"

"Você tinha acabado de nascer. E eu já não tinha muito leite." Sorriu com suavidade. "Fiz isso por você, para salvar sua vida."

Uma das pequenas peônias que a mãe borda começa a adquirir forma, em um tom marrom. Yuliang observa, hipnotizada pela mancha amarronzada cada vez maior. A três quartos dali, Jinling dá um grito de prazer, embora a aprendiz saiba — acredita piamente — que não é esse o caso. "Escuta, Yuliang", aconselhou a amiga, com semblante sério. "Nunca, nunca tenha prazer na relação com eles. É *isso* que faz da mulher uma prostituta. Não o dinheiro deles."

Yuliang não chega a ver o que acontece a seguir; nem tem como explicar como acontece. Só sabe que ocorre um estrépito assim que a vela chega ao castiçal. A chama desaparece no líquido escaldante. A cera quente escorre pela base e queima seus dedos; o sapatinho cai no chão. Yuliang fica boquiaberta. Pega uma toalha de rosto e joga-a sobre as faíscas, que se espalharam. Apaga-as, pisoteando-as com o pé descalço, contraindo o maxilar por causa das bolhas. "Vão se foder", pragueja, para o tio e Papa Gao. Para a "madrinha", que não age nem um pouco como mãe. Talvez até para Jinling, cuja risada no quarto ali perto se ouve no momento. "Fodam-se todas, suas putas escravas. Bando de cadelas amarelas. *Mulheres* amaldiçoadas desde que nasceram."

Continua batendo o pé e chorando muito depois de a fumaça haver sumido.

A LUZ QUE YULIANG VÊ NO DIA seguinte é agradável e tênue, de um tom de amarelo semelhante ao de um melão. Leva alguns momentos para perceber que os sons que vêm de fora são os do amanhecer — o incontestável canto do galo e o cantarolar de um homem, que faz a barba e pigarreia. Em algum outro lugar perto da Casa, uma ama de leite conversa com um bebê que Yuliang nunca viu, apesar de já ter visto a mulher. Embora jovem, a babá tem o rosto largo, moreno e enrugado. Seus seios são bem mais claros, cheios como duas almofadinhas. Yuliang sempre tem curiosidade a respeito do filho consanguíneo da ama-seca: Será que está vivo? Quem dá leite para *ele*?

Ela ouve o som de passos curtos, dos chinelos da madame, no corredor. A mão gorducha bate na porta: *toc-toc-toc-toc-toc-toc.*

— Levanta. Levanta, minha pequena noiva. Já é tarde.

Yuliang vira-se de lado e cobre a cabeça. O som de moedas de cobre acompanha o movimento: de madrugada, as outras flores jogaram dinheiro na sua colcha, para atrair prosperidade. Se ela fosse uma noiva de verdade, teriam jogado laranjas, romãs. Frutas, para estimular a frutificação. Contudo, nesta união, o que se quer não é um filho. Há uma semana, Yuliang vem consumindo girinos como as demais, e os bichinhos agitam-se nas bocadelas sabor de lama, após o jantar. A Madrinha diz que os elementos frios nas larvas dos sapos contrabalançam os quentes e receptivos à vida do corpo.

As batidas na porta ressoam de novo.

— Yu-*liang*.

Há uma leve interrogação na voz da madame neste momento. A jovem desfruta do que o tom insinua: que ela não está no quarto; que, depois de todas as lições e demonstrações, dos vestidos feitos sob encomenda e cuidadosamente anotados no livro-caixa, não está ali. Fugiu, para sempre.

— Não me faça bater em você, logo hoje! — vocifera a Madrinha.

Do outro lado da rua, a ama de leite fala algo mais uma vez e, em seguida, ri. Uma imagem surge na mente de Yuliang: sua mãe verdadeira, recolhendo pó com os dedos esbranquiçados. "Fiz isso por você, para salvar sua vida."

— Já estou indo — responde Yuliang, jogando a colcha para o lado.

APÓS O CAFÉ DA MANHÃ, que não consegue tomar, Yuliang banha-se pela primeira vez em um ano com água na qual ninguém esteve antes. Jinling acrescentou toranja, suco agridoce e diversas cascas de frutas — ingredientes que tirariam da noiva os elementos malignos. Os olhos da mentora ainda estão inchados de sono. Nunca acordou no horário das empregadas. Porém, fez questão de sair cedo da cama hoje. "Quero ter a oportunidade de repassar tudo", explicou ela à Madrinha. "Afinal, se Yuliang não fizer um bom trabalho, vão jogar a culpa em mim." Mas, para a aprendiz, simplesmente sussurrou: "Não se preocupe. Eu vou estar lá para ajudar você."

Agora, ela joga água perfumada nos ombros de Yuliang e, em uma inversão de papéis que parece surreal, depila o buço da noiva. A puxada dos fios faz os olhos da jovem marejarem. Contudo, ela não se queixa: é o toque de Jinling. E a dor ajuda-a a não pensar na dor maior que está por vir.

Após o banho, Yuliang é levada de volta para o próprio quarto. Jinling acende velas com formatos de dragões e fênices. Então, ajuda a aprendiz a colocar a roupa íntima que ela mesma escolheu para a noiva na semana anterior, quando a costureira foi até lá com uma coleção de roupas íntimas e roupões diáfanos, em tons suaves de carmesim e rosa. Em seguida, desembaraça os cabelos de Yuliang, aplicando um óleo para dar brilho. A linha do cabelo é depilada também, para que fique mais "alta" e demonstre a sabedoria de uma mulher casada. Jinling escova os cabelos da jovem três vezes. No entanto, não entoa nada a respeito de longevidade ou crianças, como faria uma mulher "de sorte" ou a mãe de uma noiva de verdade.

— Coma algo — aconselha a mentora, repartindo o cabelo de Yuliang. — Você não tem comido nada. Faça uma refeição leve, não apimentada. Bolinhos de carne de porco. Arroz. Para deixar o estômago em ordem. Tome duas ou três taças de vinho. Para relaxar — recomenda, terminando de enfeitar o penteado. — Mas não mais do que isso. Eles ficam bravos quando a gente fica bêbada demais. Quando for servir o cliente, evite alho — acrescenta, enquanto ajuda Yuliang a pôr o vestido. — Senão, seu hálito vai ficar com esse cheiro a noite inteira.

Há uma rispidez em seu tom de voz que leva a aprendiz a olhá-la de soslaio. Ainda não conversaram sobre a nova preferência do mercador Yi. Neste momento, porém, o semblante vivaz de Jinling não revela nada, exceto a determinação de deixar cada um dos fechos do vestido na altura correta. A número um pega duas taças com fênices. Despeja vinho de arroz em uma, depois na outra. Toma a sua de uma só vez e, em seguida, entrega a outra a Yuliang.

— Beba isso. Você precisa relaxar.

A aprendiz lembra-se do hálito de Yi Gan. Do bafo de levedura que ele exalou em seu rosto. O *shaoxing* parece amargar em sua barriga, reativando o enjoo que vem sentindo desde que acordou. Ela cobre a boca e corre para a bacia. Jinling levanta o véu bem na hora.

NO FIM DAS CONTAS, ELE ESTÁ ATRASADO. O banquete foi marcado para as seis, e o relógio da Casa já deu as sete badaladas, depois oito, e só então Yi Gan aparece. Yuliang, vestida de vermelho e, pela primeira e última vez, sentada em uma das cadeiras de honra, sente o estômago contrair novamente ao escutar a voz dele ressoar forte no aposento.

— Sinto muito ter chegado tarde. Problemas lá no cais... Ah, que vida essa minha...

Ele é ovacionado e aplaudido pelos que se encontram ali. Yuliang aproveita o tumulto para erguer um pouco o véu. Yi Gan não usa o chapéu e roupão verde característicos de um noivo, mas a roupa de trabalho imunda do cais. O boné com capa continua na cabeça, lembrando uma ave de rabo esvoaçante, aduladora. Os olhos e o nariz estão avermelhados; é óbvio que andou bebendo.

— Não tem o menor problema. Moças! Vamos começar! — grita Papa Gao, alegremente, apesar de o banquete já haver iniciado há muito. Faz um gesto com a mão livre sobre as carnes da mesa: o porco consumido pela metade, a lagosta no ensopado.

A Madrinha vira-se para Yuliang e a pega olhando de esguelha. Franze o cenho.

— Cubra-se — ordena, beliscando o braço da jovem. — Vá cumprimentar o cliente. Ofereça algo de comer.

Yuliang faz menção de se levantar, mas, como pisa na bainha do vestido, não consegue. Sua cabeça rodopia quando tenta recuperar o equilíbrio.

— Ande — sussurra a Madrinha.

Pelo véu, ela entrevê o contorno escuro de Yi Gan.

— O senhor... o senhor já comeu? — pergunta.

— Ela está ansiosa, hein? — comenta alguém.

Uma onda de risos. As lágrimas fazem os olhos de Yuliang arderem e ela, de súbito, sente-se grata pelo véu vermelho abafado. Inclina a cabeça e aguarda a aproximação da sombra do mercador. No entanto, a sombra se move em outra direção, retirando algo: o casaco, o boné? Yi Gan pede uma taça de *maotai*. Jinling levanta-se, obediente.

Por mais dez minutos Yuliang é ignorada. O vinho de arroz quente esquenta e relaxa o espaço apertado entre suas costelas. Ela tem a sensação de estar confortavelmente distante, vedada em cera vermelha. Sente o odor do próprio bafo de vinho ao suspirar. Está prestes a coçar o nariz quando o mar vermelho desaparece e dá lugar a milhares de faces rubras. Pestaneja sob a iluminação a gás bruxuleante. O mercador Yi ergue seu véu com uma das mãos; na outra, segura um pé de galinha ossudo.

— Paguei uma pequena fortuna. No mínimo tenho o direito de examinar a mercadoria. — Aproxima-se. — Levante-se, pequena Yu.

Ele arranca a taça de sua mão. Os dedos encostam de leve nos dela e, sem pensar, Yuliang ergue o olhar. Fita o rosto dele, os olhos vidrados pela bebida. E, por algum motivo, a fúria da noite anterior volta. Ela *odeia* aquele homem. Tem nojo dele!

— Yuliang — murmura de forma categórica Jinling, sentindo sua mudança de humor. — Pare! Sorria para o cliente. Ele é o seu dono.

Porém, o mercador a observa com perspicácia, seu interesse renovado.

— *Hum* — ele começa, com a voz pensativa. — *Hum, humm, hmm*. Parece que nossa pequena flor anda escondendo alguns espinhos. — Estende a mão e acaricia-a sob o queixo. — Acho que é verdade o que dizem sobre órfãs e sangue quente. Aposto como esta aqui não vai precisar nem da colcha hoje.

— Que colcha? Ela vai ter você! — grita alguém.

— Parece que mal pode esperar — vocifera outro. — Vai estar na cama nupcial antes de você!

— Mas você vai ter que tomar cuidado de manhã... Com pés desse tamanho, é bem possível que calce os sapatos dela por engano!

Todos na mesa gargalham, desfrutando da brincadeira: a versão da Casa da antiga tradição de insultar e provocar a noiva para testar sua compostura. Ignorando-os, o mercador Yi deixa-se cair pesadamente na cadeira vaga ao lado da dela.

— Olhe aí — diz ele, apontando para os pratos espalhados, a comida desordenada. — Não está com fome?

A hora seguinte passa como o show de lanterna mágica que ela viu, certa vez, no mercado. A ação parece ter sido interrompida. As faces lembram máscaras, imortalizadas com expressões exageradas e movimentos estranhos. Mais tarde, ela se lembraria da forma como a Madrinha jogou a cabeça para trás ao gargalhar, estirando e achatando a gordura acumulada na papada. Recordaria dos olhos de Jinling, fixos nos seus instantes antes de a mentora ser requisitada na ala noturna e, depois, dos dedos com unhas pintadas de escarlate colocando mais comida — fatias de carne de pombo, arroz frito, macarrão-gravatinha bem gorduroso — em seu prato. Mas Yuliang não come. Vê e ouve tudo. Sorve o vinho. Observa os homens bebendo, as mulheres movendo-se, servindo e ajeitando-se. Elas vão alvoroçadas para a ala noturna e voltam diversas vezes, como se fossem fazendeiras no campo. Yuliang desfruta do sabor adocicado da bebida em sua língua e a leve intensidade da fúria, que ainda sente. Suyin leva seus pratos intocados e os substitui por mais quatro, cheios de doces. A jovem ignora-os e pega outra taça.

— Pensei que todas as garotas gostassem de doces — diz Yi Gan, enfiando os dentes amarelos em um bolinho da lua preparado com pasta de feijão roxo-escura. Em seguida, mais baixo, quase como se realmente se importasse:
— Você não está se sentindo bem?

A pergunta é tão inesperada e tão irrespondível que Yuliang dá uma gargalhada — um ruído alto e esganiçado, que quase dói. Ela toma mais alguns goles de vinho e, por fim, consegue dizer:

— Só estou meio cansada. Nós todas acordamos muito cedo.

Mas, àquela altura, ele já se foi. Quando dá por si, confusa, Yuliang percebe que os presentes estão de pé. Uma gota de suor escorre por sua coluna, na mesma linha que os dedos da mentora às vezes traçam. *Tum-tum, tum-tum, tum-tum. Jinling*, pensa.

— Cadê ela? — sussurra para Suyin.

— Está na ala noturna — responde a outra também aos sussurros, já sabendo a quem se referia. — Com o ator Peng. Mandou que você faça o que eles pedirem.

— Eles quem? — Yuliang se vira e vê a Madrinha e Papa Gao à sua frente. Eles sorriem com os lábios, mas seus olhos estão frios como moedas. A Madrinha inclina-se e solta o brinco comprido da jovem, que prendeu no tecido, na altura do ombro.

— Sua tapada — comenta, puxando a bijuteria. — Espero que consiga andar.

Yuliang tenta afastá-la.

— Solte-me!

Então, cada um pega um ombro e a leva, passando pela cozinha e pela despensa até a escada. Ouvem-se o burburinho e as risadinhas do banquete atrás deles. O alaúde de Mingmei emite seus lamentos. Os últimos versos da canção esvaem-se, juntamente com o resto:

Aos quatorze, casei-me contigo, meu senhor.
Eu nunca sorria, pois era acanhada...

Aproximam-se do quarto de Jinling. A porta está fechada, e, quando passam por ela, Yuliang tem vontade de entrar correndo ali. Jinling. Jinling! Como se houvesse pressentido aquele instinto, a Madrinha segura-a com mais força e caminha mais rápido até o quarto onde a aprendiz vai ficar. Quando bate, uma voz pergunta lá de dentro:

— Raios! Quem é?

— Ela está pronta — avisa a Madrinha. Vira-se para Yuliang, abandonando o sorriso e fechando a cara. — Lembre, o que ele quiser. Qualquer coisa. Não faça cenas. — Ela estreita os olhos. — E não se esqueça, *conclua o trabalho*!

Ela abre a porta. Saem, afoitos, dois homens de dentro, juntamente com o cheiro de ópio, álcool e tabaco.

— Ela *chegou*! — canta um deles, em falsete operístico. Faz uma pausa e examina Yuliang. — Nada mal. — Vira-se para a Madrinha. — Quanto?

A Madrinha dá um discreto sorriso.

— Vou pegar meu livro-caixa depois.

Então a jovem é colocada dentro do quarto, e a porta, fechada e trancada.

Durante alguns instantes fica sem ação, desorientada e levemente enjoada. Entrevê uma figura de vermelho quase de seu tamanho, encostada, fragilizada, na parede distante. Tenta focalizar melhor. A Garota do Espelho faz o mesmo e esfrega os olhos.

Deitado na cama, o mercador Yi acha graça.

— Quanta vaidade! Não precisa se preocupar com a sua aparência. Para mim, você sempre foi tão bonita quanto um quadro. — Ele vira-se de costas. — Venha cá.

— SOLTE O CABELO. Não, assim não. Devagar.

Grampos incontáveis. As pérolas de Jinling, entrelaçadas com tanto cuidado em seu coque de mulher casada, espalham-se no chão como pipoca. Yi Gan acende um cigarro e recosta-se, pensativo.

— Tire isso também — ele manda, apontando.

Os dedos da jovem se dirigem a um botão, depois a outro. Tira o vestido. Uma brisa da janela acaricia seus braços nus. Por um momento, a sensação é quase boa.

— Venha.

Pelo canto dos olhos, Yuliang vê a Garota do Espelho caminhar consigo até a borda da moldura.

— Você sabe que eu não estou procurando outra esposa. Mas, se eu gostar de você, pode ser que eu quite algumas das suas dívidas. Já fiz isso para outras. — Quando ele estende a mão, ela recua. Entretanto, apenas toca o lóbulo de sua orelha, erguendo e abaixando o brinco. — São pesados demais. Não machucam?

ELA ESTÁ DEITADA em cima dele, sentindo-se insegura, sem equilíbrio. Seu rosto apoia-se na túnica úmida dele, que cheira a fumaça. Os quadris do homem levantam e abaixam, levantam e abaixam, em um movimento constante e, de alguma forma, também, fora de ritmo. As mãos quentes contornam as tiras de sua calcinha e de seu sutiã. A pressão continua, para baixo, para baixo. Para cima e para baixo. Para cima e para baixo. Yuliang não sente dor ainda, apenas desconforto. Como se ele fosse uma pedra na qual ela estivesse cochilando. Gostaria de estender a mão para baixo e retirar a protuberância. Gostaria de dormir. É o que realmente gostaria.

— Que tal isso, hein? — sussurra ele.

Os olhos do mercador estão fechados: não vê que ela não faz a mínima ideia do que responder.

ELE TIRA A CALÇA E A CUECA. Ela deveria estar ajudando: foi o que disse Jinling. Porém, de repente, não consegue mover os braços. O mercador se acaricia, com os olhos semicerrados, os lábios relaxados e entreabertos. Parece morto, mas sua respiração é rápida, úmida e quente. O suor pinga de seus cabelos. As pernas exercem pressão, abrindo as dela, sem encontrar resistência. Mesmo assim, ele lhe dá um tapinha leve.

— Não resista.

Jinling contou à aprendiz que ele gosta de agir de forma agressiva.

Soltando um gemido, o mercador estica a mão, tocando-a na parte em que ela está tão seca e rígida quanto madeira. A número um lhe deu um lubrificante e aconselhou: "Passe isso primeiro." No entanto, é tarde demais. Ele já se arqueia, pressionando. Yuliang cerra os dentes, antecipando a dor. Evidentemente, sabia que o ato a machucaria. "Nada bom se consegue sem dor", costumava dizer sua mãe. Mas, na certa, não se referia àquilo. Ou sim?

— Ah, que delícia — sussurra o homem. — Ah.

ALGO ESCORREGADIO E pegajoso; a dor se transforma em uma sensação mais profunda; um latejar lento, como se ela estivesse inchando por dentro. Yuliang agarra a borda da cama. Os olhos de Yi Gan parecem meias-luas, totalmente brancos com as pupilas reviradas para o alto. A face castigada pela exposição no cais se contorce de prazer. Yuliang pestaneja e, de repente, o mercador parece velho, enorme e delirante. Como Chung Qai, o guardião de rosto negro dos portões do inferno...

Como dói!

Entretanto, Yuliang não vai chorar. "Não faça cenas", disseram-lhe. E, além disso, já chorou o suficiente: quando acordou de manhã, os olhos estavam tão inchados que Jinling teve de colocar borras de chá gelado sobre eles.

Yi Gan move-se com agilidade contra sua pele, e de repente ela entra em pânico: a parte de cima de seu corpo está grudenta, cheia de sangue. Não, não, está apenas molhada; o suor dele pinga em seus seios e seu rosto. *Então é por isso que chamam de "molhar os lençóis"*... Uma lenta defloração.

Ai, Ai. Não.

"Não precisa deixar que penetrem na sua mente", disse Jinling. Concentre-se em outra coisa. Os olhos da mamãe. O jardim da Madrinha. A lua em uma noite parada. A satisfação que sentiu ao conseguir, por fim, bordar uma flor perfeita... Ele lhe dá estocadas, duas, três, quatro vezes.

— Aaaah. Você é tão doce, garota. Tão doce...

A garganta dele é um túnel escuro, uma massa amorfa de tom róseo brilhante. Yuliang cerra os olhos. Sente-se como um melão, sendo partido ao meio por ele. Acabará rompendo.

Acabará *rompendo...*

— Aaaaaah — geme ele. — Aaaaaaaaaaaaaaah.

Após dois outros gritos, o corpo dele estrebucha, como se houvesse levado um tiro. Os olhos arregalam-se e a face contrai-se, em êxtase. Então, ele desmorona, para por completo de se mexer. *Será que morreu?* Pois acontece. Ocorre com velhos e obesos. Lirong contou que passou por isso certa vez. Mas Suyin disse que era mentira dela...

Os pés do mercador estremecem, encostados nas panturrilhas dela. Dão a impressão de ser estranhamente felpudos e angulosos. Só após alguns instantes Yuliang entende por quê: ele não chegou a tirar os sapatos.

Nove

POUCAS JOVENS QUE INGRESSAM neste mundo sobrevivem. Muitas acabam como Xiaochen, esqueléticas e cheias de cicatrizes, em virtude dos maus-tratos, dos vícios e das doenças venéreas. Algumas, como a garota do lago Wuhu, são assassinadas; outras cometem suicídio. Uma parte delas "rebaixa-se" da função de flor e vai trabalhar em áreas afins, tornando-se instrumentistas, professoras ou serviçais das meretrizes mais importantes. Mas outra parte, umas poucas escolhidas, sobrepuja os desígnios do Destino, e Jinling planeja ser incluída nesse grupo.

Juntando a assistência do mercador Yi com o estoque de joias, a número um afirma que, em questão de meses, terá condições de comprar o contrato da Casa; sob a tutela da mentora, Yuliang tentará fazer o mesmo. A passagem dos meses e de homens é marcada por um lento acúmulo de joias. Um pendente de ouro em formato de javali. Uma presilha de borboleta de filigrana cantonesa, com antenas que oscilam ao menor movimento. Uma boneca japonesa com um quimono bordado em ouro, o rosto branco como cera, tal qual as pétalas de crisântemo. O presente mais valioso recebido por Yuliang é um pesado bracelete de ouro, com feitio de dragão. O cliente o tirou de seu embrulho secreto, em papel de seda, na noite em que a jovem fez 17 anos — e no segundo aniversário da cerimônia da escovação dos cabelos.

— Não mereço isto — afirma ela, colocando o bracelete no pulso. O animal fita ameaçadoramente o próprio rabo e o mordisca com seus dentes de brilhantes. As escamas são feitas de ouro fundido, sobreposto. Yuliang aprecia a forma como roçam em sua pele quando Yi Gan a leva para a cama.

Pouco depois, quando ele dorme, ela examina o dragão de novo, perguntando-se que artesão conseguiu torná-lo tão real, e como. Nada foi esquecido. Os olhos em coral resplandecem de forma irônica. Porém, por mais que ela vire o bracelete, o dragão nunca a fita.

Depois, após a partida do mercador, Jinling coloca a joia e olha-se no espelho. Nua, dá um passo para trás a fim de ver como fica em seu braço. Yuliang perde o fôlego ao vê-la daquele jeito — rubra e serena, com o monstro de ouro luzindo no pulso — e grava a imagem na memória, para trazê-la à tona em outra ocasião.

— O que você acha? — pergunta Jinling, erguendo a cabeça, pensativa.

— Fica ótimo em você — afirma Yuliang. E ri, porque tudo fica bem em Jinling.

A amiga sorri de modo condescendente para ela e, em seguida, volta a se concentrar em si mesma. Suga as bochechas e projeta o quadril, tentando imitar uma jovem moderna de revistas. Gesticula, fazendo a criatura feroz dançar em círculos.

— É o meu signo — ela ressalta.

Yuliang olha-a de esguelha.

— Você não disse que era rato?

— Sou jovem demais para ser rato! — contesta, aborrecida. — Sou totalmente dragão. — E, a bem da verdade, Jinling, com seu espírito impetuoso, seu grande charme e sua forma de fugir das regras, parece mesmo com esse animal. Mas Yuliang tem quase certeza de que a amiga lhe disse que nasceu no ano do rato. "Javali e rato", recorda-se de tê-la ouvido comentar certa noite, "segundo os astrólogos, foram feitos um para o outro. Por isso a gente se dá tão bem!" Lembra-se também de ela ter mencionado ser galo...

— Você me empresta o bracelete hoje? Vai combinar perfeitamente com o meu casaco de dragão.

Yuliang concorda. Decide não questioná-la mais. Afinal de contas, as moças da Casa não têm muitos direitos. Mas um dos poucos é este: cada uma pode dar a versão de sua própria história, a qual, como o nome delas, pode mudar a seu bel-prazer. Yuliang, no entanto, jura que nunca mais mudará o dela. Precisa de ao menos um aspecto com o qual possa contar de fato.

Mais tarde, nesta mesma noite, batem à porta. Jinling mete a cabeça para dentro do quarto.

— Aqui está seu bracelete de dragão. — Tira-o do pulso. — Posso pegar um lenço emprestado? Nenhum dos meus combina com este vestido novo.

Yuliang examina as curvas esguias e a tez da amiga no vestido cor de alfazema, com estampa de borboletas e flores de amoreira prateadas. Yuliang ajudou a costureira a criá-lo. Vendo como cai bem na amiga, experimenta um leve sentimento de posse.

— Onde vai ser o atendimento? — pergunta, levantando-se e remexendo nos lenços de seda.

— Na casa de chá. O inspetor adjunto da alfândega foi promovido e vai para Pequim. Yi Gan não contou para você?

Yuliang nega, balançando a cabeça, e analisa a amiga. As duas ainda não conversaram sobre o fato de que agora o mercador vai ver mais Yuliang que Jinling; nem sobre o fato de que, apesar das declarações anteriores dele, pelo contrário, ele convidou a mais nova, recentemente, para ser sua terceira concubina. É o tipo de acordo com o qual as flores devem sonhar: a simplificação da vida, do sexo, das despesas. A promessa de um futuro, talvez até de filhos. Por algum motivo, entretanto, a perspectiva de ser saboreada pouco a pouco, como se fosse um de quatro doces, faz Yuliang estremecer. Sente-se aliviada por ele não haver mais tocado no assunto.

Por sua vez, Jinling disse que não se importava.

— *Aiya!* — exclamou, dando de ombros. — Você precisa mais dele do que eu.

Ainda assim, Yuliang se sente pouco à vontade no que diz respeito a essa questão. Os ciúmes são como uma doença venérea na Casa. Podem circular no sangue durante meses, ou até anos, antes de contaminar as amizades mais estreitas.

Segurando o lenço, Jinling olha-se no espelho.

— Tem certeza de que combina?

— Está muito bonito. Você parece uma vela.

A outra arqueia a sobrancelha.

— Às vezes você descreve as coisas de um jeito esquisito, minha irmãzinha.

Constrangida, Yuliang tenta transformar em brincadeira o comentário:

— O lenço de seda laranja — começa a explicar, aproximando-se e acariciando os braços da amiga — é a chama. Está vendo? E o roxo é a fumaça. Se tirar o lenço, *puf*. — Ela dá um sopro suave no ouvido de Jinling. — Você se apaga.

Jinling ri, contorcendo-se.

— Vou chegar tarde hoje. Mas espere por mim, quero ver você. — Faz menção de sair, mas para. — Tenho de resolver algo amanhã, depois do almoço. Não quer ir comigo?

Na verdade, Yuliang quer muito lavar os cabelos no dia seguinte, porém ouve-se dizer:

— Está bem.

Como sempre faz quando a amiga lhe pede um favor: "Você me empresta o dragão?" ou "Você pode bordar um lótus nesta bolsa?". Observa a sombra da amiga bruxulear antes de ela virar no corredor. Pergunta-se o que será que Jinling vai querer desta vez. Um conselho a respeito de um vestido novo? Uma consulta não planejada à cartomante? Ou talvez, para variar, uma surpresa para *ela*, Yuliang?

Do térreo ouve-se anunciarem:

— Mestre Feng para a Srta. Yuliang.

A jovem faz uma careta e gira o anel no dedo. Feng Yitmieng aparece uma vez por mês, quando os negócios vão bem. Homem miúdo, de pernas brancas e finas que move sobre as suas, lembrando-a de um grilo no acasalamento.

— ELE É MUITO PÉ NO CHÃO, apesar de ser da elite — explica Jinling no dia seguinte, quando as duas se dirigem ao compromisso dela. — Faz um monte de coisas para me surpreender.

— Como o quê? — pergunta Yuliang, agarrando o banco quando o riquixá desvia de uma suposta pilha de trapos. No entanto, assim que passam, ela discerne partes de pele, pernas, braços desidratados e uma cabeça que se ergue em sua direção, com fraqueza. A face é tão escura e cheia de rugas quanto couro velho. Sobressaltando-se, Yuliang se dá conta de que lembra um pouco Xiaochen.

— Desculpe — grita o rapaz. Não aparenta ter mais que 12 anos, mas suas costas nuas já são um mosaico de cicatrizes e sujeira. Seu casaco foi enrolado e colocado sob os pés das jovens, como uma comodidade adicional. As duas afastam as pernas para evitar tocar o casaco, pois está cheio de piolhos.

— Você viu aquilo? — pergunta Yuliang.

— O quê?

Mas a mulher já ficou para trás. E a simples menção de Xiaochen quebraria uma regra tácita: quando moças desaparecem, todas agem como se nunca as tivessem conhecido. Então Yuliang apenas balança a cabeça e volta a contemplar a paisagem da rua.

Ao menos ela sabe aonde estão indo: ao joalheiro de Jinling. A número um leva a caixa de joias em sua bolsinha azul. Quer vender algumas e estimar o valor de outras. Não disse a Yuliang por quê, embora esta já tenha uma inquieta intuição do motivo. Com mau humor, deixa a outra tagarelar sobre o novo cliente com o qual travou amizade, o segundo filho de uma família abastada da cidade.

— A forma como ele fala, por exemplo. Pragueja de um jeito muito engraçado.

— É mesmo? — Yuliang não consegue esconder o tom cético de sua voz. "*Ela não gosta*", diz a si mesma. "Nunca sente prazer de verdade." Afinal de contas, não é o que a própria Jinling diz? "*Você só se torna prostituta de verdade se desfrutar*"...

— Acho que ele é populista — acrescenta Jinling e, em seguida, franze o cenho. — Ou será anarquista?

— É diferente. Os populistas são a favor do povo; já os anarquistas, de nada.

O tio lhe explicou certa vez, embora, como muito do que ele disse, ela não tenha ideia de sua precisão. Não obstante, Jinling dá-lhe um tapinha no braço, fingindo estar exasperada.

— Você sempre me faz sentir uma tremenda boboca. Como é que você sabe dessas coisas? — Ela dá uma risada. — Bom, no fim das contas, tudo se resume à moda, não é mesmo? À moda das palavras. Estranho, não? — acrescenta pensativa. — Os homens mudam a forma como são chamados. Podem dizer "sou populista" e as pessoas vão chamar o sujeito dessa forma. Já nós, podemos usar várias designações: cantoras, artistas, dançarinas de aluguel. No final, eles sempre chamam a gente de puta.

São palavras particularmente amargas, em se tratando da sempre animada Jinling. Mas, por estranho que pareça, ela aparenta estar genuinamente feliz. As maçãs do rosto pálidas estão da cor de pêssego, por causa do frio, e, só de olhar para ela, Yuliang começa a se animar mais, apesar da terrível inveja que sente por ser tão bela sem o menor esforço. *Bem que eu gostaria de desenhar Jinling*, pensa. *Exatamente como ela está.*

Alheia ao escrutínio da amiga, a outra mordisca o lábio.

— Olhe, quero contar uma coisa para você. — É assim que ela inicia todas as lições. "Olhe", começa a mentora, "quero mostrar o que você tem que fazer para que os meus pés gorduchos pareçam mais finos. Quero que veja a diferença entre o tael de prata e os falsos. Quero falar do ator Peng; descobri algo que fará com que ele pague mais a você." Yuliang fica sentada, obedientemente, escutando. No entanto, o que ela lhe diz neste momento é: — Consegui. Juntei o suficiente para dar o fora daqui.

Por um instante, as palavras quase apagam o mundo: as pisadas fortes do cule, o comércio caótico da rua, a mulher asquerosa que ficou para trás, em meio à poeira. Yuliang pestaneja, porém não vê nada além dos olhos profundamente negros da amiga. *Você não pode partir*, pensa.

— Já posso *ir embora* — afirma Jinling. — Tenho condições de comprar o meu contrato. Não é maravilhoso? Pelas contas da Madrinha, faltam apenas 200 taels. Até mesmo se vender apenas meu anel de brilhantes, será suficiente.

As duas chegam ao rio; a brisa fluvial roça na face de Yuliang como um beijo frio. A jovem acha que seu corpo vai se partir, se ela se mover. Mesmo que apenas um pouco. Jinling ri ao ver seu semblante.

— Ah, pare de fazer careta, pelo menos uma vez! — Pega o queixo da amiga e vira seu rosto. — Vem, vem comigo.

Os dedos dela estão tão gélidos que Yuliang sente um calafrio.

— *O que foi?* — pergunta ela.

— Estou falando sério. Olha, vou explicar.

O rapaz continua correndo, os passos largos acrescentando uma percussão suave às palavras da número um, conforme elas passam pelo templo, com os monges de trajes em tons laranja e açafrão e depois pelo mercado, com as louças de barro, os peixes e as pessoas: filas de moças arrastando os pés, desfilando diante de sogras potenciais e intermediadoras de olhares perspicazes. Enquanto Jinling continua a conversar, o mercado some de vista e surge o cais, do qual partem os barcos rumo à curva cor de âmbar do Yang Tsé. *Chuá-chuá-chuá*. Ela conta que vai abrir sua própria Casa. Será melhor e mais imponente que a do Esplendor. Seguirá o modelo do bordel de Xangai em que começou, a Casa dos Portões Celestiais.

— Tenho agora joias suficientes para pagar por tudo enquanto eu me estabeleço. E Ren Kuanti me disse que vai investir no negócio. Também vai levar alguns dos seus amigos ricos para me conhecer. — Fala mais baixo: — A gente vai se encontrar na casa de chá às seis.

Yuliang pensa em Ren Kuanti, um jovem pálido mas bem-apessoado, cujos "investimentos" até agora consistem, em sua maioria, em bebedeiras, jogatinas e vômitos no pátio da Casa. No entanto, isso não parece incomodar Jinling.

— Yuliang! — exclama ela. — Você pode ser a minha número um!

— O quê? — Yuliang apenas a olha.

— Minha *número um*, sua boba! A gente pode ficar junta para sempre! Vou ajudar você a ficar livre... Diga alguma coisa!

— Mas, e o meu contrato? E a minha dívida toda?

Jinling acaricia a bolsa, como se tivesse um gato no colo.

— Eu já disse. Tem bastante aqui. Junto com o investimento do Ren, vamos ter mais que suficiente.

Yuliang assente, pasma. Sua mente rodopia, em face das implicações. O condutor faz a curva, em direção a uma rua ladeada de joalherias, com ouro cintilando nas vitrines. A curva faz uma cair em cima da outra por uns instantes, e, em seguida, as duas se afastam, com relutância. Tomando fôlego, Yuliang sente o perfume favorito da amiga: um aroma de flor, de talco. Ligeiramente exótico. *É uma decisão importante*, diz a si mesma. *Tenho de pensar bem.*

No entanto, assim que o riquixá para diante da loja de Jinling, a impulsividade joga o bom-senso para o espaço. O vento leva sua precaução até a água. Yuliang cerra os olhos e inclina a cabeça para trás.

— Está bem — diz, rindo. — Leve-me com você.

UMA HORA DEPOIS, as duas se separam: Jinling vai encontrar-se com Ren Kuanti, e Yuliang volta à Casa, para dar cobertura à amiga.

— Se a velha lacraia perguntar — instrui a mentora, ajeitando o lenço laranja de Yuliang nos ombros —, diz que fui aparar o cabelo. Eu devo voltar a tempo para meu atendimento das nove.

A amiga assente, feliz por estar escondendo algo além de gorjetas da gerente vingativa. Vai manter esse segredo debaixo do travesseiro, como a faca ali colocada pela moça da antiga lenda, para afastar os espíritos malignos e o azar. Guardará aqueles pensamentos — uma Casa nova! uma função nova! — ao longo dos atendimentos esta noite. E, quando os clientes partirem, haverá de levar esses pensamentos consigo pelo corredor. Vai entrar no quarto de Jinling, aconchegar-se na cama de colcha vermelha e as duas se acariciarão e afugentarão com suspiros todo o odor e sinal daqueles corpos masculinos; dormirão juntas, conversando baixinho sobre os planos para a nova vida. E, pela manhã, darão início a eles.

PORÉM, JINLING NÃO VOLTA — nem naquela noite nem na seguinte. Yuliang tenta encobrir o fato o máximo que pode. No terceiro dia, passando mal em virtude da insônia e da segunda surra que levou da Madrinha, finalmente confessa parte da verdade: a amiga não foi ao cabeleireiro, mas ao encontro de um futuro investidor. Aferrando-se com unhas e dentes à esperança, que se esvai aos poucos, não revela os outros detalhes: a bolsa de joias, os planos de fuga. Seu próprio quarto no bordel novo em folha. No fim das contas, entretanto, nem esses segredos nem sua ocultação fazem diferença. Os policiais encontram Ren Kuanti em uma casa de ópio, em Tongling. Ali, descobrem que ele vinha fumando e apostando com as joias da número um havia uma semana.

Dois dias depois acham Jinling, amarrada e abandonada na mala de um carro roubado. Sua garganta foi cortada e sua vagina, espancada e desfigurada. As roupas, incluindo o lenço de Yuliang, sumiram.

Dez

YULIANG ESTÁ DEITADA NA CAMA. Não na sua — na da virtude perdida odiada por Xiaochen —, mas na de Jinling, com seus lençóis de seda vermelha e sua cabeceira dourada. A mão de alguém familiar a toca no braço e, por alguns instantes, ela acha que é a número um. Mas, ao segurá-la, dá-se conta de que se equivocou: os dedos não são macios e rechonchudos como os da amiga, mas quase esqueléticos. Contas de prece envolvem sua palma amarelada. Ferem a pele de Yuliang como dentes. Soltando uma exclamação de espanto, a jovem afasta as mãos e vira-se em direção à face próxima à dela.

— Mamãe?

— Não tenha medo, pequena Xiu — diz a mãe, com a respiração tão entrecortada que as palavras são quase inaudíveis. — Eu tomei providências. Você vai ficar bem.

Levantando-se bruscamente, Yuliang fita o quarto com perplexidade. É mesmo o quarto de Jinling — com a cama e o armário da mentora. As taças de vinho decoradas com fênices brilham como sempre em uma pequena estante da parede. Porém, a mão pesada em seu braço e a figura densa atrás dela são um indício de que acordou: não se trata de um sonho dentro de outro.

— Outro pesadelo? — pergunta o mercador Yi. — É o terceiro desta noite. Durma. Teremos o banquete amanhã.

Yuliang volta a deitar-se, envolvendo o corpo trêmulo na colcha de Jinling e a culpa no pesadelo acordado que é sua realidade: pois, afinal a mentora manteve sua promessa. Não ao levar Yuliang para uma nova vida, mas ao lhe deixar sua antiga.

CONSIDERANDO TODAS as lendárias joias de Jinling, seu enterro foi simples. Não houve necromantes nem monges recitando cânticos. Não se viu nem mesmo um caixão. Suas colegas de trabalho queimaram as quinquilharias de papel que compraram juntas com as gorjetas escondidas: um vestidinho, um par de sapatos para pés de lírio, grandes demais, e um lingote de ouro falso. Não sobrara dinheiro para nada mais. A Madrinha se apossara dos pertences da falecida, considerando-os "compensação".

Após a cerimônia, as flores voltaram para casa e fizeram o que era de costume quando uma colega falecia: fumaram, jogaram e fofocaram. Pintaram as unhas. Esperaram, como sempre, o escândalo estourar. Yuliang não se comunicou com elas nem com ninguém, a menos quando forçada, com surras. Durante todo o período de luto, ficou em seu quarto, quase muda.

A retomada dos negócios levou mais tempo do que o esperado, em parte por causa da fama de Jinling e o alto status social da família de Ren Kuanti. Os clientes foram voltando aos poucos, e, nesse ínterim, tabloides em lugares tão longínquos como Suzhou acompanharam as deliberações do tribunal. Incluíram outras motivações no crime e revelaram detalhes secretos, que, segundo os editores, haviam conseguido descobrir com exclusividade. Algumas manchetes anunciaram que Jinling havia sido, no fundo, uma prostituta feiticeira que odiava homens. Outras, que tinha sido assassinada por culpa própria, pois sua ninfomania enlouquecera o jovem cortejador. Apenas uma culpou a polícia local, a quem a Madrinha pagava uma soma mensal para que fizessem vista grossa às várias infrações da Casa.

— Absurdo! — exclamou Yi Gan ao ler esta última manchete para Yuliang. — Madame Ping pode ser ferina, mas não é uma assassina.

Nem mesmo isso, contudo, conseguia transpor o luto praticamente impenetrável de Yuliang. Ela enfrentava os dias com eficiência quase mecânica, levantando-se, vestindo-se, dormindo com os clientes e bordando apenas para evitar pensar. Em algumas ocasiões, quase conseguia. Porém, na maioria das vezes, fracassava; o corpo ficava tão pesado que nem saía da cama. Quase desfrutava das surras que, invariavelmente, levava depois. Acordava no dia seguinte dolorida, mas, por incrível que parecesse, sentia-se purificada, como se parte da culpa houvesse sido removida junto com seu sangue.

O inverno acabou. Quando as flores acordaram certa tarde, havia uma nova campainha, instalada por estar na moda. Ninguém se acostumou direito com o som estridente, nem com o fato de que não distinguia os honrados clientes dos que iam pela primeira vez. Os convites recomeçaram a circular e a ser atendidos e, por algum motivo, muitos homens requisitavam os serviços de Yuliang. Foi quando a Madrinha resolveu não tirar a costumeira soneca, para conversar com a jovem em seu quarto.

— Você se saiu bem neste trimestre — anunciou a madame, colocando as duas últimas argolas do ábaco no lugar. — Até mesmo com essa sua expressão de morta.

Yuliang, que quase não dormira nas últimas quatro noites, resistiu à tentação de pegar o ábaco e atirá-lo no coque volumoso e perfeito dela. Mas, quando a Madrinha fez um gesto para que se aproximasse, ela obedeceu, deixando que os dedos endurecidos pelos cálculos tocassem seu queixo.

— Você tem saudades dela — comentou a gerente, sem rodeios.

Sabe que sim, pensou Yuliang. Na noite anterior, inclusive, a Madrinha descobrira a caixa da cozinha em que a ex-aprendiz acendia velas e guardava alguns dos objetos de Jinling, que conseguira esconder: a presilha de prata, o estojo de batom, as taças de vinho decoradas com fênices. Ali também se encontrava o desenho que fizera com dificuldade da amiga, nos intervalos entre clientes. As orelhas de Jinling estavam demasiadamente pequenas, o pescoço, fino demais, e o nariz delicado lembrava um focinho. Na verdade, Yuliang esperava que a Madrinha risse. Para sua surpresa, no entanto, ela examinou o desenho por alguns instantes. Então, após guardá-lo no bolso, disse: "Apague essas velas." E, concluiu: antes de sair. "Já conhece as regras."

Agora, porém, a gerente sorria friamente.

— Sou sábia o bastante para ao menos não me aproximar demais de alguém de quem sei que vou sentir falta quando essa pessoa partir. — Virando o rosto de Yuliang de um lado ao outro na luz, acrescentou em tom de reprimenda: —

Você está mirrada feito um caule de sésamo. Ainda assim, é bonita. E os homens parecem associar você a ela. — O queixo com covinha afundou no peito, enquanto ela ponderava. Por fim, balançou a cabeça, em sinal afirmativo. — Bom. Peça para o criado ajudar você a se mudar amanhã.

Yuliang moveu a cabeça, liberando-se da mão da outra.

— Mudar? Para onde?

— Para o quarto de Jinling. De agora em adiante, você vai ficar com os clientes dela.

A jovem olhou-a, boquiaberta.

— Quer dizer...

A Madrinha suspirou.

— Isso mesmo, sua idiotinha. Parabéns. Você é a nova número um.

RETIRANDO COM CAUTELA a mão de Yi Gan de cima de seu pulso (não consegue dormir com um homem tocando-a), Yuliang lembra-se de como as outras flores reclamaram sobre o sucedido — ela receber o maior quarto, o orçamento de roupas mais generoso, o valor mais caro na entrada, nos banquetes e nos eventos. Mingmei foi uma das que protestaram com mais veemência, já que todos achavam que ela sucederia Jinling. "Ela nem tem dois anos de Casa!", Yuliang ouviu-a queixar-se para Suyin. "Além disso, é insuportável. Não fuma, não joga cartas com a gente nem participa das conversas. Não faz a mínima ideia da honra que está recebendo!"

Ao contrário do que diziam os mexericos, Yuliang apreciava, sim, o novo posto, embora não pelas mesmas razões que as outras. Os céus não poderiam ter lhe dado castigo pior: os incontáveis homens, as longas horas, as requisições de humilhações tão indeléveis e frequentes que, às vezes, ela se perguntava como Jinling se comportava com tanta vivacidade em quase todas as tardes.

E, claro, havia a cama da antiga número um, o local de tantas lembranças proibidas e agradáveis. Toda vez que Yuliang se deita, faz o cálculo mental de quanto tempo se passou desde que Jinling esteve ali pela última vez. Sempre que acorda, busca a cintura macia e cálida da amiga, e, quando encontra o dorso corpulento de Yi Gan, acaba recordando-se. De tudo.

Onze

— ARRÁ! — GRITA O MERCADOR MING, exultante, do outro lado do salão de festas; acabou de ganhar outra rodada do jogo do palito-tigre-inseto. — Quem é o próximo? Lao Yi! Vamos lá!

— Hoje não — vocifera Yi Gan. — Você está invencível. Eu não teria a menor chance.

— É o que a sua esposa diz quando você coloca os chinelos ao lado da cama! — clama o mercador Ming.

Enquanto os risos de homens eclodem no ambiente quente, o líder da associação inclina-se diante de Yuliang com a jarra de vinho. No início da noite, tomou o cuidado de acomodar seu convidado de honra, o novo inspetor da alfândega, entre ela e Mingmei.

— A escolha do momento certo é essencial — comenta, servindo a bebida. — Tanto ao beber quanto ao fazer negócios. Não acha, Vossa Eminência?

— Entendo mais de negócios do que de bebidas.

Pan Zanhua é um jovem bem-apessoado, embora se sente ligeiramente acocorado, como se quisesse enfiar a cabeça nos ombros. Olha o anfitrião com frieza, como se Yi Gan fosse um ponto qualquer em um horizonte desagradável.

— Ah. Então é óbvio que nossas adoráveis companheiras têm algo a lhe ensinar. — O tom de voz do mercador é suave. Porém, o olhar que lança a Yuliang é tão sobrecarregado quanto o são suas balanças de mercadorias. Todos conhecem seu acordo com o antigo inspetor: abatimento de imposto de um lado, despensa cheia do outro. É evidente para Yuliang, no entanto, que, embora fosse jovem, o inspetor Pan não seria tão complacente. Apesar dos esforços das duas, nem ela nem Mingmei conseguiram arrancar um sorriso sequer do sujeito. Embora perfeitamente educado, ele é totalmente desestimulante. Yuliang chega à conclusão de que se trata de um homem intolerável. Entretanto, o mercador Yi ordenou que as duas dedicassem "atenção especial" ao seu convidado. Com relutância, ela tenta de novo:

— Já provou o abalone? — perguntou, pegando um suculento para ele. — É a especialidade daqui. Dizem que a imperatriz viúva mandou que enviassem um prato para o seu barco, certa vez, e que ele voltou tão limpo quanto se tivesse sido lambido.

Pan Zanhua parece ofendido, como se a jovem houvesse sugerido que os dois fizessem amor na mesa. Sem dizer uma palavra, ele vira o rosto para o outro lado. Yuliang fita-o durante alguns instantes. Em seguida, também ofendida, ela joga o molusco gorduroso no prato dele. Conhece bem esse tipo. Ah, sim. Considera cada olhar feminino um chamariz de escândalos. Mas, na cama, lança a moralidade para o espaço. "Um toque", costumava dizer Jinling. "Basta um toque e eles se esquecem de tudo."

Se ao menos fosse tão fácil para Yuliang quanto era para a antiga número um.

Suspirando, ela volta a se concentrar em seu companheiro hesitante. Trata-se de um homem — é preciso admitir — muito bonito. Maxilar forte e quadrado. Lábios cheios, quase femininos, apesar de neste momento estarem tão comprimidos que seria preciso fazer força para abri-los. Yuliang observa-o esfregar as maçãs do rosto quando o mercador inclina-se com a mesma jarra de vinho para despejar mais bebida, pela segunda vez, na taça já cheia. Como era de se esperar, um pouco de vinho é derramado.

— *Aiyoo!* — exclama o anfitrião. — Errei o alvo.

— Errou mesmo — concorda Pan Zanhua. Yuliang, que já enxuga a bebida derramada com o lenço, ergue os olhos diante do tom de voz áspero do convidado. — Mas tudo bem. É apenas vinho.

— Ah — diz o mercador Yi —, é aí que o senhor se engana, se me perdoa a indelicadeza. Este *shaoxing* é da melhor qualidade. Do armazém de Sheng Huang Fu. — Confirma com a cabeça, para dar ênfase. — Creio que seu antecessor tinha um estoque considerável.

— Um homem de bom gosto — comenta o inspetor, ignorando a indireta e inclinando-se para pegar a toalha quente que foi deixada para ele. Em seguida, surpreende-se quando seus dedos encostam nos de Yuliang. Então, pega o lenço de debrum florido e borboletas emparelhadas da mão dela. Quando fita a jovem, as pupilas agitam-se, surpresas. Ela tem a estranha sensação de ter captado muita tristeza em seu olhar.

— Mestre Pan! — O mercador Ming chegou à mesa. — Que tal uma aposta?

— Sinto muito, também não jogo.

— Vou com calma com você — promete o mercador. — Quer dizer, se também for devagar comigo. Quanto valem as propinas de Xangai agora? Ah-ah! — Sem aguardar a resposta, ergue o punho, do qual sobressai um palito, como uma presa de marfim. O semblante do inspetor se contrai com a resignação irritada que sente, enquanto o homem importuno conta: — No três. Um... dois...

— Palito! — diz com discrição o inspetor Pan.

— Inseto! — grita o mercador Ming, um segundo depois. — Ah-ah!

— O inseto derrota o palito — afirma Mingmei atrás deles, como se ninguém mais fosse concluir isso.

O inspetor observa a cena com olhar exasperado. *Como eu, ele não quer estar aqui*, percebe Yuliang, surpresa. Que aquele homem notório, adulado por todos os nomes importantes da cidade, possa se sentir deslocado, parece muito estranho. Tal como é a visão da mão — a da número um — estendendo-se para pegar a taça dele.

— Por favor — Yuliang ouve a si própria dizer. — Com licença.

Faz-se um diminuto silêncio quando ela pega a taça e toma o vinho. É comum as prostitutas beberem com os clientes preferenciais, mas ela raramente o faz — e, mesmo assim, só com seu benfeitor. Quando coloca a taça na mesa, Yi Gan solta um grunhido contrariado.

— Nosso honrado convidado disse que precisava de mais prática para beber — explica ela.

Pan Zanhua olha fixamente para a jovem por um momento. Então, pede licença e se retira. Quando ele sai, ela sente a mão de Yi Gan penetrar pela fenda profunda do seu vestido. Fecha as pernas, mortificada, a princípio. Mas o mercador apenas lhe dá um beliscão forte na coxa.

— SEU GESTO FOI GENTIL — diz Pan Zanhua em voz baixa, pouco depois. Pega uma cigarreira de prata. — Porém, desnecessário. Por que agiu assim?

Finalmente se dirige a ela. Inclinando-se com o isqueiro, Yuliang contém um sorriso de vitória.

— Vossa Eminência disse que não gostava de jogos com bebida.

— Eu disse que não gostava dos *costumeiros* jogos com bebida — corrige, examinando-a com interesse através da fumaça.

— Sinto muito.

— Não diga isso. As mulheres pedem desculpas demais.

Ela o fita, embasbacada. Nenhum homem, nem mesmo seu excêntrico tio, falava daquele jeito.

— Lamento — diz ela. Então, sem querer, começa a rir. — Pelo visto, sou mesmo do ano do javali. Meu destino é querer harmonia.

— Você deixa os astrólogos escolherem sua personalidade?

— Eu não sabia que tinha a ver com escolha.

— Você tem muito a aprender.

Intolerável, pensa de novo, e sorri para ele com doçura.

— Posso saber qual é o signo de Vossa Eminência?

— Nasci no ano do rato.

— Parece bastante adequado. Se me permite dizer isso.

— Por quê?

Com os dedos, ela começa a contar os motivos:

— É óbvio que você é muito inteligente. Além disso, ambicioso e honesto. Tem resposta pronta para tudo. — Olhando de esguelha, acrescenta: —

Eu não me surpreenderia se você, no fundo, gostasse de jogar. — Ele aparenta estar impressionado com o contra-ataque. Yuliang dissimula outro sorriso tomando um gole de vinho aguado. — Dizem que o rato e o javali são feitos um para o outro.

— Com certeza, os que ganham dinheiro com essa união. Admito, entretanto, que você tem razão sobre o jogo. Mas simplesmente prefiro que minhas apostas sejam... de uma natureza mais refinada.

— Que interessante — diz Yuliang, embora pense: *Quanta pretensão!* — Talvez queira reservar um pouco do seu tempo para me ensinar um de seus jogos.

Ele a fita de um modo singular, tentando avaliar se ela fala sério ou não. Em seguida, corre o olhar, rapidamente, pelo ambiente. Ninguém, exceto Mingmei, parece estar prestando atenção no interlóquio dos dois.

— Está bem.

Pan Zanhua explica as regras. Ela deve pensar em um tema. Tem de ser algo literário, que ele possa associar a um poema ou a uma obra clássica. Se o inspetor conseguir adivinhar rápida e certeiramente, ganha.

— E o que acontece se você acertar meu desafio? — quer saber Yuliang.

— Vai ter de beber. Mas, se insistir, eu farei isso por você.

Então, é a vez da jovem de avaliá-lo. É a imaginação dela ou o tom de voz dele quase poderia ser descrito como galanteador?

Sentada perto dali, Mingmei esbarra o leque, movimentando-o em ritmo acelerado, no broche que prende elegantemente o lenço na altura do ombro. *Tec. Tec.* Seu olhar volta a dirigir-se para os dois: duas, três vezes. Ignorando-a, Yuliang relembra seus conhecimentos de *tsu*.

— Andorinhas — diz, por fim.

Ele arqueia uma das sobrancelhas; ela simplificou demais o jogo.

— Festival dos Alimentos Gelados, andorinhas — corrige ela. — E... e amentos.

O inspetor pestaneja diante da última pista e franze o cenho. Em seguida, cerra os olhos. Seus lábios movem-se, em silêncio, hesitantes. Mas então ele começa:

Festival de Alimentos Gelados
Num belo dia primaveril, pacato e sossegado,
Sai a fumaça em caracóis do incenso que se extingue
no turíbulo de jade.
Sonhos voltaram à minha mente enquanto eu cochilava
no travesseiro em forma de colina que dissimulava...

Pan Zanhua titubeia e, em seguida, para. A fim de ajudá-lo, ela recita mais um trecho:

— "Minhas presilhas com enfeites floridos..."

Ele pigarreia.

— "Rio..." — reinicia ele e, então, para de novo. Por fim, abre os olhos e dá de ombros. — Você venceu, senhorita.

Sorrindo, Yuliang termina o poema, enquanto enche a taça dele:

Ainda não regressaram as andorinhas-do-mar;
Diverte-se o povo com o jogo
Das contendoras ervas verdes.
Murcham as flores da amoreira, saem os amentos dos salgueiros;
Vem o crepúsculo, e pingos suaves de chuva
Umedecem o balanço do jardim.

Quando ele sorve a bebida, as cordas finas e esticadas de seu pescoço vibram como as de um *erhu*. Ao terminar, ele a estuda com expressão indecifrável.

— Ofendi você? — pergunta Yuliang.

— Não esperava que conhecesse Li Qingzhao tão bem.

— E eu esperava que *você* a conhecesse melhor.

Sua frase parece mais sarcástica do que ela queria. Porém, ao que tudo indica, ele não se ofendeu.

— São versos femininos, afinal. Mais musicais que propriamente poéticos, na verdade. Nós não estudamos poemas de mulheres. Ninguém que eu conheça estudou.

— É uma pena, creio eu.

— Talvez. — Ele termina a bebida. — Conhece outros poemas de Li Qingzhao?

— Acho que quase todos. — Mais uma vez, as palavras saem antes que ela se dê conta do quão impróprias parecem. Entretanto, o inspetor não a fita com desdém, mas com grande concentração, como se estivesse lutando para solucionar um problema intrigante.

— Quer dizer que os clássicos foram incluídos no seu... treinamento.

— Não. Pelo menos, não esses. Além das canções, não nos ensinam muitos poemas.

— Então, onde...

— Meu tio era... diferente.

— Diferente em que sentido?

Yuliang hesita, sem saber ao certo como continuar. Nunca fala de Wu Ding. Porém, olhando nos olhos deste homem estranho, sente-se inexplicavelmente tentada a contar a ele não apenas a história do *jiujiu*, como também a sua.

Yuliang fica tão insegura com relação a esse assunto, sem saber se deve prosseguir, que mal nota quando Mingmei se levanta para se dirigir ao assento desocupado ao lado de Yi Gan. Entretanto, percebe quando o lamento monótono do peipá passa a encher o ambiente. Como número um, é ela que decide quando fazer um gesto para que se inicie a música.

Ao seu redor, os clientes pedem sua aprovação.

— Uma canção... Isso mesmo, música!

Mingmei põe a mão no pescoço, protestando:

— Minha garganta está tããããããão seca hoje — diz com a voz esganiçada. — Acho que estou ficando doente... Talvez minha colega possa nos dar a honra. Se, claro, o novo inspetor permitir que ela cante para todos os convivas.

— Ah — exclama Yi Gan, sorrindo de forma afetada. — E então, Vossa Eminência, podemos tomá-la emprestada?

Pan Zanhua contempla com surpresa o grupo embriagado, como se só neste momento houvesse percebido a presença das pessoas ali.

— Não é uma questão de emprestar — responde ele, com rispidez. — Com certeza, não sou dono dela.

E, em seguida, levanta-se de imediato, pedindo licença.

Yuliang observa-o dirigir-se à porta que dá para o pátio enquanto os pedidos para que cante aumentam. Somente depois que ele sai, ela faz o esforço de se levantar e passar pelos braços esticados e pelos bafos inebriados de sua plateia.

MAIS TARDE, QUANDO os garçons limpam a bagunça deixada pela festa e os membros da Associação vão cambaleantes encontrar-se com as esposas, as concubinas ou as flores da Casa, Yuliang e Mingmei, colegas e amigas de novo devido ao tratamento frio dispensado por Pan Zanhua a ambas, dão de ombros sob as jaquetas acolchoadas. Ao repassar os convites de atendimento que restam, Yuliang pensa, cansada, nos encontros que ainda terá de enfrentar. Além, claro, de Yi Gan, que dormirá ali, tal como em quase todos os sábados. Ela faz uma careta ante a ideia. Sabe como ele age na cama quando está aborrecido.

No momento em que se dirige à porta, porém, o mercador aparece em sua frente.

— Não vou ficar com você mais tarde — informa ele, com rispidez. — Vou reservá-la para outra pessoa.

— Outra pessoa? — Ele nunca a mandou para outro cliente antes.

Yi Gan observa-a como um garoto contempla um inseto com uma lente de aumento à luz do Sol.

— Nosso novo inspetor da alfândega. Parece que ele precisa de um pouco mais de persuasão.

Por alguns instantes a cabeça de Yuliang rodopia, tanto diante da ideia de ver Pan Zanhua de novo quanto de ele pagar, de fato, por seus serviços. Ele lhe deu a impressão de que seria o último homem na face da Terra a querer pôr as mãos em uma sirigaita de bordel.

— Ele vem para a Casa? — ela consegue perguntar.

— Não, você vai até lá.

Yuliang respira fundo.

— E a que horas ele estará me esperando?

O mercador sorri.

— Ah, aí é que está a graça do encontro. Ele não está esperando por você.

Doze

A CASA DO NOVO INSPETOR é elegante e imponente, com três andares, janelas de vidro e um pátio calçado com pedras. Ao passar pela portinhola em formato de Lua, Yuliang é obrigada a admitir que, sem dúvida alguma, é a residência mais bonita que já visitou. Ainda assim, enquanto se encontra ali sente uma vontade premente e agonizante de fugir, não apenas porque ainda está aflita em virtude do contato que os dois tiveram anteriormente, como também porque a situação lhe oferece a melhor oportunidade até hoje. A liteira da Casa encontra-se em outra parte, tal como o criado, pois este atendimento de última hora não foi previsto; assim sendo, só esperam que ela volte pela manhã. Além do mais, Yuliang leva o depósito pago por Yi Gan em sua bolsa.

Por um instante, só por um instante, considera a possibilidade de mentir. Ir embora. Vê a si mesma em um barco, partindo para longe. No entanto, quando seus pensamentos se concentram na água, lembra-se da moça no lago Wuhu. As folhas do bordo japonês, na parte central do pátio, esvoaçam com o vento e, em meio aos seus sussurros, Yuliang ouve a voz da qual mais sente falta: "A única forma de fugir deste lugar é fazer o que eles querem."

Ah, Jinling.

Yuliang passa as mãos no casaco. *É apenas pele*, lembra a si mesma. Então, bate uma vez. E de novo.

ENQUANTO OS OLHOS SE AJUSTAM à penumbra no interior, Yuliang investiga a decoração da sala: uma longa mesa de sequoia, um sofá entalhado, simples, porém de boa qualidade. Em cima da mesa, há um vaso Ming cheio de crisântemos. Na parede, um quadro com um poema que transpira solidão, como um aroma doce e úmido. As montanhas pintadas são negras e escarpadas, envoltas em uma névoa tão real que Yuliang sente um calafrio. O poema parece uma delicada dança de aranhas, que a jovem não consegue ler. Pinhos sombrios encobrem os picos, com gotículas de chuva tão perfeitas que ela estica a mão, pensativa, em direção ao orvalho. Tudo feito com tinta. Mera tinta! Para Yuliang, parece quase uma obra divina. Como a batalha de 18 mil anos de Pan Gu para separar o céu da terra.

Yuliang ainda se encontra ali, com o nariz quase encostando no vidro do quadro, quando a criada que abriu a porta volta. A face enrugada da mulher continua tensa, com um ar de ultraje mal disfarçado. Assim que ela vê a jovem próxima ao quadro, quase tem um ataque.

— Não toque nisso — ordena, indignada. — Vale mais do que a sua vida inteira, do início ao fim.

Yuliang afasta-se, sobressaltada.

— Ele... ele vai me receber, tia?

— Humpf! — é a resposta. A velha gira em seus diminutos calcanhares e segue rumo ao corredor. Após alguns degraus, olha-a por sobre os ombros:

— Venha. Ele é um homem ocupado.

PAN ZANHUA MUDOU DE ROUPA. Em vez do terno ocidental, usa um roupão chinês, típico de eruditos. Há um livro aberto na escrivaninha à frente dele, com um bloco de notas. A letra é bonita e bem feita, com curvas definidas e traços curtos. Com a criada ao seu lado como um carcereiro corcunda, Yuliang aguarda à entrada enquanto ele termina. Quando Pan Zanhua a vê, seus olhos arregalam-se. Coloca com cuidado o pincel próximo ao tinteiro. O lado esquerdo de seu rosto está manchado de preto.

— Boa noite — diz Yuliang. Em seguida, tartamudeia ao buscar as palavras para justificar sua presença: — Eu... quer dizer, mestre Yi, da Associação de Mercadores...

Ele pega o pincel, e a jovem se vê dando uma risada que mais parece um soluço de ansiedade.

— Espero que não esteja planejando escrever o que digo. — Pan Zanhua fita Yuliang como se ela tivesse acabado de cair do céu e quebrado o telhado. Porém, não resta outra escolha à jovem senão prosseguir: — Seus amigos me enviaram. Sabem como é difícil ser um recém-chegado numa cidade estranha. E as noites estão geladas agora. Tão úmidas e solitárias...

No caminho até ali, as palavras aparentaram ser sofisticadas e poéticas. No entanto, proferidas, dão a impressão de ser totalmente absurdas.

Perdendo a paciência, ela tira o bolo de notas de Yi Gan, fazendo com que as sobrancelhas do inspetor subam como passarinhos espantados.

— O que é isso?

— Seu depósito. Mestre Yi pagou para o senhor. Solicita humildemente que aceite.

A criada solta uma exclamação exasperada. O inspetor fita-a, franzindo o cenho.

— Pode ir, Qian Ma. — Como a outra não arreda o pé, ele repete: — Saia, por favor.

— *Aiyaaa* — sussurra a velha. — Preferiria morrer a ter visto isso! — Em seguida, dá a volta, contornando Yuliang com passadas fortes, como se a jovem fosse o coletor de fezes.

O inspetor observa, com semblante inexpressivo, a cena. Depois que a criada se retira, ele dirige-se à jovem, acenando.

— Entre, por favor. — Faz um gesto com o queixo, indicando a *chaise longue*. Ela senta-se, sentindo-se como uma garotinha prestes a ser castigada. Tem até vontade de balançar os pés.

— Você sempre trabalha até tarde? — pergunta Yuliang, por fim, ao menos para quebrar o gelo.

— Não é trabalho. Ao menos, não aquele que seus amigos estão se esforçando tanto para influenciar.

— Eles não são meus amigos. — A frase sai da mesma forma espontânea como a mão dela pegou a taça de vinho dele. Ela contrai os músculos, esperando que seu atrevimento o leve a se fechar de novo: *puf*.

No entanto, a expressão do inspetor é apenas de leve surpresa:

— Desculpe.

Não precisa pedir desculpas, Yuliang tem vontade de dizer. *Os homens pedem desculpas demais*. Mas isso também pareceria rude. E falso: pelo que ela sabe, eles nunca se desculpam, o que também o diferencia.

— Digamos que *é* uma espécie de trabalho — prossegue Pan Zanhua, fazendo um gesto com o queixo em direção ao livro. — Depois da nossa conversa, quis reinvestigar Li Qingzhao.

— Só porque não quer perder outro desafio.

Ele esboça um sorriso.

— Talvez. De qualquer forma, eu volto o tempo todo para este mesmo verso. — Aponta para o trecho. Yuliang apenas balança a cabeça, constrangida. — É aquele chamado "Riacho". Começa assim: "Possui milhares de delicados fragmentos de lâminas de ouro/ E tanto suas florescências..."

— "Quanto suas folhagens são ornadas de jade" — interrompe ela. O que, mais uma vez, é uma grosseria indizível. Porém, por algum motivo, queria que ele soubesse que conhecia o poema. — "As flores da ameixa são por demais comuns/ Os lilaseiros, ordinários, quando comparados a ela/ Ainda assim, sua fragrância penetrante afugenta meus sonhos vãos à cata de lugares distantes./Quanta crueldade!"

Outro breve silêncio. Ele a observa de novo, com aquele estranho olhar de quem tenta solucionar um enigma.

— O que você acha que significa? — pergunta Pan Zanhua, por fim.

A jovem para e pensa alguns instantes.

— Não sou especialista, mas sempre achei que ela queria dizer que... que não importa o quanto sintamos falta do passado, nossas raízes estão no presente. — Baixa os olhos. — Por mais banal que isso seja.

O inspetor pega o pincel, anota algo no bloco e circunda o que escreveu com a tinta.

— Você disse que conhece quase todos os poemas dela.

— Conheço — diz Yuliang, sem poder evitar um certo orgulho. — Apesar de ser apenas uma mulher, é a minha poetisa preferida. Não só pela beleza de seus poemas, como também por ter sido uma pessoa de fibra. Ela enfrentou muitas dificuldades: perdeu a terra, o marido e viveu no exílio. — Hesita. — Curvava-se, mas não quebrava. Acho que deve ter sido a poesia que ajudou essa mulher a sobreviver.

Ele fita-a com curiosidade.

— Por que diz isso?

— É o que *me* ajuda a sobreviver — revela, com sinceridade. — As palavras são reconfortantes, não acha?

— E você... você precisa ser reconfortada. Às vezes.

A ideia de que ele talvez ache que ela não precisa disso é tão perturbadora que Yuliang nem responde.

— Por que não recita outra? — pede ele, com suavidade. — Para mim?

Não, pensa a jovem. *Não, não, não. Não há nada menos sedutor que uma mulher fingindo ser inteligente*. Porém, o poema sai, quase que por vontade própria:

— "Quem plantou o *bajiao* sob minha janela? / Sua sombra se alastra no quintal; sua sombra se alastra no quintal..." — As palavras vêm cada vez mais rápido e soltas, como líquido derramado de uma xícara entornada. Mas Pan Zanhua não aparenta estar aborrecido. Inclina-se, franzindo ainda mais as sobrancelhas. Yuliang prossegue: — "Com saudades de meu amado, desolada,/ É impossível suportar o som pesaroso/ da chuva." — As mãos bonitas do inspetor parecem tremular ligeiramente.

— Se não estou equivocado, você me disse que aprendeu isso com seu tio.

Ela assente.

— Ele é... era... um estudioso de clássicos. — O que, dada a formação pouco instruída e o parco domínio de literatura por parte de Wu Ding, está tão longe da verdade quanto chamar o reflexo lunar de Lua. Não obstante, acrescenta: — Era uma autoridade também, em Zhenjiang. — Mais longe ainda da verdade: antes que os sonhos alciônicos das casas de ópio acabassem com suas ambições, o *jiujiu* fez o concurso público local três vezes e não passou nenhuma vez.

— Qual é a posição dele? — quer saber o inspetor. — Vou a Zhenjiang a negócios.

— Ele morreu — ela inventa depressa. *Por que continuo a mentir?* — Caiu... caiu de um barco. Quatro anos atrás. Quando me trazia para cá. — *Cale a boca*, diz a si mesma. *Fique quieta.*

Ouviu-se um leve resmungo do outro lado, no corredor. "Humpf!"

— Qian Ma! — grita o patrão. — Vá dormir!

Entreouve-se a voz fina pela porta outra vez.

— Humpf! Em toda a minha vida... — E, de novo, ressoam os passos fortes enquanto ela se retira.

Ele sorri, constrangido.

— Vai ter que perdoá-la. Ainda acha que mulheres respeitáveis nem deviam falar em público, se puderem evitar. Muito menos visitar amigos homens.

Respeitáveis? Amigos? Yuliang olha-o, perplexa. Porém sua voz e sua face mantêm-se relaxadas. Mas a interrupção faz com que se lembre de sua missão. Observa o maço de dinheiro que ainda segura. Pensa em Mingmei, estuprada e surrada. Em Dai, prostrada na chuva. Levantando-se, coloca a bolsa, o lenço e o dinheiro na mesa.

— Bom... — diz a jovem, com suavidade. Conforme vai se aproximando, tenta ignorar a expressão de pânico no rosto dele e a forma como se recosta na cadeira, para trás, como se desejasse manter distância entre os dois. Enquanto se inclina, vislumbra o pescoço do inspetor, branco e firme, tal como as mãos. Embora houvesse planejado sentar-se no colo dele, ao encará-lo, neste momento, tem a sensação de que seria tão gracioso quanto plantar bananeira. Em vez disso, ajoelha-se. — Já está tarde — sussurra. — Não está cansado? — Segurando a mão dele, leva-a até a maçã do seu rosto, receando que note que ela está tremendo. Após haver sentido a pressão calosa dos dedos grossos de Yi Gan, os de Pan Zanhua parecem tão macios quanto os de uma mulher.

De súbito, ela gela. O inspetor exerce pressão para que ela se levante.

— Quero que vá embora.

— Embora? — Ela abre os olhos.

— Não posso fazer isso.

Yuliang fica de pé, trôpega.

— Não tem problema — diz ela. — Sério. Já está tudo resolvido. Quer dizer, eu. Mesmo que não queira... isto. O dinheiro. — Oferece-o. Mas, quase com violência, ele afasta de si o braço estendido. As notas espalham-se no piso, como entulho. A jovem pestaneja, surpresa. Não achou que ele seria agressivo.

Ela dá um passo atrás, com cautela. Porém, ele não a toca de novo. Apenas passa a mão no lado esquerdo do próprio rosto, onde está a mancha de tinta.

— Não quis fazer isso — ele diz, com a voz rouca. — Acontece que você é... Eu não sou... — Cobre o rosto com as mãos. — *Aiyaaa!* Não vê? Vim até aqui justamente para combater esse tipo de coisa.

— O amor? — pergunta ela, tolamente.

Pan Zanhua contorce os lábios.

— A corrupção. A exploração dos elementos vulneráveis da sociedade. Você é uma mulher linda... — prossegue, mas para em seguida. — Está vendo só? Nem sei qual é o seu nome.

— Yuliang. Zhang Yuliang.

— Claro. Bom Jade. — Ele dá um sorriso seco. — A pequena jade do ano do javali.

Ela assente, estupefata. Tinha se esquecido da breve conversa que tiveram sobre signos.

— Você sabe, não sabe, *xiaojie* Zhang, que se ficar aqui, eles terão vencido. Eu ficaria em dívida com eles, que, além disso, também poderiam usar contra mim nossa... o que quer que aconteça entre nós. É o que realmente querem.

A mente da jovem rodopia, apesar de as palavras dele fazerem um certo sentido. Além do dinheiro da Associação de Mercadores, Pan Zanhua também pagaria se dormisse com Yuliang esta noite. Da mesma forma que ela vai pagar se *não* dormir com ele. Desesperada, busca uma solução. Poderia ficar algumas horas com a criada e voltar de manhã, como se houvesse concluído a missão. Dar a eles o dinheiro do sinal e dizer-lhes que o restante virá em breve. Talvez desse certo. Por um tempo, pelo menos...

Mas, a bem da verdade, não seria possível. Yuliang sabe disso. Já imagina a conversa que o jovem inspetor teria com Yi Gan mais tarde: "Gostou de seu presente, mestre Inspetor?", "Ah, sim, ela dormiu no chão, com a minha criada."

— Não posso simplesmente ir embora — explica ela.

— Por quê?

Ela ajoelha-se, juntando o dinheiro espalhado à sua frente. Ajoelhando-se também ao seu lado, ele entrega-lhe duas notas que caíram próximo ao seu pé.

— Está bem, então. Você vai dizer para eles o seguinte: que eu não estava me sentindo bem hoje. — Ele vai tendo as ideias enquanto fala. — Diga que... me pegou de surpresa. Que não recusei o presente deles, apenas adiei seu recebimento. E que o receberei de uma forma diferente. Não como... — Faz um gesto, sem jeito. — Mas algo distinto. Como um passeio pela cidade.

— Um passeio? — A princípio, acha que é uma daquelas expressões raras da área do comércio que ela ainda não aprendeu, da mesma maneira que *deitar sob a colcha quente* é um eufemismo para as visitas matinais à Casa.

No entanto, o inspetor quer dizer exatamente aquilo.

— Vamos passear pela cidade na minha liteira. Você pode me mostrar os locais mais importantes e me ajudar a conhecer tudo. Será um serviço relacionado aos negócios. — Ele olha por sobre o ombro; ela acompanha seu olhar até o longo relógio de parede próximo à janela. — Vamos sair daqui às nove — conclui, de forma assertiva.

— Nove — repete Yuliang, desalentada. É pura loucura; a mera perspectiva de sair dali neste momento, às três da madrugada, e voltar apenas seis horas depois a exaure. Além do quê, ela se imagina perambulando com Pan Zanhua pelos bairros. Será que ele acha mesmo que isso evitará as fofocas? *Você não conhece esta cidade*, tem vontade de lhe dizer. *Aqui não é Xangai.*

No entanto, quando ele a ajuda a levantar-se, ajeitando metodicamente as notas e guardando-as na mão dela, Yuliang fita-o. E, mais uma vez, sente que Pan Zanhua se interessa, que não está apenas observando-a, mas *escutando-a* de fato. Mesmo quando ela não diz nada.

A jovem pega o dinheiro e concorda, obediente, como se tudo aquilo realmente fizesse todo o sentido.

YULIANG LEVA MAIS DE UMA hora para convencer a Madrinha de que não fracassou e mais outra hora para persuadi-la a deixá-la sair de novo, sozinha. No fim das contas, ela pode ir, mas só depois de haver jurado que hoje, pelo menos, o dia terminará como deveria ter iniciado: na cama do sujeito.

— Só vou dizer uma vez — diz a Madrinha, contrariada. — Tome isto como um teste. Se voltar sem a semente dele no seu corpo e sem o dinheiro também, o resultado vai ser pior do que o que aconteceu com Mingmei.

Quando madame por fim a dispensa, o Sol já está nascendo. Yuliang dirige-se depressa ao quarto, onde fica andando de um lado para o outro, nervosa demais para dormir. Enquanto a claridade vai ficando cada vez mais forte, ela permanece sentada à penteadeira, fazendo esboços inconsequentes com um lápis. As imagens vêm e vão: a frágil melancolia da montanha do quadro de Pan Zanhua, a sensação da mão dele em seu rosto, a emoção estranha e intensa que ela sentiu ao recitar "Ai Lian Shuo" para ele. Yuliang imagina outra cena, na qual tudo ocorre diferente do que realmente aconteceu... Em vez de as mãos dele se afastarem de seu rosto, fazem o que ela espera e deseja: percorrem seu corpo. Se o tivessem feito, pensa, ela poderia dormir sem se preocupar com castigos e humilhações. Por outro lado, provavelmente não o veria de novo. A ideia é inexplicavelmente desoladora. Ao se deitar, Yuliang sente uma pontada de tristeza se aninhar em seu peito.

Duas horas depois de ter conseguido, por fim, dormir, Yuliang levanta-se de um salto. Chega até a cantarolar um pouco enquanto se arruma. Nota pela primeira vez como o sol matinal forma um arco-íris na borda do vidro, circundando a Garota do Espelho com todas as cores do mundo. Lava-se e veste-se com cuidado, usando as roupas mais sóbrias que tem. Passa apenas pó de arroz. E faz até um penteado igual ao das virgens. *Por que não?*, pensa. *Por que não?*

E, por incrível que pareça, dá certo. Desta vez, quando bate à porta, a criada nem sequer a reconhece.

— Entre — diz a velha, apenas levemente hesitante. Não com relação à identidade de Yuliang, mas com o fato de uma jovem de cara lavada estar batendo na porta de seu patrão, sozinha, tão cedo, em horário sem dúvida alguma respeitável.

Treze

MEIA HORA DEPOIS DE INICIADA a "excursão", Yuliang é obrigada a admitir como sabe pouco a respeito da sua cidade. Conhece os restaurantes e as casas de chá. As casas de ópio, claro. Bem como o bordel do barco florido do rio, o maior concorrente da Casa. Porém, percebe, de repente, como viu pouco além disso neste aglomerado urbano frenético. Diante da placa de pedra considerada o marco mais antigo da cidade, Yuliang não pode dizer nada a respeito para Pan Zanhua, exceto que é muito antiga e que com duas moedas de cobre ele pode comprar materiais para copiar por fricção o texto arenoso. Contudo, até esta última informação é inútil, já que ela percebe (tarde demais) que isso já está escrito no cartaz do vendedor de carvão.

— Acho que o texto conta uma história — conclui ela, debilmente, enquanto seu companheiro entrega moedas ao vendedor. Observa o diminuto desenho gravado no granito: trata-se do esboço de um bico, uma asa. — Alguma coisa sobre um pássaro.

Pan Zanhua contempla os traços delicados, acariciando o próprio rosto. A marca de tinta de sua face, situada exatamente no ponto em que ele passa a mão neste momento, desapareceu. Yuliang imagina-o diante da bacia de rosto, a água escorrendo por sua fronte em camadas transparentes.

— Isso foi escrito por Mi Fu — informa ele. — Já ouviu falar? É um dos grandes artistas da dinastia Song. — Acompanha o texto com um dedo. — Conta a história da garça e da tartaruga. A tartaruga se cansou de viver na lama e pediu que a garça a levasse para o céu. E ela o fez, com uma vara de bambu. Cada animal pôs a boca em uma das extremidades.

— E deu certo? — quer saber ela, bocejando e se sentindo meio cansada após a longa noite.

— Parece que sim. — O jovem inspetor pega o rolinho de papel fino do vendedor e retira a fibra de cânhamo que o prende. — Mas deve ter sido uma viagem silenciosa. Os dois sabiam que, se algum deles abrisse a boca, a tartaruga despencaria e morreria.

Yuliang percorre com o olhar os delicados rabiscos gravados na pedra. A escrita, feita em estilo antigo, está gasta. Ela acha, por uns momentos, que lê *céu* e *montanha*. Então, Pan Zanhua estica o braço e oferece-lhe o pedaço de carvão.

— Tome, *xiaojie* Zhang. Por que não tenta? Acho que, de nós dois, você é que tem mais talento.

— Duvido — diz ela, rindo. Não obstante, pega o fragmento de carvão e toca-o, por alguns instantes. Em seguida, com alguns movimentos rápidos, inexplicavelmente satisfatórios, pinta a folha, observando a imagem surgir como mágica.

Enquanto passeiam, Pan Zanhua explica-lhe seu trabalho: por que foi mandado até lá e por que sua missão é tão importante para ele.

— É uma desgraça. Uma calamidade. Por isso este país está tão enfraquecido, comparado com os países modernos do Ocidente.

— Os impostos são altos demais? — pergunta Yuliang, com certa autoconfiança. Yi Gan disse que eram os tributos a causa dos problemas da nação.

— Não, mas o fato de que, na maioria das vezes, eles não são pagos. E metade do valor que é pago acaba no bolso das pessoas erradas. — Ele pega uma latinha de chá de um vendedor ali perto. — Eu pergunto: quanto esse ambulante vai vender? Na certa, mais do que duas dúzias de latinhas hoje, você não acha? — Sacode o recipiente, provocando um leve ruído. Pelo visto, não havia muito ali dentro. — Multiplique isso por mil. Por um milhão. Quantas versões disto existem em todo o país? Daí multiplique *isso* por outros milhões. Pense em todas as mercadorias que mudam de mãos todos os dias.

Yuliang pensa nos clientes que chegam, gemem e vão embora. Nas gorjetas guardadas na mesa de cabeceira. Tal como todos as demais, ela esconde metade do dinheiro. A outra metade é empregada para saldar as dívidas com as empregadas, o criado e a Madrinha. A jovem pensa também nos livros-caixas da madame e nas visitas ocasionais do antigo inspetor da alfândega, nos dias festivos. As contas dele eram enviadas direto para o mercador Yi. Ao se recordar disso, ela começa a compreender.

Pan Zanhua coloca a latinha no lugar e pega outra. Na etiqueta, uma mulher esguia abana-se.

— Chá especial, emagrecedor — explica o vendedor. — Essa fórmula acabou de ser lançada.

O inspetor sorri. *Como será que ele é na cama?*, pensa Yuliang, de repente. O pensamento a aturde; nunca teve curiosidade a respeito dos homens e de seus hábitos sexuais. Simplesmente atende a todos, recebe seus presentes e tenta esquecê-los. Mas com o inspetor é, de certa forma, diferente. Ele fala de modo caloroso e cordial. Não a olha como se estivesse enfadado ou excitado, mas como se realmente fizesse questão de que ela o ouça. E evita a todo custo tocá-la.

— Nossa economia é gigantesca — diz ele, gesticulando com a mão livre. — Negociantes japoneses e ocidentais aparecem aqui diariamente, torcendo para vender pelo menos um item, seja ele um chapéu barato ou uma barra de sabão para os habitantes, pois, se conseguirem, obterão vendas na ordem de meio bilhão... meio *bilhão*. Acontece que, apesar de todo esse comércio, o governo ainda tem que implorar por mais malditos empréstimos no exterior.

— Vou fazer um bom preço para o senhor — tenta persuadir o vendedor. — E um até melhor para duas latinhas, uma para o senhor e outra para a mocinha bonita. — Dá um sorriso malicioso. Mas seu alvo simplesmente ignora-o.

— Estamos longe de conseguir dinheiro para construir as escolas necessárias para que nossa gente acompanhe o resto do mundo — prossegue o inspetor. — Todas as principais estradas de ferro são controladas por estrangeiros. Os japoneses estão transformando nossos dirigentes em marionetes.

— Você não morou no Japão?

— Fiz faculdade lá.

— Deve ter sido interessante.

Ele dá de ombros.

— Foi diferente do que eu esperava.

— Diferente como?

— Achei que com toda a atitude e o ensino modernistas de lá, eu me sentiria mais em casa. Mas, mesmo depois de quatro anos, ainda tinha a sensação de ser um estrangeiro lá também.

Também? Yuliang faz uma pausa, um pouco impressionada tanto com a implicação daquelas palavras quanto com a forma como, de supetão, resumem seus próprios sentimentos. Nunca pensou em si mesma naqueles termos: como uma estrangeira. Porém, dá-se conta subitamente de que é assim que se sente na Casa, com suas flores presunçosas e tagarelas e os clientes de baixo escalão pelos quais elas competem. Com seus dramas secretos, suas pequenas tragédias e seus parcos triunfos. Por mais que tente, ela nunca consegue entender aquele mundo, muito menos se importar com ele. *Pan Zanhua tem razão*, pensa a jovem, estranhamente inspirada. *É como se falassem um idioma desconhecido.*

— Quer descansar, *xiaojie* Zhang?

Ao vê-la parar de repente, o inspetor também o faz.

— Hein? Ah. Não, não. É que... — Yuliang apressa o passo, para alcançá-lo. Se ele está ciente de haver dito algo inusitado, não o demonstra.

— Olhe só! — comenta ele, apontando para um homem esquálido, sendo levado por policiais. — Depois de mais de um século tentando, ainda não conseguimos extinguir a fumaça tóxica que está envenenando a nossa essência.

— Mas é possível acabar com ela?

— Tudo é possível, com o espírito e os líderes adequados.

— Não acredita mesmo nisso, acredita?

— Por acaso alguém acreditou que os japoneses conseguiriam derrotar a Marinha russa?

— Os japoneses devem ter acreditado, com certeza.

Ele pestaneja e, em seguida, ri.

— Exatamente o que eu queria dizer.

O velho vendedor eleva a voz, sentindo estar prestes a perder uma venda.

— Vossa Eminência não gostaria de provar o produto? Leve um de graça. Se gostar, daí pode contar para suas outras amigas. — Olha de esguelha para o final da rua, no ponto em que a liteira se encontra à vista, as cortinas azuis oficiais esvoaçando ao vento. Pan Zanhua acompanha o olhar do homem e, então, volta a fitar Yuliang. Pela primeira vez naquele dia, ela o vê hesitar. *Agora ele vai mudar*, pensa a jovem, retesando-se. *Vai ver que andar comigo não causa boa impressão. E será o fim.*

No entanto, o inspetor apenas balança a cabeça.

— Não, obrigado.

OS DOIS PROSSEGUEM, passando pelo mercado de peixe, com os produtos escamados e seus matizes nas cores do arco-íris morrendo e secando em pilhas, e param diante de contorcionistas fazendo malabarismo e curvando-se como se não tivessem um osso sequer.

— Quando eu era criança — conta ele a Yuliang —, vi umas gêmeas da Mongólia fazendo isso. Uma delas me deu um belo sorriso, com a cabeça próxima aos pés. — Ele ri. — Eu tinha acabado de passar dez horas em um quarto sombrio, escrevendo e reescrevendo clássicos. A menina parecia divina. Durante semanas pensei em ir trabalhar com aquela companhia de artistas.

— Sério mesmo?

Pan Zanhua meneia a cabeça.

— Meu pai era um intelectual; um *jinshi*, de acordo com o antigo sistema. O meu avô também. Teria sido terrivelmente desonroso para ele. — Olha a jovem de soslaio. — O que foi que você disse ontem à noite sobre o destino? Que não achava que tenha tido escolha?

É a primeira vez que ele menciona a noite anterior. Yuliang desvia o olhar, fingindo estudar uma velha sentada a uma mesa cheia de mapas de mãos e rostos.

— Acha que as pessoas podem ler a sorte? — pergunta ela. — Meu tio dizia que eram charlatãs.

Pan Zanhua dá uma gargalhada.

— Existem mulheres que fazem qualquer coisa se lhe pagarem o bastante. — Yuliang para de andar de novo, enrubescendo. Ele olha para trás, para ela, a princípio surpreso. Em seguida, dá-se conta da gafe e fica nitidamente constrangido. — *Xiaojie* Zhang. Você... Você sabe que eu não tive má intenção.

— Claro que não. — Yuliang mantém os olhos colados no chão.

— Por favor. Não pense que...

— Isto é uma idiotice — interrompe ela, bruscamente. — Deve saber que não é bom para o senhor ser visto comigo desta forma. — Com grande esforço, encara-o novamente. — Por que me trouxe?

Para sua surpresa, ele aparenta estar pensativo, como se de fato estivesse considerando sua pergunta.

— Creio que isso também nos remete ao que você me disse ontem à noite — diz ele, por fim.

— Sobre o destino?

— Sobre nossas raízes estarem no presente.

Trata-se de uma resposta tão absurda que ela quase ri. Porém, ele dá um passo em sua direção, a expressão ainda séria. Pela primeira vez desde que se conheceram, ele a toca de modo deliberado, pousando a mão com delicadeza em seu antebraço. Yuliang se sobressalta. Mas não se afasta.

— Sempre acreditei — prossegue ele, com suavidade — que se os céus *realmente* nos dão nosso destino, oferecem também as ferramentas para moldá-lo.

— "O homem é sua própria estrela" — sussurra ela, devagar. — "E a alma que se converte em um ser honesto e perfeito comanda toda luz, todo poder, todo destino." — A lembrança do tio faz o estômago da jovem embrulhar.

O inspetor observa-a por um instante; mais uma vez, aquele olhar, que parece tentar captar algo fora de seu alcance. Então, balançando a cabeça, ele se vira para a mesa do ferreiro, perto da qual pararam.

— Eu estava curioso para saber de onde vinha isto. Recebi uns seis de presente. — Pega um dos objetos sobre a mesa: um pequeno quadro com um lótus, feito inteiramente de metal preto.

Pelo menos isso ela conhece.

— É uma tradição daqui. Dizem que começou com uma discussão entre um ferreiro e um pintor. O artista disse para o artesão que o trabalho dele não era arte e que um martelo nunca faria o que o pincel fazia. O ferreiro disse, então, que ele estava redondamente enganado. Foi para a bigorna e criou o primeiro quadro de ferro de Wuhu.

Pan Zanhua pega uma das imagens, que são do tamanho da palma de sua mão: uma enorme orquídea. A flor aparenta absorver a luz do Sol.

— Creio que o artista tinha razão.

Yuliang sente uma onda de compaixão pelo artesão, um jovem de mãos grandes e olhar resignado.

— Não acho que sejam ruins — diz ela. É preciso ter talento para arquear o metal rígido e criar algo belo.

— No mínimo, muita determinação. — Ele ergue a orquídea. — Posso comprá-la para você?

Yuliang contempla o suvenir, recordando-se de súbito do primeiro quadro de metal que viu. Vê a imagem do tio examinando-o com atenção, enquanto, às suas costas, uma estranha apalpa a sobrinha...

— Algo errado? — quer saber o inspetor.

A jovem fita-o. Por alguns segundos inexplicáveis, tem a sensação de que quer bater nele. Porém, limita-se a menear a cabeça.

— Não... não. É que... — Desviando o olhar, observa outro vendedor, que entrega um inhame assado a um jovem monge. Ela não consegue deixar de notar, pois sempre se dá conta desses tipos de detalhes, que o manto do religioso é quase do mesmo tom que o alimento gratuito. — Preferiria que me convidasse para almoçar.

ELES VÃO PARA UMA CASA de chá situada na ribeira, à qual Yuliang foi com Jinling em uma de suas consultas bimensais com as cartomantes. O inspetor pede chá, peixe ao vapor com chili e camarões. Manda que tragam também brotos de bambu, embora estejam caros e fora da estação. A pequena cabana oscila no rio, a apenas metros de distância da água salobra em que a população de baixa renda da cidade mergulha os bebês e as roupas sujas. Enquanto o dono lhes traz chá, ouve-se o som de risos e de respingos no rio.

— Você parece pensativa — comenta o inspetor.

— Desculpe.

— Não diga isso. Em que está pensando?

Uma ligeira comoção: mais uma pergunta inusitada. Yuliang pega seu lenço e esfrega-o na pequena mancha de carvão em sua unha; em seguida, passa-o no restinho de vermelho que ficou quando ela tirou o esmalte na noite anterior.

— Nos ruídos, nas risadas — diz ela.

— E o que têm eles?

Quando o Yuliang fita, os olhos dele parecem terra recém-revolvida.

— Minha mãe costumava lavar roupa assim.

— Ela mesma lavava a roupa? — pergunta ele, descascando um camarão.

— Nós tivemos uma situação privilegiada até determinada época. Meus pais eram bons no que faziam; o bordado da minha mãe estava entre os melhores do condado. Mas meu *baba* não sabia ler e foi passado para trás nos negócios. Perdeu tudo. — Ela pega um camarão e começa a descascá-lo também. — Ele queria ter um filho, para que se tornasse intelectual e o sustentasse na velhice. Minha mãe disse que ele ficou arrasado. — Faz uma pausa. — Eu não me lembro de ter tido empregada, até ir para a casa do meu tio.

— Ah, sim, o intelectual que caiu do barco.

— Isso mesmo — confirma ela, limpando as mãos no lenço.

— E quando ele morreu, você veio para cá... Como?

— Um homem que meu tio conhece... conhecia... cuidou de tudo. Ele estava endividado.

Ele apenas assente e, em seguida, pega o lenço que ela colocou na mesa.

— Muito bonito — comenta, examinando as flores e os pássaros bordados.

Yuliang balança a cabeça, em atitude autodepreciativa.

— Minha mãe bordava muito melhor do que eu. Mas, quando eu vim para cá, pensei que ia viver disso.

— Talvez pudesse ter sido assim — diz ele, olhando-a seriamente. — Talvez ainda possa. Talvez seja uma de suas ferramentas.

— Não, não poderia ter sido assim — enfatiza ela, com tanta veemência que Pan Zanhua pestaneja. Ela toma o pedaço de tecido quadrado da mão dele. — Olhe só, errei aqui. A pétala está pequena demais. Não organizei as flores como deveria. E aqui, o mesmo defeito. E aqui. E aqui também. Está vendo? Sou apenas uma mulher muito estúpida. Continuo a cometer os mesmos erros. Não consigo *aprender*. — As palavras continuam a sair de sua boca, como abelhas furiosas por estarem mexendo na colmeia. — Neste ponto, fiquei sem fio roxo, então tive que terminar com vermelho. Está *horrível*!

Ele retira a mão da mesa.

— Você tem razão. É um trabalho feminino. Os homens não entendem dessas coisas.

Comem durante um tempo, sem conversar. Por fim, um homem vem tirar os pratos. Em seguida, coloca uma travessa com romãs: cascas brancas e macias, adornadas com polpa vermelho-escura. As diminutas sementes brilham nos pedaços cortados.

— Desculpe — diz ela, em voz baixa, entregando um pedaço para ele. — É que... Estou muito cansada. Não tenho dormido bem.

Pan Zanhua pega a fruta, evitando tocar nos dedos de Yuliang.

— Eu também não dormi à noite. Talvez por algo que comi no banquete. — Ele sorri. — O abalone tão apreciado pela velha Mulher Dragão.

Seus olhos encontram-se, depois desviam-se. Ele cospe uma semente.

— Aonde vamos agora? — pergunta o inspetor.

OS DOIS DEIXAM A LITEIRA e os condutores, optando por caminhar pelo último quarteirão que dá acesso à catedral. Por alguns instantes ficam parados do lado de fora, contemplando a construção avultante. Trabalhadores movem-se e vociferam. Um jesuíta grita algo, em um chinês com forte sotaque de Pequim, para um homem sentado de forma impertinente em um carrinho de mão. O símbolo cristão de duas toras transversais eleva-se com imponência nos telhados da vizinhança, um número dez esticado, apontando para o paraíso. Yuliang sabe que a cruz simboliza a estrutura em que o Deus cristão faleceu. Recebeu diversos panfletos a respeito do assunto, tanto de um cliente cristão quanto de pregadores na rua. A maioria das pessoas jogava os panfletos fora, mas os miseráveis os usavam como material isolante nos sapatos durante o inverno. No entanto, Yuliang os guardava, às vezes. Suas reproduções de quadros estrangeiros chamavam sua atenção, apesar de Yi Gan dizer que são de mau gosto. "Tanto sangue e tanta dor!", comentou ele certa vez, fazendo um muxoxo. "Quem quer ver isso? Um bom quadro... digamos, aquele... tem que nos dar a sensação de paz, não de repulsa." Ele gesticulou em direção ao antigo rolo de pintura de Jinling, em que se viam um lótus e um sapo. Yuliang não comentou que se podiam encontrar trabalhos idênticos em todos os quartos da Casa e que gostava das sensações transmitidas pelas pinturas dos panfletos. A natureza bastante visceral deles — o sangue, os ossos e as veias azuladas — parecia, por incrível que fosse, vibrante, de um jeito tosco, mas revigorante.

— Só tem uma igreja aqui? — pergunta o inspetor, trazendo-a de volta ao momento.

Ela balança a cabeça, negando.

— Mas esta é a maior. Na verdade, está sendo refeita. Há séculos.

— O que houve com a primeira?

— Os boxers colocaram fogo nela. Dizem que o governo deu 120 mil taéis de prata para os franceses reconstruírem a catedral. Caso contrário, eles teriam declarado guerra.

Pan Zanhua contempla o campanário.

— Cento e vinte mil taéis para construir um templo estrangeiro. Numa época em que 20 milhões de nossa própria gente morriam de fome. — De repente, ele faz um gesto em direção à porta. — Vamos entrar?

Yuliang hesita. Esteve dentro de uma igreja apenas uma vez, em Zhenjiang: aquela à qual ia o tio quando tentava abandonar o vício. Ele fazia isso a cada dois anos, aproximadamente, sempre que a determinação diminuía aos poucos, capturando-o como uma rede em câmera lenta. Caminhava de um lado para o outro por um tempo e, em seguida, chamava um condutor de riquixá e se dirigia à clínica da igreja, onde lhe davam beladona e algo chamado *sacramento*. Voltava citando provérbios estrangeiros, com muito apetite, e, então, fazia duas ou três refeições enormes. Mas, dali a algumas semanas, às vezes alguns dias, voltava para as casas de ópio.

Yuliang e Pan Zanhua sobem juntos os degraus de mármore e abrem as gigantescas portas de madeira. No interior da construção, a iluminação é parca e suave, com belos reflexos de vitrais espanhóis. A jovem achou que encontraria a igreja lotada de *yangguizi* de pele leitosa. Porém, o imenso ambiente acha-se praticamente vazio. Um faz-tudo chinês varre a área próxima ao altar entalhado em madeira. Uma mulher com um véu cinza está ajoelhada, com contas de madeira similares às que a mãe de Yuliang usava nas preces. Sussurra de forma quase inaudível, um contraste sutil com a reforma barulhenta do lado de fora.

— Sabe algo sobre ele? — pergunta, num murmúrio, Pan Zanhua, apontando para a estátua do deus forasteiro na cruz.

Yuliang balança a cabeça. Sabe seu nome: Jesus. E que é muito diferente dos deuses chineses, como o Imperador de Jade e a Suprema Entidade Celeste do Início. Esse deus se parece com um homem e morreu como um. Em quase todas as imagens que ela viu, ele foi representado morrendo, exceto nas que o mostravam recém-nascido. O escultor tentou captar sua dor e sua humilhação. Porém, com os dedos curvados e os olhos revirados para o alto, aparenta estar em êxtase.

— Um missionário tentou explicar como ele não equivalia a um deus, mas a três deuses.

— Um pai, um filho e um espírito.

Ela o olha de soslaio.

— Você é cristão? — A ideia, que não lhe ocorreu antes, de repente não lhe parece tão improvável assim. Muitas famílias importantes e progressistas o são nesses dias.

No entanto, ele meneia a cabeça, negando.

— Estudei pensamento e religião ocidentais em Tóquio. Foi onde li *Autoconfiança*, de R. W. Emerson.

Yuliang assente, os olhos dirigindo-se de forma distraída às partes íntimas mal cobertas da estátua. Mesmo tapadas por um farrapo cinzelado, dão a impressão de serem vultosas. Ela as fita, de súbito fascinada — não pelo membro escondido, mas pela forma como a pedra foi transformada em uma delicada réplica de linho. Então, sentindo que Pan Zanhua a observa, desvia o olhar.

— Como pode um filho se tornar o próprio pai? — pergunta, rapidamente. — Já ouvi falar de pais que também são avôs para os filhos. Mas isso não é algo que deva ser cultuado pelas pessoas, não acha?

Ele ri.

— Nunca pensei nisso sob esse aspecto. Mas acho que não é algo que se deva entender. Espera-se que se acredite no conceito e pronto. — O inspetor aponta para outra escultura, da mãe com o bebê. — É para se crer também que ela nunca... teve relações. Antes de engravidar.

— Ele não tem pai?

— Sim e não.

A jovem examina essa outra estátua também: os braços maternais que parecem transmitir a um só tempo delicadeza e força, o neném rechonchudo, porém estranhamente adulto. Pensa em bebês; depois, com uma facilidade quase excessiva, na mãe. Não a que mentiu para ela e, em seguida, partiu, mas a que a criou, a que a colocou para dormir. A que cantava canções e contava histórias para ela. Cerrando os olhos, Yuliang quase pode ouvi-la falando do Imperador Celestial, da Tecelã e do Pastor; estes últimos uniram-se e, depois, separaram-se, porque a paixão os levou a deixar de lado suas obrigações...

Um pombo esvoaça de uma viga, um turbilhão de rêmiges brancos e roxos. Em seguida, o sino do campanário parcialmente concluído toca. O inspetor pega o relógio.

— Já são mesmo cinco horas? Incrível. Fazia meses que um dia não passava tão rápido. — Meneia a cabeça. — Mas, infelizmente, vou ter de ir. Tenho uma reunião com o corregedor.

Pan Zanhua já se dirige à saída quando, por fim, Yuliang registra suas palavras. E, no momento em que isso ocorre, empalidece. Ao longo das últimas horas, ela não parou para pensar no final do dia, no que aconteceria quando a excursão terminasse. Mas já pode ouvir a voz da Madrinha de novo, arrastada e cruel, como de costume: "Se voltar sem a semente dele no seu corpo..."

— Eu... Eu gostei muito também. Você precisa voltar tão cedo? — Sua voz saiu aguda.

Ele se vira, surpreso.

— Pode acreditar, eu preferiria ficar em casa com meus poemas. Ou com você. — O coração dela bate mais forte. — Acontece que não foi para isso que me mandaram aqui. — Ele sorriu. — Aonde a levo? À sua... sua casa?

— Não — diz ela, de forma brusca. — É que... tenho um compromisso. Posso... posso pegar uma liteira. — *Pense, pense, pense.* — Ouvi dizer que o corregedor é um anfitrião muito generoso. Será que se importaria se você... se você levasse uma convidada?

É uma proposta absurda: ele, o incorruptível, chegar a uma residência ilustre com uma prostituta conhecida. Yuliang tem plena consciência disso, mesmo ao ouvir-se pronunciando a pergunta. Quando Pan Zanhua a fita, apenas balança a cabeça, negando. Porém, ela capta o constrangimento em sua expressão.

— Sinto muito. É um evento pequeno.

Ele volta a andar, desta vez mais rápido. Yuliang segue-o, arrasada. Simplesmente terá de dizer a eles, na Casa, que não conseguiu. O inspetor não é do tipo. Foi uma ideia tola, desde o início.

Ao passar por Cristo e seu rosto contorcido, lembra-se de novo de Mingmei e do sangue espalhado no vestido estraçalhado. Com os olhos fixos nas costas do inspetor, tenta se convencer de que seu maior temor é o castigo. Entretanto, no fundo, sabe que é muito mais do que isso. Trata-se da perspectiva de deixar Pan Zanhua neste momento, de terminar este dia insuperável. De voltar ao quarto, à cama, à caixa cheia de joias e da consciência de que, na próxima vez — se é que o verá de novo —, eles reassumirão seus papéis: ele, o dirigente formal; ela, a prostituta presunçosa. Quase que por vontade própria de seus pés, os passos de Yuliang se tornam mais vagarosos enquanto caminha. Porém não o bastante para impedi-la de acompanhá-lo.

Lá fora, ele chama a liteira sem fazer mais comentários. Yuliang se dirige ao veículo, lutando contra a vontade de dar meia-volta e implorar. *Vou sobreviver*, pensa. *É apenas pele. Nada além do que eu mereço...* Tolice pensar que haveria algo mais. Em algum momento... É então que, com uma rapidez impressionante, o céu vai se inclinando e o mundo se invertendo, à medida que ela quase cai no chão, como uma trouxa de roupa.

Pan Zanhua vira-se a tempo de pegá-la.

— *Aiyaaaaaa!* Você se machucou?

E, então, de algum modo, ela está nos braços dele e, o que é ainda mais desconcertante, chorando, embora apenas tenha tropeçado em um galho. Não se trata do pranto infantil que aprendeu a usar com clientes avarentos. Esses são soluços fortes e compulsivos. Chegam a doer.

— Calma. Venha cá. Sente-se — diz ele, com evidente angústia. — Sente-se aqui comigo. Venha. — Ele pede que o condutor espere.

— Desculpe — sussurra Yuliang. — Sinto muito mesmo.

— Você precisa de um médico? Está... está indisposta? — A voz dele tremula nitidamente, e a jovem se dá conta de que ele acha que ela está grávida. Por algum motivo, a ideia lhe parece engraçada. *Talvez esteja. Talvez seja também virgem.* — Diga para mim, qual é o problema? Sério. Pode me contar.

Ela está tendo um ataque histérico neste momento e, cobrindo a boca com as mãos, diz:

— Não posso.

— Por que não?

Yuliang respira fundo.

— Não posso... simplesmente ir embora. — Enxuga as lágrimas. — Não assim.

— Por que não?

— Vou sofrer consequências.

— Que consequências? Por quê? — Ele parece estar realmente intrigado. — Você passou o dia comigo. A Associação conseguiu o que queria.

Como um intelectual pode ser tão estúpido?

— Não conseguiu, não. Disseram que eu não voltasse enquanto não tivesse terminado.

— Terminado o quê?

De súbito, tudo o que ela quer é afastar-se dele e deste lugar. Da esperança que sentiu sem perceber, simplesmente por estar com ele o dia todo. Vai voltar para casa a pé, se necessário. Os pés vão ficar machucados, mas não tem problema. Assim já vai se preparando para a dor muito pior que enfrentará depois.

— Não importa — diz a jovem, levantando-se.

— Não, espere. — Ele fica de pé também. — Quem são eles? Quais são as consequências?

Os operários mantêm-se acocorados, enquanto as marmitas vazias são recolhidas por uma velha, que as encaixa em um suporte. Quando Yuliang dá um passo em direção à rua, Pan Zanhua a segue.

— Por favor — pede ele, com calma. — Por favor, diga para mim.

Não vai mudar nada. No entanto, mais uma vez, a novidade do pedido — *diga para mim* — leva-a a sentir uma inusitada gratidão.

— Tinha uma moça — começa Yuliang, lentamente voltando a se sentar — lá na... lá em casa. A madame amarrou a garota na cama, de bruços. — Ela faz uma pausa. — Depois, as costas e os braços dela sangraram metade do dia. Tiveram de jogar fora os lençóis.

Na obra, o contramestre põe as mãos calosas nas coxas e levanta-se. Yuliang percebe que, até aquele momento, ele não olhou duas vezes para ela. Trajando roupas sóbrias, na companhia deste homem sério, a jovem pareceu decente e comum.

— Eles *bateram* nela? — pergunta ele, espantado.

— Sim. Até ela quase parar de respirar. Então Papa Gao, que é o dono de lá, e os amigos dele entraram. Fecharam a porta. Eles... — Yuliang para e respira fundo. — Disseram que era uma compensação.

A jovem olha para a entrada de mármore da catedral. Os pedaços de mica ali incrustados cintilam ilusoriamente, como pequenas estrelas. Yuliang gostaria de ficar ali, contemplando-os, até o pôr do sol. Mas então, o contramestre grita, chamando os operários de volta ao trabalho. A jovem faz o esforço de se levantar junto com eles.

A princípio, o inspetor não se move. Então, põe-se ao lado dela, tocando em seu braço de novo.

— *Xiaojie* Zhang. Por favor, espere. Eu gostaria de ajudá-la.

— Eu posso conseguir um riquixá — diz ela, tentando sorrir.

— Não. Assim não. Quero que venha comigo.

Ela balança a cabeça.

— Vai ser pior se virem a gente assim.

— Não me importa o que virem, mas o que é *certo*. Não entendeu ainda? — Ele toma fôlego. — Quero que venha para a minha casa.

Yuliang tem de se esforçar para evitar que a voz saia trêmula em virtude do alívio que sente.

— Posso dormir no chão hoje. Depois eu penso em uma desculpa para dar a eles amanhã.

— Tampouco foi o que eu quis dizer — diz ele, chamando os condutores da liteira.

A jovem vira-se. De súbito, sente-se muito cansada, quase exausta demais para se importar. Ainda assim, pergunta:

— O que *quis* dizer, então?

Ele pestaneja algumas vezes, como se quisesse se preparar. Quando finalmente fala, seu tom de voz é formal, como o de quem faz uma proclamação pública:

— Decidi que vou tirar você de lá.

Parte IV

A CONCUBINA

Aos quatorze casei-me contigo, meu senhor
Moça tímida que era, nunca ria.
Abaixava a cabeça e contemplava a parede.
Mil vezes me chamavam, mas jamais olhava para trás.

— LI BAI

Quatorze

Wuhu, 1916

— HÁ QUANTO TEMPO... — diz a Madrinha.

Não se trata de um comentário gentil, embora a voz da gerente do bordel seja mais doce e melosa que nunca. Ela se refere ao dinheiro: Yuliang tem certeza de que cada atendimento perdido foi anotado no impiedoso livro-caixa da madame.

Como se confirmando o pensamento, a Madrinha move os dedos com unhas pintadas de vermelho na mesa, fazendo cálculos em um ábaco invisível. Está muito quente. Gotas de suor acumulam-se em sua fronte, próximo à raiz dos cabelos pretos. Yuliang observa uma cair, com um tom meio acinzentado.

— Seis semanas — informa o advogado que negocia a libertação de Yuliang. — Não mais do que a maioria das moças leva para se recuperar da gonorreia. — O homem fala com facilidade, inspecionando e alisando a lapela do terno amassado por causa do calor.

A madame torce o nariz.

— Podem acreditar, não estou reclamando. Esta aí só me deu problemas desde o dia em que foi comprada.

Durante o tempo em que ficou na Casa, Yuliang apanhou menos que qualquer outra flor dali. Ela respira fundo, preparando-se para dizer isso. Contudo, sente a mão de Pan Zanhua em seu dorso. Obedecendo ao conselho tácito, ela ficou calada. Lembrou-se das recomendações de Wen mais cedo: "Ela vai tentar aborrecê-la e desacreditá-la, como já fez antes. O que quer que fizer, não se deixe levar."

— Pagou em dinheiro? — pergunta Wen de forma despreocupada, como se estivesse se referindo às incontáveis pulseiras de madame, e não à jovem sentada à frente dela.

— É uma forma de dizer — explica a Madrinha, irritada. — Ela é minha filha. Tenho os papéis.

Wen observa seus documentos, ajeitando os óculos com os dedos tão finos e ressequidos quanto gravetos. A escravidão foi oficialmente proibida desde que os republicanos assumiram o poder. A adoção é apenas uma forma de contornar a proibição.

— Qual é mesmo a idade da jovem? — quer saber ele. Yuliang aguarda o inevitável *16*; na Casa, todas sempre têm essa idade. Para sua surpresa, no entanto, a madame não responde. — Pelo que sei — prossegue o advogado, recostando-se na cadeira —, ela tem 17. O que significa que tinha 14 quando a senhora a comprou... perdão, adotou. — Ele sorri, expondo os dentes amarelos. — O que é um problema, pois a lei proíbe que adolescentes com menos de 16 anos vivam em bordéis.

— Eu conheço a lei — diz a madame, com aspereza. — Ela é minha filha. Onde mais iria dormir? Na rua? Quem protegeria a menina?

Yuliang pensa no cristão que cravou os dentes em seu pé. No vendedor de água, que gosta de pagar as moças para urinarem e, em seguida, bate nelas, por serem "sujas". Pensa na jovem morta encontrada no lago Wuhu e em Jinling amarrada e jogada na mala do veículo. Começa a sentir uma fúria incontrolável enquanto a madame dá um largo sorriso afetado.

— O juiz Li é um amigo nosso — prossegue ela. — Ele me assegurou que há certas... exceções. — Como o advogado arqueia a sobrancelha, a Madrinha acrescenta depressa: — Ele nunca foi atendido por uma das minhas moças, claro.

Também é contra a lei funcionários do governo frequentarem bordéis, um fato que Yuliang sabe muito bem, após ter ajudado vários a sair pela janela.

O advogado Wen entrelaça os dedos e estica os braços. Os estalos suaves dos ligamentos sob a pele ressoam no ambiente.

— Seja como for, a moça me deve — continua a madame, irritada. — E muito. Muitas pessoas, trabalhadoras inclusive, dependiam dela para se sustentar. Não foi só a mim que ela roubou.

— Ninguém roubou ninguém — repreende Pan Zanhua, ele próprio esquecendo-se da recomendação do advogado.

A Madrinha dá um leve sorriso, como se ele fosse um bebê chorão.

— Além disso, é muito caro retirar o nome de uma moça. Os censores querem 50 taéis só para mudar o registro dela.

Yuliang observa o advogado, estupefata: não lhe ocorreu que havia pendências com seu nome fora da Casa. Embora, é claro que, pensando bem, não poderia ser diferente. A relação dos frequentadores de bordel já consta na lista oficial. Com ela as autoridades controlam quem vai até lá, quem morreu e quem desapareceu. Basicamente, no fim das contas, quem pode pagar imposto. A ideia enfurece ainda mais Yuliang, pois é como se os caracteres efêmeros dos nomes falsos fossem mais genuínos e tivessem mais substância que as moças denominadas por eles.

— E ainda temos as dívidas dela — diz a madame. — Sete semanas de atendimentos perdidos.

— Cinco semanas e seis dias — corrige o advogado.

— Isso fora as contas da costureira — prossegue a gerente, observando com desdém a túnica cinza-clara de Yuliang. — Roupas lindas, mas custosas. Eu sei, paguei por quase todas. Até descontaria um pouco em troca dos bordados que ela fazia para a gente às vezes, mas a qualidade era ruim demais... — A jovem cerra o punho sob a mesa. — E os *cigarros*! — A Madrinha balança a cabeça.

Ela passou dos limites.

— Eu não fumo! — protesta Yuliang, com voz estridente. — A senhora é uma mentirosa!

Faz-se um breve silêncio, de choque, após o acesso da jovem. A Madrinha faz um bico, triunfante, como se esta atitude provasse o que vem dizendo.

— Por favor, *xiaojie* Zhang — pede em voz baixa Wen.

— E tem também o estrago no quarto dela. O senhor sabia, Eminência, que essa moça gosta de tocar fogo nos lugares?

— Quanto? — pergunta Pan Zanhua, com o maxilar contraído. — Diga o total.

A Madrinha faz uma pausa, uma atriz recitando uma fala fundamental:

— Dois mil iuanes.

Yuliang fita Pan Zanhua a tempo de vê-lo se espantar. *Pronto*, pensa. *Acabou-se*. Espera que o advogado e o inspetor levantem-se ultrajados, desistindo da empreitada e saindo de sua vida. Para sua surpresa, no entanto, ambos permanecem em seus lugares, embora ela tenha tido a impressão de que Zanhua se moveu ligeiramente. Na janela, saúda-a o consolo gratuito do céu azul.

— A senhora já disse o que quer — diz o advogado, secamente. — A moça lhe rendeu dividendos, sobretudo considerando que mais de dois terços do tempo que ficou aqui foram livres de impostos. — Ele pega o ábaco e começa a manusear as contas, os dedos tão longilíneos que dão a impressão de que vão se emaranhar. — Deixe-me ver. Mesmo considerando que pagou o imposto devido... a multa diária... de quanto era, dez, vinte?

— Ninguém segue essa regra — protesta a Madrinha. — Já pagamos para os policiais a maldita propina para que nos protejam. Se eu fosse pagar imposto também, como teria condições de continuar no mercado?

— Esse aspecto, infelizmente, não interessa à lei — ressalta Wen. Porém, já expôs seu argumento. Coloca o ábaco na mesa. — Também sugeriria que seguisse os conselhos do honorável mestre Li com cautela. Tem havido reclamações sobre ele nos últimos tempos. Nova China, nova moral. Esse tipo de coisa. Alguns dizem que os bordéis serão todos declarados ilegais. Porém, tenho certeza de que o mestre Li já lhe contou isso.

A boca da madame, um botão rubro, forma um beiço.

— Você é tão tolinha — diz ela a Yuliang. — Acha que ele está salvando você. — Dirige seu olhar vulgar a Pan Zanhua. — O senhor sabe, não sabe, mestre Inspetor, que essas garotas nunca mudam de verdade? Ah, pode até tirá-las de nós. Mas não conseguirá arrancar as raízes. Não pode lutar contra o destino.

Pan Zanhua contrai os lábios. Seus olhos encontram-se com os de Yuliang. Ela tenta sorrir. Ele desvia o olhar.

— Madame Fang — diz o advogado, friamente —, lembre-se de quem está protegendo a queixosa. Sua Eminência ainda pode exercer um impacto considerável no destino de seus clientes.

— E eles no dele — retorque ela, de modo ameaçador.

— Ainda gostaria de ressaltar que nenhum tribunal que conheço declararia um encargo de mais de mil ienes. Nem mesmo — torce o nariz — o do honorável mestre Li.

— Um roubo! Um roubo! Vou acabar tendo de fechar! — Ela bate o leque no próprio ombro, aborrecida.

— Lamento dizer que duvido muito. — Wen empurra a cadeira para trás e levanta. — Não obstante, estamos dispostos a resolver isso no tribunal, se a senhora insistir. — Ele se vira, fazendo um gesto para que Yuliang e o inspetor o sigam. A madame observa-os saírem com os olhos semicerrados, o leque ainda batendo, com ódio. Trata-se de um gesto que Yuliang conhece muito bem. Na Casa, é presságio de surra; até mesmo agora as costas da jovem se enrijecem, de forma instintiva.

É apenas quando já se encontram à soleira da porta que a Madrinha fala de novo:

— Mil e oitocentos. Gosto da moça, quero que seja feliz.

Mentirosa! Desgraçada!, pensa Yuliang.

— Mil e quinhentos — rebateu o advogado, secamente.

— O senhor não tem coração — queixa-se ela. — Vou acabar no cemitério de indigentes. Sem dinheiro até para o caixão. — Levantando-se, caminha até Yuliang. — Como sua amiga, minha querida. Já falou de Jinling para o seu salvador aqui? — Sorri com doçura. — Que pena ninguém ter chegado a tempo. Mas se tivesse contado a verdade para nós desde o início...

Por um instante, o mundo fica embaçado, como uma miragem de calor. Yuliang fita a Madrinha. Pan Zanhua pega seu braço.

— Vamos — sussurra ele. — Venha comigo.

Mas Yuliang desvencilha-se. Sem pensar duas vezes, aproxima-se da madame, ficando tão perto que sente o bafo da ex-dona: uma mistura nauseante e adocicada de crisântemo com ginseng. O que queria, de fato, era vê-la morta; entretanto, contenta-se em expressar, por fim, seus verdadeiros sentimentos:

— Que os céus proíbam... — murmura, próximo ao rosto grande e úmido de suor. — Que os céus nunca deixem a senhora chegar perto dela. Eu mesma vou desenterrar os seus ossos, se isso acontecer. Sua *vaca* velha maldita!

Os traços grosseiros da gerente se contorcem, chocados. Resfolegando, ela ergueu a mão gorducha. *Vamos*, desafia Yuliang. *Me dê um motivo para atacar.*

Porém, em vez de esbofeteá-la, a Madrinha abre o leque preto. Por alguns instantes, o único ruído é o zumbido do ar quente expelido de sua boca carmesim. Quando a Mulher Dragão se recupera, fecha com força o leque e começa a rumar, com dificuldade, até a porta.

— Anote aí. Vou mandar pegar o dinheiro em duas semanas. Se não estiver lá, o negócio será cancelado.

— O dinheiro estará lá — afirma secamente o advogado. — Mas, independentemente do prazo, minha cliente ficará sob nossa proteção.

A mulher corpulenta o fita. Em seguida, inspeciona Yuliang de novo. Um sorrisinho sarcástico toma conta de seus lábios vermelhos.

— Eu não teria tanta certeza disso, se fosse o senhor.

NAQUELA NOITE, Yuliang e Pan Zanhua fazem amor, com a intensidade estranha e hesitante que vem caracterizando o ato nas poucas ocasiões em que tiveram relações. Esta (a jovem contou em silêncio, nos dedos) é a oitava vez. Parece um número absurdamente pequeno, considerando que ela está na casa dele há um tempo considerável. Porém, mais incrível ainda é Yuliang estar contando, agora que não há nenhum dinheiro envolvido e nenhum livro-caixa para anotar todas as copulações. Ainda assim, ela não consegue evitar. Contar as relações continua sendo um hábito arraigado, tal qual ficar acordada até o amanhecer e checar as glândulas e os pés em busca de sinais de doenças venéreas. Deitada neste momento, com as costas úmidas apoiadas no peito macio de Pan Zanhua, pergunta-se se aos 70 anos continuará assim. Se ainda se sentirá tensa ao ouvir passadas pesadas na escada. Se ainda se preocupará quando um homem a examinar com os olhos e entrará em pânico se ele desviar o olhar, desinteressado.

Nas semanas iniciais ali, claro, Yuliang não conseguiu evitar a preocupação. Passou as primeiras refeições, caminhadas e noites sozinha cheia de dúvidas. Não a respeito das intenções nobres de seu "salvador", mas da aparente falta de interesse carnal da parte dele. Apesar de toda a conversa de Pan Zanhua sobre "dignidade natural" e "igualdade dos sexos", ela esperava que ele aparecesse alguma noite, no quarto de hóspedes onde a instalara. Qualquer outro homem no lugar dele, sem sombra de dúvida, teria encarado isso como um direito. Quando o inspetor não foi ao seu quarto, ela sentiu-se, a princípio, aliviada. Mas, conforme uma noite solitária após a outra foi passando, começou a ficar inquieta. Não que ansiasse ir para a cama com ele — àquela altura, se daria por satisfeita se nunca mais tivesse de tocar em outro homem na vida. Entretanto, para ela, homens normais não levavam prostitutas para suas casas — exceto se quisessem *levá-las* para a cama. E certamente não perdiam tempo fazendo preleções sobre o mundo, a menos que quisessem enviá-las de volta para a vida nele.

Então, Yuliang aguardava, escutando com obediência quando ele resolvia discorrer sobre suas opiniões políticas ou algum filósofo da França, dos Estados Unidos ou da dinastia Ming. Dava opiniões quando ele lhe pedia, o que fazia com bastante frequência. Sorria e sorria, na expectativa de algum sinal que definisse o que havia entre os dois. Quase cinco semanas se haviam passado quando esse sinal chegou, o que a levou a se amaldiçoar por não o ter previsto.

ELA ESTIVERA CONTEMPLANDO (tal como o faz muitas vezes, apesar da constante desaprovação de Qian Ma) o quadro com o poema e a montanha do corredor. A traída por ele, como sempre, ela esticou o braço e tocou, sem pensar, no vidro.

— Ah — disse Pan Zanhua. — Você descobriu o velho Shi Tao. — Ele estava bem atrás dela. Yuliang não o ouvira entrar.

Retirando a mão depressa, ela se deu conta de que deixara uma leve marca no vidro.

— Eu... sempre achei lindo — gagueja, observando a impressão diminuta e espiralada sumir.

— É antiquíssimo. Tem mais de quatro séculos.

— Deve ser muito precioso — comentou Yuliang, recordando-se das primeiras palavras concretas de Qian Ma para ela: "Vale mais do que a sua vida inteira, do início ao fim."

— Refere-se ao valor? É sim. — Pan Zanhua observou o quadro por um momento. — Gostou dele?

— Sim — respondeu com firmeza, tanto porque o tom de voz dele parecia desafiá-la a não apreciá-lo quanto porque o verbo *gostar* não descrevia o que sentia de fato.

Ele passou o dedo no manuscrito de traços delicados, lendo alto para ela, por puro hábito.

— "Temporais e vendavais acompanham a primavera. Fecha-se a porta no lusco-fusco; a estação não há de se prolongar." — Ele observou-o por um momento. Então, de forma abrupta, virou-se para a jovem. — Foi um presente. No dia do meu casamento.

Por um momento, Yuliang perdeu o fôlego.

— Tenho certeza de que ela é linda — conseguiu dizer, por fim. A resposta chegara por reflexo. Era o que sempre dizia quando os homens traziam as esposas à baila, do nada, como mágicos.

— Meus pais a escolheram. Nós éramos crianças. — Ela sentiu que ele a fitava. — Eu me opus, claro. Eles tinham me mandado para Tóquio, para aprender os novos costumes, e depois me levaram de volta para casa e desfizeram tudo. — Ele esfregou o alto do nariz. — Se me recusasse, não preciso nem dizer que teria sido uma desonra para todos os envolvidos. Sem falar que a moça tinha ameaçado se matar. Então, eu me casei com ela. — Deu uma risada curta. — Claro que, quando me juntei ao movimento separatista, todos eles praticamente me declararam como morto, de qualquer forma. O casamento simplesmente adiou a execução.

— Execução?

— Força de expressão.

— Ah. — Yuliang mordiscou o lábio. — Você tem filhos?

— Só um.

— Um menino?

Pan Zanhua assentiu.

— Nasceu no ano passado. Ela vai ficar em Tongcheng até ele ter idade suficiente para ir ao colégio. Os pais dela vivem lá. Fica mais fácil. Mas isso não é o que importa.

— E o que é que importa?

Ele moveu os lábios. Por fim, disse:

— Ela não combina comigo.

Yuliang abaixou a cabeça. Não por estar magoada, mas para esconder o sorriso amargo. De todas as justificativas dadas pelos homens para o que faziam ou deixavam de fazer (ou para o que não faziam com as esposas, mas concretizavam veementemente com as companheiras pagas), "ela não combina comigo" era, de longe, a mais comum. A jovem lembrou-se de Suyin explicando, em meio às risadinhas dissimuladas, na hora do almoço: "O que ele realmente está dizendo é: *Ela não trepa comigo*!" E alguém mais — teria sido Xiaochen? — vociferando: "Não, não! *Ela não me deixa meter minha haste de jade no portal traseiro de rubi dela!*" Por um brevíssimo momento, Yuliang sentiu algo não muito diferente de saudade. Não da Casa em si, claro, nem dos homens, das longas horas, da vergonha entorpecedora, mas da imunidade que oferecia contra aquele tipo específico de vulnerabilidade. Contra aquela vozinha que repetia nos recônditos de sua mente: *Está vendo só? Ele mentiu. E agora vai embora.*

— Eu não contei para você antes — explicou, como se novamente estivesse lendo seus pensamentos — porque ela não faz a menor diferença. Para mim, nunca foi um casamento de verdade.

Ao ouvir isso, Yuliang não conseguiu evitar o riso.

— Por que não?

— Uma união verdadeira é feita da combinação de mentes e corações, não de casamenteiros e sogros potenciais. Uma união verdadeira é aquela em que marido e mulher se encontram, por si sós. Uma união verdadeira... — O inspetor fitou-a por alguns instantes, com a respiração ofegante e a face rubra. Em seguida, puxou-a de súbito para si. *Ele vai me beijar*, pensou Yuliang, sem fôlego. *Aqui. Agora.* Sentiu as mãos macias, de intelectual, surpreendentemente fortes em sua cintura e estremeceu quando seus lábios acariciaram sua orelha. Entreouviu o coração dele, batendo tão forte que parecia quase impossível não estar danificando o peito. Escutou também o telefone reproduzir seu som metálico, levando os dois a se sobressaltarem.

Pan Zanhua resmungou algo e, em seguida, soltou-a.

— É melhor eu ir — disse, quando soou o segundo toque forte. — A gente conversa mais tarde.

— Quando? — ela perguntou, sem forças.

— Quando eu voltar de Xangai. Daqui a uma semana.

E, então, ele saiu. Ela ouviu-o atender o telefone com uma voz que soou alta demais ("*Wei!* Inspetor Pan falando. Sim, telefonista, pode passar a ligação..."), embora ele estivesse se dirigindo a alguém de algum vilarejo ou uma cidade desconhecida.

Yuliang, por sua vez, caminhou lentamente até o quintal, onde ficou sentada por vários instantes, em meio ao reflexo oblíquo do sol da tarde. Pelo portão em forma de Lua se podiam ouvir as algazarras e os clamores do comércio: recolhedores de dejetos batendo de forma ruidosa em tambores de metal e um vendedor de carne de tigre com os pacotes de papel gorduroso ("Cure a sua asma! Fique forte e potente para as mulheres!"). Um cachorro latiu, e Yuliang se perguntou de modo vago se seria um vira-lata do mercado ou um animal de estimação. Então, um homem gritou: "Napoleão! Dá o fora daqui, seu cão velho e vagabundo!"

Ela inclinou a cabeça para trás para sentir os raios do Sol no rosto. Cerrou os olhos e observou a luz penetrar em tons avermelhados por suas pálpebras. Imaginou como seria *da taitai*, a primeira esposa. Pensou nela vestida de vermelho, sendo levada na liteira igualmente escarlate para a casa do noivo desconhecido. Viu-a sorvendo vinho na taça atada com uma fita cor de rubi à de Pan Zanhua. Após a troca de votos matrimoniais, a moça inclinava a cabeça coberta de véu vermelho com timidez. "Nunca foi um casamento de verdade", dissera ele. Ainda assim, Yuliang sentia algo estranho dentro de si. Levou alguns instantes para reconhecer o sentimento: ciúmes. Sempre achara que era uma doença, no entanto, por algum motivo, não dava a impressão de sê-lo naquele caso. Seus vapores tóxicos não reviraram seu estômago, mas desobstruíram seus pensamentos. Quando abriu os olhos, já tomara uma decisão.

MAIS TARDE, NAQUELA NOITE, depois que Qian Ma se dirigiu, com seus pés enfaixados, aos seus aposentos, Yuliang afastou a colcha e se levantou. Soltou e penteou os cabelos negros e passou uma leve camada de pó na face. Então, subiu devagar, tentando não fazer barulho na escada rangente, até o quarto principal. Entrou com cautela, com certa expectativa de que Pan Zanhua a expulsasse, desgostoso. Ou pior: de que o sexo exercesse sua alquimia paradoxal peculiar e o levasse a passar de salvador a apenas mais um sujeito que mentiu para ela e, após levá-la para a cama, partiu.

No entanto, Pan Zanhua não fez nada disso. Contemplou a jovem como se fosse um pôster que ele estivesse tentando decifrar. Perguntou-lhe se ela tinha certeza. E, quando a jovem assentiu e se deitou ao seu lado, o inspetor, estranhamente, pareceu prestes a chorar.

Ao penetrá-la, olhou fixamente em seus olhos, de uma forma que ninguém fizera antes. Parecia ter plena consciência da mente, do coração e do prazer dela. Fez perguntas que ninguém se preocupara em fazer antes: "Estou machucando você? Está rápido demais?" Porém, o mais impressionante foi o jeito suave com que a tocou. Como se ela fosse tão delicada e frágil quanto o gelo fino do início do inverno. No fim (pensa Yuliang agora, acariciando de leve o cabelo dele), foi a forma mais inexplicavelmente gentil e inusitada de um homem tocá-la. E, embora os lábios e os dedos dele não tenham provocado os mesmos frêmitos deliciosos incitados por Jinling, sem sombra de dúvida despertaram sensações quase tão poderosas. Fizeram com que se sentisse protegida e segura, além de valorizada ou compreendida ou talvez (ousaria ter essa pretensão?) as duas coisas. O que quer que fosse, Yuliang sentira de novo quando ele a levou para a cama duas vezes no primeiro dia em que voltou da viagem. E, desde então, fizeram amor ao menos uma vez, diariamente.

Agora, porém, a preocupação a domina, como se fosse um cachorrinho ansioso. Por um total de 1.500 iuanes, cada relação sairia por uns 200 iuanes! *Duzentos!*

Pan Zanhua mexe-se, sonolento.

— Qual é o problema?

— Nenhum.

— Mentira! Você acabou de suspirar duas vezes.

Yuliang pensa em suas opções. Se lhe contar a verdade, quebrará uma regra tácita segundo a qual, por mais que conversem abertamente sobre a pobreza, as mulheres da China e a história do país (e, como muitos patriotas, Pan Zanhua parece ver a China como uma combinação das três coisas: uma mulher pobre com uma história milenar e gloriosa), as raízes obscuras de Yuliang sempre permanecem enterradas. Nas poucas ocasiões em que ela trouxe a Casa à baila, ele enrijeceu e, em seguida, mudou de assunto. Até mesmo a reunião da manhã foi anunciada no dia anterior tão secamente quanto uma frase telegrafada, transmitida pelo carteiro oficial. "Encontrei alguém que vai nos ajudar a mudar sua posição", informou ele. "Um advogado. Vou levá-la para conhecê-lo amanhã."

— A verdade — diz Yuliang — é que estou preocupada com o valor. Aquele que nós... você... o advogado Wen estabeleceu hoje.

— Qual é o problema?

— É... acho alto demais — diz ela. Com muita suavidade.

Seu coração vai à boca enquanto ele a fita em silêncio. Então, o inspetor inclina-se para pegar o relógio de pulso.

— Já são quase seis. O jantar deve estar servido. — Ele diz isso de forma ressentida, como se o tempo houvesse sido contrabandeado bem diante de seus olhos, sem a documentação adequada.

YULIANG NÃO VOLTA a tratar do assunto nos dias seguintes. Porém, não consegue tirar o valor da mente: mil e quinhentos. Diz a si mesma que é claro que ele vai pagar, caso contrário lhe teria dito que não o faria. É um homem de palavra. Porém, quando para para pensar, percebe: mesmo se Pan Zanhua comprar sua liberdade, o que mudará? Ele ainda pode deixá-la. E, se o fizer, o que a espera é muito pior que uma mera surra. O pessoal da Casa ficará sabendo se Yuliang for abandonada pelo protetor, e, quando isso ocorrer, com ou sem pagamento ela tem certeza de que não durará mais que alguns dias.

Primeiro faltam duas semanas para o pagamento. Depois dez dias. Em seguida, sete. *Pare de contar*, pensa. *Pare de pensar*. Ela passa os dias mais calada que a tartaruga de Mi Fu, concentrando-se nas listas de vocabulário que Pan Zanhua preparou para ela, atendendo ao seu pedido. *Vítimas*, escreve a jovem, diversas vezes. *França. França. França. Expansão imperialista. Senhores da guerra. Senhores da guerra. Bandidos*. Em seguida: *Decapitações*.

Apesar desses ensinamentos sombrios, ela se descobre feliz. Gosta de estudar: a emoção de conquistar um mundo novo, depois outro, e de reconhecê-lo em um cartaz ou artigo outrora incompreensível. Aprecia a forma como, ao conversar com Pan Zanhua, suas palavras parecem ter conteúdo e importância. Adora ver a cidade além dos banquetes. O inspetor leva-a para passear; no início apenas nas ruas secundárias e tranquilas às quais foram antes, e, mais tarde, cada vez mais, a lugares públicos, como à igreja, onde ele quer assistir a uma missa dominical, com seus rituais curiosamente taoístas (rosários, incenso) e o som alto do órgão. Os dois vão à nova confeitaria francesa, no bairro da Concessão, e ali ele pede babá, mil-folhas e café, que é servido em xícaras pequenas com borda de ouro. Yuliang já provou essa bebida e gostou de seu sabor torrado e complexo. O babá lembra os doces árabes que Yi Gan levou para ela, após uma de suas viagens. Mas, ao morder um, descobre que não foi embebido em mel, mas em alguma bebida alcoólica adocicada, que faz seus olhos ficarem marejados. Pan Zanhua ri ao ver sua expressão. Enquanto o rum queima sua garganta, ele estica o braço para pegar um farelo que caiu em seu queixo.

— Você tem muito que aprender, pequena Yu — comenta.

Às vezes, Yuliang tem vontade de dizer exatamente o mesmo para ele: seu descaso no que diz respeito aos mexericos de Wuhu a deixa perplexa. E, embora esteja ciente do falatório, ela não quer parar de sair com ele. Assim, eles continuam: idas a casas de chá para comer bolos e arroz-doce condimentado, piqueniques no lago Wuhu. Chegam a ir à ópera, para ver *Qianli Song Jingniang*. ("Levando Jingniang para casa"). Comparecem a uma matinê, e a cortina é aberta em um horário no qual a maioria das folhas e flores ainda se acha deitada na cama úmida. Não obstante, Yuliang observa a plateia nos intervalos, enquanto os funcionários mudam o cenário, ainda receosa de encontrar a Madrinha ou Suyin ali, com o ator Peng. Felizmente, não vê ninguém conhecido e, aos poucos, a ópera capta sua atenção. A história é familiar, sobre um guerreiro corajoso que decide proteger a castidade de uma jovem. Mas, como ele não consegue fazê-lo, ela acaba se suicidando.

Quando a apresentação termina, Pan Zanhua leva Yuliang a um restaurante. Ali, sentam-se a uma mesa ligeiramente afastada da iluminação de rua bruxuleante. Ela, já eufórica com o vestuário luxuoso e os cenários deslumbrantes, deixa que ele encha sua taça de vinho uma vez, depois outra. Daí a pouco está corada e levemente embriagada, deleitando-se com as cores e os aromas noturnos, até com as conversas travadas perto deles — tudo tão agradavelmente diferente dos cochichos rancorosos da Casa. "Ai, eu disse para ele", ouve Yuliang, "se você quer um casamento moderno, vá em frente. Mas não vou aceitar, de jeito nenhum, que faça minha filha casar vestida de branco, como se estivesse de luto por alguém! A menos que você queira se enforcar primeiro!" À esquerda dos dois, um grupo de estudantes bebe e discute uma peça ocidental que um deles gostaria de apresentar na escola: "É daquele ocidental... não me lembro do nome dele agora. Enfim, mas a personagem principal, Nora, acaba percebendo que o casamento não passa de escravidão." À direita, há uma mesa com duas *taitais* bem-vestidas. "O bebê já estava morto? Foi uma bênção, sabem? Afinal de contas, era uma menina. A última coisa de que precisam *naquela* casa é de mais bolinhos da lua!"

— Ah! — sussurra Pan Zanhua. — *Aí* está o verdadeiro mal!

Yuliang o fita.

— Os bolinhos da lua? — Ela acha que é uma tradição bastante inofensiva: depois de combinado o casamento, a família do noivo envia bolinhos da lua de presente para a casa da noiva. Os abastados mandam liteiras abarrotadas de doces, o que é, talvez, um desperdício. Mas não chega a ser maléfico!

— Não. A sociedade ainda encara a mulher apenas em termos de sua capacidade de atender o homem e de ser fecunda. Ignora a parte mais importante do seu corpo.

— Que é...?

— A mente, claro! — Ele toma outro gole do *maotai*, que já está deixando suas maçãs do rosto e seus olhos avermelhados. *Ele está ébrio*, reflete ela.

— Pense, pequena Yu, na sua adorada poeta Li! No que aconteceu com Joana d'Arc! E com Qiu Jin, a Mulher Guerreira do Lago Espelhado!

— A que decapitaram por conspirar para a derrubada do império Qing?

O inspetor faz um gesto, desconsiderando o comentário.

— E tem também Sofia Perovskaia.

— Perovskaia... — Yuliang enrola uma mecha do cabelo, tentando se recordar dela.

— A revolucionária russa que tentou assassinar Alexandre II.

— Ela não foi enforcada?

— Foi, foi. Mas não é essa a questão. — Com um trejeito do queixo, ele indica a jarra; Yuliang, obedientemente, enche a taça dele. — A questão é que ela *fez* algo. Não se viu como uma flor supérflua, que estava ali apenas para a decoração ou fertilização. Não caiu na armadilha da beleza fútil.

Não diga nada, avisa o lado pragmático de Yuliang. *Nada nada nada*. Mas está um pouco alta também, e o *maotai*, ressaltado por uma inesperada sensação de ultraje, faz com que a cautela vá por água abaixo.

— Acontece que não é tão fácil assim escapar dessa armadilha — contesta ela, com veemência. — Não foi por minha culpa que... que virei uma *decoração*. E... — ingressa em território proibido, mas não consegue se conter — além do mais, a beleza não é fútil, mas essencial. Sustenta as nossas mentes. Faz parte do que engrandece nossos pensamentos. Dos homens *e* das mulheres.

Não é nem de perto o que ela queria dizer, mas as palavras saem com tamanho entusiasmo que ela sabe serem autênticas. Foi a beleza, ao menos em parte, que a sustentou ao longo dos anos passados na Casa infernal. Os poemas de Li Qingzhao. O brilho opaco e pálido do antebraço de Jinling, suas gra-ciosas mãos cor de marfim. Os sapatinhos de casamento de sua mãe. Ao pensar neles, o intenso sentimento de perda que sente é similar a uma dor física. Tal como o resto de seus pertences, ainda se encontram na Casa. A Madrinha não vai enviá-los até receber o pagamento.

— Eu não estou dizendo que a beleza não tem lugar no mundo, e sim que podem... abusar dela. Essa ideia do pés de lírio, por exemplo. Ilustra perfeitamente o abuso malicioso e distorcido da beleza.

— Alguns dizem que é mais uma forma de as mulheres exercerem controle sobre os homens do que vice-versa. Conheço moças que receberam tudo o que queriam só por tirar os sapatinhos. — As duas matronas sentadas próximo a eles lançam olhares reprovadores; esse tipo de assunto simplesmente não é discutido com um homem. Yuliang olha-as de soslaio. — Seja como for, não temos direito de opinar. Minha mãe enfaixou meus pés quando eu tinha sete anos, como a minha avó fez com ela. Era algo que se fazia e ponto final. — Sem olhar para ele, Yuliang indaga: — Os pés da sua esposa não são enfaixados também? — Por alguns instantes, mal pode acreditar que fez essa pergunta. — Desculpe — pede, com suavidade. — Simplesmente não consigo evitar a curiosidade sobre esses detalhes. Não faço ideia de como ela é.

Pelo menos desta vez, ele aceita o pedido. Em seguida, toma um gole demorado da bebida e olha para as próprias mãos.

— São enfaixados sim. E, pelo jeito, têm o tamanho perfeito. Mas isso é um dos aspectos errados. Sabe, ela também me contou que não teve escolha. Mesmo quando eu expliquei que havia métodos... — Ele suspira. — E, lembre, não foram os seus pés que nos uniu.

— Foi meu belo rosto — diz Yuliang, com ironia.

Pan Zanhua retruca com uma veemência que quase a assusta.

— Foi *você*. Suas palavras. Sua mente. Até começar a usá-las, eu a via como mais uma mulher bonita. Quando trocou ideias sobre poesia comigo, vi mais. — Encara-a durante alguns momentos. A jovem acaba enrubescendo. — Já participei de reuniões da Associação que é contra o enfaixe em Xangai. Tenho panfletos sobre isso em algum lugar. Posso ajudá-la a desenfaixar seus pés. — Ele se inclina sobre a mesa. — Continuará linda. Para mim, vai ficar ainda mais bonita. E ficará livre. Livre da opressão dos homens.

— Isso significa que vai me deixar depois? — Mais uma vez, quis fazer uma brincadeira. No entanto, ele lhe lança um olhar tão magoado que ela engole em seco. — Todo mundo vai embora — explica, baixinho. — Eles mentem. Depois vão embora.

Por um momento, nenhum dos dois diz nada. Então, Pan Zunhua pega a mão dela.

— Você precisa entender uma coisa: eu não sou igual a todo mundo. Eu disse que ia cuidar de você. E é para sempre. — Aperta seus dedos com tanta força que chega a machucar. — Jamais vou mentir para você, Yuliang. Nunca vou deixá-la.

Para seu espanto, a jovem se dá conta de que os olhos dele estão cheios de lágrimas. Sem contar as lamúrias de bebedeira dos clientes ébrios ou exaltados da Casa, é a primeira vez que vê um homem chorar.

— Diga que acredita em mim. É fundamental que creia em mim.

Depois de um longo tempo, os lábios dela conseguem pronunciar a palavra. Quando o faz, por fim, apenas murmura; é mais uma prece sussurrada que uma declaração:

— Acredito.

Mas ele a fita de uma forma tão calorosa e aliviada que é como se ela houvesse gritado. Ela sente seu olhar confiante e agradecido.

DOIS DIAS DEPOIS, assim que Pan Zanhua sai para trabalhar, Yuliang vai ao escritório dele para estudar. Como sempre, ele deixou uma folha com ideogramas sobre a mesa para que ela os copie e aprenda. No alto da folha, no entanto, há algo mais — uma fotografia formal em preto e branco granuloso. Do tipo que casamenteiros enviam a noivos potenciais.

Com o coração batendo acelerado, Yuliang pega a imagem emoldurada. A moça do retrato está sentada em uma cadeira laqueada. Aparenta ser jovem, não mais de 14 anos. O cabelo preso, com coroa de flores, deixa à mostra seu rosto delgado. Os olhos são grandes e incrivelmente claros, as orelhas, delicadas e bem feitas, com brincos de jade. Usa um conjunto de jaqueta de seda com calças largas, cuja bainha foi feita alta o bastante para mostrar o par perfeito de lírios dourados. Os pés, enfeitados com sapatilhas de bordado intricado com saltos de madeira, sumiriam de vista em mãos masculinas de tamanho médio.

Os traços da jovem, embora atraentes, parecem rígidos como os de uma boneca. Não há indício algum do que os faz mover-se, sorrir ou chorar. É simplesmente um produto exposto no mercado, como inúmeras outras no álbum de um casamenteiro. A única coisa que a diferencia, percebe Yuliang, é ter sido escolhida pelos pais de Pan Zanhua.

Passa a se concentrar na lista daquele dia. *Enfaixar* (紃), escreveu ele. *Faixa* (縲). *Opressão* (壓迫). Primeiro, Yuliang contorna cada uma das palavras com o dedo, estabelecendo, distraída, a direção dos traços mentalmente. Meio abatida, empurra o porta-retrato até o canto mais afastado da escrivaninha. Vira-o para baixo. Então, pega o pincel e começa a escrever, com determinação.

Quinze

OUTRO DIA, NA MESMA SEMANA, logo depois de acordar, Pan Zanhua sugere que vão a um parque, a oeste da cidade.

— Você não tem de ir trabalhar? — pergunta Yuliang, afastando-se dos braços dele e constatando, com um leve choque, que dormiu ali. A noite toda.

— Eles podem se virar sem mim por um dia — diz Pan Zanhua, acariciando o quadril dela. — Além do mais, estou precisando tirar uma folga.

Ela o fita, surpresa. Não seria exagero dizer que ele é o trabalhador mais dedicado que já conheceu. Ele sai bem cedo todas as manhãs para supervisionar os funcionários e volta tarde da noite na maioria das vezes, tenso e cansado. Ainda assim, depois do jantar ainda vai trabalhar no escritório, com o roupão de intelectual, lendo despachos e revendo os formulários até meia-noite. Desde que Yuliang foi morar ali, há semanas, ele ainda não tirou um dia inteiro de folga, e, quando a puxa para si, essa constatação a faz parar para pensar. Uma pergunta a ronda de leve, conforme ele beija sua nuca. Segundos depois, no entanto, ela some, adejando para os recônditos de sua mente enquanto os lábios dele continuam a acariciar seu pescoço arqueado.

O PARQUE NÃO ESTÁ MUITO cheio quando chegam; enquanto perambulam pelas trilhas de terra, cruzam com crianças em excursões, estudantes universitários e visitantes de várias regiões do país. Há estrangeiros também: um homem de terno cáqui com a esposa, e um jesuíta de hábito preto fazendo esboços próximo a uma lagoa. Ao passarem por ele, Yuliang observa por sobre o ombro do religioso uma cena delicada retratada em carvão. O jesuíta captou com primor a suave curvatura dos salgueiros e as flores pálidas em contraste com a água escura sob elas.

Ao perceber o interesse dela, Pan Zanhua começa a caminhar mais devagar também. Quando o religioso os fita, seus olhos são tão frios quanto a primeira ducha de água gelada pela manhã.

— *Bonjour, mon père* — cumprimenta o inspetor, praticando o francês que aprendeu com um professor russo em Tóquio.

— Eu não sabia que eles desenhavam paisagens — sussurra ela, quando seguem caminho. — Achei que só pintavam o filho do deus deles. E a virgem.

— Eles desenham e pintam muitas coisas. Foram os primeiros a trazer a arte ocidental para a China. Já ouviu falar em Lang Shining? — Yuliang balança a cabeça, negando. — O nome verdadeiro dele era Giuseppe Castiglione. Veio da Itália e também era um padre, como o homem que encontramos há pouco. Só que muito antes dele, uns trezentos anos atrás. Morou na Cidade Proibida, onde estudou *guohua*. — Ele dá uma olhada no relógio, pela terceira vez nesta manhã.

— Vamos nos encontrar com alguém? — quer saber Yuliang, intrigada.

Ele meneia a cabeça.

— É apenas hábito. Não estou acostumado a tirar folga.

Nem eu, ela quase diz, mas não o faz. Em vez disso, pergunta:

— Ele pintava como um chinês, esse tal Casti... Casti... o italiano?

— Trouxe elementos ocidentais à arte chinesa. Já ouviu o provérbio "espírito chinês, tecnologia ocidental"? — A jovem assente. — Lang Shining foi um dos primeiros a aplicar a ideia na arte. Ele compreendeu, sabe, que os costumes tradicionais não precisavam resistir aos modernos. Que um poderia muito bem complementar o outro, como *yin* e *yang*. Não tinham que estar em contradição. — Zanhua aponta para o religioso a sumir de vista. — Os jesuítas também fundaram uma academia de arte em estilo ocidental, somente para rapazes, em Xangai. Chama-se... Como é mesmo o nome? Ah, Siccawei, eu acho. — Acaricia a própria maçã do rosto, pensativo. — Meus amigos de Xangai me disseram que outra foi aberta na Concessão francesa. Por um jovem que costumava pintar cenários para um estúdio fotográfico... Não lembro o nome dele. Mas, pelo que sei, provocou escândalos por ter levado mulheres nuas.

— Para a academia?

Ele dá um sorriso seco.

— Mas somente para que os rapazes as desenhassem.

Yuliang olha-o de relance.

— Quer dizer que esse lugar só aceita homens?

— Acho que sim. — Ele arqueia uma sobrancelha. — Por quê? Está pensando em se matricular?

Por algum motivo, ela fica vermelha.

— Não, claro que não. — No entanto, a ideia a entusiasma um pouco: uma academia para estudar artes! Parece quase revolucionário, como os lemas do general Sun, que Pan Zanhua tanto adora e vem lhe passando para que aprimore a caligrafia e os decore. Primeiro: Expulsão dos manchus. Segundo: a China para os chineses. Terceiro: Instituição da república. Quarto: Distribuição igualitária da terra. Yuliang tenta imaginar como seria tal lugar. Mas seu grau de instrução limita-se ao que aprendeu com o tio e, depois, com os membros da Casa.

— Por falar em estudos — diz Pan Zanhua —, eu queria acrescentar artigos políticos às nossas leituras. Já ouviu falar da revista *La Jeunesse*? Promove o desenvolvimento na ciência e na democracia. Foi fundada por um bom amigo meu, Chen Duxiu. Ele está no Japão, agora. Mas lutamos juntos pela república... Yuliang, aonde você vai?

— Hein? — Ela para. Sem se dar conta, deu a volta e caminhou na direção do jesuíta.

— Está cansada? Podemos voltar.

— Estou bem. — Ela recomeça a caminhar, não sem antes olhar mais uma vez para o artista. O caderno de desenho dele não passa de um diminuto retângulo branco, o hábito, uma mancha preta em contraste com os reflexos solares argentados na água.

POR DOIS DIAS, Pan Zanhua sai para trabalhar de manhã e só volta na hora do jantar, como sempre. Lê as notícias para ela e escreve termos relevantes para que os copie (Capitalista: 資本家. Hegemonia: 霸權. Liberdade: 自由). Quando Yuliang finalmente reúne coragem para, na terceira manhã, hesitante, fazer a pergunta ao inspetor, ele a interrompe, com um lacônico "Sim". Tanto a expressão quanto o tom de voz lhe indicam que não perderá mais tempo discutindo o assunto. Então, ela passa o dia seguinte num estado de alívio temporário. Ela está consciente de sua liberdade (自由). No entanto, ainda não se convenceu. E é só à noite que entende, por fim, como ele resolveu o problema.

A caminho do quintal para estudar sob sua luz favorita do dia (a luminescência suave como algodão da manhã), Yuliang para bruscamente no corredor da entrada. Colocando o caderno debaixo do braço, passa os dedos pela parede. Seu corpo todo se acelera com incredulidade: a parede está vazia. Não há sequer indício de que o quadro de Shi Tao algum dia esteve pendurado ali.

— Qian Ma! — grita. A velha aparece, com um jarro e uma bacia equilibrados na bandeja. — O... o quadro — consegue dizer, com voz trêmula.

— Que quadro?

— *O* quadro — diz Yuliang, apontando. — O Shi Tao. Faz quanto tempo que não está aqui?

A criada estala um dente quebrado.

— Ora, o homem só veio pegar a pintura na quarta-feira.

— Que homem?

— O que foi enviado para levar o quadro. — Ela pronuncia as palavras bem devagar, como se Yuliang fosse uma idiota. — O que o mestre pediu que eu aguardasse.

Quarta-feira, pensa Yuliang. *Quarta-feira*. Por uns instantes seus pensamentos dispersos não conseguem nem situar o dia. Então, recorda-se: o dia em que foram ao parque. Um passeio que Pan Zanhua fizera parecer um impulso de última hora. Somente naquele momento Yuliang se dá conta de que ele não avisou ninguém a respeito da folga. Não enviou um mensageiro ao cais, nem fez ligações do escritório. Já devia ter informado a todos com antecedência.

Estupefata, ela fita a parede.

— Como... como era ele?

— O *mestre*? — pergunta Qian Ma, demonstrando uma surpresa exagerada.

— Não, não, o homem.

A criada, desfrutando da frustração da jovem, fica quieta, pensando, por no mínimo vinte segundos.

— Grande — descreve, finalmente. — Com um corte de cabelo esquisito. Sem trança. Mas não usava um daqueles estilos dos diabos do além-mar. Dava a impressão de que ele mesmo tinha cortado.

O criado da Casa. Abalada, Yuliang toca a parede de novo. O espaço vazio é prova mais que suficiente de que Pan Zanhua manteve sua palavra: ela vai ficar. Não obstante, ao fitar aquela área desocupada, não sente alívio e, sim, tristeza pela perda do quadro que ela admirava todos os dias, considerando-o um pequeno milagre, uma maravilha de cinzas, água e pincel. "Vale mais do que a sua vida inteira, do início ao fim", dissera Qian Ma e, naquele momento, a jovem de fato acredita naquilo. *Como ele pôde!*, pensa. *Não mereço...*

— Senhora? — O tom de voz da criada é isento de qualquer deferência.

— Sim? — indaga Yuliang, desviando com esforço o olhar.

— Esta bandeja está muito pesada para meus braços velhos. Posso ir?

A jovem fita os olhos reumosos de Qian Ma por um instante. E é então que percebe que algo mais mudou. Já não era objeto de desprezo da velha. Não que esta tenha deixado de sentir desdém por Yuliang. Porém, nesta nova ordem, sem a obra de Shi Tao, isso não é mais relevante.

— Não — diz Yuliang, com cautela. — Quer dizer, claro. Vá. Vá, mas volte logo. Assim que terminar de encher estas jarras para mestre Zanhua, aqueça água para mim.

O rosto envelhecido enruga-se ainda mais.

— Como?

— *Água* — diz a jovem. — Água quente. E bastante, viu? — Não precisa se explicar, não para uma reles servente. No entanto, ainda assim o faz. Apenas para ouvir a si mesma comentar: — Acho que vou tomar um banho.

Dezesseis

— JANTAR DA ASSOCIAÇÃO DE SAL — comenta Pan Zanhua, com um resmungo, uma semana depois, após chegar em casa, vindo do cais, e encontrar o convite na entrada. — Já é ruim o bastante eles fingirem gostar de mim agora que o general Sun voltou.

— Você deveria ir — aconselha Yuliang, na entrada. — É o seu dever.

— Para com quem?

— Para com... para com o país — diz com gestos hesitantes. — Se não quer aceitar o dinheiro deles, pelo menos não faça pouco da comida.

— A comida não é deles, Yuliang. É paga quase que inteiramente com os fundos roubados do meu próprio escritório.

— Mas que impressão vai dar? Já é o terceiro jantar de negócios que você recusa.

O que é verdade. É a terceira vez, em três semanas, que ele nega o convite de um dos grupos que monitora. E ela se preocupa, pois, embora receba com agrado as atenções cada vez maiores de Pan Zanhua — quase tanto (é preciso dizê-lo) por si mesmas quanto pela comprovação que lhe dão de seu lugar ali —, tem plena consciência da posição bastante frágil dele na hierarquia permeável do mundo de negócios de Wuhu. Conhece os homens tratados friamente por ele — bem até demais, em alguns casos. Sabe que podiam cometer atos cruéis. A Casa já foi frequentada por políticos que, depois, caíram em desgraça tão rápido que, passado um mês, escondiam-se dos cobradores de dívidas da Madrinha.

— Qual é o problema, pequena Yu? Já quer me ver fora de casa?

— Claro que não.

— Bom. Trouxe algo para você. Esta é a revista da qual falei antes. Não é a edição mais recente, mas é uma boa forma de começar.

Ela a pega.

— *La Jeunesse?* — lê, devagar.

— Isso. Isso mesmo.

Yuliang cora levemente, triunfante. Mas concentra sua atenção depressa no trabalho artístico da capa. Mostra dois braços grandes e fortes contornando um globo gigante e entrelaçando as mãos na parte superior. Uma delas é um pouco mais escura, calosa e forte, como a de um camponês. Com curiosidade, examina a diminuta assinatura do artista sob a ilustração. Evidentemente, ainda não consegue lê-la. Ela pensa em perguntar a Pan Zanhua, mas ele já está indo para o escritório.

Suspirando, coloca a revista na mesa, acrescentando ela própria uma última pincelada suave e cheia de inveja. Esta, Yuliang não pode deixar de notar, parece diminuta e estranhamente vulnerável em contraste com as outras.

PAN ZANHUA JANTA EM CASA na noite seguinte também, tomando café da manhã tarde tanto no dia anterior quanto neste, demonstrando ter um tempo livre quase rebelde nas refeições, nas conversas e nos afazeres. Os dois estão vivendo como Yuliang imaginava que os recém-casados de lugares exóticos como Nova York, Xangai e Paris faziam: jantam, conversam e vão muitas vezes ao quarto para fazer amor. Ele a acaricia com frequência enquanto revisa sua caligrafia, tira os cabelos de seus olhos e sopra cílios caídos em sua maçã do rosto. Ainda são raras as ocasiões em que Yuliang retribui tais gestos. No entanto, pouco a pouco, ela começa a compartilhar não apenas as atividades diárias como também os pensamentos que lhe ocorrem na ausência dele, algumas vezes a respeito das críticas ou das superstições mais recentes de Qian Ma: "Ela acha que carros ocidentais carregam espíritos malignos dentro deles!" Com relação a uma gravura a água-forte de uma fábrica inglesa, Yuliang quer saber: "Isto é o que você quis dizer sobre mão de obra e capital?" Além disso, também faz a pergunta que lhe veio à mente quando cruzou com uma estrangeira na Concessão e notou que as mãos e os pés da moça aparentavam ser tão pequenos quanto os seus: "Tem certeza de que elas não enfaixam?"

Porém, há outro passatempo que a jovem se esforça para esconder do inspetor — ao menos, por enquanto.

Rabiscos, é o que pensa deles. Seus esboços inconsequentes: rostos de macacos, flores e frutas pequenas, além de um ocasional dragão com a cabeça de Qian Ma. Trata-se de figuras que, quase que por vontade própria, brotam e ocupam as margens do caderno de Yuliang. A seu ver, as imagens são tão imperdoavelmente cruas como aquele primeiro desenho que fez em meio à dor pela morte de Jinling. Mais de uma vez, consternada com a forma como o lápis deformara uma ameixa, jurou parar. Não obstante, os pequenos desenhos continuam a surgir, em um processo ao mesmo tempo vicioso e enigmático. Sente o mesmo ímpeto que outrora a levava a varar a noite bordando peônias e pêssegos de aparência fresca com sua agulha. Mas há, ela vem descobrindo, um aspecto libertador na tinta e no grafite. Livre do fio, ela consegue dar vida ao que lhe ocorre: árvores farfalhantes, flores murchas. Quando as imagens não saem boas, a solução é incrivelmente simples: a jovem arranca a página e, após amassá-la, recomeça. Inúmeras vezes... Conforme mais tempo de seu aprendizado é dedicado à arte, começa a se preocupar ao entregar a Pan Zanhua as folhas com seus "estudos". Para a surpresa de Yuliang, ele nem parece notar que os caracteres nos quais ela gastava horas antes começam a ser feitos na metade do tempo, no pânico da pressa. O inspetor continua a elogiar suas pinceladas e a delicadeza de seus traços. Encorajada, ela sente-se tentada a mostrar os desenhos também. Mas, por alguma razão, opta por não fazê-lo.

Até uma tarde em que ele se encontra em casa, trabalhando no escritório. Yuliang está deitada na cama dele, no andar de cima, com seu material de estudo. Levada a um estado de estupor e devaneio pelo tamborilar da chuva na janela, ela pensa no velho jesuíta francês que viu no parque, e lembra-se da firmeza e habilidade com as quais as mãos grossas captaram a beleza frágil de uma flor. O mesmo sentimento que teve então — uma mistura de emoção com anseio — a preenche e, distraidamente, ela vira a página do vocabulário diário do caderno. Com a língua entre os lábios, faz delicados traços em cinza no papel. Em seguida, acrescenta mais detalhes: uma linha clara aqui, um esfumaçado acolá. Um vinco escuro para mostrar a dobra delicada de uma folha. As imperfeições das flores — as irregularidades, a projeção artificial na tentativa de criar sombreado — desafiam-na. Mesmo assim, ela continua se esforçando.

Na quarta tentativa, Yuliang experimenta um método diferente. Em vez de desenhar linha por linha, procura explorar a associação instantânea entre imagem e significado, que tem sido tão importante para seu crescente aprendizado. *Orquídea*, pensa. *Orquídea*. E, sem deixar a mente ir além, ela coloca a ponta do lápis de chumbo mais uma vez na superfície do papel. Quando termina, cerra os olhos e, em seguida, volta a abri-los. Para sua surpresa, o que desenhou foi justamente aquilo: uma orquídea. Ainda está meio torta, com o estame e o caule ligeiramente grossos demais. O resultado seria melhor se tivesse uma à sua frente. Mesmo assim, qualquer um que visse o desenho — um estudante, uma criança que nem soubesse ler a palavra relacionada a ele — reconheceria o que é.

Está virando a página para tentar de novo quando Pan Zanhua joga-se na cama, quase em cima dela.

— *Arrá!* Peguei você! — diz ele, afundando o rosto em seu pescoço. — Não me ouviu subir? — Ele a puxa para si, com caderno e tudo, e dá-lhe um abraço apertado. — Aqueles filhos de jabuti estão malucos — queixa-se ele. — Não tem a menor possibilidade de a gente conseguir checar todas as embarcações pequenas no porto, antes que elas cheguem ao cais!

— Impossível, claro — diz ela, sentindo o aroma de limão-siciliano adocicado dos cabelos dele. — Ainda mais se você nunca sair de casa.

Ele a afasta um pouco.

— Ah, então você quer me ver *longe*.

Yuliang ri.

— Claro que não. — Tenta puxar o braço que ficou preso sob o corpo dele, para empurrar o caderno pela beirada da cama. Mas Pan Zanhua a impede.

— Não tão rápido assim. Quero ver o seu trabalho, pequena intelectual. E, ainda prendendo-a debaixo dele, folheia o caderno.

A jovem sente que enrubesce quando ele examina seu desenho no caderno e, depois, ela mesma.

— Você fez isso?

Yuliang assente em silêncio.

Pan Zanhua sai de cima dela. Curvando-se sobre o caderno, começa a sondar as páginas mais detalhadamente. Ela observa-o enquanto ele analisa tudo: os ideogramas traçados, os pequenos desenhos que lhe pareceram bons o bastante para que os deixasse ali. A orquídea não tão ruim assim, a que parece um leão. E a que parece ter sido esmagada. Mas Pan Zanhua concentra-se na boa e contorna com a ponta dos dedos brancos as linhas pretas. Franze o cenho, como se fosse um enigma.

— Eu não estava conseguindo me concentrar — sussurra Yuliang. — A chuva...

Ele não responde. Estranhamente ansiosa, a jovem mordisca a unha. Ao sentir uma pontada, olha e vê que mordeu com força demais de novo: está sangrando.

— É isso que tem feito nesses últimos dias? — pergunta o inspetor.

— Geralmente desenho depois de estudar.

— Você já teve aulas?

Ela ri.

— E quando poderia ter tido aulas? — Então, dando-se conta de que ele se referia à Casa, enrubesce. — Não. Nunca. Eu... eu só gosto de tentar desenhar objetos de vez em quando. Não sou nada boa.

Ele faz um bico.

— Na verdade, é boa sim. E muito.

O elogio quase a faz perder o fôlego.

— Não chego nem perto de Shi Tao — consegue dizer, por fim. — Você pode ver que... — Para de falar, nervosa. Nunca conversaram sobre o desaparecimento do quadro.

— É interessante.

— O quê?

— Você ter resolvido fazer... isto. — Aponta para a parte em que ela tentou mostrar profundidade com um reticulado rústico. Trata-se da técnica que viu na capa de *La Jeunesse*. — Nenhum dos mestres antigos prestaria tanta atenção na profundidade.

— Eu sei. Uma bobagem.

— Não diga isso. Os artistas, pelo menos os modernos, têm que pintar o mundo tal como ele é, não apenas como um exercício vazio de estética. — Virando-se um pouco, ele faz um gesto em direção ao rolo de pintura que ela vê ali pendurado desde a primeira vez em que foi ao quarto dele. — Quantas versões desse quadro você acha que existem nas casas de todo o mundo?

Yuliang acompanha o gesto, que indica a imagem de um erudito de barba rala contemplando um esboço de riacho. Uma carpa retribui o olhar do sujeito, os olhos arregalados de admiração. Yuliang já observou aquela imagem inúmeras vezes, geralmente quando estava entediada. Acha-a bem feita, mas, fora isso, não lhe desperta sentimento algum. Pan Zanhua contou-lhe que a comprou de um vendedor às margens do lago em Hangzhou. Ela arrisca um palpite:

— Centenas?

— Milhares — retruca, como se ele próprio os houvesse contado. — Mas você já *viu* essa cena? Um erudito às margens de um riacho? Uma carpa emergindo para conversar?

— Não? — especula.

— Claro que não! — O inspetor acaricia o próprio rosto. — Assim como ninguém viu a montanha-coberta-de-alto-a-baixo-de-pinheiros-do-estimado-mestre-Tao!

— Mas devem ter visto — protesta ela, esforçando-se para se lembrar das paisagens ribeirinhas durante a viagem pelo Yang Tsé com Wu Ding. — Eu mesma já vi. Quer dizer, algo parecido.

Pan Zanhua balança a cabeça.

— Ninguém conseguiria ver sob essa perspectiva estando ao nível do mar. Teria de estar pintando do alto, talvez até de um dirigível. O que era bastante improvável quatrocentos anos atrás. — Devolve o caderno para ela. — Você deveria assinar. Todos os artistas assinam seus trabalhos. — E, ao vê-la menear a cabeça, com modéstia, insiste: — Deveria sim. Por outro lado, também precisa dar continuidade às lições. Sempre confiarei mais nas palavras do que em imagens bonitas.

Ele pronuncia as últimas frases com seriedade, fitando-a de um jeito tão similar ao de um professor de escola que Yuliang não resiste à tentação de provocá-lo um pouco. Deitando-se de costas, cruza os braços atrás da nuca.

— E o que diz das mulheres bonitas?

A princípio ele fica um pouco surpreso, como sempre ocorre quando o senso de humor dela o pega desprevenido. Então, ri.

— Essa — diz ele, indo abraçá-la —, é outra história!

DOIS DIAS DEPOIS, o céu já ficou claro após as chuvas, e o sol primaveril brilha como se nunca houvesse sido encoberto antes. Yuliang está no escritório de Pan Zanhua, usando os pincéis de caligrafia dele e um antigo relatório de importação para treinar o desenho de borboletas. Desde aquela conversa, ela vem se dedicando mais abertamente à arte. Ele, inclusive, tem lhe dado materiais: uma caixa de lápis de carvão de ponta fina, alguns pincéis novos, mais grossos que os usados na caligrafia, e um caderno de desenho de uma loja de arte de Wuhu. As folhas brancas e brilhantes são bem melhores que as meio desbotadas e amassadas do caderno anterior. Seu efeito também difere, pois não absorve tanto o toque úmido do pincel, oferecendo certa resistência. As linhas saem mais firmes e vistosas.

Ela está concentrada nessa descoberta quando o telefone do corredor principal começa a tocar. O barulho, a princípio, a fez mover-se ligeiramente na cadeira. Mas Pan Zanhua deixou instruções específicas proibindo as duas de atender à "caixa de voz eletrônica" quando ele estiver fora. É uma ordem apreciada ao menos pelos empregados, que consideram o aparelho um pouco sobrenatural. Qian Ma o vê com evidente desaprovação. "Quando temos de falar com uma pessoa, é preciso estar perto dela", resmungou.

Durante os 30 minutos seguintes o telefone continua a tocar, de forma intermitente. Yuliang levanta-se para fechar a porta do escritório e abafar o ruído do toque. Quase no mesmo momento, a porta da entrada se abre.

— Por que diabos o chão está tão molhado? Não se pode andar com tranquilidade nem mesmo em casa? — brame Pan Zanhua.

É quinta-feira, dia em que a criada lava o piso. Porém, Yuliang nem presta atenção nisso quando ele entra no escritório com estrépito; em vez disso, limita-se a fitá-lo, impressionada não só com sua entrada brusca como com sua palidez e sua expressão ultrajada. Quando o telefone volta a tocar, de forma estridente, ele não se move para ir atendê-lo.

— Vou ter de trabalhar agora, por algumas horas — diz ele. E fica aguardando, batendo na coxa o tabloide enrolado que trouxe consigo. Yuliang reconhece qual é: o *Crystal*, uma publicação de baixo nível, que o inspetor normalmente critica dizendo não valer seu dinheiro. "Fofocas monótonas de mulher. Só serve mesmo como papel higiênico. Puro boato." — Acompanhando o olhar dela neste momento, ele joga o jornal na *chaise longue*. — Por favor, Yuliang.

Com a maior dignidade possível, a jovem levanta-se e passa por ele, tomando o cuidado de não inclinar os desenhos de borboletas, para evitar que borrem. Pan Zanhua fecha a porta assim que ela sai.

Yuliang planejara subir, porém, acaba ficando por ali, andando a esmo diante do escritório. Em algum recôndito de sua mente um diminuto coro estridente começa, tal qual o chilreado malévolo do gafanhoto-migratório: *Ele vai deixar você, vai deixar você.*

O que, diz a si mesma, é evidentemente ridículo. Não há de ser nada. Talvez algum decreto ou imposto. Mais um golpe para a nova economia devastada pela guerra. Porém, ela conhece os tabloides, sobretudo o *Crystal*. Trata somente de dois temas: sexo e mexericos sobre sexo. A cobertura da economia não vai além do estilo de vida luxuoso dos coletores de impostos locais. E, quanto à guerra, Yi Gan leu certa vez para Yuliang duas colunas inteiras descrevendo como o general Fang, o do jogo conhecido como "comida de cachorro", permitiu que o chow chow miniatura de uma concubina inspecionasse a tropa.

Yuliang observa suas borboletas. Tem a sensação de que revoam em seu estômago. Porém, faz o esforço de bater à porta.

— Eu... eu esqueci uma coisa. — Quando abre a porta, ele está sentado na cadeira, a cabeça apoiada nas mãos. — Só... só queria pegar este lápis — mente, pegando-o na escrivaninha — e a *La Jeunesse*. — Pan Zanhua lhe deu outro exemplar esta semana. Nela, há um gigantesco lutador de sumô, com a bandeira do Japão envolvendo seus genitais, preparando-se para devorar toda a China com *hashis*.

— Pode pegar — é tudo o que diz o inspetor.

A revista está na estante que fica sobre a *chaise longue*. Yuliang vai até lá devagar, de olho no *Crystal*. O tabloide esta aberto na seção "Na cidade". Consegue discernir duas palavras: *inspetor de alfândega* e *parque*. Com o coração na boca, ela inclina-se para ver melhor.

— Não leia isto — avisa ele, de modo bastante categórico. — Não tem a ver com você.

— Não é verdade — diz ela.

Ele a fita de forma sinistra por alguns instantes. Em seguida, solta um suspiro e esfrega o rosto. — Você tem razão. Preciso falar a verdade. Não menti para você até agora e prometi não fazê-lo. — Dito isso, levanta-se, caminha vagarosamente até a *chaise longue*, passando por Yuliang. Então, pega o tabloide vulgar. — Este saiu hoje.

Ele lê:

> *Ao que se diz, mestre Pan, o novo inspetor adjunto da aduana, tem passado muito tempo (e, ousamos sugerir, gastado verbas da cidade?) com uma jovem de nossa adorada Casa do Eterno Esplendor. Os dois, que, ao que tudo indica, vivem em "união rebelde" na residência de mestre Pan Zanhua, foram vistos na semana passada em Zeshan Wanlu, onde se constatou que os pés da adorável companheira do inspetor são mais protuberantes, e bem maiores, que os de quaisquer das flores. Todos sabem que mestre Pan Zanhua orgulha-se de ser um dos pensadores novos e "modernos" da China — pelo visto, avançado demais, pois se aproveita das cortesias tradicionais que lhe são oferecidas por seus inúmeros admiradores. Portanto, é bom saber que, em algumas áreas, o referido inspetor age de forma tão antiquada quanto os demais: a Região da Névoa e do Orvalho atrai homens de todas as classes...*

Um ruído brusco. Quando olha para baixo, ela vê que partiu o lápis em dois; o estalo se espalha no quarto como fogos de artifício.

— Sinto muito mesmo — sussurra a jovem. É só o que lhe ocorre dizer, além do que lhe passa pela cabeça: *Claro*. Claro que acabaria; tinha de acabar.

— Acho que era inevitável — comenta ele, suspirando. — Yi Gan é um homem poderoso. E sua madame Ping ficou muito furiosa. (*Então, ela continua a ser* sua *madame Ping*, pensa Yuliang, com profunda tristeza.) Eu sabia que alguns olhariam com maus olhos quando eu a trouxesse, mas não imaginei que provocaria semelhante escândalo. Minhas intenções desde o início foram totalmente honradas. Não entendo por que não se dão conta disso.

— Disso o quê?

— Que eu queria salvar você, para... para reabilitá-la. Que o resto simplesmente não foi planejado.

Quando os olhos dos dois se encontram, ela percebe, sobressaltando-se, que ele dizia a mais absoluta verdade: as intenções dele *foram* honradas. E, além disso, ela se dá conta de algo que Pan Zanhua não notou: que as pessoas às quais o inspetor se refere sabem disso. Perfeitamente. Pois são essas características — a honra e o comportamento imaculado — que os levam a odiá-lo.

O pensamento lhe ocorre de forma desoladora: *Isso será sua ruína.*

— O que está passando pela sua cabeça? — pergunta ele.

Ela enrubesce.

— Estou pensando que... que nunca vou ter como agradecer pelo que você fez. Nem pagar.

— Jamais foi uma questão de pagamento — ressalta ele, embora seja sempre esse o caso. E o que está acontecendo é prova disso. Se ao menos Pan Zanhua houvesse aceitado o dinheiro deles e pagado à Madrinha o que ela pediu, se ao menos os dois tivessem prestado mais atenção na forma como se vive em Wuhu, em vez de viver como queriam... Uma sensação de tristeza domina-a; uma vontade de sentar e nunca mais se levantar. — Yuliang?

A jovem olha para baixo.

— Não precisa se preocupar comigo. Eu vou ficar bem.

Ele franze o cenho.

— Bem? Onde?

— Aonde quer que eu vá.

— Não seja boba — censura o inspetor. — Você não vai a lugar algum. Aonde iria? Voltaria para a Casa? — E, quando a jovem balança a cabeça, negando: — Para o seu tio?

— Ele está morto.

— Não está, não. Está preso. — Yuliang, que ainda mexe com o lápis quebrado, ergue o rosto. — A polícia de Zhenjiang prendeu-o no ano passado. Fazia dez anos que ele não pagava imposto. Não me olhe assim. Por acaso achou que eu não investigaria? — Ele vira-se e começa a andar de um lado para o outro. — Prometi que não mentiria para você, nunca. Mas também não pode mentir para mim, Yuliang. Não se formos levar isto adiante.

— Isto o quê?

— O nosso casamento — anuncia ele, pausadamente. — Não me ocorre outra forma de limpar o seu nome e calar a boca deles para que eu possa dar continuidade ao meu trabalho.

A jovem encara-o, boquiaberta.

— Casamento — repete ela.

— Oficialmente, não pode ser um de verdade, claro. Mas uma cerimônia em público. Algo simbólico. Meu amigo Chen Duxiu, do qual lhe falei, vai chegar em breve do Japão. Ele pode ser a nossa testemunha.

Uma concubina, pensa Yuliang. *Vou me tornar a concubina de um alto funcionário*. O que é que sua mãe costumava dizer mesmo sobre esse tipo de mulher? "A dona de casa equivale à cozinha, onde as coisas boas do lar acontecem. A concubina não passa de uma reles despensa."

— Vou salvar minha reputação assim — continua ele. — Não precisa ser um evento muito grande. Só mesmo uma troca de votos em público. Podemos enviar um comunicado ao *Crystal* e aos outros jornais. Todos lá têm duas esposas, às vezes até três, embora tenham votado a favor da lei de monogamia. — Com um dos dedos, dá batidinhas suaves no maxilar. — O advogado Wen redigirá o contrato.

Uma imagem vem à mente de Yuliang: o tio e *niangyi* Zheng, decidindo seu destino.

— Não — diz ela, com firmeza. — Nada de contrato.

O inspetor fita-a com estranheza, mas não discute.

— Mas isso você vai fazer, não vai?

— Isso o quê?

— Casar-se comigo. Sabe que eu amo você.

É a primeira vez que um homem — qualquer homem — lhe faz semelhante declaração — pelo menos, longe da cama. É também a primeira vez que alguém diz isso com sinceridade — total sinceridade —, além de sua mãe. Porém, enquanto Yuliang faz menção de dizer o mesmo a ele, seus pensamentos dirigem-se à esposa dele em Tongcheng. "Nunca foi um casamento de verdade", disse Pan Zanhua.

Então, ela acaba perguntando:

— Nós... nós vamos morar em Tongcheng?

Por um instante a decepção, e talvez algo mais intenso, leva o inspetor a fechar a cara.

— Não. Pelo menos não a princípio. Mas você também não vai poder ficar aqui. Vou mandá-la para Xangai.

Xangai. Yuliang esfrega a ponta quebrada do lápis no braço, fazendo surgir ali uma mancha avermelhada.

— O que acha? Gosta da ideia? — quer saber o inspetor, tenso. Ele está organizando os papéis. Mas ela tem plena consciência, mesmo sem fitá-lo, de que ele espera que diga: *Eu também amo você; você me fez mais feliz do que eu jamais imaginei que poderia ser.*

E por que ela não o faz?

Afinal de contas, é a mais pura verdade. Yuliang sabe disso com a mesma certeza imparcial com que absorvia o que o tio lhe contava: que o céu é preto e não azul, que o universo é infinito e insondável. Ainda assim, não consegue dizê-lo. Em vez disso, estende os braços para ele. O desenho que fez já secou, a esta altura. O papel tremula com a corrente de ar.

— Parece maravilhoso — ela diz. E, em seguida: — Gosta de borboletas? Estas são para você.

Parte V

A CASA

O território é uma planície uniforme, de tal modo urbanizado, que se assemelha a uma Cidade Jardim, repleta igualmente de vilas, aldeias e torres. Há muita gente espirituosa, bons estudantes, atmosfera agradável e as pessoas vivem por muito tempo, até os 80, 90, 100 anos.

— PADRE MATTEO RICCI,
DESCREVENDO XANGAI EM C.1610

Dezessete

Xangai, 1916

YULIANG ACABOU DE CAIR NO SONO quando o som de líquido derramado e um grito a despertam, em tempo de ela perceber que quase colidem com uma barcaça de lixo de Xangai.

— Saia da frente, cara de cão! — esbraveja o capitão da sampana em que ela se encontra. — Seu timoneiro fede tanto quanto o seu carregamento! — O homem faz um gesto obsceno e, em seguida, olha de esguelha para a jovem. — Perdão, madame. Olhe só, lá está! — diz ele, apontando. — A grande cidade.

Yuliang cobre os olhos com a mão. A princípio, Xangai não passa de matizes e cores cintilantes, uma mancha longínqua de fumaça, concreto e verde viçoso. Porém, conforme a embarcação se aproxima, o horizonte vai se tornando mais nítido, revelando um litoral tão estranho e cheio de claridade que ela perdeu o fôlego.

— O Bund — anuncia Pan Zanhua, pronunciando a palavra de um jeito áspero, como se tivesse um pedaço de metal na boca.

— Bund — repete ela, obedientemente. — É uma palavra francesa?

— Acho que é indiana. Quer dizer "ponto de encontro".

— Que estranho dar um nome estrangeiro a um lugar chinês.

Ele ri.

— Espere só até conhecer a cidade. Metade dos nomes das ruas é em francês ou inglês. E, em alguns bairros, metade dos nomes das pessoas também. — Ele sorri. — Vai ser como morar fora.

A ideia é ao mesmo tempo perturbadora e emocionante. Yuliang conversou apenas com alguns estrangeiros em sua vida. Tenta se lembrar das poucas palavras inglesas e francesas que conhece (*dah-ling*, diz movendo os lábios, mas sem emitir o som, *how are you*, *je t'aime*), enquanto ele aponta para mais uma construção.

— Aquela é a alfândega britânica. Tem mais dinheiro naqueles cofres que em todos os de Wuhu juntos. E lá, está vendo o andaime de bambu?, fica o novo banco russo-asiático. Dizem que vai ser belíssimo. — Ele semicerra os olhos e aponta para outra parte. — Daquele lado ficam os hotéis de luxo. Foram construídos pelos judeus. Dizem que acontecem festas escandalosas neles.

Yuliang olha-o de esguelha, perguntando-se tanto o que são judeus quanto o que é considerado vergonhoso em Xangai. Torce apenas para que o conceito seja bem mais liberal ali que o que levou ao casamento dos dois no mês anterior. A cerimônia foi muito diferente da que sua mãe sonhou: sem vestido vermelho, sem liteira, sem saltar pelo *an* — pela sela — na soleira da porta da residência do noivo. Sem "rebuliço na noite de núpcias". Em vez disso, houve apenas uma simples troca de votos matrimoniais — escritos por Pan Zanhua e seu amigo Duxiu — no salão em que os dois se conheceram. Chen Duxiu, um jovem elegante, de traços marcantes e tagarela, foi testemunha e escreveu o anúncio, que, então, foi devidamente enviado para todos os jornais da cidade.

— É verdade que agora tem luz elétrica em toda parte? — quer saber Yuliang, contemplando a silhueta reluzente da cidade.

— Plena luz do dia mesmo ao pôr do sol!

— Devem arrecadar muitos impostos aqui.

— Não tanto quanto se imagina. Os estrangeiros não precisam pagar.

— Ah, é? E por que não?

— Por que o governo deu 120 milhões de taéis de prata para os franceses, por uma igreja?

A embarcação topa com uma série de barcos-casa ligados por cabo e rebocados por um navio a vapor fumacento.

— Ah — diz o capitão. — Lá vêm eles.

Segurando-se na cadeira para não perder o equilíbrio, Yuliang vê uma grande quantidade de pedintes dirigir-se a eles aos berros, remando e impelindo com varas os barcos escabrosos. Fervilham em torno da sampana, esticando as mãos, puxando mangas de roupas, cheirando muito mal. Uma mulher, cuja face, longe de parecer normal, aparenta estar coberta com uma placa fina de cobre, estende uma trouxa em direção a Yuliang. Esta leva alguns instantes para compreender o que há dentro do embrulho pequeno e desgastado.

— Por favor, duas moedas para a minha filha doente! — grita a mulher. — Meu leite acabou, está seco feito poeira. Por favor, duas moedas, para a minha filha!

Os olhos da criança estão fechados, repletos de insetos ao redor. Yuliang cerra a boca com força, tentando evitar o odor sobrepujante: urina, doença parasitária, sangue envelhecido. Porém, algo nessa visão — os bracinhos mirrados, cruzados com tanta firmeza diante do corpinho pequenino — mexe com a jovem; sem dizer uma palavra, ela tenta pegar a bolsa.

— Não — diz Pan Zanhua.

Yuliang vira-se, espantada.

— Por que não?

— Ela vai dar o dinheiro para o chefe dos pedintes, que vai gastá-lo com ópio ou coisa pior.

— Mas a criança...

— Olhe direito. Não está nem viva...

Ele tem razão. Em um piscar de olhos, a compaixão vira repulsa. Yuliang quase passa mal, tanto pelo que vê quanto pelo ultraje que sente. Pelo menos, pensa, debilmente, os mendigos de Wuhu são apenas pessoas pobres: monges, camponeses fugindo da fome e da seca do norte do país. No entanto, isso... isso sim é que é um verdadeiro escândalo.

Não obstante, enquanto Pan Zanhua pega as malas, ela separa duas moedas e, em seguida, respirando fundo, inclina-se.

— Enterre a menina — sussurra, de forma sucinta. — Se amou esta criança, mesmo que pouco, tem de deixar que descanse.

Os olhos injetados da mulher fixam-se em Yuliang por alguns instantes, sem gratidão nem reconhecimento pelo gesto. Ela simplesmente pega as moedas e esconde-as em um bolso esfarrapado e oculto. Em seguida, ruma para outra sampana que se aproxima, erguendo a trouxa mórbida.

A NOVA CASA DE PAN YULIANG, que agora é a "pequena esposa" de Pan Zanhua, fica em Haiying Li, uma rua de elegância decadente que se estende até o que, outrora, foi o portão norte da Cidade Fortificada. O muro já não existe, pois foi derrubado pelos soldados republicanos com o intuito de unificar a antiga Xangai com a nova. Não obstante, ao ingressar nos contornos calorentos do bairro, Yuliang tem a sensação de haver encontrado um santuário. Depois de tanto metal, vidraças e tijolos desarmônicos, as construções intermináveis da nova Xangai, as madeiras envelhecidas e as sombras frescas parecem um bálsamo. Os condutores dos riquixás passam por velhos fumando cachimbos de cabos longos, com gaiolas de pássaros entalhadas ao lado. Há avós acocoradas ou sentadas em bancos diante dos muros sombreados de seus quintais, consertando roupas, fumando cachimbo e fofocando. Estudantes caminham com túnicas de seda, calças em estilo ocidental e sapatos colegiais; alguns deles estão parados diante de uma entrada sombria, cheia de pôsteres e ladeada de pilhas de periódicos amarrados. Yuliang lê a placa sobre a porta com surpresa.

— *La Jeunesse?* Não é a revista do seu amigo?

Pan Zanhua assente.

— Esta é a sede. Duxiu já voltou para o Japão, onde vai ficar durante algum tempo. Mas meu amigo Meng Qihua, aquele que nos esperou no cais, colabora com fotografias de vez em quando. — Zanhua acena para o riquixá que vai diante deles.

— Ele conhece os artistas de *La Jeunesse*? — pergunta ela. Atendendo ao seu pedido, o inspetor comprou a maior parte dos exemplares dessa revista, declarando ver com bons olhos seu interesse pelos acontecimentos atuais. O que ele não sabe é que Yuliang raramente termina de ler os artigos, pois o que mais estuda são as ilustrações, sobretudo as que apresentam o efeito ainda indecifrável que ela viu na imagem das mãos entrelaçadas sobre o mundo.

— Acho que sim — responde ele, distraído. Depois acrescenta: — Ah, chegamos.

O riquixá de seu amigo Qihua parou na frente de uma casa antiga, com madeira escura, de tom argentado, em virtude da passagem dos anos e da poluição.

— Sinto muito — grita para eles o fotógrafo. — É uma casa que deixa a desejar.

E, de fato, a pequena vivenda contrasta muito com a casa em estilo ocidental do inspetor em Wuhu. É compacta e velha, e o assoalho do corredor range com suavidade, lembrando o chilreado de passarinhos. As janelas são de papel, não de vidro. Porém, Yuliang, que segue Pan Zanhua enquanto Qihua perambula pela residência para checar as dependências, acha-a surpreendentemente agradável. Já havia se esquecido de como o papel de arroz atenua a claridade e mitiga os contornos e as linhas mais duras da vida.

Após passar o dedo por um peitoril, Pan Zanhuan examina-o, descontente.

— Eu esperava algo mais moderno.

— É mais do que eu preciso — assegura-lhe Yuliang, checando o térreo antes de inspecionar o andar de cima. Este é estreito, com dois quartos pequenos, um banheiro e um armário. A banheira possui uma torneira moderna, mas é óbvio que não há canos ligados a ela; quando girada, não derrama uma gota de água sequer. A princípio, a jovem não consegue abrir a porta do quarto; só depois de usar o peso do corpo é que consegue entrar. Ali há um ambiente iluminado pelo sol, com uma cama grande próxima à parede. Com calor em virtude do esforço que fez, Yuliang abre as persianas e se inclina. A leste encontra-se o ostentoso telhado do Templo do Deus das Riquezas; a oeste, a cruz de ferro da Missão londrina, sua sombra alongada pelo anel rosáceo que circunda a cidade no crepúsculo. Respirando fundo, Yuliang pensa: *Vou ficar sozinha*. É incrivelmente libertador. Não que ela não ame o marido, porém, após três dias de contato direto, a jovem anseia poder pensar sem a presença de ninguém. Pelo menos de vez em quando.

— Yuliang? — chama Pan Zanhua. — Você está aí?

Suspirando, ela deixa a paisagem de matizes dourados.

— Já vou.

Quando desce, ele está de pé em um quartinho que lhe passou despercebido. Um cubículo bem-iluminado. Ela leva algum tempo para notar o que há ali de diferente: inexplicavelmente, o local possui a única janela de vidro da casa.

— O que é isto? — pergunta ela, passando pelo marido.

— O quarto de empregada. Tão sujo quanto o resto.

Está mesmo imundo: até a janela encontra-se manchada de tinta, com fuligem por dentro e dejetos de passarinho por fora. Espalhados no chão, sob uma camada de poeira, estão prendedores de roupa e cordas de varal da lavanderia de alguém, os objetos opacos adornados com trilhas de pontinhos escuros deixados por ratos, baratas ou outra praga doméstica. Ainda assim, o que vem à mente de Yuliang é: *Perfeito*. Ali poderá de fato se concentrar, não apenas nos ideogramas intricados e cada vez mais difíceis com os quais vem trabalhando como também no trabalho que vem se tornando tão importante quanto aquele, talvez até mais: o desenho.

— Não tem *k'ang* aqui — diz Pan Zanhua. — Mas a garota não deve sentir muito frio. Pode ficar aqui até as Semanas do Orvalho Prateado ou mesmo até o equinócio de outono. Depois disso, pode ficar na cozinha.

— Que garota?

— A criada — diz ele, como se fosse óbvio.

— Não preciso de uma criada.

— Não pode administrar a casa sozinha.

— Por que não? Já fiz isso antes.

O inspetor contrai o maxilar.

— Você já fez muitas coisas antes. Agora é a minha esposa. E minha esposa não faz faxina nem cozinha.

— Você quer dizer suas esposas — Yuliang retruca. Porém, ao vê-lo entristecer-se, arrepende-se de imediato de suas palavras. — Esta casa é pequena — explica, dessa vez com mais suavidade.

— Não se trata apenas da casa. Você vai precisar de alguém para dar continuidade ao tratamento. — Ele lança um olhar significativo para seus pés. — A menos, claro, que também ache que não precisará deles quando eu for embora.

Isso é doloroso também. Apesar de todo o discurso dele sobre "emancipação" e "liberação", Yuliang ainda vê a retirada das faixas de seus pés como um ato de sacrifício extremo, pois substitui seus lírios não tão elegantes por *da jiao*: pés grandes e deformados, feios sob qualquer critério.

Quando ele lhe mostrara o primeiro panfleto da Associação dos Pés Celestiais, dois meses atrás, parecia difícil demais para um resultado que lhe deixaria com péssima aparência. Imersões três vezes ao dia em vinho de arroz quente, seguida de "fricção forte e massagem do membro liberado". Caminhadas excruciantes para ajudar os ossos a voltarem ao lugar. Qian Ma adorou esse tratamento doloroso, socando, esfregando e manejando com rudeza e satisfação os lírios expostos da jovem e, então, ajudando-a a se arrastar pela casa. No barco a vapor — o que, de início, deixou Yuliang mortificada —, o próprio Pan Zanhua a auxiliou. Entretanto, aos poucos, seu constrangimento foi dando lugar a algo mais parecido com surpresa, ao se perguntar que outro homem no mundo faria aquilo: massagear com suavidade os arcos deformados e os dedos desfigurados, lavar com tranquilidade o pus e os calos, sem se queixar?

A lembrança atenua um pouco seu aborrecimento.

— Eu vou ter uma criada, então — aceita, com amargura. — Mas ela não precisa dormir aqui.

Pan Zanhua afasta-se, ainda contraindo o maxilar.

— Bom, talvez consigamos encontrar alguém que venha só ajudar no tratamento. Pelo menos a solidão será propícia para os seus estudos.

PELA MANHÃ, ouvem-se o canto de um galo solitário e o apito monótono de uma locomotiva que se dirige ao sul. Logo depois vem o tloc-tloc-tloc tranquilo dos homens a cavalo fazendo entregas e, em seguida, as buzinas enfurecidas dos automóveis e os gritos dos vendedores ambulantes. Yuliang até se acostumou com os quatro tenores norte-americanos, cujas canções ressoam todas as manhãs de uma vitrola ali perto. O dono, que canta com eles enquanto se barbeia, é a fonte das primeiras lições de inglês da jovem, de certo modo: *I've got my tickets*, começa a cantarolar, do nada, Yuliang. *My train is leaving here at half past four. Ohhhh, my beautiful doll, goodbye.*

Com Pan Zanhua ainda ali, as manhãs continuam praticamente iguais às de Wuhu. A criada indicada por Qihua vem todos os dias na primeira semana, chegando um pouco depois da aurora para preparar o café da manhã. O inspetor lê o jornal para Yuliang, anotando palavras novas no caderno dela. Os dois concordaram que a concubina enviará as tarefas ao marido, para que ele as corrija e depois as mande de volta para Xangai.

As horas após o café da manhã são as que Yuliang mais aprecia. Na Ocean Street não há o toque insistente do telefone, nem um monte de mensageiros levando bilhetes e convites. O inspetor e ela passam o dia inteiro juntos, usando riquixás e carruagens para cruzar a cidade. Enchem a pequena casa de móveis e objetos nos quais escrever, descansar, comer. Encontram rolos de pintura em Fouzhou Road e livros na Liu & Co. Dão uma olhada nas estantes e nas mesas de copa em Nanjing Road. Na fábrica de tapeçaria Dragão Dourado — próximo à loja de Qihua, em Bubbling Well Road — encontram tapetes que foram levados até ali em camelos, pelo deserto. Acariciando as cores — belos tons de laranja-amarronzado e rubi —, Yuliang, sem perceber, fica imaginando como seriam os dedos escuros que entrelaçaram os fios. A imagem desperta nela algo parecido com saudade.

NA ÚLTIMA NOITE que Pan Zanhua vai passar ali, os dois convidam o fotógrafo amigo do inspetor, Meng Qihua, para jantar na casa com eles. Após a refeição, os homens recostam-se e acendem cigarros.

— Impressionante o que ocorreu semana passada na guerra — comenta Zanhua após algumas tragadas cordiais.

— No Somme? — pergunta Qihua.

O outro assente. Yuliang o fita. Pela manhã, Pan Zanhua lhe falou da mais recente luta sangrenta descrita no jornal *Echo de Chine*: 20 mil homens morreram em menos de uma hora. A jovem, ainda que tenha visto a morte de formas que muitos nem imaginam, tem dificuldade de visualizar aquela cena horrível. Enquanto ele lia as notícias, ela conseguia apenas pensar nas cores da Batalha do Somme, uma paleta asquerosa de verde vívido, lama amarronzada, preta e vermelho-sangue. Naquele momento, inquieta, serve mais do vinho de mesa francês que Qihua levou para o jantar.

— É inacreditável a tecnologia ter dado tanto poder ao homem — diz Pan Zanhua. — Não só no que diz respeito à melhoria da qualidade de vida como também à destruição provocada. — Ele fita as vigas do velho telhado. — Eles vão ter que entrar em breve. Vão ter que entrar.

— Quem, os norte-americanos? — O fotógrafo recosta-se, os óculos cintilando à luz da vela. É um sujeito magro, sempre muito bem-vestido. Embora seja bem mais jovem que Pan Zanhua e seu amigo escritor, Duxiu, Yuliang acha-o mais ameaçador que os outros dois, por algum motivo. Talvez por fazê-la sentir-se ignorante e menosprezível, um pouco como os homens da Casa a faziam se sentir. Um ano atrás, mal teria notado tal sentimento, pois era a sensação que lhe causava a maioria dos rapazes. Porém, após os últimos meses de liberdade, suas reações mudaram: reconhece a própria insegurança e o leve ressentimento.

— Woodrow Wilson não pode simplesmente ficar de braços cruzados e deixar essa situação se agravar — diz Pan Zanhua.

— Talvez sim, talvez não. — O amigo dá de ombros. — Pelo menos com a guerra os *yangguizi* deixam a gente em paz. Eles que lutem para manter a maldita terra, pelo menos uma vez.

— Mas ainda tem os japoneses — ressalta Yuliang.

Meng Qihua olha-a com um leve sorriso.

— Bem pensado, madame Pan. O que me impressiona é a facilidade com que nos dominam. Somos o maior país da Terra. Temos milhares de anos a mais de experiência nos campos de batalha.

— O problema está no espírito — diz Pan Zanhua. — Precisamos pensar em nós mesmos dessa forma. Como uma nação. Como o general Sun vem dizendo desde o começo. — Seus olhos cintilam um pouco, o que sempre ocorre quando ele fala de Sun Yat-sen, que, mesmo no exílio, continua a ser seu herói. — Primeiro, domínio militar e expulsão dos imperialistas. Segundo, instrução política: ensinar as pessoas a se governarem. E então...

— E então... ah, sim. O grande sonho do autogoverno — comenta o outro, fazendo um gesto teatral com a piteira.

O inspetor o observa com franqueza.

— Claro. Como sempre dizíamos lá em Tóquio. E você dizia também. Já não acredita mais nos Três Estágios?

— Talvez eu esteja velho demais para acreditar em qualquer tipo de solução fácil. — O fotógrafo olha para o alto contemplativamente, soltando uma série de anéis de fumaça que adejam no ar quente e úmido. — Ou talvez seja esta cidade. Talvez toda essa decadência ocidental tenha me desorientado. — Ele indica a camada de creme deixada pelo mil-folhas no prato. — Mas uma coisa é óbvia para mim: A China não é a Inglaterra. Nem os Estados Unidos. Tampouco a França. Nossos problemas e nosso passado são totalmente diferentes.

— Qual é a solução, então? — desafia Pan Zanhua.

— Talvez seja uma causa perdida.

— O eterno pessimista.

— Um pessimista diria, para início de conversa, que a China não tem espírito. Mas, para mim, ela tem sim. Só não acho que nossos líderes o tenham. Por sinal, é provável que nenhum dirigente tenha. — Recosta-se. — Talvez seja esta a resposta: ausência de líderes.

Pan Zanhua analisa-o, surpreso.

— Está defendendo o anarquismo?

O amigo simplesmente sorri.

— Não acredito nos "ismos". Você já se esqueceu disso?

— Eu não. Da mesma forma como não me esqueci dos 100 ienes que você ainda me deve daquela aposta que perdeu em Tóquio, sobre Marx.

Os homens conversam noite adentro, discutindo os velhos tempos no Japão e suas grandes expectativas para a China na época em que a Nova República foi instaurada. Qihua vai embora bem tarde. Os pratos estão espalhados na mesa, como peças de mosaico gordurosas. Porém, quando Yuliang levantou-se para retirá-los, Pan Zanhua a impede.

— A criada pode fazer isso.

— Eu a liberei à meia-noite.

— De manhã, então.

Yuliang começa a protestar. Entretanto, ele a interrompe com suavidade, dizendo apenas "venha" e conduzindo-a até a escada.

Lá em cima, o ato sexual é quase um ataque: ele percorre cada centímetro do corpo dela com os lábios, a língua e as mãos. Depois, posiciona-se sobre a jovem como um cobertor ou uma rede, pressionando o tronco, as pernas, os braços e até os dedos, chegando a machucar as juntas delicadas da concubina com o anel.

Depois, ficam deitados juntos, os dois olhando para o teto e ele soltando a fumaça do último cigarro da noite.

— Não sei como vou conseguir fazer isso — comenta ele.

— O quê? — Ela acaricia a mecha negra que cai na testa serena dele.

— Ir embora. Viver sem você. — Ele dá uma breve risada. — Sinto como se precisasse de você ao meu lado até para respirar.

A jovem abre a boca e fecha-a de novo, sem saber ao certo o que dizer. Com certeza o que sente não é a mesma dependência forte e visceral mencionada por ele. Aliás, Yuliang nunca sentiu isso por ninguém, exceto por sua mãe. Virando-se de costas, dá-se conta também de que ele tem razão — lembra um pouco a necessidade de respirar. E a pessoa nem nota, até perder o fôlego; de súbito, percebe que está se sufocando.

Yuliang respira fundo.

— Seis meses não são nada, na verdade. Você viveu muito mais tempo sozinho, antes que a gente se conhecesse.

— Eu era diferente, antes de conhecê-la. — Ele entrelaça sua mão com a dela de novo. — O que quero dizer é que não quero voltar ao que eu era antes de nos conhecermos. Você traz à tona algo em mim. Algo... — A voz dele falha ligeiramente. — Prometa. Prometa que não vai embora.

— Ir embora? — Ela ri. — E para onde é que eu iria?

— Já tive pesadelos horríveis em que acordava de manhã e descobria que você tinha partido. — Ele sorri, constrangido. — Sei que é bobagem. Mas esta cidade é perigosa. As gangues daqui estão cada vez mais poderosas. Até a polícia é corrupta. Pequena Yu... — Ele fecha os olhos. — Prometa que vai se cuidar.

Cuidar-me, pensa ela. Lembra-se da primeira noite com Yi Gan. Pensa na Casa, nas surras e nas "sessões de disciplina". Nos homens — uma noite desoladora após outra e mais outra. Tudo isso é parte dela agora, estando tão irremediavelmente arraigado, que até em seus momentos mais felizes sabe que jamais se esquecerá daquele período. Pode até ser que consiga negá-lo ou mesmo fazer com que desapareça — ao menos, da história oral de sua vida. No entanto, sempre marcará seu espírito. Como uma cicatriz.

— Yuliang?

Por um longo tempo ela não responde. E, quando por fim vira-se para Pan Zanhua, não consegue dizer as palavras tão obviamente esperadas, e a vergonha que sente faz com que sua voz tremule. Chega o mais perto possível do que ele quer ouvir, sem, ao mesmo tempo, trair a si mesma:

— Eu prometo. Vou me cuidar.

Dezoito

O VERÃO CHUVOSO DE XANGAI transforma-se em um outono com menos chuva e um pouco mais refrescante, antes de começar a esfriar de forma intermitente, até chegar à umidade gelada do inverno da província de Jiangsu. Yuliang desempacota suas roupas quentes e instala venezianas nas janelas, para se proteger do frio. Marca a data da próxima vinda de Pan Zanhua no calendário que pendurou no estúdio. E, então, ajusta-se à condição de mulher sozinha.

No início, a vida parece desestruturada, tão desfiada quanto o acabamento de seda de sua colcha. Ela acorda de madrugada com um acesso de pânico leve mas impactante, certa de que perdeu ou esqueceu algo valioso — a aliança de casamento, a bolsa, o caderno. É somente após diversos minutos deitada, com o coração batendo acelerado, que Yuliang percebe que sente falta é de Pan Zanhua. A dor que sente pela ausência dele a surpreende, às vezes. Quando ele lhe escreve informando, três meses depois, que sua próxima ida até lá foi postergada, a jovem a princípio acha que não leu direito a carta. Mas, assim que Qihua lhe confirma em um tom condescendente — "Você está progredindo bastante!" —, ela volta para casa e vai direto para a cama. Fica lá a tarde e a noite toda, recitando os poemas de Li Qingzhao para si.

A maior parte dos dias, no entanto, é mais fácil. Yuliang criou uma rotina em que estuda do café da manhã ao almoço, escrevendo com dedicação linha após linha de combinações de ideogramas e radicais. No final da semana revisa as páginas e as arranca, para então colocá-las nos envelopes com o selo oficial de Pan Zanhua. Ahying os entrega para o carteiro, que, rodeado de "malandros de turbante vermelho" ou sentinelas siques, passa ao meio-dia e às três. Yuliang estuda com mais afinco que nunca. Porém, cada vez mais deixa-se levar pelos diminutos rabiscos. E, algumas ocasiões, até passa da pictografia ao desenho sem nem perceber. O ideograma para *imperial* (帝國), com seu majestoso radical semelhante a coroa, é transformado, sem querer, em uma face majestosa. As três árvores de *floresta* (森) viram uma folha seca, adejando, ressequida como um esqueleto, em um lago. *Fengtai* (鳳台), local da famosa batalha entre os reinos Qin e Jin, torna-se uma fênix (鳳), que, por sua vez, vira um esboço enevoado das taças de vinho decoradas com essa ave mitológica, que se encontram na estante de Yuliang, totalmente vazias.

Após estudar um pouco e desenhar muito, na maioria das tardes Yuliang vai explorar a nova cidade. No início, caminha apenas para tentar fortalecer os pés, que aos poucos se ajustam à reestruturação dos ossos. Gradativamente, no entanto, vai se entusiasmando com a infinidade de culturas da cidade, e logo está andando com a determinação de uma desbravadora. Quer conhecer Xangai — toda ela. E, pela primeira vez em sua vida, não precisa voltar para casa antes do jantar.

Investiga desde as antiguidades de prata em Ocean Street aos objetos chamativos em Nanjing Road, que, tal como Pan Zanhua previu, cintilam ainda mais à noite. Perambula pelas ruelas com aroma de café da Concessão francesa e pela colônia japonesa em Hongkou, com suas lojinhas tranquilas, exalando aroma de cevada e chá verde. Passeia pela região do Bund, inalando o odor intoxicante de gasolina, peixe e dinheiro úmido de suor. Ela protege os olhos e observa os barcos a vapor sumirem de vista aos poucos, as gaivotas seguindo-os como contas brancas em linhas esvoaçantes. Essa paisagem sempre a emociona, por algum motivo — algo que Yuliang considera uma peculiaridade sua, até o dia em que vê uma turma inteira de estudantes de arte se preparando para desenhar a cena.

Os alunos — rapazes com jalecos sujos e sapatos respingados de tinta — acomodam-se na base da ponte, em torno de um homem mais velho, que usa cachecol e boina de feltro. Observam com atenção enquanto o professor ergue o lápis, semicerra os olhos e o abaixa, levando-o até o papel.

— Vejam como aquele pequeno barco a vapor ao leste não ocupa mais espaço que um terço do meu lápis — explica ele. — E agora — faz uma breve pausa enquanto o abaixava de novo — vou calcular como colocá-lo neste papel. Um terço, senhores. Nada mais. — Continuando a desenhar, o professor acrescenta: — Há os que dizem, mesmo na academia, que este é um método técnico demais para ser usado em arte. Podem acreditar em mim, não é. Um desenho sem perspectiva perde a credibilidade. Gastem o tempo que for necessário para obter a distância e o tamanho corretos. — Os estudantes assentem e seguem o exemplo, erguendo os lápis e desenhando em uníssono, como uma orquestra muda.

A academia, pensa Yuliang, e, por algum motivo, estremece. Ela passou por aquela escola muitas vezes em suas andanças rumo a Bubbling Well Road e, em algumas ocasiões, chegou a se desviar do caminho para perambular diante da entrada. Analisava o cartaz com mensagens colocado ao lado de fora. *Aula de arte ocidental adiada*, dizia uma delas. *A pintura ao vivo será remarcada em virtude do cancelamento da modelo*, informava outra. Havia também uma lista de materiais para os estudantes novos comprarem: compensado, cola animal, pincéis e tintas que poderiam ser comprados em uma loja a dois quarteirões dali. Yuliang anotou o nome, com a intenção de ir até lá conhecê-la, mas nas últimas semanas esse pequeno objetivo foi esquecido.

Agora, aproximando-se aos poucos, ela olha com curiosidade por sobre o ombro de um dos estudantes, um rapaz forte, com cabelos cheios e longos. Está sentado recurvado, como se pedisse desculpas com a postura pela enorme estatura, a qual Yuliang pode constatar mesmo com ele naquela posição. Os pulsos e os dedos são tão fortes quanto os de um fazendeiro, mas seguram o lápis com uma delicadeza que parece estranhamente comovedora a ela. A mão grande do rapaz move-se de um lado ao outro no papel, deixando em seu rastro um impressionante aglomerado de nuvens.

— Xudun — chama o professor. — Desenhe com o braço, não com os dedos. Se restringir demais o foco, vai limitar a imagem.

O jovem faz movimentos mais fortes, esboçando com habilidade um junco que está próximo ao cais. Enquanto ela observa, ele cria um clima diferente para o dia acrescentando um acúmulo de nuvens escuras (que não se acha no horizonte real) e a sombra subjacente de um aguaceiro prestes a cair. Parecendo descontente com a última parte acrescentada, o estudante curva-se para pegar a borracha. Em seguida, seus olhos encontram os de Yuliang e abrem-se mais. Ele dá um largo sorriso e cumprimenta-a.

O aluno que está ao seu lado fita a jovem ao ver a expressão do outro.

— Ei, amiga — chama ele. — Venha cá. Se tem uma coisa que sempre faz falta aqui é uma modelo!

O primeiro rapaz dá uma cotovelada tão forte no colega que desloca sua boina empoeirada.

— Seu idiota — repreende, com afabilidade. — Cale a boca!

Yuliang enrubesce. Não há dúvida do que o rapaz quis dizer: as seções editoriais continuam a repreender a Academia de Arte de Xangai pelo uso contínuo de nudez. Afora as limitações de vocabulário, a jovem vem acompanhando o debate de perto, com o mesmo interesse que dedica a quaisquer notícias sobre a academia, instituição cuja existência a fascina desde que Pan Zanhua a mencionou. Já chegou a se imaginar cruzando as portas de dois batentes verdes junto com os estudantes boêmios que costuma ver conversando e fumando do lado de fora. Mas nunca para tirar a roupa na frente deles.

Todos a fitam neste momento, vinte olhares masculinos inexpressivos. Yuliang sente a garganta ficar seca. Em algum recôndito de sua consciência, ouve uma voz firme: *Sorria! Sorria!*

Mas Yuliang não sorri. Apenas cospe, algo que raramente fez antes, muito menos na frente de um grupo de homens. A secreção sai de seus lábios com um leve ruído e vai parar perto da balaustrada. Ela olhou fixamente para o próprio cuspe por alguns momentos, com incredulidade e pavor.

Então, com as batidas do coração aceleradas, gira nos calcanhares e caminha tão rápido quanto seus pés doloridos permitem. Afasta-se dos alunos e de seus lápis, bem como dos barcos a vapor que partem e das gaivotas, rumo à segurança reluzente da rua comercial mais próxima.

Dezenove

PAN ZANHUA CHEGA, por fim, em março. Ao longo da semana em que ele fica ali, Yuliang permite que ele discorra sobre as concessões estrangeiras, explicando-lhe a política comercial e o direito de extraterritorialidade. Jantam ao som de um coral de mulheres com flores nos cabelos, anunciadas como "as melhores vozes havaianas a saírem das ilhas". À noite, aprofundam as lembranças e os contatos. Na última noite juntos, Pan Zanhua leva Yuliang para um dos cinemas que se espalharam na cidade nos últimos dois anos. O filme é norte-americano: *As aventuras de Helen*. A heroína loura faz inúmeras peripécias mirabolantes, dirigindo motocicleta, evitando um assalto a trem e, por fim, saltando com agilidade de uma ponte, não para se matar (como faria uma heroína chinesa), mas para salvar o bebê que carregava nos braços. Cada feito é enaltecido pelo narrador do cinema: "O herói vê Helen! Vai correndo também para a ponte. Conseguirá alcançar a jovem e o neném antes da chegada do trem?"

Ao contrário de algumas pessoas da plateia, Yuliang não se levanta para protestar quando o último rolo de filme acaba. Porém, sente-se estranhamente desolada, como se as cortinas de veludo houvessem encerrado não apenas a vida de Helen, mas também a dela.

Acaba ficando excepcionalmente quieta, tanto no jantar quanto mais tarde. Quando ela e Pan Zanhua fazem amor, sente-se muito distante, como se parte de si tivesse ficado nos lúgubres Estados Unidos. Depois, Zanhua aparta-se e inclina-se sobre ela, fitando-a com ar inquisidor.

— No que está pensando? — pergunta Yuliang, um tanto provocadora.

Ele não sorri.

— Só estou questionando se este... arranjo foi inteligente. Perguntando a mim mesmo se haveria um lugar melhor para você.

— Não vou ficar num daqueles alojamentos femininos. Mais parecem prisões — explica ela, quase acrescentando: *como a Casa.*

— Estou pensando em outra região, onde você não ficaria tanto tempo sozinha.

— Eu *gosto* de ficar sozinha — ressalta, antes de se dar conta de como soa o comentário. — Quer dizer, sinto sua falta, claro. E muito. Muito mesmo. Mas tenho várias atividades.

— Em parte, é o que me preocupa. — Ele contrai os lábios. — Esta cidade é perigosa, pequena Yu. Uma jovem pode se meter em problemas de diversas formas. Não sei se seria melhor levá-la para casa.

— Para Wuhu? — pergunta ela, cautelosa.

Se notou sua hesitação, ele não demonstra. Simplesmente fita-a e diz:

— Não, para Tongcheng.

— Com... a sua esposa.

Ele assente.

— Dessa forma eu não precisaria dividir meu tempo. Veria mais você. E ela.

Faz-se um breve silêncio. Cerrando os olhos, Yuliang tenta imaginar a cena: correndo apressada atrás da primeira esposa, carregando o guarda-sol para proteger a pele impecável que viu na fotografia do casamenteiro. Porém, o pior de tudo seria, com certeza, à noite. Yuliang imagina como seria essa vida, em que não dormiria no quarto principal, mas em um menor, no mesmo andar. Pensa em si mesma aguardando ali sozinha, esperando ouvir os passos de seu senhor. E, talvez, escutando-os dirigirem-se não à sua porta, mas à seguinte.

— Não posso fazer isso — diz ela, com suavidade.

— Mas não quer ficar comigo, com o seu marido?

— Quero, mas...

— Mas o quê?

Ela sente que a observa, ainda mergulhado em pensamentos. Após alguns instantes, ele solta um suspiro e revira os olhos.

— Se ao menos soubesse como você me confunde — diz ele.

Yuliang abre os olhos.

— Por quê?

— Tudo o que eu sempre quis em um casamento encontrei no nosso. Simples assim. Posso conversar com você abertamente, sem medo nem fingimento. Só ao seu lado sinto-me mais eu, o que não acontece com nenhuma outra mulher. Às vezes, acho que o sentimento é recíproco, que somos iguais. Mas então... — A jovem prende a respiração. Por fim, ele prossegue: — Lembra-se daquela cidade de que falei, na Itália? A que foi enterrada pelo vulcão séculos atrás? Às vezes, como ocorreu esta noite, por exemplo, você parece menos como minha esposa e mais como um daqueles corpos que encontraram. Sinto que tenho que escavar camadas e mais camadas de lava para chegar até você.

Yuliang mordisca o lábio inferior. Recorda-se de haver conversado sobre aquela cidade e de ter visto os cadáveres que foram descobertos. As figuras sem face de mulheres e crianças que faleceram, apenas para ressurgir no mundo séculos depois, não como bebês, mas como espectros brancos contorcidos. Ela sentiu tanto repulsa quanto curiosidade ao descobrir como aquelas esculturas lúgubres foram feitas: os cientistas haviam perfurado a pedra e preenchido o vão com gesso. Os moldes funcionaram porque os corpos em si tinham sido reduzidos a pó pelo calor e pela ação do tempo. Existiam apenas em virtude daquele vazio trágico e lancinante.

— Está dizendo que sou vazia? — pergunta Yuliang, com suavidade. É uma surpresa para ela constatar o quanto essa ideia a magoa.

— Não vazia. Apenas... distante. Lacrada para mim em certos momentos. E, quando percebo isso, sinto-me indescritivelmente só.

Por uns instantes, ela fica calada, sobrepujada pelo sentimento de culpa. Como pode deixá-lo se sentir assim, depois de tudo o que ele fez por ela?

— Não estou lacrada. Pelo menos, não para você. Você me conhece melhor do que ninguém. — A jovem encurva-se em torno do corpo rígido dele. Aproximando a boca de sua orelha, acrescenta, quase sem pensar: — E não preciso estar vazia.

Ele a olha.

— Como assim?

— A gente podia ter um bebê. Um filho. Para você.

Ela não sabe, de fato, por que o disse — não vem pensando nessa possibilidade. Na verdade, sem que Pan Zanhua saiba, tem dado continuidade às poucas práticas preventivas que consegue levar a efeito longe da Casa. Não ousa pedir que Ahying lhe leve girinos. Porém, ainda recorre a moedas metidas em lugares secretos e a duchas dissimuladas, bastante salgadas. Marca a tensa espera pela menstruação todos os meses. Não como as boas esposas o fazem, com esperança, mas com ansiedade.

No entanto, vendo-o triste daquele jeito, entregando-lhe praticamente seu coração, Yuliang promete a si mesma que vai melhorar. Lembra que ele merece, se não os inúmeros filhos preceituados pela antiga bênção, ao menos um. Somente um. Sabe que ele quer. E, se em sua mente perpassa uma sombra de dúvida (*E o que* eu *quero?*), ela a suprime depressa, beijando o nariz, o queixo e a orelha do marido. Regozijando-se com a inusitada sensação de, pelo menos uma vez, dar-lhe algo valioso também.

Vinte

UM ANO APÓS A MORTE de Yuan Shikai (dizem que de coração partido, pela desintegração de seus sonhos imperiais), um chefe guerreiro da região norte ataca a Cidade Proibida e reempossa Puyi, o garoto imperador. A notícia espalha ondas de choque por toda Xangai. Edições especiais surgem em todas as bancas de periódicos, em chinês, francês, russo, alemão, inglês e iídiche. Os estudantes, indignados, vão às ruas com uma sensação de *déjà-vu* misturada com desgosto. Na Ocean Street, as avós do bairro fumam seus cachimbos e trocam ideias sobre a nova monarquia, enquanto a equipe de *La Jeunesse* imprime às pressas uma edição a respeito da crise. Ao sair para sua caminhada diária, certo dia, Yuliang quase dá um esbarrão em um jovem alto que passa alvoroçado com uma caixa de papelão, na qual há panfletos cheios de charges, vários dos quais caem quando ele para de forma brusca para não esbarrar nela. Ao vê-lo, reconhece o rapaz da academia, que observou desenhando no Bund, e empalidece. O jovem, porém, apenas sorri.

— Perdão — diz ele, dando um passo para trás.

Yuliang ajoelha-se para pegar os panfletos que caíram, torcendo desesperadamente para que ele não a tenha reconhecido. Mas, assim que ela se levanta para entregar os papéis, os olhos grandes do rapaz brilham.

— Já sei — começa a dizer ele, com a voz intensa e tranquila —, você é aquela moça do Bund. *Achei* que já tinha visto você antes.

— Eu... — Além de ser um dos poucos que a viram escarrar e cuspir como uma pescadora do mercado de peixes, ele é um dos homens mais altos que Yuliang já conheceu: para fitá-lo, tem de inclinar bastante a cabeça, quase de forma desconfortável. — Tenho que pedir desculpas por aquele dia.

— Não, *eu* é que devo pedir desculpas — interrompe o rapaz. — Meu amigo foi imperdoavelmente grosseiro. Acho que ele não vê muitas mulheres bonitas na academia.

Não é o que dizem os jornais, pensa ela, lembrando-se do artigo antinudez mais recente, publicado na seção editorial do *Shenbao*. Porém, acaba perguntando:

— Você não estuda na academia?

— Estudava. E de vez em quando ainda participo das sessões em *plein air*. Só que resolvi me dedicar a causas mais importantes.

— O que é mais importante que a arte?

A pergunta sai de forma espontânea. Yuliang olha para o chão, envergonhada. O rapaz arqueia a sobrancelha grossa, surpreso. Então, dá outro largo sorriso.

— É uma ótima pergunta. E faço outra, na qual venho pensando: o que, no fim das contas, *é* arte?

Por alguns instantes, ela apenas fita o rapaz. Em seguida, sem querer, começa a rir, inesperadamente. Alguém gritou do escritório de *La Jeunesse*:

— Ô Lao Xing! Você está aqui para trabalhar ou para impressionar as moças?

— Estes seus amigos não são muito mais educados que os da academia — observa ela, ainda sorrindo.

— Acho que não. Mas com boas maneiras não se vai longe na política. As notícias de ontem são uma prova contundente disso, não é mesmo? — Ainda sorrindo, ele se vira. Então, dá meia-volta. — Espere aí, ainda não sei o seu nome.

— Yuliang. — Por algum motivo ela hesita antes de acrescentar: — Pan Yuliang. Acho que o meu... o meu marido conhece bem o seu editor.

Ele faz uma expressão de reconhecimento.

— Ah, o mestre Chen. Ele está em Tóquio agora. — Abre mais uma vez seu largo sorriso. — Bom, eu me chamo Xing Xudun. Foi bom ver você de novo. Espero que a gente se encontre outras vezes, Pan Yuliang.

Enquanto ele se dirige, apressado, à entrada, ela percebe, tarde demais, que ainda segurava os panfletos recolhidos no chão. Um, que traz a caricatura de uma criancinha de calça rasgada, andando aos trancos com uma coroa pesada, ela nunca viu antes. Mas o outro, reconhece na hora. É a capa de *La Jeunesse* de aproximadamente um ano atrás, a que mostra os braços contornando o globo, com as mãos entrelaçadas no alto. Pela primeira vez, ela consegue ler a assinatura diminuta do artista, sob o mundo preto e branco: Xing Xudun.

NAS SEMANAS SEGUINTES, Yuliang dedica-se aos desenhos como nunca antes, levantando-se às vezes às cinco ou seis para aproveitar a primeira luz da manhã. Estuda os pêssegos do café da manhã, com suas cascas aveludadas e sua polpa suculenta. Desenha durante um longo tempo peixes com olhos vidrados e escamas da espessura de um papel. Passa horas diante de um durião, com seu perfil de porco-espinho, tão difícil de desenhar quanto de comer, por causa do odor e das cápsulas espinhosas. Com o interesse estimulado pelo debate sobre modelos, chega a tentar retratar uma pessoa, escolhendo como tema o corpo feminino que ainda conhece de cor: o de Jinling.

Isolada no estúdio, certa manhã, logo após o crepúsculo, começa a desenhar, com a língua entre os dentes. Traz à tona a mentora e amiga falecida, não inchada, cheia de hematomas e envolta em panos de saco, mas como aparecia no início de toda noite importante: cabelos sedosos, enfeitados com pérolas, olhos e lábios delineados com primor. *Os olhos*, pensa Yuliang, *ficam... ali. Não, não, mais embaixo. Ali. Ali.* Traça o nariz tão adorado pelos homens, com as narinas delicadas ligeiramente dilatadas. Uma cartomante que lia narizes lhe previra uma vida fácil, cheia de dinheiro. Mas (só naquele momento a jovem percebe) não dissera nada a respeito da duração dela.

Após trabalhar por uma hora, Yuliang faz uma pausa e avalia seu progresso. O pescoço parece atarracado, os olhos lembram contas e transmitem desconfiança. Ela vira a página e inicia outro esboço. *Cabeça, cabelos, nuca. Pense no salgueiro*, diz a si mesma. *Elegante, fino, reto. Uma cavidade e um lago próximo à base. Desenhe com o braço, não com os dedos.* Ela esboça dois seios eretos sob um penhoar de seda simples e faz alusão ao pequeno sulco que segue até o umbigo como um riacho. Do mundo exterior, chegam as fofocas e a algazarra, como sempre. No entanto, Yuliang ouve apenas o ressoar suave da ponta do lápis e, quase com a mesma frequência, a fricção repressora da borracha. E então, de súbito, já são dez da manhã.

Exausta, ela se apoia, com as costas doendo e os olhos ardendo. Examina o resultado. E, mais uma vez, qualquer esperança que viesse alimentando esmorece. Desenhou uma moça, sem dúvida alguma. Até bonita. Os cabelos têm o corte e o comprimento corretos; os olhos, o tamanho adequado. O corpo é delgado e gracioso. A jovem incluiu um pé de lírio, encantadoramente pequeno e pontudo, mas um pouco largo demais nas laterais. Apesar de tudo, não é Jinling. A mulher que desenhou é uma total desconhecida.

Desanimada, ela rasga os esboços e amassa o papel, formando uma bola. Deixa-se cair pesadamente na cadeira, com o caderno no colo e os olhos fixos, anestesiados, na página anterior. É um esboço que fez na semana passada, no dia seguinte ao encontro com Xing Xudun. Pela primeira vez, desenhou com perfeição as próprias mãos. Fez diversas versões: uma segurando uma taça de vinho, outra apoiada na foto de Pan Zanhua. Nesta, segura um crisântemo de seda, que comprou por capricho de um vendedor de rua. Yuliang examina o desenho de forma apática. Por que, pergunta-se ela, consegue desenhar suas mãos tão bem e não capta nem mesmo o dedo mindinho de Jinling?

Esticando o braço em direção à luz matinal, ela abre as mãos, fecha o punho. A resposta surge com uma súbita constatação: consegue desenhar as próprias mãos porque as *tem*. Esboça-as por estarem à sua frente. É por isso, claro, que se chama "pintura ao vivo". Mas ela não tem nada de Jinling, exceto as taças de vinho.

Animada, senta-se ereta. Por alguns instantes, tem a impressão de ouvir a voz suave da mentora no pequeno estúdio. *Em Xangai, não era só uma questão de cama e dinheiro. A gente dançava, escrevia poemas. Até mesmo desenhava, se desse... Lá em Xangai... Quando eu trabalhei em Xangai...*

Yuliang pega a bolinha de papel e a joga na lata de lixo. Em seguida, pega o xale e a bolsa e sai.

A FOUZHOU ROAD COMEÇA, ampla e ladeada de árvores, na parte oeste do Bund. O quilômetro inicial é marcado pelos avultantes edifícios comerciais em estilo ocidental, que dão à cidade sua aura europeia. No entanto, essa arquitetura austera logo dá lugar a um tipo de estrutura mais provocativa, boates próximas às casas de chá, bancos e bordéis com suas lanternas vermelhas e fachadas cuidadosamente entalhadas.

Para os que buscam prazeres mais refinados, sebos florescem nas aleias calçadas de pedra. Mas não é possível se enganar quanto ao principal comércio dali. Até naquele horário, no final da manhã, moças ainda perambulam na rua, embora a maioria esteja apenas voltando dos atendimentos noturnos. Vêm de todas as províncias e de quase todos os países também — há inclusive "irmãs do além-mar", que atendem às marés intermitentes de marinheiros estrangeiros. As expressões desgastadas das prostitutas e o seu caminhar enfadado parecem familiares a Yuliang — e repulsivos. Entreouvindo um diálogo que ela mesma travou centenas de vezes, tem de lutar contra uma onda de pânico.

— A noite foi boa, Ling Ma?

— Ah, não muito, não muito!

— Comeu bem, pelo menos?

— Rá! E quem tem tempo de comer com um velhaco como aquele?

Yuliang sente um inexplicável temor de que, a qualquer momento, uma das mulheres olhe para ela e, mesmo que não a reconheça, note alguma aura invisível ou um indício sutil de que um dia já foi o que elas são. "A noite foi boa?", perguntarão a Yuliang. "Como vai o seu homem da alfândega? Quantas joias, quantos vestidos ele já deu para você?"

Não vou conseguir, pensa ela, enquanto cruza com as flores murchas, que regressam. *Não sei por que estou aqui.*

E, a bem da verdade, esse passeio não é fruto de um planejamento, mas de um impulso, de uma esperança súbita e ousada de que, se encontrasse o primeiro bordel de Jinling, talvez achasse também algum resquício — um retrato de calendário, um perfil de camafeu, uma foto no medalhão de um amante. Agora, no entanto, a ideia lhe parece idiota. Pois o que haveria de encontrar? Todo mundo sabe o que ocorre quando uma flor morre ou vai embora: seus pertences são vendidos, roubados ou queimados. E, embora as madames chamem as prostitutas de "filhas", o termo tem uma conotação legal, não sentimental. Elas certamente não guardam lembranças de uma flor que fugiu.

Contudo, tal qual ocorre com a maioria das metas que estabelece para si, Yuliang não consegue desistir — como a maior parte dos nascidos no ano do javali. Então, quando o condutor para o riquixá diante de uma série de venezianas verdes, ela não diz: *Vamos voltar para casa*. Dá ao rapaz o nome da casa das flores na qual Jinling lhe contou que havia começado.

— Você conhece a Casa dos Portões Celestiais?

— Nunca ouvi falar. E eu teria ouvido, tenho contatos em quase todas as casas daqui. Trago muitos senhores para estes lugares. — Ele dá uma olhada na rua, pensativo, antes de acenar com a cabeça, indicando o maior estabelecimento à vista. — A senhora pode tentar ali.

Ele o diz de forma respeitosa, sem nenhum indício de suspeita ou duplo sentido. Conforme o condutor vai se afastando, Yuliang fita-o por um momento, meio envergonhada de seus próprios demônios remanescentes.

O muro do local indicado por ele está cheio de gerânios pendurados. Uma placa oscilante indica se tratar do Palácio do Eterno Prazer. Exceto pelo guarda sique na porta, aparenta estar vazio. Porém, à medida que Yuliang se aproxima, vê duas mulheres do outro lado da rua correndo rumo ao mesmo local. Uma, carregando um guarda-sol, uma bolsa e alguns pacotes de aspecto gorduroso, que Yuliang julga serem restos de um banquete, é claramente uma criada. A profissão da outra pode ser identificada com facilidade pelo uniforme: um vestido amarelo justo, em estilo ocidental, que revela metade de seus seios, apesar da estola de pele branca jogada nos ombros.

— Puxa vida, Meimei — vocifera ela, olhando para a criada —, ande logo. Eu estou morta de cansaço.

Yuliang endireita os ombros.

— Perdão pela intromissão — grita a concubina, atravessando depressa a rua. Tem de chamar duas vezes antes de a outra se virar.

— Está falando comigo? — A prostituta fala com a invejável entonação de um nativo de Souzhou. Entretanto, o olhar contrasta com o tom de voz suave.

Yuliang engole em seco.

— Estou. Preciso falar com você.

A mulher faz um gesto, mandando a empregada parar.

— Tem algo a ver com o seu marido?

— O quê? — pergunta, parando de forma abrupta.

— Tenho um conselho para você, irmã. — A mulher já está fazendo menção de se afastar. — Se quer ficar com ele, lute. Se mantiver o sujeito feliz, ele não vai mais ser uma ovelha desgarrada. Mas, de qualquer jeito, pode me deixar fora dessa história.

Ela começa a rumar para a entrada de novo, a criada andando apressada, atrás. Yuliang a olha com semblante inexpressivo. Por um instante, tenta imaginar Pan Zanhua com aquela bela jovem de boca ferina. Em seguida, meneia a cabeça. *Claro que a moça ia pensar isso*. Pelo que notou, viu que Yuliang não era uma prostituta. A alternativa óbvia transformava-a em uma esposa zangada.

— Não — diz Yuliang, mais alto do que queria. — Estou aqui em busca de outra pessoa. Uma mulher.

— A gente não faz isso. — A mulher dá uma fungada, desatando a estola. — Só tem um lugar aqui em Xangai que atua nessa área. A Madame Lou, na Rue du Père Froc. Mas você não vai conseguir entrar. É só para as brancas diabólicas.

— Não, não, não por isso — explica prontamente Yuliang, sem se deixar impressionar por aquela incrível informação. — Uma moça que eu conheci. Conheço. Hã... minha irmã. — Aproxima-se, inventando a história depressa e torcendo para parecer convincente. — A gente foi separada quando criança. O nosso pai vendeu minha irmã, que veio para cá. Agora ele está morto, acabou se afogando no rio...

A mulher deixa escapar um suspiro aborrecido. Yuliang, percebendo que o portão será fechado, segura-o com as mãos.

— Por favor, a minha... a nossa mãe está muito doente. Minha irmã precisa ir pedir perdão, antes que ela morra. Nossa mãe me enviou aqui para encontrá-la. Disse que ela foi vendida para a Casa dos Portões Celestiais.

A história dá a nítida impressão de ser falsa, até mesmo para Yuliang. Mas, ao ouvir o nome do bordel, a prostituta ergue os olhos, a língua rosada molhando os lábios. Para a surpresa da concubina, a outra cai na gargalhada. A empregada, que acabou de alcançá-las, une-se à patroa com uma leve risadinha, até que a chefe a censura, aborrecida.

— Não ria da senhora. Não tem sentimentos? A mãe dela está morrendo! — Dirige-se, em seguida, a Yuliang: — Você disse Casa dos Portões Celestiais? A menos que sua irmã seja um fantasma, não é possível. — Ela tira uma presilha de cabelo, fatigada. — Antigamente tinha um lugar com esse nome rua abaixo, perto da Nanlu Lane — informa, colocando o gorro no montículo precário carregado pela criada. — Mas acabou decaindo há muito tempo, quando a nobre imperatriz ainda reinava. — Notando que os ombros da jovem se encurvam, ela acrescenta, sem ser indelicada: — Dê-me mais detalhes. De onde você e sua irmã são?

— A gente nasceu em Hefei. Mas dizem que ela foi para Wuhu quando saiu daqui.

— Wuhu! — A mulher faz uma careta, como se a simples menção do nome liberasse um odor provinciano. — E por que você não vai até lá, então?

— Eu... eu fui. Mas me contaram que minha irmã tinha desaparecido. Pensei que talvez ela tivesse voltado para cá... — Para de falar de novo, certa de que parece tão tola quanto se sente. Quando ergue os olhos, a bela moça de Suzhou está dando um bocejo tão grande que Yuliang pode ver a sua garganta. — Ela se chamava Yuhai — arremata depressa, lutando contra a vontade de voltar atrás. — Zhou Yuhai. — Espera estar correta. Jinling deu inúmeras versões de suas origens e nomes distintos de família as acompanharam.

— Peculiaridades? Habilidades?

— Cantava, dançava e tocava peipá. Tinha pés de lírio, muitos vestidos. Em Wuhu, era famosa pelas joias.

A mulher dá de ombros.

— Com certeza, não trabalhou com a gente. Os nossos clientes preferem jovens modernas. — Passa a estola para a criada. — Tente lá naquelas casas menores, por ali. Muitas moças de Anhui vão parar nelas. — E, sem recuperar o fôlego nem mudar o tom de voz nem se dirigir especificamente a alguém, acrescenta: — Preciso me deitar agora.

Dito isso, entra, seguida da criada, que dá a sacola com os restos gordurosos para o guarda ao passar sem aprumo pela entrada. O sique sorri e dá uns tapinhas amistosos nas costas dela, agradecido.

YULIANG PASSA AS DUAS HORAS seguintes pesquisando nos bordéis menores e nas casas de chá. Lembrando-se de que esses locais sempre escondem um lado fraternal e dócil, dirige-se em geral às moças: as criadas mais novas, as serventes. Questiona as ajudantes de cozinha, as "folhas", que penduram roupa no quintal dos fundos, como ela e Suyin fizeram, certa época. Redefine sua história, até que todas as inconsistências e todos os furos são eliminados e ela flua tão suavemente quanto uma canção triste. E, por incrível que pareça, cada vez que a repete, a narrativa aparenta ser mais real, até que, ao meio-dia, Yuliang já sente que vai conseguir: se achar a pessoa certa e contar bem a sua história, encontrará Jinling de novo. Ali, inteira. Perguntando com a voz risonha: "Yu-liang! Onde é que você estava?"

Porém, mesmo assim, não obtém nenhum sucesso nos seis primeiros locais, além de confirmar que a Casa dos Portões Celestiais não existe há muitas décadas. Suas indagações são recebidas com os ubíquos balançares de cabeça e encolhidas de ombros, exceto quando uma madame de aparência mordaz responde à sua história inventada com a própria mentira maliciosa ("Trabalhou aqui, sim. Mas morreu do mal de Cantão. Muito triste!").

A hora do almoço passou há muito tempo — já se inicia o expediente na maior parte dos bordéis — quando Yuliang chega ao antepenúltimo estabelecimento na Alameda da Felicidade Duradoura. Uma casa pequena e decrépita, que se autointitula Palácio da Opulência Iluminada, apesar das diversas persianas quebradas e de uma varanda pouco firme. A aparência é tão periclitante, na verdade, que Yuliang quase a desconsidera. Porém, a criada a quem ela se dirige respondeu de bom grado à sua saudação.

— Com licença, tia — diz Yuliang passando por convites de atendimento amassados e amarelados e por pontas de cigarro. Tem-se a impressão de que o quintal é antigo e que ninguém o percorre há semanas. Examinando-a com atenção, Yuliang percebe que a criada também é velha: os cabelos continuam negros, mas a face está marcada por rugas profundas; sua compleição é estranhamente branca, quase opalina, em virtude dos anos de tratamentos com clareadores e esfoliantes. Porém, ela escuta enquanto Yuliang conta mais uma vez a história.

— Linda Lua — diz ela, coçando a cabeça, pensativa. — Conheço esse nome. Deixe-me pensar. Era bem novinha, não?

O coração de Yuliang acelera.

— Era — confirma, tentando calcular quantos anos Jinling devia ter quando saiu de Xangai. Na Casa, evidentemente, nunca passava dos 16. Porém Suyin, que estava sempre a par daqueles detalhes, dizia que ela já tinha 24 no ano em que Yuliang chegou.

— Acho que conheci essa moça — prossegue a velha, meditando. — Acho que conheci. Mas preciso de um estímulo para fazer minha memória ruim funcionar — insinua, fitando de modo enfático a bolsinha prateada da jovem.

Yuliang hesita. Se sucumbir ao suborno, vai ter que voltar andando para casa — uma tarefa nada fácil, considerando que seus pés ainda estão cicatrizando. Além disso, aquela mulher e seu "palácio" caindo aos pedaços a inquietam. A jovem vacila por alguns instantes, com os dedos no fecho da bolsa. A velha muda de posição, movendo os pés diminutos.

— E então, mocinha? — insiste.

Ela abre a bolsa e tira as moedas. Dá todas à velha, que as examina à luz, antes de metê-las no bolso.

— Dentes tortos. Olhos grandes, como faróis — informa, alegremente. — Os pés eram um pouco largos demais. No meu tempo, chamavam os desse tipo de "seda com acabamento de linho". — Contempla os pés de Yuliang com severidade. Mas sua desaprovação nem é notada, em virtude da animação da jovem: a mulher descreveu com perfeição os pés de Jinling. — E tinha algo na perna. Um sinal preto. Deste tamanho, não era? — Ergue a mão, formando com o polegar e o indicador um círculo torto, do tamanho aproximado do sinal de Jinling. — Parecia um grande olho negro, vigiando os portões de jade.

— Isso mesmo — Yuliang sussurra, tentando conter as lágrimas que deixam seus olhos marejados.

— A gente chamava aquela moça de Pequena Lua Negra, por causa daquela mancha — diz a velha, confirmando com a cabeça. — Só que ela odiava.

— O apelido?

— Não, a mancha. — Yuliang franze o cenho. Jinling sempre disse que aquele sinal dava sorte. — Ah, sim. — A mulher dá uma risada. — As meninas sempre pegavam aquela moça roubando pasta de dente em pó e clareadores de pele. Queria deixar a dela bem branca.

A ideia de Jinling roubando é tão inconcebível para a jovem quanto a de ela haver trabalhado nesse lugar sombrio. Ainda assim, a descrição da velha faz sentido. Yuliang aproxima-se dela, ignorando o bafo forte dos dentes apodrecidos.

— Por favor, tia. A senhora tem retratos dela aqui? Fotografias? Ela foi pintada por alguém?

A mulher observa-a por alguns instantes, como se avaliasse se está falando sério. Em seguida, ri, tendo um acesso semelhante a uma tosse, que a enfraquece a ponto de ela ter de se apoiar na vassoura.

— Fotografias! — diz, por fim. — E quem neste mundo ia querer fotografar *aquela moça*?! Mesmo se eu deixasse os tipos entrarem aqui! E olhe, eu não deixo não. Essas caixas de fogo estrangeiras e diabólicas arrancam a alma do corpo das pessoas. — A velha dá uns tapinhas no ombro de Yuliang, como se a reprimisse por uma piada sem graça. — E, ainda que eu tirasse essas fotografias, por que desperdiçaria dinheiro? Aquela mulher era apenas uma escrava aqui, praticamente uma moradora de rio. Às vezes algum homem ficava com ela, quando as outras não estavam disponíveis. Mas eu posso garantir para você que ninguém pensaria em *tirar fotografias* dela.

— A senhora deve estar enganada — diz Yuliang quando consegue recuperar a voz. — Jinling... quer dizer, Yuhai era a número um, a mais requisitada de todas as flores em Wuhu. Tinha um monte de vestidos e de joias. Foi cortejada por um príncipe. O *Crystal* seguia todos os seus passos.

— Wuhu? — A velha coça a cabeça de novo. — Então foi para lá que ela foi? Eu sempre me perguntei. Mas nunca fiz questão de seguir o rastro. Não valia a pena. — Recomeça a varrer. — Acho que faz sentido. Wuhu. É, faz sentido, sim.

— Por quê?

— Ora, ela estava grávida quando saiu daqui — diz a velha, como se isso fosse do conhecimento de todos. — Era óbvio que o cozinheiro não ia conseguir manter aquela moça na cozinha. Todas as garotas pensaram que ela ficou prenha de propósito, para tentar roubar um marido. — Semicerra os olhos, dando a impressão de querer que a lembrança venha com mais clareza. — A Xiumei foi a que ficou mais brava. O melhor cliente dela era um mercador de Wuhu. Ela disse para a Lua Negra ficar longe dele e chegou até a dar umas chicotadas nela uma vez, se não me falha a memória. Mas sempre dizia que a Lua Negra estava de olho nele. Eu mesma nunca acreditei. Mas talvez eu tenha me enganado. Ela deve ter roubado também os vestidos que você citou. — A velha solta um suspiro. — Coitada da Xiumei. — Observa o quintal diminuto outra vez, antes de erguer os olhos para a varanda. — Você não me disse o que achou do nosso pendão — acrescenta, em tom de reprovação.

Yuliang acompanha o olhar da velha até um triângulo amarelo esfarrapado, pendurado debilmente no segundo andar. Mal se discerne no pendão o dragão azul de cinco dedos do império Qing.

— Peguei lá na despensa, ontem, assim que ouvi as boas notícias — conta a mulher, com orgulho. — Eu sempre disse que essa bobagem de Nova República não ia durar. Talvez agora parem com as malditas inspeções. — Apoiando a vassoura em uma árvore, faz um gesto para Yuliang. — Bom, elas vão dormir o dia todo se eu não for lá acordá-las.

E, quando já se virou, a jovem dá um passo à frente, depressa.

— Espere! Posso... posso falar com Xiumei? Ou com o cozinheiro?

A mulher continua andando, mancando e meneando a cabeça.

— O cozinheiro é burro feito uma porta. As sociedades cortaram a língua dele alguns anos atrás. E Xiumei... — Ela balança a cabeça de novo. — Morreu faz dois anos. Saiu uma noite e apareceu na manhã seguinte, a garganta cortada com precisão. Essas moças não se cuidam, sabe? Não como *a gente* se cuidava. — Dá de ombros, com indiferença. Instantes depois, Yuliang ouve-a, a voz seca como tosse, ameaçar suas flores sonolentas, mandando que se levantem.

Passa um bom momento antes de a concubina conseguir mover-se. Obriga-se a caminhar, lenta e dolorosamente.

Grávida. Moradora de rio. Apenas uma escrava. Sempre soube que Jinling era exagerada. Mas será que tudo o que disse a Yuliang, sua seguidora, sua alma gêmea, será que cada detalhe do que contou foi falso?

— *Hai!* — reclama alguém atrás dela, quase em seu ouvido. — Você por acaso é cavalo, para dormir em pé?

Ao olhar para o chão, Yuliang dá-se conta de que pisou na sarjeta. Mas não arreda o pé dali. Fitando a lama, imagina Jinling com o elegante traje de festa. Checando a pasta de pérola e fazendo careta: "Mais açúcar, Yuliang!" Sente a mentora pegando a sua mão após uma noite particularmente difícil: "Escute, Yuliang. Quero lhe falar uma coisa que aprendi em Xangai. Escute, Yuliang. Você é diferente delas, de todas elas. É como eu. Este não é o seu lugar." Estaria mentindo naqueles momentos também? E de onde *realmente* conseguiu tudo — as histórias extravagantes, os acessórios? Foram furtados, como a velha disse? Ora, e por que não haveriam de ser? Afinal de contas, a número um evidentemente usurpou o próprio passado refinado. E, no fim, roubou Yuliang também, tirando-lhe a única verdade profícua que ela teve naquele mundo cruel: eliminou a possibilidade de apoiar alguém que de fato precisava de apoio. *Ela podia ter me contado*, pensa a jovem. *Daí desabafaria comigo, choraria pelo passado e pelas feridas. Pelo bebê perdido...*

As pessoas mentem. E, depois, vão embora.

Os pedestres continuam a empurrá-la, para abrir passagem.

— A senhorita está bem? — pergunta alguém. Yuliang não responde. Sente o fruto de sua náusea percorrer o torso, uma enxurrada amarelo-esverdeada.

Então, vomita na sarjeta, observando, desamparada, o que sai de seu interior unir-se aos abundantes resíduos da Alameda da Felicidade Duradoura.

Vinte e um

O SEGUNDO REINADO DE PUYI dura menos de duas semanas, até que outro senhor da guerra o destitui ingloriamente do trono. Do outro lado da fronteira setentrional da China, outra monarquia é derrubada também; Yuliang agora aprende novas combinações de ideogramas, tão recentes para ela quanto os últimos acontecimentos na União Soviética (Bolchevique, Kremlin). Está caminhando lentamente rumo a casa certo dia, com o Shenbao em mãos, quando o som repentino de música estrangeira a faz parar. Não se assemelha em nada aos acordes estridentes da vitrola do vizinho; trata-se de uma orquestração arrebatadora, com um soprano que brame. Praticamente sem perceber, ela segue o som em direção à sua origem, uma janela aberta perto dali.

No interior do ambiente, a bagunça é enorme. Sobre as cadeiras e as mesas encontram-se recortes de papéis e farrapos sujos de tinta. Jarras com líquidos escuros e pincéis abundam. Por todas as superfícies verticais se veem telas apoiadas de modo negligente, o que fascina Yuliang, após aquele dia sombrio. Esboços em tons fortes, frutas misturadas, estrelas e flores extremamente realistas. Mais parecem rascunhos de sonhos alvoroçados que imagens. Tudo isso absorve tanto a atenção de Yuliang que ela mal nota os dois homens na parte de trás da sala. Só após pestanejar um pouco se dá conta de que não são dois, mas apenas um, que se examina diante de um espelho enorme.

Cantarolando junto com a música, o sujeito desenha uma imensa cruz preta em uma folha de papel pequena, presa no cavalete. Com primor, esboça figuras diminutas em cada uma das quatro divisões formadas, acrescentando sombra e profundidade com traçadas rápidas e ágeis. Cria as imagens em um curtíssimo espaço de tempo, todas interpretações perfeitas de si mesmo. Contemplou-as por um instante antes de dar batidinhas em uma delas, de forma resoluta.

Todo o processo leva, talvez, cinco minutos. Mas são os cinco minutos mais longos que Yuliang já passou. Observando aquele homem recriar a si próprio — do nada, com carvão —, ela nem se dá conta do quão imprópria é aquela situação. Não há constrangimento, mas uma sensação estranha, eufórica, oriunda em parte de apreciação e em parte de reciprocidade. Yuliang inclina-se mais no caixilho da janela. Não quer perder uma única pincelada.

O sujeito coloca um punhado de tinta na paleta, que ergue com perícia. Mistura a tinta com uma espátula. Em seguida, passando o pincel na paleta de madeira, começa rapidamente a pintar. Para a decepção de Yuliang, ele não usa o espectro brilhante dos outros quadros, mas um marrom-claro. Ainda assim, ela acompanha o trabalho, sem fôlego, concentrando-se tanto que, após um tempo, os olhos começam a arder e ela se vê obrigada a fazer uma pausa, para esfregá-los. Quando ergue o olhar outra vez, o homem a fita pelo espelho.

— Você deve estar cansada agora — diz ele. E, quando Yuliang recua, acrescenta: — Ah, por favor. Não vá embora correndo, de novo.

De novo? É apenas quando ele gira no banco para ficar de frente que tudo se esclarece: Yuliang já o viu antes. É o professor do ilustrador alto de *La Jeunesse*, que ela acabou de conhecer, Xing Xudun, e de todos os demais estudantes naquele dia, no Bund. Forçada a se lembrar do comportamento grosseiro pela segunda vez, ela fica envergonhada.

— Creio que lhe devo um pedido de desculpas — prossegue o professor. — Infelizmente, meus alunos às vezes agem de forma indisciplinada.

— Não — gagueja ela. — Eu é que tenho de pedir desculpas. Fiquei observando sem querer. Naquele dia. Quer dizer, agora.

Aflita, Yuliang cala-se. A voz do soprano ganha altura. O pintor faz um gesto.

— Verdi. Lindo, não é mesmo? Acho perfeito para me ajudar a concentrar. Talvez por meu italiano ser tão ruim. Então, não me distraio com a letra.

— Ele olha para o relógio. — Mas já faz quase uma hora. Suas pernas devem estar cansadas. Por que não entra para descansar um pouco?

Uma hora? Perdeu a noção do tempo.

— Puxa... Não posso... Eu já devia estar a caminho de casa.

O professor aponta para o quadro.

— Bom, então ao menos me dê sua opinião?

A princípio, ela fica sem saber se escutou direito.

— Minha opinião?

— Espero que ninguém contemple um trabalho por tanto tempo, ainda mais o meu, sem formar alguma opinião a respeito. — Une as pontas dos dedos, esperando, o semblante de quem está se divertindo um pouco. Como se fossem velhos amigos e ele, de fato, estivesse interessado.

— Acho — começa ela com cuidado, por fim — que é a melhor pintura em estilo ocidental que já vi de perto. — O que é verdade; antes desta, jamais contemplou uma tão próxima. — Exceto... — Ela morde os lábios. Não sabe ao certo como prosseguir sem dar a impressão de ser terrivelmente desrespeitosa.

— Talvez esteja questionando a perspectiva. Você gostou mais de um dos outros estudos?

— Não — responde, com uma facilidade que a surpreende. — Esse é o mais natural. Tem menos espaço vazio no fundo.

O pintor tira os óculos e limpa-os com o avental manchado.

— E isso, em sua opinião, é algo bom.

Yuliang assente.

— Se tem muito espaço sobrando, o olhar se confunde. O observador não sabe que parte contemplar.

— Ah. Vejo que também é pintora.

Ela enrubesce.

— Só faço rabiscos. Não sou nem um pouco boa, ainda.

— Poucos de nós têm capacidade de avaliar nossos próprios trabalhos — diz ele, recolocando os óculos. — Mas, perdão... você ainda não me explicou o que questiona.

— Só me pergunto por que usou essa cor. Por que todo o quadro é marrom? Não seria mais realista pintar o quadro com algo que não fosse... esse tom lamacento?

De imediato, ela quer retirar o comentário. No entanto, o sujeito se limita a balançar a cabeça, concordando.

— Ótima pergunta. Você não chegou a ter muito contato com pinturas a óleo. Estou certo? — Yuliang faz que sim. — Não precisa se envergonhar disso, claro que não. Poucos têm essa oportunidade. Pelo menos aqui. Acontece que a pintura a óleo é bem diferente da aquarela. Em vez de deixar a tela ou o papel sem nada, esse estilo cobre cada centímetro com tinta. Alguns de nós gostamos de delinear as formas e as sombras de antemão. — Ele ergue o tubo de tinta que usou. — Um tom neutro é o ideal. Como este. Que não é cor de lama, mas — ele semicerra os olhos para ler as letras diminutas da etiqueta — terra siena queimada. Por causa de Siena. — Faz uma pausa, olhando pensativo para o alto, enquanto escuta os acordes da música ambiente. — Siena. Bela cidade. Já esteve lá? — Yuliang balança a cabeça, negando, um tanto lisonjeada por ele achar que ela sabe onde fica essa região (o que, por sinal, não sabe). — Essa base tem dois objetivos. Primeiro, atua como proteção, e, depois, como fundo. A tinta adere melhor à tinta do que ao linho ou ao papelão, e, além disso, o esboço atuará como um mapa para o artista. Puxa, incrível como a gente se comunica com facilidade entre nós, hein? O fato, senhorita, é que as pinturas são um tanto como cachorros. Se a gente usar uma coleira muito comprida, eles acabam nos levando. — Ele dá um sorriso. — Essa foi boa, não é mesmo? Tenho de me lembrar dela para a próxima aula. — Faz uma anotação no canto de um de seus esboços. — Mas estou sendo grosseiro por tagarelar sobre mim e meu trabalho monótono. Ainda não sei nada de você. Além, é claro, de seu óbvio interesse por pinturas ao ar livre.

Yuliang enrubesce de novo.

— Infelizmente, minha atitude foi imperdoável naquele dia. Eu... eu não estava me sentindo muito bem...

Os olhos dele brilham.

— Com muito prazer vou perdoá-la, se me disser seu nome.

— Pan Yuliang. Esposa de Pan Zanhua. Moro bem pertinho daqui.

O professor faz uma reverência suave.

— Hong Ye, pintor pouco importante nesta imensa cidade. — Dá um largo sorriso e, embora não haja nada insinuante em sua expressão, ela se dá conta de súbito da impropriedade da situação. No entanto, o olhar dele continua casual e simpático, e Yuliang acaba retribuindo-o. Ela sente que o pintor, que voltou a se sentar, é o tipo de homem que não acharia nada de mais ela ter passado uma hora simplesmente fitando um bordo japonês em seu próprio quintal. Ou o fato de que às vezes gasta a mesada comprando revistas caras da Concessão francesa, só para reproduzir as modelos com olhos de corça no caderno de desenho.

Yuliang não contou essas coisas a ninguém, nem mesmo a Pan Zanhua. Pois, apesar de todo o encorajamento dele no que diz respeito aos seus desenhos, ela ainda teme que ele ache estranho. Uma perda de tempo. Porém, esse artista, esse completo estranho, *ele* sim entenderia. O que foi mesmo que ele disse? "Incrível como a gente se comunica com facilidade entre nós."

Ela leva a mão ao próprio rosto.

— Tenho... tenho de ir agora.

O professor Hong lança-lhe um olhar amável.

— Foi um prazer. Por favor, volte sempre que quiser.

— Não, imagine, não quero atrapalhar — diz ela, apesar de estar pensando: *Quando?*, e de querer gritar esta pergunta para que ele a ouça apesar da música. *Quando posso voltar de novo?*

Em vez disso, evidentemente, ela faz uma reverência polida, sussurra um "muito obrigada por sua gentileza" e se dirige, depressa, à sua casa. Deixando Verdi, quem quer que ela fosse, cantando de modo melancólico enquanto se afasta.

DUAS SEMANAS DEPOIS, Ahying aparece no estúdio de Yuliang, secando as mãos rachadas na calça.

— Madame, um senhor está procurando a senhora.

Yuliang ergue os olhos, deixando de lado o esboço. Além do ocasional vendedor de tecidos e de bijuterias, o único "senhor" que a visita é Qihua. Porém, faz apenas dois dias que ele partiu.

— Quem é?

Ahying balança a cabeça, como quem não sabe dizer.

— Um senhor mais velho, com um chapéu engraçado. — A jovem patroa franze o cenho. — Parece uma panqueca preta, colocada no alto da cabeça — acrescenta a empregada, tentando ajudar. — Posso mandar o homem entrar?

Yuliang hesita, enquanto deixa o lápis de carvão na mesa. Ao que tudo indica, é um dos amigos de Qihua. Ou, talvez, um mensageiro da Alfândega de Xangai — foi um deles que lhe avisou quando Pan Zanhua decidiu postergar a última visita.

— Vou recebê-lo no quintal. Por favor, ofereça chá para ele.

Dali a pouco, já sem o avental, Yuliang vai até lá e congela. O convidado, sentado de pernas cruzadas no pequeno banco de pedra do quintal, sorvendo chá, é nada mais nada menos que o professor Hong. Traja calças folgadas, semelhantes às dos operários de construção, embora as dele apresentem respingos de tinta em vez de poeira, e uma camisa azul, igual às que Yuliang viu os estrangeiros da Concessão francesa usarem. Está com a mesma boina preta que usava no Bund, e o acessório dá a impressão de que vai cair da cabeça dele a qualquer momento.

— Bom dia — cumprimenta ele alegremente, abaixando a xícara. — Espero não ter vindo num momento inconveniente.

— Eu não estava fazendo nada importante.

— Trabalhar não é importante? — Yuliang fita-o. Hong Ye sorri. — Tem um risco de carvão na sua testa.

— Ah — exclama ela, levando a mão ao cenho, em vão. — Muita gentileza sua vir me visitar.

— Imagine. Estou adorando este chá delicioso.

— Nada de mais, na verdade. Meu marido traz essa erva de Hangzhou.

— Ele não está aqui agora, certo?

Yuliang assente, sem saber ao certo se deve dar detalhes. A Ocean Street, tal qual a maior parte dos bairros antigos, é um porto aberto de informações, cheia de contracorrentes cochichadas sobre a vida dos outros. A última coisa que ela quer, em consideração a Pan Zanhua, são mais escândalos.

O professor Hong pigarreia.

— O outono é minha estação favorita. É mais fácil trabalhar quando a gente guarda os ventiladores e a umidade aumenta. Você não acha?

A jovem assente.

— Espero que minha atitude grosseira, naquele dia, não tenha interrompido muito seu trabalho.

Ele nega, balançando a cabeça.

— A arte é uma ocupação solitária. Na verdade, foi sua visita que me encorajou a vir sem permissão tão cedo, hoje. — Acomodando a xícara no pires, ele estende a mão, pegando a tela que ela só então nota, apoiada na cadeira dele. — Palavras não pintam quadros; é o que dizem. Pensei que ajudaria se eu mostrasse alguns dos meus argumentos.

O professor vira o quadro em sua direção, e Yuliang vê o esboço no qual ele estava trabalhando naquele dia, em seu ateliê. Ao menos, ela acha que é o mesmo, pois o trabalho mudou bastante. Foram acrescentadas cores no autorretrato de Hong Ye, que fora pintado com perícia e profundidade. A barba e o bigode aparados reluzem em tons de cinza e prata. Os olhos, que observam com atenção por trás dos óculos brilhantes (*Como é possível*, pensa Yuliang, *alguém fazer isso — pintar o que mal se vê?*), transmitem a mesma expressão de agora: são compreensivos e receptivos. Enquanto os fitava, uma sensação estranha domina Yuliang, uma mistura de ânsia e paixão. Porém, não aquele tipo de paixão sobre o qual escrevem os poetas. É mais de um desejo ardente de *ser* aquele homem, de viver naquele corpo maltratado pelo tempo. Daria tudo, tudo mesmo, para pintar como ele.

— Está vendo só? — explica o professor. — A base nos tons de siena não tirou a luminosidade, simplesmente deu profundidade à imagem. — Ele a olha. — Você gostou?

— Já secou? Posso tocar? — Só depois de fazer o pedido ela percebe que é algo ousadamente íntimo, como pedir para passar a mão nos cabelos dele.

Mas o professor apenas assente.

— Faz parte do encanto das pinturas a óleo, não é mesmo? A textura. Muito mais rica e interessante do que as aquarelas. Na primeira vez que vi *A ponte japonesa*, de Monet, estendi o braço na direção da obra, como um garoto que quer pegar um pirulito. — Ri. — Os guardas quase me expulsaram da exposição.

Ele faz um gesto, pedindo-lhe que se aproxime. Yuliang, intrigada demais para perder tempo perguntando quem é *Mo-nê*, contorna com as pontas dos dedos os traços das pinceladas. À primeira vista, a tinta apresenta aspectos praticamente esculturais — grossa e sobreposta. Acompanhando as mudanças de tonalidade e forma, porém, ela percebe que não se trata da dimensão física do quadro, mas das cores em si, que proporcionam relevo à imagem.

— Acredito que as técnicas de pinceladas são um aspecto fundamental na pintura — prossegue Hong, enquanto ela continua a explorar o quadro. — O diretor Liu, da *école* na qual ensino, concorda. Você o conhece?

Yuliang anui, apesar de, na verdade, apenas ter lido sobre ele nos jornais e ouvido os comentários de Ahying e das idosas escandalizadas na rua a seu respeito.

— Não é ele que tem contratado modelos para...? — Não termina a frase, constrangida.

— Para posarem nuas, isso mesmo — completa o professor, afavelmente. — Um editorial publicado na semana passada chegou a tachá-lo de "traidor da arte". Ele gostou tanto da denominação que mandou colocá-la em um carimbo. Assina todos os documentos com ele. — Hong volta-se para o quadro. — Mas, como eu estava dizendo, as técnicas de pinceladas são a base de qualquer pintura de qualidade. Muitos dos artistas ocidentais trabalham com matizes e perspectivas sensacionais, mas não entendem como a aplicação é fundamental. — Ele acariciou o lábio superior, pensativo. — É bastante similar ao bordado. As pinceladas equivalem aos pontos. Sem eles, tudo dá errado.

Yuliang observa-o, impressionada com aquela alusão inusitada à sua primeira e mais familiar forma de arte. Apesar de todos os ensinamentos de Pan Zanhua sobre o destino, isso parece ser quase um sinal. Talvez por esse motivo a seguinte pergunta tenha saído tão espontaneamente:

— Professor Hong. Sei que é uma ousadia, mas... posso mostrar-lhe algo?

COM OS DEDOS ACARICIANDO os lábios mais uma vez, o artista de semblante amável contempla o desenho mais recente de Yuliang — um vaso de crisântemos, inspirados, em parte, apesar de o professor evidentemente não saber disso, nas flores chamativas dele. Lá fora, Ahying tira a poeira de um tapete, dando pancadas. Para tentar conter o nervosismo, Yuliang começa a contar os golpes: um, dois, três... Quando chega a 27, percebe que está ficando irritada, não com o visitante, mas com a empregada. É preciso mesmo dar tantos golpes em um tapete tão pequeno para limpá-lo?

Depois do que parecem dias, Hong Ye por fim vira-se para ela.

— Você tem mais desenhos. — Uma assertiva, não uma pergunta.

Yuliang, obedientemente, pega o caderno de trás de *Exército revolucionário*, de Zou Rong, na estante e, em seguida, fica observando enquanto o professor Hong passa o olho nas imagens. A expressão dele é impassível. Porém, ele dá batidinhas em alguns de forma resoluta, da mesma forma que fez com o estudo de si mesmo, o que escolheu para pintar. Passa diversos minutos concentrado na imagem de uma boneca que ela encontrou jogada e abandonada na rua.

— Perturbador — ele observa.

Yuliang olha para baixo, sem saber ao certo se trata-se de um elogio ou de uma crítica.

— Tem algum professor? — E, quando ela balança a cabeça, negando: — Você quer dizer não um formal, certo?

— Não. Minha mãe me ensinou alguma coisa sobre bordados. Às vezes, a gente fazia desenhos juntas, para escolher os melhores padrões. E o meu marido tem me ensinado caligrafia. Mas isto — faz um gesto em direção aos crisântemos e ao caderno manchado de carvão —, isto, eu fiz sozinha.

Outro breve silêncio.

— E seu estimado marido encoraja essa atividade?

— Encoraja. Mas... — Yuliang hesita. — Acha que vai acabar prejudicando meus outros estudos.

Hong Ye dá um sorriso carrancudo e breve.

— Vivo ouvindo isso. Só que devo admitir que nem sempre de mulheres. Seu marido deve ser um homem muito incomum.

Se ele percebeu a ansiedade dela , não o demonstra. Suspira, tira os óculos de novo e cutuca a orelha com uma das hastes.

— O que vou dizer — começa ele, por fim — não é algo que eu diga com facilidade, muito menos com frequência. Mas de forma alguma use isto como uma desculpa para deixar de lado o empenho. — Yuliang segura a respiração, mal se atreve a se mexer. — Foram pouquíssimas as vezes, durante a minha carreira, que vi alguém sem nenhuma base parecer tão promissor. E olhe que estou neste ramo há muito tempo e, por causa da minha profissão, já fui a muitos lugares, como o Japão, a Itália e a França... Felizmente, o talento não tem nacionalidade.

— Você... você gostou — interrompe Yuliang, mal acreditando no que ouve.

O professor anui.

— As imagens são simples. A perspectiva quase sempre apresenta problemas. O mais inquietante é o intenso romantismo aqui. Algumas são tão femininas que dão a impressão de ser invasivas. Sendo uma pintora mulher, será melhor você evitar isso. Deixe a arte falar por si só.

Por algum motivo, o uso de *mulher* — ou talvez a forma como ele enfatizou a palavra ao lado de *pintora* — aborrece-a um pouco.

— E não é o que acontece agora?

— A bonequinha dá um bom toque dissonante — admite o professor, recolocando os óculos. — Mas a verdadeira arte precisa passar um conteúdo emocional que atraia o observador. Que atraia, embora muitos de nossos mestres tradicionais não concordem, não por submetê-los a uma sensação falsa de complacência, mas por provocar questionamentos. Desafiar. Até mesmo chocar, se necessário. Qualquer coisa que obrigue nossos pensamentos a irem além do que é mais fácil. Acho que você vai aprender esses detalhes com a gente nos próximos dias.

— Com... com *a gente*?

A esperança em sua voz é tão crua que o professor deve tê-la notado também. Porém, ele apenas sorri.

— Que tal se você se inscrevesse para fazer a prova de seleção da academia em janeiro?

Yuliang leva as mãos à boca.

— *O quê?*

O professor Hong assente, e o movimento faz com que a boina vá ligeiramente para trás. Distraidamente, ele a ajeita.

— Mas tenho de prevenir você: não tivemos muitas mulheres até agora. Na verdade, apenas uma completou os dois anos de estudos. No entanto, acho que você vai conseguir acompanhar os homens. — Observando a expressão dela, aclara depressa: — Só estou querendo dizer que senti em você, desde o início, certa... digamos assim... força? Confia nos seus instintos. Não tem medo de se defender. Não permite que obstáculos desprezíveis, relacionados a costumes e etiquetas, atrapalhem sua autoexpressão. Posso perguntar em que ano nasceu?

— No ano do javali.

Ele assente.

— Interessante. Eu diria que foi no do carneiro.

Porém, a mente da jovem continua a processar a parte inicial e surpreendente da afirmação de Hong Ye.

— Você quer que *eu* entre na Academia de Arte de Xangai? — pergunta ela, pausadamente.

Ele ergue o dedo.

— Quero que se inscreva para fazer a prova de seleção. Nossa escola é muito exigente, ainda mais quando se trata de mulheres.

Mais uma vez, a ênfase em *mulheres*. Ainda assim, parece que o estúdio virou ouro puro. Yuliang já pode se ver: uma aluna da academia! Praticando junto com desenhistas ao ar livre, no Bund. Passando pela porta de dois batentes da escola, com o caderno de desenho debaixo do braço...

Então, seu olhar se dirige à estante atrás dele, cheia de livros que Pan Zanhua lhe deu ou enviou. Ela abaixa a cabeça.

— Fico lisonjeada — diz pausadamente — por me conceder essa honra. Mas... mas preciso pedir para o meu marido primeiro.

— Ele parece ser um homem de mentalidade moderna, pelo que você contou.

— Ah, com certeza. É muito, muito amável. Acontece que ele quer... quer que eu me concentre no meu aprendizado. Pode até ser em um pouco de arte, mas principalmente em coisas úteis, como história, política, clássicos. — Sorri secamente. — Ele confia mais nas palavras que em imagens bonitas.

O professor Hong pondera sobre isso durante alguns instantes.

— Lamento indagar de forma tão deselegante. Mas seu marido... ele não mora aqui?

— Não — confirma Yuliang, sentindo-se enrubescer de novo. — Bom, de vez em quando sim. Ele está baseado em Wuhu.

— E posso perguntar, com igual rudeza, quando ele vai voltar?

— Logo depois do ano-novo.

Trata-se de um acordo tácito entre os dois: Pan Zanhua passa o ano-novo chinês, um dos feriados mais importantes do país, com a família oficial.

O professor bate palmas.

— Bom, então estamos com sorte. As provas para o próximo período letivo seriam na semana que vem, mas agora foram adiadas para 12 de janeiro. Você poderá muito bem fazê-las, sem se comprometer com nada. E acho que oito semanas me darão tempo suficiente para ajudar você a se preparar. — Ergue os olhos. — Acho que três aulas por semana comigo, nesse ínterim, bastarão. Segunda, quarta e sexta à noitinha ficaria ótimo para mim.

Ele não entende.

— Senhor — ela começa, sem fôlego —, sinto muito, mas talvez eu não tenha me explicado direito. Não sei nem se eu poderia frequentar a academia. Não tem a ver apenas com o aprendizado. — Hesita; não é de bom tom discutir a situação financeira da família em público. Mas comete a gafe: — Há também a questão financeira. Não que a gente seja pobre. Mas é que não tenho certeza. Sabe, ele já sustenta três lares.

O professor Hong levanta-se e ajeita o cachecol ao fechar a jaqueta acolchoada.

— Minha querida, uma das primeiras coisas que deve aprender, se entrar neste campo terrível, é que vai precisar controlar todas as suas ansiedades, pois terá muitas, para concentrá-las apenas onde forem realmente necessárias. Não se trata aqui de uma questão de pagar nem mesmo de frequentar a academia. Durante os próximos dois meses, estamos falando em criar uma oportunidade. — Ele coloca o caderno na mesa dela. — Felizmente, o ministro Cai, da Educação, é um grande apreciador da arte. Se você for aceita, e somente *se* for aprovada, acho que pode haver alguma verba para bolsa de estudos. E, se isso ocorrer, ou seja, *se* você conseguir entrar, ora, então depois a gente se preocupa com o resto.

— O resto? — pergunta ela, debilmente.

Ele pisca o olho.

— A melhor forma de tratar do assunto com o estimado mestre Pan.

Vinte e dois

— VOCÊS SÓ PEGARÃO O LÁPIS quando eu mandar — anuncia o professor Hong. Franze o cenho ao observar a sala de aula silenciosa porém lotada, os olhos encontrando-se por um momento com os de Yuliang. Constrangida, a jovem desvia o olhar. — A prova durará exatamente duas horas. O candidato que tentar fazer qualquer retoque depois disso será desqualificado. Fui claro?

Um coro de vozes de setenta aspirantes, em sua maior parte do sexo masculino, responde:

— Sim, professor!

— Ótimo. — Contornando os rapazes sentados de pernas cruzadas no chão (não há cadeiras suficientes para todos os candidatos), ele pega uma enorme ampulheta no peitoril da janela. — Três... Dois... Um... e *já*!

O ar se enche do ruído dos lápis roçando nos papéis. Yuliang fita a folha em branco. Sua boca parece estar tão seca quanto a areia que passa com lentidão pela ampulheta. *Não posso fazer isso!*, pensa, infeliz. *Onde eu estava com a cabeça?*

Começa a analisar disfarçadamente os demais candidatos que se encontram ali: rapazes com brilhantina nos cabelos, algumas moças arrogantes e bem-vestidas. Yuliang nota que são todas muito ricas. E, claro, faz sentido, pois se uma família pobre podia dispensar um filho por causa de uma bolsa de estudos, quem o faria em prol de algo tão frívolo quanto pintura ocidental? E, para começar, que família pobre enviaria a filha para a escola?

— Está uma *merda*!

De forma brusca, o rapaz ao seu lado joga o lápis na mesa e amassa a primeira tentativa. Quase todos dão uma risada, mas Yuliang sente uma ponta de gratidão: pelo menos não é a única a encarar uma folha em branco.

Suspirando de novo, volta a contemplar a natureza-morta. "A princípio, não pense na imagem como um todo", aconselhou-a o professor Hong no dia anterior. "Divida-a. Use cada objeto como um caminho para o seguinte." Mas e se todas as trilhas estiverem bloqueadas?

O jovem que provocou risos já adiantou bastante a segunda tentativa. O semblante dele não transmite mais frustração; em vez disso, uma intensa determinação. *Simplesmente desenhe*, ordena ela a si mesma, lutando contra uma onda de pânico. *Desenhe algo*. Obedece ao comando e traça alguma coisa: um quadrado. Trata-se de um esboço da superfície vermelha da mesa. O formato não está muito bom. Na verdade, é melhor reiniciar do que tentar corrigir.

Rasgando a folha, Yuliang desenha de novo, com melhores resultados. *Use cada objeto como um caminho para o seguinte*. Concentra-se no item mais fácil da mesa, uma laranja. E após um momento, isso já não faz diferença, pois ela não se encontra mais diante da natureza-morta, e sim em seu interior, passando a mão imaginária na casca nodosa da fruta, pressionando o rosto contra o contorno suave da garrafa de vidro, explorando as fissuras de um vaso com o dedo e a ponta do lápis, cada item parte de uma frase virtual que ela vai traduzindo. Teve a sensação de que apenas cinco minutos depois o professor Hong dá batidinhas na própria mesa e avisa com suavidade:

— Acabou. — E, em seguida, com mais intensidade: — *Acabou* o tempo. Soltem os lápis.

Uma onda de protestos. Yuliang mal consegue assinar seu nome, no lado esquerdo. Entrega a prova, desviando os olhos. Constata o seguinte a respeito de seu trabalho: indiferentemente de como se sinta enquanto está desenhando, a primeira sensação que tem após a conclusão é de fracasso. Tudo parece muito inferior às suas expectativas iniciais. Às vezes, ela se pergunta — sobretudo desde a última visita de Pan Zanhua — se é assim que as marinheiras de primeira viagem se sentem com seus bebês, que saem úmidos e enrugados de seus úteros. Sua mãe, evidentemente, afirmou o contrário. "Você?", Yuliang lembra-se dela lhe dizendo. "Era a neném mais linda do mundo!"

"É mesmo?", perguntou ela, fascinada, como todas as criancinhas, pela improvável ideia de seus primórdios.

"Claro!" A mãe riu, umedecendo com a língua um fio azul-celeste.

QUANDO YULIANG CHEGA à Ocean Street, sua mente ainda se concentra no esboço, reexaminando cada passo e contorno feito com a ponta do lápis. O vaso lapidado, em especial, foi bastante complicado — todos os ângulos transparentes e as sombras projetadas. Já está abrindo os botões em estilo rolotê de sua veste, pensando na escolha que fez de usar a borracha para dar brilho, quando escuta um murmúrio de voz profunda, indiscutivelmente masculina, na sala.

Ladrões!, é o que lhe ocorre de imediato. Tem havido uma sucessão de roubos relacionados a gangues no bairro. Ela deixa cair a bolsa no chão; já está voltando para a porta quando vê Pan Zanhua no corredor.

— Onde é que você estava?

Ele começa a caminhar em sua direção, parando quando um lápis e outros materiais caem no piso. Yuliang acompanha com o olhar os itens de arte que derrubou.

— Desculpe — ela balbucia, sem saber ao certo se pela bagunça ou pelo atraso. Um pouco depois, acrescenta: — Você chegou.

— Cheguei — concorda ele.

Yuliang engole em seco.

— Você disse na carta que passaria o feriado em Tongcheng.

— Mudei meus planos. — Dá um sorriso amargo. — Queria lhe fazer uma surpresa.

— E fez — diz ela, debilmente. Seu coração parece ter ido à boca, e ela sente as batidas aceleradas. — Zanhua, eu...

O ruído curto e suave de passadas no corredor ressoa. Por alguns instantes aterradores, Yuliang imagina que é a primeira esposa, que foi até sua casa aprovar a nova e servil mulher do marido. Felizmente, é apenas Qihua.

— Ah, está vendo só? — diz ele. — Eu disse que ela voltaria. Bem-vinda ao lar, madame Pan. Suponho que teve uma tarde agradável. — Ele baixa casualmente o olhar. — Carvão — comenta, movendo um lápis com a ponta do sapato. — Que coincidência. Eu estava justamente contando para o seu marido suas novas atividades.

— Que atividades? — Ela treme.

— Seu programa de estudo particular na casa do mestre Hong. — Ele dá uma risadinha. — Tem dado o que falar entre nossos vizinhos mais velhos.

Yuliang fica desalentada.

— Eu queria contar para você — explica ela a Pan Zanhua. — De verdade. Mas é que... Eu não sabia como escrever.

— Não tenho dúvidas — interrompe o marido, com frieza. — Entre os passeios nas casas de outros homens e as horas passadas rabiscando, não restaria muito tempo mesmo para estudar.

— Zanhua, não é o que parece. Eu *tenho estudado*. Simplesmente...

— Talvez, camarada, fosse bom ouvir o que sua adorável esposa tem a dizer. — Sem ser solicitado, Qihua começa a pegar os lápis e os desenhos dela. Em seguida, não os entrega a Yuliang, mas a Pan Zanhua. — Parabéns. Ouvi falar muito do seu progresso.

— Progresso? — repete ela, confusa.

— O fundador da academia, Liu Haisu, mencionou você na semana passada. Nós nos encontramos por acaso em uma palestra sobre fotografia no consulado francês.

— Liu Haisu?

— Não é sempre que eles encontram uma candidata forte do sexo feminino.

Durante alguns momentos, Yuliang limita-se a fitá-lo, pasma; esqueceu completamente que Qihua conhece o artista, o qual costuma pintar cenários para fotografia. Aturdida, vira-se novamente para Pan Zanhua.

— Liu Haisu já ouviu falar de mim. Ele ouviu falar de mim!

— Sem dúvida alguma a cidade inteira já ouviu falar de você — ressalta Pan Zanhua, com aspereza. — Está se encontrando com um homem que paga mulheres para tirarem a roupa!

Yuliang sente o ouvido zunir, como se o tivessem golpeado. Ela se esforça para não elevar o tom de voz.

— Ele tem me dado aulas. Aulas de desenho e pintura. Acha que eu posso entrar na academia. Como *aluna*.

— E por acaso essas aulas são feitas na companhia de outras pessoas?

Na verdade, não são. Porém, para a surpresa de Yuliang, Qihua a defende:

— Para ser sincero — começa a dizer, pegando um maço de cigarros do bolso do colete —, qualquer um que conhecesse madame Hong não duvidaria de que os dois foram adequadamente supervisionados. Lidei com ela quando fiz o retrato de noivado da sua filha. A mulher é uma fera. — Ele dá de ombros de forma teatral e risca o fósforo. — E, além disso, a academia é muito respeitada. Haisu me contou que oferecem cursos de anatomia, história e até de arte engajada.

Pan Zanhua examina os desenhos de Yuliang. Em cima encontra-se o da bonequinha quebrada. Por algum motivo, ela deseja que fosse outro: um bambuzal, um desenho com poema.

— Esse tal de Hong Ye acha mesmo que você tem talento — diz o marido, ainda sem erguer os olhos.

Uma ponta de esperança — algo ainda inconsistente e vulnerável — surge.

— Mais do que praticamente qualquer um que ele já viu. — Não o diz por arrogância, mas por desespero.

— E como se ingressa na academia?

— Tem... tem uma prova.

— E quando será essa prova?

A concubina engole em seco.

— Foi esta tarde. Entre as três e as cinco horas.

O semblante dele parece congelar. Ele a fita, estupefato.

— Zanhua. Eu ia lhe contar se passasse. Não estava tentando enganar você. Por favor... — Com um único movimento ele amassa o desenho da boneca e joga-o na parede. — Você não tinha o direito de fazer isso! — vocifera ela. — É o meu *trabalho*!

— Pura *mentira*! — grita Pan Zanhua, tão furioso quanto Yuliang. — Você mentiu para mim! Depois de toda a sua conversa sobre honestidade. *Honestidade!* — Ele deixa escapar uma risada fria, sem um pingo de humor. Dá um passo tão rápido na direção de Yuliang que ela chega a se encolher de medo. Porém, ele apenas chuta com violência a bola de papel que caiu no piso e segue indignado rumo à porta. Antes, faz uma pausa e vira-se. Por um breve instante, dá um sorriso amargurado. — E pensei que *eu* ia fazer uma surpresa para *você*.

Ele dá longas passadas rumo ao quintal coberto de geada, e o ruído de seus passos vai se esvaindo. Aos prantos, de tão frustrada, Yuliang atira o lápis de carvão na parede. Ele deixa uma marca, um risco preto no revestimento de cal. No entanto, ela nem tenta limpá-lo. Em vez disso, ajoelha-se, pega o desenho amassado e o alisa contra o próprio joelho. Não derrama mais lágrimas. Porém, os ombros ainda sacodem — a raiva dele foi motivada por nada mais que a covardia dela. Pan Zanhua tem razão, seu silêncio equivaleu a uma mentira. Por que não escreveu para ele? Sua desconfiança é ainda tão enraizada que nem consegue compartilhar sem medo com o marido as verdadeiras expectativas que tem?

Ela olha fixamente para o desenho arruinado. A face sem expressão da boneca agora está tão enrugada quanto a de uma velha. Yuliang rasga-a em pequenos pedaços e deixa-os cair entre os dedos.

— Madame Pan. — Por incrível que pareça, não há, na voz de Qihua, o costumeiro tom de sarcasmo.

Sobressaltando-se, ela se volta na direção dele. Esqueceu que ele estava ali.

— Sinto muito — sussurra a jovem, levantando-se. — Estou me comportando de forma vergonhosa.

Ele lhe devolve o lápis de carvão. Com delicadeza, como se estivesse devolvendo um brinquedo a uma criança.

— Para ser sincero, Pan Zanhua também. Mas vou falar com ele. Nós artistas temos que ajudar uns aos outros.

Yuliang encara-o, surpresa. Dá-se conta de que é a primeira vez que se dirige a ela quase de igual para igual.

— Ele tem razão — sussurra. — Eu sou uma péssima esposa.

— Você subestima tanto a si quanto ao seu marido. — Batendo as mãos para limpá-las, ele caminha de forma vagarosa rumo à saída, parando por um instante para acender outro cigarro. Ao virar-se para fitá-la, pisca o olho. Em seguida, jogando o fósforo no quintal quase escuro, acompanha a linha curva e em brasa do palito em direção à rua.

QUANDO PAN ZANHUA VOLTA, já é quase meia-noite. Yuliang está encurvada no estúdio, desenhando flores à luz bruxuleante de um lampião a gás. Assim que ele entra, traz consigo o odor de *maotai*, como uma desculpa. Entretanto, ele não pede desculpas. Caminha até ela, cambaleando, os olhos vermelhos em virtude do cansaço e da bebida. Senta-se no chão, abraça as próprias pernas e apoia a cabeça nos joelhos. Fica assim até Yuliang ir até ele e se ajoelhar ao seu lado, acariciando primeiro as maçãs do rosto, depois os cabelos — estão úmidos.

— Está chovendo? — pergunta ela.

— Nevando.

Surpresa, ela olha pela janela, algo que não fazia havia pelo menos uma hora, de tão absorta que estava no trabalho. Com efeito, flocos de neve gelados batem no vidro. Nada semelhante à neve abundante e suave que seria de esperar nessa cidade, intensificada pela constante umidade, e caindo com a graça e a brandura tão ausentes em Xangai. Essa neve é implacável, precipitando-se de forma violenta em ângulos inclinados e hostis.

— Não quis enganar você — explica-lhe ela. — Fiquei com muito medo de que não me deixasse ir.

Ele levanta a cabeça e olha-a por alguns instantes.

— Eu vim para casa hoje quase acreditando que você não estaria aqui. E, quando vi que não tinha ninguém, achei que nunca mais voltaria.

— Por que achou isso?

— Você não respondeu às minhas cartas. Até mesmo o telegrama que enviei duas semanas atrás foi ignorado.

Yuliang baixa os olhos, sentindo-se culpada. É verdade. Em sua corrida contra o tempo em virtude da prova de hoje, ela não escreve para o marido há mais de cinco semanas. O telegrama — uma linha extraída de um dos poemas de Li Qingzhao (*Os pertences dela continuam aqui, porém sua essência se foi: tudo parou.*) — ficou guardado debaixo do travesseiro, e, depois, ela acabou se esquecendo dele.

— E, então, você voltou — prossegue Pan Zanhua. — Mas Qihua já tinha me contado o que andava fazendo. Talvez eu tenha reagido mal. Mas só de pensar em você com outro homem... — Seu tom de voz vacila. — Tenho tanto medo de que me deixe...

Ela apenas o fita a princípio, surpresa como sempre com esse temor, exatamente o oposto do que sente. *Javali e rato*, pensa Yuliang. *O par perfeito.*

— Nunca vou deixar você — diz ela. Em seguida, vira-se e pega o desenho de flores. — Olhe só isso. Tem uma coisa que eu quero que veja.

O marido levanta-se e aproxima o desenho da meia-luz.

— Está bom — limita-se a dizer.

— Não é isso. Olhe para a margem esquerda. Para o nome.

— Pan Yuliang — ele lê, enquanto ela fica de pé atrás dele.

— Você se lembra de quando me disse para assinar o meu trabalho? — sussurra ela, com os lábios bem próximos do ouvido dele.

Pan Zanhua assente, cerrando os olhos.

— É o que eu faço agora. E é aí que você entra. Faz parte de todo desenho. Até mesmo dos que me afastam de você.

Apoiando-se nela, ele traça o nome com o dedo pálido. Então, colocando o desenho na mesa, puxa a esposa para si e pousa a boca em seus cabelos.

— Prometa algo para mim.

— O quê?

— Que sempre vai voltar.

Ela entreabre os lábios para responder, porém sua língua parece estar congelada. Em vez disso, Yuliang apoia o rosto na camisa úmida dele. Tomando tal gesto como uma confirmação, Pan Zanhua não a pressiona. Ergue-a nos braços e a carrega pelo corredor e pela escada, até chegar ao quarto escuro.

Vinte e três

NO DIA EM QUE OS RESULTADOS são divulgados, o próprio Pan Zanhua vai com Yuliang até a academia. No caminho, ela só olha para o marido duas vezes. Durante o feriado eles celebraram e foram às lojas. Compraram roupas novas para o ano-novo, jantaram com amigos, dedicaram-se ao jogo de poesia e bebida favorito dos dois (mais uma vez, ela ganhou). Fizeram amor com frequência e doçura. Ao longo desse período, entretanto, ela se deu conta de que um lado seu aguardava nervosamente. Agora que o momento chegou, a jovem sente-se tão frágil e quebradiça quanto o gelo que parte sob as ferraduras do cavalo.

Quando vão se aproximando, Yuliang examina com cautela o grupo de jovens que se encontra diante da academia, conversando, deixando escapar vapor e fumaça de cigarro em meio ao frio. Vê três rapazes jogarem os gorros para o alto. Segundos depois, os três passam depressa por eles, de braços dados, cantando uma música que se tornou popular por causa de um filme.

— Tem certeza de que não quer que eu vá procurar o seu nome? — pergunta o marido, enquanto a carruagem diminui a velocidade e para.

— Tenho. — A resposta sai agressiva. Envergonhada, ela segura seu braço. — Desculpe. É que... Acho que eu mesma tenho de fazer isso.

— Não peça desculpas. — Pan Zanhua dá uns tapinhas em seu ombro. — Eu me senti assim também quando recebi a carta de aceitação da Todai. Praticamente arranquei-a das mãos de minha mãe. — Uma sombra de tristeza percorre seu rosto por um instante, o que sempre ocorre quando fala de casa. Depois, passa. — Bom, eu comprei isto para você. — Ele põe a mão no bolso e tira algo verde e pequenino. Quando pega o presente, Yuliang vê que é um diminuto javali de jade. — Seu signo. Para dar sorte.

— Mas você não acredita em sorte.

— Em tempos de crise, acredito sim. Desde que seja boa. — Aperta a mão da esposa e faz um gesto em direção ao mural com os resultados. — Ao menos posso ir com você?

Ela tira a mão dele de seu cotovelo com delicadeza e balança a cabeça, em sinal afirmativo. Em seguida, respirando fundo, desce da carruagem.

Por um instante, está de volta em Zhenjiang, aproximando-se da multidão de passageiros a caminho de Wuhu. O que foi que Wu Ding disse naquele dia? "Uma mulher de bem não teme as pessoas." A jovem ergue o rosto, com determinação. O grupo de jovens, como se percebesse a determinação dela, abre caminho. Logo está diante do mural, diante da lista.

Os nomes foram colocados sem ordem aparente. *Zhang Diwa*, lê ela. *Wong Zhihou*. Atrás de Yuliang, alguém pragueja.

— Malditos filhos de escravas!

E depois:

— Testículos de bois! Eu também não estou na lista.

Ela continua a ler. *Ho Shenwan. Li Renju.* Cada nome diferente do seu é um pequeno peso que se acumula em seu peito. *Yong Reji. Sen Lishang*, prossegue Yuliang, sem sequer piscar.

E o último: *Yi Leishe*.

Outros três rapazes festejam.

— A gente se vê em setembro!

Acho que pulei o meu nome, pensa ela, aturdida, fazendo menção de rever a lista.

— Yuliang. — Pan Zanhua está atrás dela.

A esposa vira-se.

— Não está aí.

— Não tem problema.

— Não está aqui.

— Deve ter havido algum engano — diz o marido, pegando o braço dela. — O diretor quer que você entre.

Yuliang balança a cabeça.

— Ele mentiu. — Ela começa a recuar rumo à carruagem, pensando: *Sua idiota. Vadia estúpida.* A verdade é que Pan Zanhua tinha razão no que dizia respeito à sua inscrição: a cidade inteira deve conhecê-la. E quem ia querer uma mulher da vida em sua escola de arte? Contendo as lágrimas, ela olha de esguelha para o marido.

Porém, ele parou.

— Espere, Yuliang, você deixou cair... — ele se curva; depois levanta-se, entregando-lhe o pequeno javali de jade.

A esposa pega-o, apesar da tentação de jogá-lo na sarjeta.

— Vamos embora. *Por favor.*

A multidão que circunda o mural começa a diminuir. Porém, Pan Zanhua continua no mesmo lugar. E, quando finalmente começa a caminhar, não é rumo à carruagem, mas em outra direção: a entrada da academia.

— Aonde você vai?

— Vou fazer umas perguntas lá dentro — explica ele, dirigindo-se com passadas rápidas à porta de dois batentes. Vários alunos o fitam, perplexos.

Yuliang não dá atenção aos seus rostos sofisticados e presunçosos e segue depressa o marido.

— É melhor a gente voltar para casa. Não deveríamos causar confusão. — E, como ele não para: — *Zanhua.* Foi por isso que saímos de Wuhu, não é mesmo? Para não provocar escândalos?

O marido faz uma pausa.

— Não. Saímos de Wuhu para que nós... para que *você* fosse feliz.

E, após fazer essa afirmação surpreendente, vira-se novamente rumo à entrada.

Neste exato momento, porém, a porta abre de supetão. Surgem dois homens, caminhando rápido. O primeiro, que deve estar na casa dos sessenta, usa um roupão de mercador. Já o segundo parece tão jovem que poderia ser um dos alunos, embora esteja vestido de maneira bem mais elegante que todos eles. A primeira impressão de Yuliang: um rosto de traços proporcionais e expressão divertida, maxilar quadrado e marcante, olhos penetrantes, sob sobrancelhas benfeitas. O tom de voz transmite uma autoconfiança tranquila quando ele grita para o mais velho, que vai até um automóvel Bentley estacionado do outro lado da rua.

— A questão é simplesmente esta, mestre Chu. Ao contrário de suas afirmações, nossa academia não é um prostíbulo. E, o senhor tem toda razão, seria um desperdício vergonhoso de tempo e dinheiro se o seu filho viesse aqui apenas para cobiçar mulheres nuas, em público. Acontece que não é o que ele e os demais alunos de minha escola estão fazendo.

O velho vira-se, estupefato.

— Então o senhor é tão cego quanto sem-vergonha! Caso não tenha notado, aquela jovem estava sem nenhuma roupa... nem uma sequer! E ele não apenas fitou-a descaradamente por vários dias, como também mostrou os desenhos da vadiazinha para todo mundo! Até mesmo, se quer saber, para a futura *sogra*! — Faz um sinal para que o motorista que aguarda abra a porta de trás. — Ou talvez eu deva dizer agora que ela passou a ser a *ex*-futura sogra!

Ele grita algo para o motorista, que volta ao seu lugar para ligar o carro. Com as mãos encurvadas ao lado da boca, o diretor Liu brada em meio ao ruído do motor:

— No interior dos nossos recintos sacros, o corpo humano é sagrado. E a nudez representa seu estado mais puro e natural. Como artista, seu filho tem o dever, melhor dizendo, a *obrigação*, de estudá-lo. Assim como os eruditos estudam os *Analectos*, a *Doutrina do Meio*!

O mercador coloca a cabeça para fora da janela.

— Agora você está se comparando a Confúcio!

— Não tem nada de desonrado no que estou afirmando! — insiste o diretor Liu. — Os artistas ocidentais desenham nus ao vivo há séculos! Na verdade, não apenas os pintores como também todas as pessoas deveriam se esforçar para apreciar o corpo. Como disse Robert Henri: "Quando respeitarmos a nudez, já não teremos vergonha dela."

— E quando isso acontecer, eu vou embora da China — retruca o velho. — Junto com todos os indivíduos respeitáveis daqui. — O motorista acelera, mas o velho mantém a cabeça para fora da janela. — Vou enviar meu administrador para tratar da conta. Embora não esteja convencido, mestre Liu, de que você e a academia mereçam um único maldito iuane de meu dinheiro.

O motorista parte depressa, quase atropelando uma senhora que passa. Praguejando, ela remexe nos próprios bolsos e tira um espelhinho, que aponta para o veículo em retirada, ao que tudo indica para espantar os maus espíritos. Liu Haisu, por sua vez, baixa o olhar. Pega um charuto no bolso e acende-o. Alguns estudantes vão até ele para mostrar esboços e fazer perguntas. A maioria, no entanto, já se dispersa. Pelo visto, esse tipo de cena não é nenhuma novidade para eles.

Yuliang olha de soslaio para Pan Zanhua, esperando que a cena o tenha feito desistir. Porém, ele ajeita o chapéu.

— Mestre Liu! — chama. — Poderia me conceder um minuto de seu tempo?. . — E, daí a pouco, juntou-se ao pequeno grupo que se reuniu em torno do artista. A esposa fica olhando, espantada, enquanto os dois conversam. Zanhua está de costas para ela, e fala baixinho. Porém, ela nota sem dificuldades a expressão de surpresa do diretor.

— É muito estranho, inspetor Pan — Yuliang entreouve-o dizer, surpreendendo-se com o tom de voz facilmente audível dele. — Na nossa última reunião, concordamos em aceitar sua esposa. — Ele olha para Yuliang, pensativo. Fita-a longa e vagarosamente, não sem o jeito típico do sexo masculino. Com certeza, não faz com que ela se sinta "sagrada" nem "pura". Ela esforça-se para encará-lo, sem desviar o olhar. O diretor dá um leve sorriso. Em seguida, fazendo um gesto com a cabeça para Pan Zanhua, caminha devagar até ela. — Madame Pan, já ouvi falar muito da senhora. Lamento conhecê-la nestas circunstâncias desagradáveis. — Ele passa os olhos pelo mural.

O que Yuliang quer fazer, de fato, é atirar-se aos pés dele. *Por favor*, deseja gritar. *Por favor, aceite-me. Não provocarei escândalos, vou me dedicar totalmente. Eu prometo...* Porém, mesmo enquanto se imagina agindo assim, tem consciência de que não é a solução. Conhece o diretor Liu; ao menos, conheceu homens como ele. Pode deleitar-se em meio a tumultos, porém uma mulher chorona jogada aos seus pés apenas o entediaria.

Em vez disso, por impulso, Yuliang ergue a cabeça.

— Desagradáveis para quem? — pergunta ela.

O diretor a fita sem entender.

— Como?

— Vai me perdoar, mas não posso evitar pensar que a minha rejeição vai ser mais desastrosa para a academia do que para mim.

Duas jovens estudantes, que a entreouvem, param, sem acreditar. Uma delas dá uma risadinha, cutucando a amiga.

Liu Haisu, no entanto, fita-a com renovado interesse.

— É mesmo? — pergunta ele.

— Sei que eu estou sendo petulante. Mas me entusiasmei muito com o que li e ouvi sobre o senhor e sua famosa academia. E me impressionei com a forma como, no passado, desafiou os conservadores, gente de mente fechada como o homem que acabou de ir embora. Você deixou claro que a maneira de pensar dele é ultrapassada e que seus objetivos são nobres. E modernos. — Mal pode acreditar no que está dizendo. No entanto, ela segue firme: há muita coisa em jogo. Além do mais, bajulações quase sempre funcionam com egos inflados. Sobretudo com os masculinos.

— Fico feliz em saber — diz ele, que, inclusive, sorri. — Esta escola foi fundada em grande parte por causa disso. A modernidade. A arte em seu sentido mais verdadeiro, feminina ou masculina, despida ou não.

— Foi o que pensei. E por isso fiquei surpresa no momento em que vi que, quando uma mulher qualificada se apresenta à sua porta, vocês não querem saber dela. Pelo visto, não se basearam na capacidade, mas em... outras coisas. — Ouve Pan Zanhua respirar fundo. — Se não estou equivocada, creditam ao senhor a afirmação de que as mulheres deveriam exercer um papel crucial tanto na revolução da esfera artística da China quanto na social, que está por vir. — Quando o diretor Liu franze o cenho, ela esclarece: — O *Shenbao*. Duas semanas atrás, acho.

— Talvez eu tenha dito isso — admite ele, evidentemente satisfeito com essa prova do peso das próprias palavras. — Embora os repórteres desta cidade sejam com frequência mais criativos que seus artistas. — Ele joga o charuto no chão. — A verdade, porém, é que os resultados de hoje não têm a ver com revolução e sim com história. Alguns membros da minha equipe acham que as alunas são mais uma distração do que um avanço aqui. Elas não costumam aceitar bem as críticas e vão embora assim que se casam ou resolvem ter filhos. A última que estudou aqui saiu simplesmente porque se aborreceu com o fato de usarmos modelos nuas. Mais ainda do que os rapazes. — Ele dá uma risada de deboche. — O que diz muito.

Yuliang empertiga-se, com rigidez.

— Eu não sou assim.

O diretor fita-a.

— E em quê você é diferente?

Ora, pensa ela, *seria necessário muito mais que seios nus ou portões de jade para me fazer chorar. Além disso, já vi mais nudez, nas mais diversas posições e cometendo mais indignidades, que você e seus adoráveis rapazes verão durante todas as suas vidas. Mesmo se tiverem sorte.*

Contudo, Yuliang limita-se a dizer:

— Sou melhor.

Será impressão dela ou os olhos dele brilham mesmo de um jeito mais intenso?

— Melhor que as moças que entraram antes de você?

— Melhor que a maioria dos alunos. Seja de que sexo for.

Trata-se de uma demonstração de arrogância indefensável. Porém, quando Yuliang observa a reação de Liu Haisu — o jeito pensativo, as olhadelas em sua direção, a forma como por fim balança o rosto —, sabe mais uma vez que tomou a atitude certa. Acariciando o queixo, o diretor olha para o mural e, em seguida, para o local em que o carro do homem com quem ele discutiu estivera estacionado. — Com certeza, temos espaço para mais um estudante — informa, por fim, com certa amargura. — E, apesar de ser mais novo que muitos aqui, *continuo sendo* o diretor.

— Quer dizer então... — Ela tem medo de abusar da sorte, mas acontece que ele não deixou claro. — Quer dizer então que serei aceita?

Ele a encara e, em seguida, faz uma reverência exagerada e teatral.

— Bem-vinda, madame Pan, à minha pequena e humilde academia. Espero que não se arrependa.

Parte VI

A ACADEMIA

Renoir é vulgar; Cézanne, superficial; e Matisse, inferior.

— XU BEIHONG

Vinte e quatro

AS MULHERES ACHAM-SE RECOSTADAS, em posições relaxadas, conversando, os corpos reluzindo em virtude dos sabonetes e óleos perfumados. Acocorada atrás de uma bancada, Yuliang observa-as com tensão, uma caçadora vigiando suas presas. Avalia a garota que se encontra de pé, tão delgada quanto um rebento, e a avó dela, que esfrega a pele, fazendo com que surjam seis matizes de rosa. Examina as duas mulheres de meia-idade que conversam em um canto, esfregando os calcanhares e os cotovelos com um paninho. Uma delas é magrela e atlética, a outra tem o dobro de seu tamanho. As coxas, os seios e a barriga desta estão cheias de gordura acumulada. Juntas e divididas por igual, pensa cruelmente Yuliang, teriam tamanho e peso normais. Há também a moça de pulsos finos e expressão séria, que sorriu para Yuliang no vestiário. Aparenta ser jovem, e leva um livro de capa vermelha consigo, apesar do que pode ocorrer com as folhas em virtude do ambiente cheio de vapor.

Tentar escolher apenas uma delas parece, de súbito, mas difícil do que desenhar. *Por quê?* Yuliang tira o lápis do esconderijo e morde-o, contemplativa. Afinal de contas, todas são mulheres. O que as torna tão diferentes? E por que considera automaticamente uma modelo bonita e as outras comuns e até feias? Será que ela — afinal, apenas mais uma mulher — tem realmente o poder de mudar aquilo com as próprias mãos?

É óbvio que Liu Haisu pensa assim.

— A tarefa de vocês — disse ele aos alunos, durante o discurso inicial para a classe, já no segundo ano de Yuliang na Academia de Arte de Xangai — é desafiar as suposições de seus observadores. Pegar uma flor murcha e nos mostrar sua vida oculta. Escolher uma mulher feia e revelar a beleza em meio à feiura.

— Nem chegou a mencionar o desenho de modelos homens, ao que tudo indica porque ele, tal como todos os outros, considera que é ainda mais infame pintar sujeitos nus que mulheres despidas; ao menos, para as pintoras. Nas aulas de estudo do corpo masculino só podem entrar os alunos. Por mais que fique aborrecida com isso (embora mal possa dizer isso em público — já fofocam o bastante sobre ela nas atuais circunstâncias), Yuliang sabe que não se trata de um fenômeno unicamente oriental. *Homme au bain*, de Caillebotte, no qual se entrevê uma pequena parte do escroto, foi considerado tão chocante na Bélgica que o colocaram em um ambiente separado em sua primeira exibição.

Movendo-se devagar, Yuliang tira mais materiais da toalha em que os escondeu. Em seguida vira-se, observando as mulheres de novo. Evidentemente, o mais fácil seria escolher uma delas de forma aleatória e desenhá-la — rápida, correta e friamente. É como sempre faz ao esboçar nus artísticos. Está ali para captar o que o professor Hong chamava de *força de vivência*, que, apesar de toda a habilidade da jovem, parece ludibriá-la na sala de aula. Sessão após sessão, ela se dedicou ao esboço de nus. No entanto, apesar de estarem corretos anatomicamente, falta algo. "Parem de pensar neles como mera pele", sugeriu o professor Hong na semana passada, expressando-se de uma forma que a levou a se lembrar repentina e dolorosamente de Jinling. E Yuliang vem se esforçando para seguir o ensinamento. Porém, suas melhores pinturas de nus parecem se resumir àquilo: pele. Formas rígidas e planas, destituídas de espírito e vivacidade.

A ideia do balneário lhe ocorreu na semana anterior, quando o professor Hong mostrou um esboço aos estudantes.

— Achei isso em Paris no ano passado — disse ele. — Observem os contornos fortes e enérgicos. Não se esqueçam de que são os traços, e não os detalhes, que exercem um papel fundamental. Uma vez, o grande espanhol

Picasso passou meses pintando apenas uma vaca. Não embelezando o animal, vejam vocês, mas despojando-o. No final, o ruminante se reduziu apenas a uns três ou quatro traços, porém tornou-se muito mais impactante que se tivesse sido desenhado pelo vitoriano handseer, pintor detalhista de animais.

— Esse aí é do Picasso? — perguntou um aluno.

— E vocês por acaso acham que eu teria condições de comprar um Picasso? Com a miséria que me pagam aqui? — retorquiu o professor. Quando as risadinhas diminuíram, ele acrescentou: — Não. É de uma mulher. Uma tal Valadon. Eu o consegui numa pequena galeria de Montmartre. As mocinhas têm alguma dúvida ou estão apenas trocando dicas culinárias?

Ele fitou de forma enfática as duas outras estudantes da aula, que, como sempre, fofocam entre si. Uma delas revira os olhos em desdém. Filha de um rico comprador, com frequência vangloria-se das viagens que faz ao Ocidente. Também faz comentários incisivos sobre "mulheres decentes".

— Desculpe, professor — disse ela. — Mas não é verdade que Valadon foi uma prostituta?

— É verdade que ela não recebeu instrução e foi paupérrima. Só que esses detalhes não fazem dela uma prostituta.

— Então, foi apenas uma jovem bonita que usou seus encantos para seduzir os professores. E os críticos das exposições.

Um coro de risinhos abafados espalhou-se pela sala. Yuliang sentiu os olhares de esguelha dos colegas. Não faziam ideia de quantos ali sabiam de seu passado, porém, os boatos corriam em abundância.

O professor Hong, no entanto, franziu o cenho.

— Muito pelo contrário. De diversas formas ela nos demonstra a verdade da filosofia de Lao-tsé: transformou a fraqueza em força. Recorreu ao único trunfo que podia usar para ingressar no mundo da arte: a beleza. Ao trabalhar como modelo, conquistou a amizade de Toulouse-Lautrec e Degas, que viram além de seu corpo e detectaram seu talento. Ela também se esforçou muito, coisa que alguns desta academia não fazem. Madame Pan. — Ele chegara ao cavalete dela, àquela altura. Para a surpresa de Yuliang, o professor Hong colocara o Valadon bem à sua frente. — A senhora em especial se beneficiaria se observasse este quadro com atenção. Vamos — incitou, ao notar a hesitação dela. — Olhe bem.

O carvão da pintora francesa captara uma jovem em uma banheira de metal, ajoelhada, como os cristãos fazem ao rezar. Entretanto, naquele caso, a pose dava a impressão de ser escancaradamente sensual: a curva dos ombros da moça, os cachos úmidos de seus cabelos pareciam convidar o observador a aproximar-se e tocá-la. Ao contornar os traços fortes com o dedo, Yuliang percebeu que o professor tinha razão. A força do quadro não estava na perfeição ao retratar o físico, mas em algo intangível: na forma como a artista criara uma jovem, não uma representação. Uma jovem totalmente alheia à retratista e aos observadores. Uma jovem que simplesmente tomava banho.

— VAI TER DE LEVANTAR bem a cabeça. Senão, não vou conseguir dar um jeito nessa sua juba.

A jovem obedece, fechando os olhos com força enquanto a avó joga água em sua cabeça. O líquido transforma os cabelos da menina em uma lâmina preta e lustrosa, que se estende com suavidade até a parte posterior dos joelhos. Ela aguarda pacientemente ao longo das subsequentes lavadas e enxaguadas, com uma das mãos ocultando os seios nus.

Ao contemplá-la de seu posto de observação, escondida, Yuliang contém a respiração. Não apenas porque a garota é adorável e os ombros esguios lhe trazem à mente Jinling, mas porque é perfeita como objeto de estudo. A tez é macia; a pose, natural e confiante, com espírito juvenil. A menina parece fazer parte de *O nascimento de Vênus*, de Botticelli, só que em uma banheira.

O caderno de desenho já está úmido, por causa do vapor. Não obstante, Yuliang esboça com rapidez, as linhas tão simples e firmes quanto as de sua caligrafia. Desenha por talvez meia hora, ignorando o falatório, os gracejos das mulheres e até sua própria localização. Quando uma gota de água cai na folha, a jovem ignora-a, a princípio. Porém, outro pingo cai, e mais um. Por fim, ergue o olhar e se depara com a mulher atlética de cenho franzido, de pé e inclinada, ao seu lado.

— Ei! O que pensa que está fazendo?

Atrás dela, o burburinho cessa de forma brusca.

— O que foi, irmã? — pergunta uma das mulheres.

— Esta cadela no cio está desenhando a gente! — explica a mulher. — Pelada!

Fazendo Yuliang se levantar com rudeza ao pegá-la pelo braço, ela agarra o caderno de desenho. As outras mulheres saem do banho.

— Onde? Quem? — perguntam, gritando.

— Aqui! — A mulher joga o caderno para a frente, prendendo Yuliang ainda mais ao segurar com a outra mão o seu braço. — Na certa planejava vender o desenho da gente aqui no bairro.

Yuliang tenta se desvencilhar da mulher.

— Não estava não... — começa a dizer e, antes que termine, as mulheres já se aglomeram ao seu redor. Com as escovas de banho e os dedos engelhados, elas apontam e gesticulam.

— Tire a toalha dela! — sugere uma. — Na certa, é um homem disfarçado!

— Ou uma formiga branca — diz a avó, colocando a bela neta atrás de si. — É assim que começa. Retratos imorais primeiro e, depois, o bordel! Eu mesma já vi acontecer.

— Isto é loucura! — Prendendo a toalha ao seu redor com mais força, Yuliang começa a se dirigir ao vestiário. No entanto, as mulheres bloqueiam sua passagem, empurrando-a rumo à recepção.

— Lao Chen! Uma invasora! — grita a mulher com jeito masculino.

— Por favor — pede a jovem artista, observando seu precioso caderno de desenho passar de mão molhada em mão molhada. — Eu estudo na academia de arte! Estava só tentando praticar...

— A academia de arte! — A mulher que a pegou agarra e puxa sua toalha. — Diga-me uma coisa, quer que a gente desenhe *você* nua agora?

— Não, não! Tire uma foto dela! *Isso* a gente pode vender por um bom dinheiro! — vocifera outra.

A maioria das presentes retrocede no momento em que se aproximam da cortina de contas que demarca a entrada. Mas a moça de cabelos curtos, que a havia pegado pelo braço, prossegue. Sem levar em consideração que a sua toalha escorregou, continua a empurrar a jovem pintora para a recepção.

— Lao Chen! — grita de novo. — Por favor! Eu peguei a moça!

— Hein? O que é que está acontecendo? — O recepcionista, um sujeito corpulento, levanta-se.

— Retratos imorais! — vocifera a outra, atirando o caderno de desenho de Yuliang em cima dele. — Olhe só! Ela desenhou Sumei sem nem uma peça de roupa!

— Não! Quer dizer... — Yuliang segura a toalha, que escorrega. — Por favor, senhor. Eu já disse para elas. Não quis fazer mal. Sou aluna da academia de arte. Só estava tentando...

O homem examina-a de alto a baixo, com desconfiança.

— Eu pensei que lá só estudavam homens — comenta ele, ameaçadoramente.

— Tem três alunas agora — sussurra Yuliang (pensando: *A menos que me expulsem*). — Por favor. Eu... eu não pensei que iriam se importar.

— Mas eu acho que a polícia deve se importar, não acha não? — retruca rispidamente a mulher.

— Quer que eu vá chamar um policial? — pergunta o recepcionista, ansioso. — A senhora... a senhora não está vestida de forma adequada, Chung Ma. Se me permite dizer isso.

— Não! — exclama Yuliang, empalidecendo. Já pode imaginar Pan Zanhua, lendo a manchete. — Por favor — pede, com um tom de voz mais alto —, não façam isso. Não quis fazer mal...

A cortina de contas é aberta de novo, dessa vez pela jovem que Yuliang notou antes. Como as outras, neste momento uma toalha cobre seu corpo esguio. Porém, ainda segura o livro vermelho e úmido.

— Espere um pouco, Chung Ma — diz ela para a mais velha. — Quero falar com a moça primeiro.

A mulher de cabelo curto hesita.

— O que você sabe sobre isso?

— Eu também estudei lá. Na academia. Então vou saber se ela está falando a verdade. — A jovem põe a mão no ombro da mais velha. A toalha escorrega e fica posicionada de maneira precária; não obstante, se ela percebe, nem se importa. — Chung Ma, você não me reconheceu? Fui eu que ajudei você no mês passado. Com o *policial*.

— Não sei do que está falando — informa a outra, com frieza.

— Quando seu filho quase foi preso por roubar e você precisou que alguém lesse as acusações contra ele? — explica ela. — A Sociedade do Novo Povo me enviou.

— Ele não roubou! — vocifera a mais velha, com violência. — Aquele carvão simplesmente caiu da carreta. Vendemos porque era nosso.

— Eu sei, eu sei — tranquiliza-a a jovem, com suavidade. — E nós explicamos isso juntas para a polícia, não foi? — A mulher assente, de cara amarrada. — Pense bem. E se a senhora chamar a polícia agora, e nossa irmã aqui estiver falando a verdade também? E se ela realmente não teve a intenção de fazer mal e for mandada para a prisão? Você sabe muito bem como é ser falsamente acusada.

Por um momento, a mais velha fica indecisa. Em seguida, aquiesce:

— Está bem. Ela pode voltar lá para dentro com você. Mas eu vou também. E, se ela estiver mentindo...

— Não estou mentindo! — protesta Yuliang, enquanto a mulher pega seu braço e a leva para dentro de novo, como se esse houvesse sido seu plano desde o início. No interior do balneário, as demais banhistas circundam o trio formado por Yuliang, a acusadora e a inesperada defensora.

— Você disse que estuda na academia — começa a protetora, pegando o caderno de desenho. — Quem são seus professores?

— O professor Hong é meu orientador. Estudei paisagens com o professor Li e natureza-morta com o professor Jiang. Neste semestre estou tendo aulas de pintura ao vivo com o professor Hong.

Os olhos da moça se estreitam.

— Pintura ao vivo — repete. — Professor Hong. Foi ele que lhe disse para vir aqui e desenhar mulheres nuas?

— Na verdade, comentou que eu tinha de praticar.

A defensora gesticula com o caderno.

— Praticar esse tipo de arte *bourgeois* e exploradora?

Atrás delas, a neta, Sumei, pergunta com um tom de voz baixo e assustado:

— O que é *bourgeois*, *nainai*?

Yuliang pestaneja.

— Não é exploradora — diz ela.

No entanto, a protetora balança a cabeça.

— Claro que é. A arte verdadeira não tem a ver apenas com apaziguar os sentidos ou aumentar a circulação sanguínea com imagens de mocinhas bonitas e nuas. Deve ajudar a condição dos pobres e oprimidos. — Fita a protegida com ceticismo. — Mas duvido que você saiba muito sobre isso.

— Mais do que você pensa — diz Yuliang, com frieza.

— Isso não vem ao caso! — grita alguém. — Por que não desenha na academia?

— É o que eu faço, mas lá não tem modelos suficientes.

— Então por que não entra sorrateiramente no balneário *masculino*? — Ouvem-se risadinhas abafadas.

— Seja como for, ela não está mentindo. — A ex-aluna da academia dirige-se ao grupo, ainda segurando o caderno de desenho. — Apesar de não estar sendo nem um pouco inteligente. Irmãs, que tal se a gente fizer um acordo? Se ela rasgar o desenho, deixam que vá embora?

— E se tiver mais? — pergunta a avó, Chung Ma. — Ela ficou ali bastante tempo.

— Não teve chance de desenhar mais. — A defensora levanta o caderno.

— Mas pode ter tido — insiste a velha. — É bem possível que tenha esboços de todas nós.

— Onde? — quer saber Yuliang. — Debaixo da minha toalha?

Chung Ma se limita a erguer o rosto. Com um encolher de ombros como de quem pede desculpas, a defensora vira-se para Yuliang:

— Vai ter de mostrar para elas. — Dando um suspiro, Yuliang tira a toalha, sujeitando-se ao exame de todas, até que se mostram satisfeitas. A protetora devolve o caderno. — Só aquela página — murmura. — Rasgue para que todas vejam.

— Espere! — exclama Sumei. Com timidez, ela dá um passo à frente. — Posso...?

— Pequena Su! — censura a avó.

Porém, Yuliang já lhe entregou o caderno. Aguarda com estranha ansiedade enquanto o objeto de seu estudo avalia a imagem. Uma lembrança lhe vem à mente: de si mesma, tremulando despida em outro banheiro. Mas, quando a garota fita-a de novo, parece mais admirada que assustada.

— Eu sou assim?

— É muito mais bonita — diz a artista, gentilmente. — É por isso que preciso praticar mais.

Os olhos da garota se arregalam.

— Se tem que praticar, eu poderia...

— Já chega — brame a mulher de cabelo curto. — Sumei, fique quieta. E me dê essa indecência. — Com um movimento brusco, devolve o desenho a Yuliang. — Livre-se disso aí. Agora.

Sinto muito, pede a artista à garota, silenciosamente. E, sem desviar o olhar, rasga a folha úmida ao meio. E em seguida, em quatro pedaços.

Segue-se um silêncio breve e desanimado. Então, a ex-estudante de arte acena com a cabeça.

— Pronto. Vamos cuidar da nossa vida agora, está bem?

As mulheres dirigem-se às suas banheiras e aos seus bancos. Entretanto, antes de se retirar, a de cabelo curto inclina-se:

— Teve sorte hoje. Mas, se algum dia voltar aqui, vai lamentar que sua mãe, a quem envergonhou terrivelmente hoje, tenha passado pela angústia de trazer você ao mundo.

— NÃO DÁ NEM PARA IMAGINAR onde é que você estava com a cabeça. — No vestiário, a defensora desdobra a jaqueta de gola alta e a calça. — Elas são mulheres de bem, honestas. A de cabelo curto era fazendeira. E próspera. Mas, desde que veio a fome, ela passou a pedir esmolas e a vender o carvão que o filho surrupia das empresas ferroviárias.

— Então eles roubaram mesmo!

— E daí? Aqueles estrangeiros roubam da gente o tempo todo. Usurpam os nossos empregos, o nosso dinheiro, o nosso *orgulho*. — Olhando de soslaio para Yuliang, acrescenta: — Para algumas pessoas, sabe, tomar banho aqui não é simplesmente uma higienização, mas um evento especial. Não é à toa que se enfureceram. — A voz sai abafada enquanto ela passa a blusa pela cabeça. — Mas o seu trabalho é muito bom. Muito melhor do que era o meu.

— Quando você estudou lá? — quer saber Yuliang, enxugando com lentidão os cabelos.

— Dois anos atrás. Naquela época também havia escassez de modelos. Por sorte, nunca pensei em tentar no balneário. — Dá um sorriso irônico.

— Por que você saiu?

A moça dá de ombros de novo.

— Alguns amigos me convenceram de que existiam formas mais importantes de gastar meu tempo e o dinheiro dos meus pais. — Ergue o livro úmido. — Esta é a primeira tradução completa do *Manifesto comunista*, de Marx. Acabou de sair. Foi o organizador do meu grupo de discussão, o professor Chen, que se encarregou disso. Até conseguiu para nós um exemplar antes do lançamento.

— Chen Duxiu é seu professor? — pergunta Yuliang, surpresa. — Mas ele não está em Pequim agora? — Leu a respeito do velho amigo do marido nos jornais: sua volta do Japão para dirigir a Universidade de Pequim, sua influência no chamado Movimento Quatro de Maio, uma manifestação anti-imperialista, e sua recente fundação do primeiro Partido Comunista chinês. No entanto, desde que ele chegou a Xangai, ela só o viu de passagem: duas vezes quando saía da sede de *La Jeunesse*, e uma vez na ocasião em que liderava um protesto contra o recém-assinado Tratado de Versalhes, por não ceder as antigas possessões alemãs na China à soberania chinesa, mas à japonesa.

— Ele viaja o tempo todo desde que foi solto. Foi preso depois dos tumultos, sabe. — Seca com delicadeza o livro. — Escute... escute só isto. — Em seguida, abre o livro, percorrendo a página com o dedo até chegar a um trecho marcado com tinta vermelha, que já mancha as bordas das páginas. — "O mundo pertencerá ao povo e os gritos de felicidade serão ouvidos até mesmo nos mananciais mais longínquos. Ah, venham! Gente de todas as terras, como é possível que não se animem?" — A moça ergue os olhos e acrescenta, sonhadora: — Eu não sabia que Marx era tão poético. Você sabia? — Coloca uma mule de duas cores, com salto estilo Luís XIV, surpreendentemente chique para alguém com um ponto de vista tão austero. — Bom, você não precisa vir ao balneário, precisa?

— Na verdade, não — diz, sentindo estar estranhamente na defensiva.

— Então, para ser sincera com você, acho melhor não voltar. — A moça coloca o livro na bolsa. — Hoje eu estava aqui, mas posso não estar na próxima vez. Arranje outra forma de solucionar seu problema na academia. — Caminha com Yuliang até a porta. — Se quiser, venha participar das nossas aulas de xilogravura. Toda terça, à noite. A gente se encontra no segundo andar da Uchiyama Shoten, em Bubbling Well Road. Ah, antes que eu esqueça, meu nome é Guifei.

Yuliang contém um sorriso. A nova amiga recebeu o nome de uma das renomadas "quatro beldades" da China: a que encantou tanto um imperador do século XVIII que ele deixou o país vulnerável a uma rebelião devastadora. A livraria japonesa, no entanto, é conhecida como ponto de encontro da juventude mais rebelde da cidade. A jovem artista pergunta-se se os pais de Guifei sabem do passatempo da filha.

— Pan Yuliang — diz. E, por impulso: — Por acaso um rapaz chamado Xing Xudun participa das reuniões?

— De *La Jeunesse*? Ele e outros membros da equipe vão muito. Você é amiga dele?

— A gente... a gente se conheceu. Eu só fiquei curiosa.

Yuliang sai do balneário com o endereço de Guifei anotado na mesma folha do desenho interrompido. Seu antebraço dói por causa do aperto da fazendeira e sua solução brilhante está literalmente em pedacinhos. E, o que é pior, não chegou nem um pouco mais perto da *força de vivência* do professor Hong. Mas pelo menos, diz a si mesma a título de consolo, conseguiu algo quase tão difícil: pelo visto, fez uma nova amiga.

Vinte e cinco

A Caixa Econômica dos Correios, de Wagner, concluída há sete anos em Viena, mescla esplendidamente o [algo] teutônico com conceitos clássicos de [algo], sendo uma [algo] manifestação de [algo] modernista, bastante acessível ao visitante...

O que, conclui Yuliang, taciturna, não é o que se pode dizer desse livro. Apesar de tudo o que estudou, só entende praticamente metade dos termos. Terá pedir que Pan Zanhua o leia na semana seguinte.

Aborrecida, fecha o livro com irritação. Em seguida, olhando para o relógio — 15h15; como sempre, o diretor Liu está atrasado —, acende um cigarro e concentra a atenção no quadro pendurado na parede, atrás da mesa do diretor. Trata-se de uma figura enorme engolindo um homem ou o que parece ter sido uma pessoa. A cabeça do indivíduo já foi consumida, bem como um dos braços; o braço que restou ergue-se em uma espécie de saudação sangrenta. Os olhos do ser estão arregalados e a boca, arreganhada, em um êxtase tão macabro que, quando Liu Haisu entra de forma repentina na sala, com os papéis esvoaçando, Yuliang está se sentindo um pouco mal.

— Perdão! — diz ele, esbaforido. — Maldita reunião de professores... Nunca faça parte de um quadro administrativo, madame. Acabaria se arrependendo. — Ele senta-se à sua mesa bagunçada. — Estou fazendo com que se atrase de novo, não é?

— Não tenho aula hoje — mente ela.

— Sorte sua. — Recostando-se, o diretor pega um charuto. Yuliang observa-o, ligeiramente ansiosa. A verdade é que tem aula de anatomia. Mas acabou não indo, pois a ideia de ficar duas horas observando ilustrações de ossos e músculos simplesmente não lhe apeteceu nesta manhã.

Dando baforadas, Liu Haisu acompanha o olhar de Yuliang até o monstro.

— É muito... impressionante — comenta a aluna.

O diretor ri.

— Sem dúvida, é uma forma de descrevê-lo. É de se imaginar no que Goya estava pensando...

— É de Goya? — Yuliang contempla o quadro com interesse renovado. Liu Haisu se considera impressionista. Porém, idolatra o mestre espanhol, considerado por ele o primeiro artista realmente moderno.

— Uma cópia de uma reprodução da pintura dele. Pintei anos atrás, quando suas obras começaram a me atrair; no início, porque me pareceram singularmente chinesas.

— É mesmo?

O diretor anuiu.

— Os mesmos matizes de cores, a mesma atenção às pinceladas. Sempre fico intrigado quando a arte ultrapassa fronteiras culturais. Já não lembro por que escolhi este quadro específico para reproduzir. Acho que estava tendo dificuldade de trabalhar por conta própria.

— *Você*, tendo dificuldade? — pergunta Yuliang, atônita. Liu Haisu é o pintor mais prolífico que ela já conheceu. Apesar da agenda cheia na academia e da evidente tentativa de ter seu nome citado em todos os periódicos e artigos de arte da China, ele ainda produz mais e melhor do que Yuliang imaginara ser humanamente possível. Os quadros de sua última exposição no Centro de Exposições de Xangai a deixaram sem fôlego. Naturezas-mortas exóticas porém bastante refinadas; paisagens nostálgicas e impressionistas feitas com pinceladas que, quando vistas de perto, equiparavam-se às de Shi Tao. A mistura daqueles dois estilos, do oriental com o ocidental, do clássico com o contemporâneo, afetou Yuliang profundamente.

— Todos temos dificuldades às vezes — segue dizendo Liu Haisu. — A inspiração apenas nos visita; raramente se muda de forma definitiva. — Ele acaricia o lábio superior. — Mas não era sobre isso que eu queria falar hoje.

A jovem apaga o cigarro, perguntando-se, preocupada, se o diretor tratará do incidente no balneário. Ele deve ter ouvido falar. Yuliang continua a entreouvir seu novo apelido pela academia: A Bela Banhista.

— Suponho que vai participar do concurso para estudantes e professores este ano — comenta ele, em vez disso.

— Eu... eu não tinha pensado nisso. — Mais uma vez, é uma mentira. Nas últimas semanas, tal tema não lhe saiu da cabeça. E não ajudou em nada toda a academia estar agitada com o prêmio deste ano: uma bolsa integral para o programa de intercâmbio sino-francês da Universidade de Lyon. Quando o professor Hong o mencionou para Yuliang pela primeira vez, o coração dela acelerou. Pensou nos castelos de matizes suaves de Rubens e nos magníficos campos verdejantes e nas dobras de tecido perfeitas de Gentileschi. Viu-se caminhando nas ruas calçadas de pedras junto às mulheres ensombreadas e aos deuses frágeis de Leonardo da Vinci, quem sabe até se deparando com Suzanne Valadon. Cerca de uma semana atrás, porém, Yuliang por fim se convenceu de que o sonho não passaria disso: um sonho. A verdade é que não tem nenhum trabalho para apresentar este ano. E, mesmo se tivesse, e *ganhasse*, Pan Zanhua certamente não ia gostar da ideia de ela ficar perambulando pela França.

— Não tenho nada que valha a pena apresentar agora. Parece que a inspiração anda me evitando. Talvez tenha dado ouvidos a todos os mexericos.

— A fofoca não passa de inveja disfarçada. Precisava ter ouvido o que diziam de Leonardo da Vinci.

— Não sou o Leonardo.

— Não foi o que você me levou a crer, certa vez.

Ele pega outro charuto e corta a ponta. Enquanto o acende, Yuliang sente estar perigosamente prestes a chorar.

— Acontece que... Eu não consigo fazer com que fiquem como deveriam — revela de forma impulsiva, baixando os olhos.

— Os seus quadros?

— Os meus nus artísticos. O professor Hong disse que a coloração está boa. Mas... parece que não estou tendo sucesso com as formas. Para ser sincera, eu tenho a impressão de que *não* consigo desenhar corpos. Acho que talvez esse meu lado esteja simplesmente...

O diretor dá uma baforada, pensativo.

— O quê?

— Prejudicado. Com relação a essas coisas.

É o mais próximo que chegou de confessar o passado a alguém que não seja Pan Zanhua. No entanto, estranhamente, a confissão de sua falha artística quase a envergonha mais. Yuliang ouve a cadeira do diretor ranger quando ele se inclina para bater o charuto no velho morteiro de pedra, que lhe serve de cinzeiro. — Goya dizia que o sono da razão produz monstros. — Faz uma pausa. — Às vezes me pergunto se nossos monstros produzem arte.

Ela ergue os olhos.

— O quê?

— Já lhe ocorreu que são as nossas feridas que nos levam a criar? — O diretor contempla, meditativo, o *Saturno*. — Afinal de contas, a perda em um âmbito nos leva a compensar em outros. Pense só nos sentidos. Na forma como a perda da visão intensifica o olfato, o tato e a audição. E se o mesmo ocorrer com o processo criativo? E se aqueles que perderam algo contrabalançarem no trabalho? Nesse caso, o sofrimento os ajuda. É o que os leva a criar. — Liu Haisu vira-se para ela. — E talvez esclareça por que os melhores artistas tendem a ser também os mais pobres.

— É mesmo?

— Diga o nome de um pintor rico competente.

Yuliang fita-o com cautela.

— É uma pergunta de prova?

— Ainda não — diz ele, rindo.

Ela cruza as pernas.

— Não é só isso. Eu também preciso de mais modelos. Dez horas por mês não são suficientes.

O diretor deixa escapar um suspiro.

— Estou ciente disso.

— E não sei absolutamente nada sobre desenhar o corpo de um homem. Por que os alunos podem fazer esboços de nus de modelos masculinos e femininos, ao passo que nós, as alunas, só temos acesso às mulheres?

Tal como as lágrimas, o desabafo sai de súbito. Porém, Liu Haisu apenas dá um largo sorriso.

— Ah, *aí está* a moça que defendi antes. Bem-vinda de volta!

Sem querer, Yuliang acaba sorrindo também.

— Mas, infelizmente — continua ele —, esta é uma regra que eu não posso mudar. Já é difícil o bastante desenhar as mulheres sem provocar tumulto. Se nós colocarmos as preciosas esposas e filhas da elite chinesa perto de homens despidos, não só vão fechar esta instituição, como também vão me dar um tiro. — Ele deixa escapar uma risadinha cordial. — Uma publicidade maravilhosa, claro. Mas a minha carreira de pintor chegaria ao fim.

Lá fora, a campainha toca. Ele olha para o relógio.

— *Aiya!* Tenho de ir até a classe de Takeshita. Vou dar uma aula sobre fauvismo. Sobre o que falo? Matisse? Derain?

— Eu gosto de Matisse.

Liu Haisu franze o cenho, dando a nítida impressão de que ela deu a resposta errada.

— Bom, não faz diferença. No que diz respeito a quase todos eles, não há diferença. — Arrasta a cadeira e dirige-se apressado à porta, virando-se à soleira e dando um passo atrás para que ela o siga.

Os dois atravessam o corredor inclinado, passando pelas paredes pintadas, que já estão descascando. Para o alívio da jovem, a porta da aula de anatomia do professor Lin está fechada, embora ela possa ouvi-lo ("Que osso é este? Alguém sabe dizer como se chama?). Liu Haisu caminha depressa, um pouco à frente, os papéis ondulando-se na mochila semifechada, a boca movendo-se enquanto ele mentaliza a aula. O diretor para de forma tão brusca que os dois quase colidem.

— Você tem de superar os obstáculos, minha jovem — comenta ele, em tom grave, como se houvessem conversado até aquele momento. — A época dos pintores bem-sucedidos e ricos já passou há muito tempo. Seu trabalho pode muito bem se tornar sua tigela de arroz, um dia.

Yuliang pigarreia.

— Eu... agradeço muito o conselho. Vou tentar.

— Uma última observação: recomendo muito que participe da competição pelo prêmio de Lyon. Todos achamos que você se beneficiaria muito com instruções adicionais no exterior.

A jovem artista o fita, espantada.

— Mas como posso participar, se não tenho nada para apresentar? O concurso será daqui a menos de três meses!

— Vai ter de mergulhar no trabalho — insiste com aspereza o diretor. — Algumas das melhores pinturas do planeta foram feitas em questão de dias. Três meses são mais do que suficientes, *se* você parar de se deixar levar pelas dúvidas. — As palavras, ditas no tom de voz tipicamente calmo porém entusiasmado do artista, ecoam pelo corredor. — Faça de tudo para encontrar modelos. Uma criada. Uma amiga. Alguma voluntária desinibida e abnegada, que não se importará se você virá-la pelo avesso e desenhá-la assim. Você tem, pura e simplesmente, de *pintar*. Só isso. — Ele leva o punho à porta e, quando já está prestes a bater, vira-se e diz, por fim, em um tom de voz mais baixo: — E não tente encontrar amigos num ambiente cheio de artistas inseguros. É como buscar alguém honesto em Versalhes.

UMA SEMANA DEPOIS, Yuliang ainda não foi a nenhuma aula, mas, ao menos, começou a trabalhar. Inspirada (ou envergonhada) por Liu Haisu, pôs a cabeça para funcionar, checou seus contatos e, por fim, encontrou uma modelo que correspondia às suas necessidades. Foi preciso ter coragem e determinação e enfrentar duas humilhantes recusas. Mas, quando a solução finalmente chegou, pareceu a um só tempo obra de gênio e pura loucura. Ela começou naquela mesma tarde.

Agora, Yuliang morde a unha, estudando seu objeto de estudo.

— A ideia é que eu absorva a sua vivência — diz à modelo. — Foi o que o professor Hong disse.

A moça a olha de forma rancorosa. Suas coxas estão arrepiadas. Yuliang esfrega os próprios braços — faz muito frio *mesmo*. O alojamento para o qual se mudou, tanto por ficar perto da academia quanto por lhe permitir evitar Qihua e Ahying enquanto trabalha, proíbe o uso de braseiros de carvão. Por um bom motivo: no ano anterior, mais de trinta moradoras de um local similar morreram em um incêndio à meia-noite, todas batendo na porta que foi fechada com ferrolho para que estivessem "em segurança".

Cerrando os dentes, Yuliang mistura os tons de pele: violeta, amarelo, vermelho-terra, preto-de-vinha e vermelho-veneziano. Traça com rapidez e habilidade o contorno do corpo na tela. Então, passa a usar as tintas para preenchê-lo.

Enquanto trabalha, não se deixa levar por pensamentos ou questionamentos. Apenas pinta, metodicamente. As curvas, em tom pêssego, e as sombras, em bege. Quando chega aos seios, lembra-se das palavras da Madrinha: "Se eles tocarem direto no seu peito, cobre 7 a mais. Nos pés, 10."

— Shhh, sua piranha velha — sussurra para si mesma, concentrando-se nos quadris. Em seguida, na barriga. Na região enrugada do umbigo.

Está indo novamente para a parte superior do corpo, para dar mais volume aos cabelos, quando ouve um tumulto do lado de fora. Um funeral está sendo realizado na rua. No início, Yuliang tenta continuar a trabalhar, mas sem sucesso. Perdeu a inspiração.

Ela põe o pincel no pote e pega o xale, para se proteger do frio. Indo até a mesa, abre uma garrafa de vinho, agora um hábito toda vez que trabalha. Serve-se de uma taça. Em seguida, dirige-se à janela aberta.

O caixão está bem em frente à casa, do outro lado da rua — a falecida deve ter morrido longe de sua terra. Porém, não são poucos os enlutados. As filhas trajam preto; netos e bisnetos, azul. Os genros usam branco e amarelo-claro. Também se escuta o ruído do dado do *pat-cha* próximo ao grupo de enlutados de trajes coloridos. O gongo do luto, pendurado à direita da entrada da casa, indica que o morto é do sexo feminino. A presença de bisnetos evidencia que a falecida devia ser bastante velha. No entanto, Yuliang está longe demais para enxergar o retrato apoiado em um banco próximo ao caixão, entre camadas de flores e outras oferendas. Tenta lembrar-se das idosas que de vez em quando a cumprimentam quando volta para casa. Uma delas tem o rosto que parece uma abóbora murcha e uma voz meiga, estranhamente infantil. Às vezes, pergunta-lhe: "Vai para a escola, filhinha? Quando vai me pintar?"

Yuliang imagina a mesma mulher agora, deitada imóvel no caixão, com o corpo e o rosto cobertos com tecidos azuis e amarelos. Como seria pintar *isto* ao vivo — uma forma totalmente sem vida? Na aula de anatomia, eles usam livros e um velho esqueleto da área médica, doado pela clínica da missão. Mas dizem que Leonardo da Vinci aprendeu com cadáveres de verdade, passando horas em necrotérios sombrios, dissecando e investigando. Desenhando. Os colegas de classe de Yuliang, que cresceram encarando a morte como um grande tabu, ficaram horrorizados ao saber disso. Já ela apenas deu de ombros, ao menos mentalmente. Não conseguia evitar pensar que, se o mestre italiano se houvesse dedicado ao tráfico de pessoas, teria obtido uma noção igualmente sólida de fisiologia humana.

Ela examina a modelo de novo. Os mamilos retesados, a pele arrepiada. A visão da moça ali, nua e sozinha, parte-lhe o coração. Cerra os olhos e, em seguida, repreende a si mesma. *Sua grande idiota. Não vai conseguir pintá-la sem vê-la.*

E então, do nada, percebe: *Não estou vendo a modelo.*

Animada, abre os olhos, e as palavras do professor Hong lhe vêm à mente com novo significado. "Tentem ver a pele como mais do que uma simples camada externa", sugeriu ele. Como conselho, ia direto de encontro ao que Jinling lhe deu, certa vez: "É apenas pele." Não obstante, analisando a modelo neste momento, Yuliang nota, de súbito, que seu problema se origina exatamente de sua incapacidade de encarar a pele como algo além da camada externa; não consegue vê-la fora de um espectro de dor. Em sua antiga vida era uma sujeição, uma superfície macia aguardando feridas. Na academia, não inspira fervor criativo, mas uma onda de repulsa trazida de volta à sua mente. E, em ambas as situações, ela não conseguiu, por mais que tentasse, tomá-la como algo belo. Como algo *digno* de ser pintado....

Lá fora, uma das enlutadas lamenta-se: "Aiiiiiii. Volte, mãe. Volte!" Com o coração batendo acelerado, Yuliang cerra os olhos de novo. Pensa em Jinling. Não envolta em um pano de saco, como a viu na última vez, mas naqueles dias iniciais, quando o aprendiz começou a servir à número um. Antes que ela entendesse por completo o valor de um corpo em termos monetários e passasse a avaliá-lo apenas com base na moeda da beleza. Pensa na aparência da tez de Jinling certa manhã, reluzente em virtude da transpiração, relaxada, por causa de seu regozijo, e delineada pela luz do crepúsculo. *Beleza*, pensa Yuliang. E olha-se de novo no espelho.

E talvez seja uma questão de sincronia. O Sol está se pondo, por fim, lançando seus raios de tom laranja e dourado sobre o quarto. Porém, agora, a Garota do Espelho parece à jovem artista quase etérea — tão distante de mera pele quanto um arco-íris da mera chuva. Yuliang fita-se: suas coxas delgadas, o quadril curvo. Enxerga-se finalmente livre dos dedos sondadores da formiga-branca e das mãos de homens estranhos. Das joias que ligavam o corpo, como uma corrente, a dívidas...

Pegando a paleta, Yuliang decide desenhar por cima da primeira imagem, que ficou engessada. Ergue a cabeça e recomeça. Pinta até a luz do lado de fora esvair-se e o céu ficar escuro como breu, até os monges irem embora, os enlutados partirem e apenas se ouvir o barulho suave dos dados de marfim dos jogadores.

Vinte e seis

— FRANÇA — REPETE PAN ZANHUA, colocando a xícara na mesa. Sua voz soa cética e desanimada.

— Seria apenas por dois anos. — Yuliang toma o cuidado de manter um tom casual. — Mas, se eu ganhar, a bolsa vai cobrir todos os custos. Eu realmente acho que seria mais fácil...

A tensão dele faz a atmosfera entre os dois ficar pesada.

— Viver em um lugar para o qual se leva trinta dias de viagem em barco a vapor, em vez de três? É mais fácil nunca estar com o marido que só vê-lo raramente?

— É mais fácil para fazer o meu... trabalho — prossegue ela. Evidentemente, não devia ter dito isso. Dá para notar pela expressão dele. "Trabalho?", pensa o marido, "que trabalho?"

Yuliang olha para baixo, mordiscando o lábio. Não é que Pan Zanhua não tenha orgulho de suas realizações, lembra a si própria. Ele enviou um telegrama quando ela ficou em segundo lugar na exposição de alunos e professores. Foi conhecer o alojamento, o ateliê da academia, vários professores. Protestou quando um deles creditou a ele a descoberta do talento da esposa. "Tudo o que fiz foi me apaixonar", disse, graciosamente.

Agora, o marido volta a prestar atenção no jornal. Yuliang tenta se concentrar na própria leitura, um artigo sobre um artista moderno e popular chamado Xu Beihong. No entanto, está pensando na volta de Pan Zanhua na noite passada, no abraço caloroso que ele lhe deu e no anúncio que lhe fez: "Estou sendo transferido de volta para Tongcheng." A notícia chocou tanto Yuliang que ela ficou calada e nem pensou em tratar, por enquanto, do tema de sua própria viagem vindoura.

— E por falar em Paris — Pan Zanhua remexe o jornal —, houve mais manifestações de protesto na legação chinesa de lá, esta semana.

Ela não tira os olhos de seu artigo.

— Por que motivo?

— O de sempre. Melhores condições e salários para os trabalhadores chineses — explica, irritado. — Estou começando a achar que esta é a ideia deles de democracia: tratar a gente como esterco de vaca.

— Os trabalhadores estão em greve?

Ele balança a cabeça, negando.

— São aqueles estagiários, os que participam do suposto programa do governo.

— Não é por esse programa que os estudantes trabalham em fábricas francesas para pagar pela instrução?

A pergunta é, de certa forma, vil, já que Yuliang tem vários amigos, incluindo Xing Xudun, que se inscreveram no programa "Trabalho consciencioso/Estudo frugal". Porém, ela sente que Pan Zanhua não aprovaria essas amizades. O que se confirma pelo que ele diz a seguir:

— Em tese. Mas todo mundo sabe que o programa foi criado por anarquistas. — Vira a página com rudeza. — A essa altura, estou disposto a apostar que a Sociedade do Novo Povo está por trás dele.

— Alguém tem que defender os interesses chineses no exterior — salienta ela.

O marido arqueia uma sobrancelha.

— Pelo visto, você está pensando mais nesse tipo de assunto. Isso é bom. — Em seguida, pergunta: — O que foi?

Ela o olha.

— Nada.

— Está suspirando o tempo todo. Não consegue tirar algo da cabeça.

Yuliang abre a boca para protestar, mas, então, opta por ficar calada. Como sempre, Pan Zanhua a conhece bem demais.

— É que... o diretor Liu acha mesmo que tenho boas chances de ganhar aquela bolsa de Lyon. Disse que sou uma das alunas com mais potencial que ele já conheceu.

— Ah, então voltamos a esse assunto. — Zanhua fecha os olhos por alguns instantes. — É o que acontece quando se casa com alguém do ano do javali. Enfia as presas e não solta.

— Você nem acredita em astrologia — lembra-lhe ela. — E não sou só eu. A verdade é que todos os meus professores acham que o estudo lá seria proveitoso para mim.

Então, é a vez dele de suspirar.

— Poderia ser bom para você se fosse homem. Ou se fosse em Xangai; no Consulado francês, por exemplo. Mas o fato é que você já estudou dois anos aqui. É suficiente.

— Muitos homens estudam aqui primeiro e, em seguida, vão para o exterior para concluir o aprendizado. Você mesmo disse que estudar fora é uma parte essencial da nova cultura chinesa. E sempre falou que as mulheres têm a mesma capacidade que os homens.

— E têm mesmo. E você vem demonstrando isso de forma admirável. — Ele está começando a soar impaciente. — Mas as mulheres também possuem algumas habilidades que os homens não possuem. Sobretudo dentro de casa.

— Mas alguém precisa representar os interesses da China *fora* de casa. — Sem querer, seu tom de voz se eleva também. — O que teria acontecido em Versalhes se aqueles estudantes não tivessem impedido a delegação chinesa de ir assinar o Tratado?

— Exatamente o que aconteceu independente disso — diz Pan Zanhua, secamente. — Teriam protestado. E tenho certeza de que o fariam com bastante eloquência. E, então, os nossos supostos aliados teriam dado a nossa maldita terra para o Japão, de qualquer maneira. — Mais uma vez, ele vira a folha do jornal de forma brusca. — Se você se dedicasse aos eventos desta nação com o mesmo afinco que dedica à pintura, saberia que ninguém se importa com o que a gente pensa. Tudo o que querem é sugar o nosso dinheiro.

— Ao menos lá a gente tem uma oportunidade melhor de ser ouvido.

O marido dá uma breve risada.

— De ser ouvido sob que aspecto? O das naturezas-mortas? Das paisagens campestres? Das teorias sobre matizes nas peônias?

Yuliang desvia o olhar, magoada.

— Encare a realidade, minha lady Guan. — Trata-se de um novo apelido para ela. Guan Daoshen é a pintora mais famosa da China, mais conhecida por suas pinturas de bambu e névoas vespertinas. — Você não pinta por motivos políticos. Nem mesmo lê os jornais, exceto quando publicam algum artigo do seu adorado diretor Liu.

Ela fecha a revista, enrubescendo levemente.

— Eu amo o meu país, tanto quanto todo mundo. Aliás, até mais do que a maioria dos homens que eu conheço. Você não pode separar as coisas dessa forma. Kang Youwei escreveu num artigo que tudo, a indústria, o comércio, o dinheiro, está interligado com a arte. Que a modernização da arte é tão essencial para o futuro da China quanto o avanço da economia. Ou das forças navais.

Pan Zanhua mostra-se surpreso.

— Li isso para você?

— Eu mesma li. Para a nossa aula de pintura política.

— Então, você resolveu se encarregar de levar adiante essa grande causa. — Faz um sinal para que Ahying tire a mesa. — Pois bem, então. Pode me contar mais sobre esse novo aspecto. Seu sacrifício recém-descoberto. Pintar belos quadros em nome do país.

Ahying pega a tigela de Yuliang, com os olhos obedientemente voltados para baixo. Porém, as orelhas da criada estão vermelhas como as das mulheres brancas e curvilíneas de Sargent. A jovem artista fica rubra também. Não de constrangimento, mas de indignação.

— Você não sabe nada do meu trabalho! — exclama, furiosa. — Nem da minha vida. *Nada!*

O marido dá um soco na mesa.

— Exatamente! E é por isso que quero que fique em Tongcheng, com o seu marido e a sua família!

— A *sua* família! Não a minha!

— Minha, por conseguinte, sua! — Ele retruca com rudeza. — Somos todos a única família que você terá!

As palavras a atingem como um golpe na pele já ferida. Estupefata, Yuliang cerra os olhos. "A gente é a sua família, agora", sussurrou a Madrinha. "Só contamos umas com as outras. Não precisamos de mais ninguém, além de nós mesmas."

Quando abre os olhos de novo, é como se a névoa tão delicadamente retratada por lady Guan houvesse desanuviado sua própria visão. Pela primeira vez, vê que Pan Zanhua captou pouquíssimo as mudanças titânicas que ele mesmo iniciou. Percebe como tudo — sua própria capacidade de ler, duramente conquistada; a consciência política explosiva, estimulada por amigos como Guifei; o sucesso inesperado na academia; até mesmo a mudança recente em seus cabelos, agora curtos, e no uso de itens da última moda, como sapatos elegantes de tiras (com salto alto, coberto de couro) — é tão invisível para Pan Zanhua quanto a vestimenta do imperador. Para o marido, ela continua sendo a mesma jovem resgatada por ele. Uma ingênua, uma protegida. Suposta mãe de seu próximo filho.

Pan Zanhua balança a cabeça. *Fim de conversa*, diz o gesto. E ele volta a se concentrar, com tranquilidade, no jornal. Yuliang termina de beber o vinho, ainda furiosa.

— Eu... eu quero mostrar algo para você — diz ela, quando por fim consegue recuperar a fala.

Ele continua sem erguer os olhos.

— Está bem. O quê?

Ela se levanta.

— Venha ver.

O marido franze o cenho. Mas fecha o jornal e fica de pé, também.

À SOLEIRA DO ATELIÊ DELA, Yuliang vê Pan Zanhua observar o estado em que se encontra o local: a lona salpicada de tinta que protege o piso, as estantes cheias de tíner e verniz, uma grande variedade de moletas de vidro reluzindo discretamente à janela. O odor de aguarrás é quase insuportável: durante alguns instantes, Yuliang quase fica tonta. Porém, ela mantém-se firme e caminha, calada, até o cavalete. Ali, vira-o na direção do marido.

Pan Zanhua aproxima-se com cautela, como se estivesse diante de um animal que nunca viu.

— O que é isso? — pergunta ele, com frieza.

— A obra que vou apresentar na exposição dos professores e alunos, em maio. — Ela dá um sorriso irônico. — Eu a chamei de *Beldade saindo do banho*.

Ela acompanha o olhar dele: os cabelos ondulados, o corpo úmido e os traços, que custaram à artista horas e lhe tiraram o apetite. Yuliang pintou a si mesma saindo do banho, captada em um raio amarelo-esbranquiçado de luz solar. As coxas brilham com o calor e o vapor. Os seios estão expostos, tal qual o ventre branco e arredondado abaixo. Mais abaixo ainda, ela traçou de leve a região dos pelos pubianos com pinceladas quase caligráficas.

Quando o marido, por fim, volta a fitar a verdadeira Yuliang, seca e vestida à sua frente, sua face está totalmente pálida.

— Parece inacabado.

— Eu ainda tenho duas semanas para fazer retoques, antes de submeter a pintura aos jurados.

— O que... o que tem de fazer, para terminar?

Ela aponta para várias partes.

— As pernas não estão boas. O sombreado perto da base da banheira ainda não está do jeito que devia e o pano de fundo está incompleto. Quero acrescentar outros elementos, talvez uma mesinha vermelha. Ou uma toalha, ali no canto. — Pan Zanhua permanece calado. — Em tom marrom — acrescenta, como se fizesse diferença.

— E o rosto?

Yuliang fita o marido, sem expressão. O rosto está praticamente concluído. É nessa parte que ela vem trabalhando nos últimos dias. Tem ido dormir sonhando com os próprios olhos, lábios e maçãs do rosto.

— O rosto — pressiona Zanhua —, você vai deixar assim?

Só então ela entendeu. Ele espera que ela literalmente poupe a própria face, substituindo-a por outra. Afinal de contas, é a dela — sem maquiagem nem pudor — que torna o quadro tão categoricamente revolucionário. A artista se inspirou em Manet e foi além: desconcertará os jornais, as fofocas, a academia, usando apenas a verdade nua de seu talento. Desafia-os a exigirem que se retrate.

— Vou.

Ele insiste no assunto, falando devagar, como se ela não houvesse entendido bem.

— *Seu* rosto. Fitando a todos desse... jeito.

— É um autorretrato.

— Um autorretrato com você *nua*!

O marido olha-a de uma forma tão magoada que o coração da jovem quase se parte no lugar do dele.

— Zanhua — diz ela, dando um passo em sua direção. — Quando Yuan Shikai traiu a república, a maioria das pessoas era por demais acovardada e retrógrada para protestar. Já você ergueu a sua espada. É um dos motivos que me levam a admirá-lo tanto. Não vê que isso é igual, que é a minha batalha?

— Não *ouse* comparar aquele fato com isso. — Afasta-se dela. — E não me *toque*.

Chocada, Yuliang deixa a mão pender ao lado do corpo.

Lá fora, um cachorro põe-se a latir de forma frenética e, em seguida, para tão bruscamente quanto começou. O maxilar de Pan Zanhua contrai-se, em uma raiva silenciosa. Ele não se move até que Ahying indaga, do outro lado da porta fechada, se pode se retirar.

— Pode — responde Zanhua, com excessiva rispidez. Só alguns minutos depois ele volta a falar: — Não entendo por que fez isso. Depois de todas as oportunidades que lhe dei, todas as chances de melhorar.

— E eu melhorei! — vocifera Yuliang. — Sou a melhor da classe!

— Se essa é a sua ideia de aperfeiçoamento, então está mais desorientada que... — Ele não termina a frase; cerra os olhos. — Livre-se disso.

Ela ergue a cabeça.

— *O quê?*

— Livre-se disso. Ou eu mesmo o farei. Não vou deixar que faça... que faça isso consigo mesma. De novo.

Essas duas palavras, *de novo*, têm o efeito de um tapa.

— Fazer de novo o quê? — pergunta ela, bem baixinho.

Ele abre os olhos.

— Virar uma prostituta.

Sabia que Pan Zanhua diria isso, talvez por ser a única coisa que ele *pudesse* dizer. Ainda assim, é com sacrifício que sussurra:

— Você não devia ter dito isso.

— *Você!* — grita o marido. — Agora tem a ousadia de me dizer o que *eu* não devo fazer! *Você!* Que... — Aproxima-se dela, com os punhos cerrados. Yuliang pergunta-se se ele finalmente vai bater nela. Sente uma estranha satisfação quando o pensamento lhe ocorre, pois, se o fizer, certamente sofrerá mais que ela.

Em vez disso, ele vai para o outro lado. Toma a atitude que mais a magoa: erguendo o braço, tira o quadro do cavalete.

— *Pare!* — Yuliang atira-se à frente. O marido empurra-a, com tamanha força que ela rodopia em direção à parede. Quando a jovem torna a erguer-se, é afastada de novo. Em seguida, ele pega o abridor de cartas de jade da mesa. Segurando a lâmina, volta-se para a imagem pintada. — *Não*, Zanhua, *por favor...*

— Não vou aceitar. Você é minha *esposa*. Ordeno que pare com isso. — Afastando-a com uma das mãos, posiciona o abridor no alto da tela. — *Fique aí.*

Porém, usando uma técnica aprendida na Casa, da qual nem se lembrava, Yuliang dá um golpe, com a mão esticada, no pescoço dele. Quando o marido cambaleia para trás, ela se atira no chão, protegendo a pintura. Zanhua recupera-se. Uma estranha dança se desenrola, enquanto ele tenta desviar do corpo vestido para perfurar o despido.

— *Pare!* — Ela arranha a mão dele. — Você não sabe, não sabe o que está fazendo.

— Estou fazendo o que devia ter feito há muito tempo. Pondo um basta nesta loucura.

— Está machucando o nosso *filho*.

Pan Zanhua solta uma risada áspera.

— Ousa comparar essa... essa *imundície* com um filho?

— Eu não estou falando da tela!

Um silêncio estupefato. Devagar, ele se abaixa, ajoelhado.

— O que foi que disse? — pergunta o marido. Ela pestaneja e, em seguida, leva as mãos à barriga. — É verdade?

E, por incrível que pareça, é.

Yuliang assente debilmente, revendo mentalmente os sinais reveladores de forma fria, como se repassasse para ele os exercícios de caligrafia que faltam fazer. As oscilações de humor, excessivas até mesmo para alguém com a personalidade forte dela. As dores de barriga e o inchaço. A náusea e a azia, que atribuiu ao fato de sempre se alimentar mal quando pinta. A sensação dolorida nos seios, que a incomodou e depois passou há duas semanas. E, também, o mais óbvio — como é que ela pôde ignorar? —, a menstruação, que simplesmente não veio.

Como se isso não bastasse, há ainda a tinta, a aguarrás e até mesmo o café que agora a fazem sentir enjoo. E também as idas frequentes à latrina, do lado de fora da casa, o que, até este momento, ela disse a si própria serem causadas por estar tomando chá demais para tentar evitar a crescente fadiga. Na semana passada, atribuiu esses sintomas ao estresse. É somente neste momento, com Pan Zanhua ali, com a imagem nua de si mesma por trás e o corpo vestido tiritando de medo, que ela finalmente se dá conta da verdade colossal.

Movendo-se com cuidado, o marido coloca o abridor de cartas de volta na mesa.

— Quantos meses?

— Eu acho que quase... quase três.

— Finalmente o nosso filho... — O tom de voz mal contém a emoção. — Foi na minha última visita.

Yuliang anui, com tristeza. Lembra-se vagamente da caixa vazia de chá Seis Fadas, que compra do boticário Lin, em Fouzhou Road ("Ideal para a retirada de sementes indesejadas do organismo"). E de ter pensado: *Só um dia. De qualquer forma, é bem provável que eu nem possa engravidar.* Cometeu o erro típico, contra o qual Jinling sempre lhe alertou: confiar no ciclo menstrual irregular.

— Você não devia estar no chão — diz Pan Zanhua, estendendo a mão. Com hesitação, Yuliang permite que ele a levante. Assim que fica de pé, ela se curva para examinar a tela.

Atrás dela, o marido anda de um lado para o outro, fazendo planos.

— Você vai para Tongcheng quando o semestre terminar. Não vejo motivo, inclusive, para que continue aqui.

Ela o fitou.

— Eu tenho provas!

— Mais um motivo para sair antes de concluir o semestre. Precisa ir para um lugar mais seguro e tranquilo. Mais saudável para o bebê. — Vira-se em direção à porta. — Pode comunicar para o diretor Liu amanhã. Você não tem muita coisa para levar, tem?

Yuliang novamente agacha-se e pega a pintura, aturdida. Contempla os próprios olhos na imagem.

— Não — responde, com suavidade.

— Ótimo. — Ele começa a caminhar para a porta. — Podemos contratar uma empresa de mudança antes que eu vá embora. Vou ligar para Qihua.

— *Não!* — repete ela.

— Você não quer contratar uma empresa?

— Eu não vou me mudar.

Pan Zanhua franze o cenho.

— Mas você acabou de dizer...

— Vou ficar até a exposição de professores e alunos.

Ele dá uma risada breve.

— Não está falando sério! Para quê?

— Eu não posso simplesmente ir embora. O que o diretor Liu diria?

— E eu? O que você pensa do que *eu* digo? — Ele lhe virou as costas. Seu rosto estampa uma expressão intrigada. — Yuliang, você acha mesmo que ao fazer isto, ao se *despir* diante de todos eles, será finalmente respeitada?

— Eles me respeitam.

— Não respeitam não — retruca Pan Zanhua.

— Como é que você sabe? — ela quase grita.

— Porque você é uma mulher. Além do mais, é uma órfã e concubina. E antes disso... — Faz um gesto em direção ao quadro. — Tem um milhão de motivos para eles nunca a respeitarem. Esse só vai ser mais um.

— Este não é o meu passado — diz Yuliang, indignada. — É o meu futuro.

— É o *meu* futuro também. Sabe que vão usar isso contra mim. Você se lembra de que sua reputação quase me fez perder a posição em Wuhu.

Mas ela se recorda apenas da ignorância dele; de sua crença incrivelmente ingênua de que podia desfilar com ela pela cidade sem sofrer consequências. Porém, limita-se a perguntar:

— Será que dá para você se lembrar de que eu também tenho uma posição agora?

Ele ri.

— Posição? Você é uma *estudante*. De uma arte que ninguém na China compreende.

— Sou uma *artista* — contesta ela, de forma resoluta. — Uma artista de Xangai. E este — ela toca na tela — é o meu *trabalho*.

Por um longo momento, ele apenas a encara. Então, abaixa a cabeça. Quando volta a falar, o tom de voz é neutro e bastante cauteloso:

— Pois bem. Eis uma escolha para a artista de Xangai. Ou fica com seu quadro. Com essa sua *posição*. — Respira fundo. — Ou mantém a posição de minha esposa.

Por um instante, Yuliang não tem certeza de haver ouvido bem. No entanto, o olhar dele não lhe deixa dúvidas. *Zanhua o faria*, pensa ela, estupefata. Ele a abandonaria na rua, grávida do filho dele. E nenhum tribunal de Xangai negaria ao marido esse direito. Afinal de contas, ela não é nem mesmo uma esposa, mas uma concubina. Uma escrava, na verdade. Nada mais.

Durante alguns momentos, o mundo para. Em seguida, devagar, ela segue rumo à porta, com *Beldade saindo do banho* debaixo do braço. O marido fica imóvel enquanto ela caminha, depois para, depois volta a andar. À soleira, ela para mais uma vez. Ele nem pestaneja.

No corredor, Yuliang encosta a tela no chão apenas o suficiente para pegar a jaqueta forrada pendurada no gancho. Escuta com atenção de novo: nenhum som. Então prossegue, passa pelo bordo japonês do quintal e pelo portão, dirigindo-se às sombras compassivas de Ocean Street.

DURANTE QUASE DUAS horas Yuliang vaga pela Cidade Velha, sua expiração formando lufadas semelhantes a nuvens no frio da noite. Mal se dá conta de que atravessou Suzhou Creek e seguiu ao longo das fileiras verdejantes de salgueiros em Bubbling Well Road. Passa pela pista de corrida deserta, pela Universidade de St. John e pelas casas em estilo Tudor dos taipanes e mercadores, com os leais porteiros russos em posição de sentido. Por fim, sobe em um bonde que vai para o norte. Olhando sem expressão pela janela, ela permanece ali durante duas, talvez três viagens antes de o motorneiro informar com gentileza que o carro elétrico não circulará mais hoje. Quando sai, não faz a menor ideia de onde está. Não até ver as lanternas vermelhas de Fouzhou Road.

É o início da tarde de terça-feira no bairro dos bordéis, porém já há bastante movimento. Passam marinheiros meio embriagados, soltando gracejos em cantonês. Japoneses de faces vermelhas deixam-se levar pela libido e pelo jovem guia, cuja fala híbrida é cheia de sotaque: "Podem pega carne de primeira em casa mulher, hã, tudo rápido, talvez 2, quem sabe 3 dólar? Ali melhor são que vadias rua, né?"

Alguns homens observam Yuliang com curiosidade ao passar. Ela os ignora, fitando a ligeira protuberância da própria barriga. Como está bem escondido, este convidado indesejado. Pressiona com as mãos a região, esperando senti-lo. Não consegue, claro. E a forma como sua carne cede — não passa daquilo, afinal de contas: apenas carne, apenas *pele* — é estranhamente reconfortante. Aperta a si mesma, distraída, como se estivesse moldando uma porção de argila. Após alguns momentos, percebe que a região ficou dolorida. Em vez de parar, pressiona ainda mais. Logo está dando cotoveladas na barriga.

Uns marinheiros franceses passam por ela com seus uniformes infantis de colarinho e listras.

— Ei, *mademoiselle* — grita um. — Você querrr se divertirrrr *avec moi*?

No entanto, o que ressoa na mente da jovem é a ordem do marido: *Livre-se disso*. As palavras giram em sua cabeça enquanto ela bate com mais força em si mesma. *Livre-se disso. Livre-se disso*. Alheia à multidão que se junta, ela tira a jaqueta e se levanta para se jogar contra o recosto do banco. Golpeia a si mesma por cinco minutos, a boca enchendo de bile.

— Ela está louca — diz alguém. — Chamem a polícia.

Yuliang escuta as palavras como em um sonho. Não obstante, nunca se sentiu tão sã. Cada arremetida é um salto em direção ao futuro, cada pontada um prenúncio da vitória. A barriga agora arde, e as delicadas costelas encheram-se de hematomas. Ela se sente mais centrada e determinada que em qualquer outro momento de sua vida. Quando mãos fortes seguram seus ombros, a jovem luta ferozmente.

— Deixe-me. Deixe-me em paz.

Porém, como não a soltam, ela fica quieta, mas somente até que tirem as mãos dela. Então, atira-se de novo contra o banco.

— *Aiya* — exclama um sujeito, pegando-a e carregando-a no ombro.

— *Meu quadro* — grita ela.

— Como é que deixam essa gente perambular na rua desse jeito?

— *Por favor* — pede Yuliang, em soluços. — Pegue o meu quadro!

— Ela não se parece com as outras — comenta o outro homem. — Tem certeza de que ela é mulher da vida?

— Lá no Portal da Esperança eles vão saber — afirma o primeiro. — Melhor levar a moça logo. O que é isso, senhorita? Uma pintura? Ah, seu quadro. — Ele dá a volta. — Deve estar se referindo àquilo.

O parceiro pega *Beldade saindo do banho* com cuidado. Aos poucos, abre um largo sorriso.

— Claro — comenta. — É mulher da vida sim.

Vinte e sete

UM BANDO DE GENTE MOVE-SE em sua direção, como gafanhotos à cata de novas safras. São dezenas de pessoas, de olhos brilhantes e lábios úmidos. As mulheres usam maquiagem pesada e os homens são corpulentos e ruidosos. Não se trata dos observadores que ela costuma ver em exposições; mais parecem testemunhas de uma execução. Barulhentos e agitados. Alguns já ébrios por causa do vinho abominável, servido por Liu Haisu. Parada ao lado de seu quadro, Yuliang consegue distinguir os sussurros condenatórios do outro lado da sala. "Pornográfico." "Deplorável."

A princípio, tem vontade de sair correndo. Porém, em vez disso, sorri. (*Sorria, sorria.*) É, afinal, o que o diretor Liu lhe mandaria fazer. "Nós, artistas, somos pecadores", afirmou ele em uma entrevista concedida há pouco. "Estamos sempre atrasados e somos egocêntricos. Dormimos com as esposas uns dos outros. Mas o único pecado que um verdadeiro artista nunca comete é pedir desculpas por seu trabalho."

No entanto, parece óbvio que estes observadores querem muito mais que um pedido de desculpas.

— Vadiazinha! — grita um sujeito. — Sorrindo enquanto mostra as tetas como uma porca. Só tem um lugar para uma mulher de baixo escalão como essa!

— E aqueles *pés*! — vocifera uma mulher. — Lembram um peixe grande caído! Por que tirar os sapatos?

— Quantos anos você disse que a moça tinha?

— Não mais que dezesseis!

Gargalhadas estridentes. Sentindo o pânico aumentar, Yuliang recua. Está quase encostada na tela quando ouve outra voz, desta vez familiar. Excessivamente gentil e traiçoeira.

— Por favor, senhores. Deixem-me passar. — A multidão abre caminho para uma mulher gorda de vestido vermelho. Abanando-se velozmente, ela vai até Yuliang. Com as mãos no quadril, examina-a. — Está magra demais — anuncia a Madrinha. — Vai ser levada pelo primeiro vendaval que passar.

Yuliang acompanha o olhar de ódio que é dirigido ao seu corpo e percebe, chocada, que está tão desnudo quanto o da pintura. E, de fato, magro demais. Tal qual o de um viciado em ópio. Igual ao das vítimas da fome no norte. A pele se estende sobre a estrutura esquelética do abdome, fina como seda. Horrorizada, cobre o ventre com as mãos.

— É o bebê — explica, defendendo-se. — Come tudo.

Os penduricalhos da bolsa da madame tinem em falsa aclamação quando a Madrinha dá um passo à frente.

— Não minta. Sabe o que acontece com moças que mentem para mim.

Os observadores, pressentindo violência, aproximam-se.

— Dê o que ela merece! — brada alguém.

— Passa a moça pra cá quando acabar! Eu pago 20!

— Eu pago 30!

Yuliang curva o corpo ao sentir o primeiro golpe. Cai no chão, e, então, que ouve outra voz: "Xiuqing."

O ar cheira a cinza, a algo cítrico e a cedro antigo.

Yuliang tira as mãos dos olhos. A visão da figura magra indo ao seu encontro parece liberar algo preso em seu peito.

— Mamãe? — sussurra. — Mãe. A senhora voltou.

Ela vai depressa até a filha, trajando a roupa de brocado mais bonita. Um véu prateado cobre-lhe a face. Porém, Yuliang a reconheceria em qualquer lugar: as mãos delicadas e macias, a postura perfeita. Levanta-se, feliz, para saudá-la. No entanto, a figura magra deixa os braços caírem ao lado do corpo. Olha para *Beldade saindo do banho* e, em seguida, para Yuliang.

— Filha? — pergunta, levantando o véu. — Xiuqing. O que foi que você fez?

A jovem artista tem a sensação de que lhe jogaram um balde de água fria. Porque, embora o corpo — a roupa, os dedos, a postura ereta — seja de sua mãe, os olhos não são. Estes não possuem pupila. Não têm cor. São tão brancos e sem alma quanto a neve.

YULIANG LEVANTA-SE DE forma abrupta, com a respiração ofegante. Põe a mão no peito. Sente que o vestido de algodão e a roupa íntima colam no corpo, por causa do suor. Quando por fim recobra-se e olha para o relógio de pulso, vê que são apenas 2h30 da madrugada. Dormiu menos de uma hora.

Com a boca seca, ela deixa-se cair de novo no catre, levando as mãos pensativamente à barriga. A pele continua suave e tesa, sem marcas de sua ida ao aborteiro russo na Concessão francesa. Por um instante, sente uma dor, um vazio, mais emocional que físico — um eco da estranha tristeza que a dominou após o procedimento. Sentando-se, ela evita pensar mais no assunto, tentando concentrar-se em algo mais agradável: na pré-estreia da noite anterior, o "vernissage". Ela lembra-se da evidente animação de Liu Haisu com sua participação. Ao ver *Beldade saindo do banho*, ele a colocou em primeiro lugar na ordem de exposição. "É sobre ela que vão falar", comentou o diretor, com satisfação. "Vamos facilitar as coisas para que contemplem a obra de queixo caído."

E até Yuliang, tremendo em virtude do nervosismo e da falta de sono, meio apavorada com o que estava prestes a fazer, teve de admitir que ele tinha razão. Diante dos demais trabalhos — paisagens, naturezas-mortas, alguns retratos tradicionais —, *Beldade saindo do banho* chega a ser quase um fenômeno. Os tons de carmim, laranja, rosa e roxo cativavam mais os observadores que os de cinza esfumaçados dos outros expositores. E o olhar franco de Yuliang nua sem dúvida alguma dominava o ambiente.

Além disso, a posição de destaque da obra estimulou o ressentimento que alguns dos colegas de Yuliang sentiam por ela. A postos perto do quadro, ela entreouviu os sussurros e viu as risadinhas maliciosas. Sentiu a inveja tomar conta da sala, mais adstringente que o odor de verniz. Não ficou surpresa quando sua inimiga, a filha do mercador, foi até ela, com a face tão rígida e pintada quanto seu autorretrato (totalmente vestida), que o diretor Liu pendurou em um vão.

— Madame Pan — disse a moça, com suavidade. — Meus parabéns. Um lugar tão destacado... Acho que muitos homens vão querer comprá-la. — Olhando de esguelha para a obra de Yuliang, acrescentou: — Tenho certeza de que o seu *marido*, claro, vai ficar orgulhoso. A primeira esposa dele vem também?

Javali ou não, Yuliang quase deu um tapa na cara dela, mas a possibilidade de expulsão a impediu de fazê-lo, o que não significava que não estivesse encolerizada quando o diretor foi vê-la no ponto escolhido para *Beldade saindo do banho*.

Liu Haisu deu-lhe uma taça de vinho cheia, com leve odor desagradável, e, em seguida, ergueu a cabeça, pensativo. Yuliang supôs que ele estava reexaminando o quadro. Entretanto, quando o fitou, os olhos sorridentes dele observavam a artista, não sua imagem.

— Coragem, minha cara. Pense em como Manet deve ter se sentido antes de expor *Almoço na relva* no Salon des Refusés. E ainda Sargent, com *Retrato de Madame X*.

— E veja o que aconteceu depois. — Tendo acabado de estudar para a prova de história da arte europeia, ela sabia como os dois trabalhos haviam sido alvo de escárnio, no início.

— Com certeza. Os quadros despertaram um público adormecido. E agora são estudados por todo amante de arte no mundo inteiro. — Sussurrando, Liu Haisu acrescentou: — A brancura cadavérica da tez de Madame X, tão inquietante quarenta anos atrás, hoje em dia é vista como, no mínimo, puramente genial.

— Você leu meu trabalho?

— Foi incluído entre os que eu teria de avaliar este ano. — Agitou o vinho com habilidade, como se aquele ato pudesse melhorá-lo. — Sem sombra de dúvida, sua escrita melhorou muito.

Yuliang fez uma careta. Recordou-se do primeiro trabalho que fizera, dois anos antes — aquele que Pan Zanhua terminara, depois que ela resistira teimosamente até duas horas antes da aula. Foi uma humilhação que prometeu a si mesma não repetir: em um semestre, aprendera quinhentos ideogramas novos.

— Quer dizer que eu passei? — perguntou ela, naquele momento.

— Eu aprovo as pessoas com base na arte, não nas palavras. — Ele esvaziou a taça de vinho. — Para mim, você passou no dia em que fez o exame de admissão. Por que outro motivo eu teria desconsiderado aqueles chatos conservadores, que não queriam aprovar você? — Fez um gesto em direção à taça de vinho dela. — Beba. Vai ajudar.

Foi o que a pintora fez — e a bebida ajudou mesmo. Não obstante, sete horas depois, ela agora volta a sentir tudo de novo: a câimbra e as palmas das mãos úmidas de puro terror. Não pela primeira vez, pergunta-se se está cometendo um erro. Espera controvérsia, claro. Mas e se seu trabalho for recebido com nada mais do que puro ultraje? E se sua carreira terminar antes mesmo de começar? Supõe que Pan Zanhua ficará aliviado — embora ele, claro, jamais seria grosseiro a ponto de admiti-lo. É um dos acordos tácitos da reconciliação dos dois: não falarem da pintura dela. Tal como não mencionam o feto abortado.

O PORTAL DA ESPERANÇA, o local para onde os policiais da Concessão francesa levaram Yuliang naquela noite, é um abrigo para prostitutas, situado em Nanjing Road. No interior da clínica de paredes caiadas, um médico alemão carrancudo examinou-a e fez perguntas com o auxílio da enfermeira chinesa. "Andou bebendo?", indagou a mulher. "Fuma? Usa cocaína"? E, dali a pouco, franzindo a testa: "Sabia que está grávida?"

Yuliang desviou o rosto.

— Livre-se disso — sussurrou ela.

A enfermeira se limitou a fazer o sinal da cruz e a balançar a cabeça.

Eles lhe deram um calmante e abriram uma ficha. Continuaram a fazer inúmeras perguntas: "Sabe que dia é hoje?" "Tem ideia de onde está?" "Pode nos dar o nome de alguém que poderia vir buscar você?" A primeira pessoa que lhe ocorreu foi Guifei, porém, ela estava fora, visitando parentes por causa do feriado iminente. Chen Duxiu achava-se em Pequim, e Ahying e Qihua procurariam Pan Zanhua de imediato.

De forma que ela não disse nada. Em meio ao torpor provocado pelo láudano, simplesmente esperou e observou o consultório ficar cheio de moças.

Algumas entravam arrastando-se e sangrando, com os vestidos ordinários rasgados. Outras caminhavam com afetação, trajando cetim e casacos de pele falsos. Algumas eram mais velhas, as faces sombrias sob as rugas profundas e os hematomas azulados. Outras eram tão jovens que poderiam ainda brincar de boneca. Uma delas, de 13 ou 14 anos no máximo, havia sido amarrada a uma cama e alimentada com sobras de comida, como um cachorro. Quando o médico alemão tentou tocá-la, ela foi correndo até o outro lado do consultório. Sentindo-se mal com a familiaridade de tudo aquilo, Yuliang fixou o olhar no quadro horrível pendurado na parede: a lavagem dos pés de Jesus Cristo.

Os olhos da jovem que os lavava tinham um formato amendoado, seu corpo era malfeito e seu tom de pele, sem graça. A perspectiva estava quase comicamente distorcida. E, apesar de todo o desdém de Yuliang, ela acabou se lembrando de outros pés, machucados e quebrados, em uma pequena bacia. Das mãos brancas de Pan Zanhua massageando a pele pútrida e as juntas despedaçadas. Das horas passadas encorajando-a ("Respire fundo; caminhe junto comigo") enquanto, passo após passo agonizante, ela capengava pela casa, reaprendendo a caminhar.

Por fim, Yuliang caiu em um sono irrequieto, cheio de imagens intermitentes do passado. Pensou ter visto Jinling sorrindo para ela, sussurrando: "Escute, Yuliang. *Escute*..." Viu Wu Ding entorpecido pelo ópio. "Está vendo só?", perguntava ele, pronunciando as palavras de forma inarticulada. "Você é muito inteligente. Pode se tornar o que quiser..." Ela cerrou os olhos tentando afastá-lo, mas acabou sentindo as mãos macias em seu pulso. "Yuliang, Yuliang, minha querida, acorde."

— Não me *toque*! — Afastando-se, ela abriu os olhos exaustos de novo, deparando-se desta vez com o marido.

Pan Zanhua achava-se diante dela, com a face abatida e pálida, a maçã do rosto esquerda suja, mais uma vez, de tinta. Os cabelos estavam desalinhados, com pontas rígidas viradas para três lados diferentes.

Confusa, Yuliang tentou sentar-se.

— Como...?

Ele encostou o dedo nos lábios dela.

— O quadro. Você colocou o nome e o endereço atrás.

Ela fitou-o por alguns instantes, esforçando-se para entender tanto as palavras quanto a incrível reviravolta da noite — o fato de que a própria obra que os afastara mais cedo de alguma forma os reaproximara.

— O bebê — disse Yuliang, finalmente. — Eles se recusam a tirar o bebê. Mas eu não quero... Não posso...

— Shhh — pediu ele de novo. — Está tudo bem. A gente vai ter outros.

Ela não se recorda de haver falado mais nada. Lembra-se apenas da forma como ele a abraçou. E de seu calor: como lhe transmitia segurança, permitindo que voltasse a dormir profundamente.

Vinte e oito

NO DIA DA EXPOSIÇÃO a nata da sociedade comparece, uma mistura de indivíduos abastados e chineses *connaisseurs*. Os homens trajam ternos elegantes e gravatas discretas. As mulheres, todas de pó de arroz e fazendo beicinhos, os vestidos ornados com os galões e as fivelas em voga na esteira da Primeira Guerra Mundial. De modo geral, não parecem em nada com a multidão grosseira do sonho de Yuliang. Não obstante, nos momentos iniciais, o coração dela vai à boca toda vez que alguém contempla seu quadro.

Ouvem-se risadinhas e gargalhadas, veem-se enrubescimentos e expressões de espanto.

— Devia se envergonhar — diz uma matrona. — Nem o seu marido podia ver tanto do seu corpo de uma só vez.

Já um sujeito examina o quadro com olhos arregalados e, em seguida, convida Yuliang para passar o feriado em Hongzhou.

Entretanto, bem mais desagradável é a primeira oferta que ela recebe por seu trabalho. Não é feita por um homem, mas por um casal de novos-ricos de Xangai.

— *Dah-ling!* — exclama a esposa, usando o anglicismo que está na moda nos círculos sociais elegantes. — É perfeito para a sala. Combina perfeitamente com a *chaise*.

— Hum, não sei se aqueles tons de marrom vão combinar com a otomana. — O marido semicerra os olhos, meditativo. — A gente pode pôr no salão de bilhar.

— Ou no toalete do terceiro andar — sugere a mulher, já pegando a bolsa. — Em cima da banheira? Quando terminarem as instalações? Poderia ficar interessante...

— Sinto muito — interrompe Yuliang, sem conseguir aguentar mais. — Não está à venda.

— Não está à venda? — A esposa se vira para o marido, aturdida.

— Claro que está — afirma ele. — Em Xangai, tudo está à venda.

— Isso não — ressalta a artista (embora tenha vontade de dizer: *Eu não estou.*)

A mulher dirige-se a ela, genuinamente intrigada.

— Então, por que pintar?

Yuliang observa-a: o corte curto impecável, as unhas feitas, o *tailleur* francês perfeito, de algodão leve. Só a roupa e o penteado de hoje devem ter custado mais que todo o guarda-roupa da pintora. Porém, o que Yuliang sente por ela não é inveja, mas pena. *Você está morrendo de tédio*, pensa de repente. *E nem sabe disso.*

Yuliang informa com delicadeza:

— Desenho porque sou uma artista.

A maioria dos observadores, no entanto, demonstra sua apreciação com comentários mais positivos. "*Charmante! Une belle image — très poteau-impressionniste!*", exclama uma francesa que só depois Yuliang vai saber que se trata de uma jurada. Um norte-americano de ponjê lhe dá um aperto de mão como se a mão dela fosse uma alavanca de poço. Uchiyama Kanzo, o jovem japonês que administra a livraria onde Guifei e Xing Xudun participam de reuniões, sugere que ela pendure o quadro em sua loja. Talvez o mais encorajador seja o cônsul francês, também um dos três principais jurados do evento. Um sujeito de tez rosada com uma faixa de cabelo brilhosa cuidadosamente penteada de uma orelha à outra, monsieur Delafleur passa quase cinco minutos diante de *Beldade saindo do banho*, observando e piscando como se algo houvesse caído em seus olhos.

— A senhora estudou no exterior? — pergunta a Yuliang, finalmente, recorrendo ao tradutor.

— Não, *monsieur.*

— E como fez isso? Com espelhos?

— Uma mistura de espelhos e lembrança. — Ela baixa os olhos, preferindo não o fitar enquanto ele a imagina pintando dessa forma.

— Deveras surpreendente — comenta, por fim, olhando-a de alto a baixo mais uma vez.

Há reações calorosas por parte dos visitantes chineses também. Quando Lo Jialiang, uma famosa mecenas dos artistas de Xangai, esposa de Silas Hardoon, para a fim de ver o quadro, Yuliang empertiga-se. O tremor dos olhos da velha enquanto avalia a artista e sua roupa traz-lhe a desagradável lembrança da Madrinha. No fim das contas, entretanto, a conhecida socialite declara que ela é (ou talvez sua pintura) "promissora", comentário devidamente anotado pelo repórter do *Shenbao,* que segue a patrona. Ele fotografa *Beldade saindo do banho* e, em seguida, quer saber o que Yuliang acha do sufrágio feminino e do amor livre. A artista diz ser a favor do primeiro e contra o segundo. O rapaz dá um sorriso cético, escrevendo o tempo todo.

— Espero ver mais trabalhos seus daqui para a frente — comenta ele, ao se afastar. — Tenho a impressão de que Xangai vai querer mais de madame Pan.

Conforme as horas vão passando e a tensão aumentando, a ansiedade vai se transformando em uma animação irrequieta. A única coisa que a desanima é a ausência de Pan Zanhua. Ele lhe enviou um telegrama para avisar que sairia de Guanzhou, onde Sun Yat-sen presta juramento como presidente interino. O trem deveria ter chegado à uma, porém já são quase quatro. Quando ela já está se perguntando se ele chegará a tempo, vê uma figura elegante atravessando com determinação a sala. Feliz, ela vira-se para saudá-lo, mas então percebe que não se trata do marido e sim de um sujeito de expressão sombria, com a mesma compleição. Vem acompanhado de três homens.

Ao avançarem pela sala lotada, ignorando os demais trabalhos e artistas, param de forma agressiva próximo a Yuliang.

— Este quadro é seu? — Yuliang esquadrinha a sala, à cata de Liu Haisu. Porém, o jovem diretor não está por perto. Tampouco os guardas russos que ele contratou para a ocasião. — Responda! Estuda na academia?

— E onde mais estudaria?

Virando a cabeça, o sujeito dá uma cusparada no piso assoalhado e encerado. O muco vai parar, verde e brilhoso, perto do dedo do pé de Yuliang.

— Errou — sussurra ela.

— *Você*, senhorita, é uma desgraça para o seu sexo, seus antepassados e seu país. E isso daí — faz um gesto em direção a *Beldade saindo do banho* — é algo nojento que se passa por arte. Você tinha de ser expulsa, exilada e jogada na cadeia como uma prostituta comum. Deveria levar uma surra até aprender a ter respeito.

As palavras, pronunciadas tão alto que se espalham pela sala, atingem o objetivo desejado: as pessoas se viram, sobrancelhas erguidas. A filha do mercador dá mais uma de suas risadinhas presunçosas. Pelo canto dos olhos, Yuliang vê os professores Hong e Chin cochichando. *Venham*, deseja ela. *Venham me ajudar*. Porém, Hong dá a volta e sai apressado da galeria.

— Você é uma desgraça — prossegue o acusador. — Tinha de ser julgada e surrada por pornografia. — A respiração dele é entrecortada, ofegante. Yuliang dá um passo para trás, com uma terrível sensação de *déjà-vu*: espera, de certa forma, que a Madrinha se materialize ao lado do homem, próximo ao tenso ombro esquerdo dele.

Mas, em vez disso, ela sentiu um enorme alívio ao ver o professor Hong de novo e constatar que, desta vez, ele vem em sua direção, com Liu Haisu ao encalço. Abrindo caminho em meio à multidão, o jovem fundador da academia coloca a mão com rudeza no ombro do sujeito.

— A exposição de hoje está aberta apenas para os amigos da arte, do progresso e da academia, mestre Jiang — informa o diretor, com frieza. — Não me lembro de lhe ter enviado um convite.

— Vim como amigo da cidade — retruca o agressor. — E do governador. Torcendo para que o senhor tivesse recobrado o juízo. Mas, pelo visto, não o fez. — Aponta para o quadro de Yuliang. — Encontrei, pelo contrário, obras piores que no ano passado. O senhor passou a corromper moças também.

— Pelo menos não as ataco. — Liu Haisu dá um meio-sorriso. — Ela representa tamanha ameaça para o senhor e o seu *governador*, a ponto de sentir necessidade de vir acompanhado dos gângsteres dele? — Seu tom de voz é extremamente sarcástico. Chen Jiongming pode se autodenominar governador, porém, na verdade, não passa do mais recente chefe guerreiro a controlar a cidade caótica.

— Ela é uma ameaça para o decoro público. Saiba que faremos um relatório completo. Para o governador Chen, o ministro da Educação, as autoridades das administrações provinciais. Se necessário, até para o presidente. — Ele põe a mão no bolso e tira um panfleto. — Isto resume nossos planos para uma nova lei, que dará um basta nessa imundície.

O diretor Liu dá uma olhada no folheto antes de jogá-lo no assoalho.

— É o que vamos ver. Para ser sincero, não acho que sua "lei" tenha muita chance em Xangai. Nossos verdadeiros líderes preferem progredir a retroceder. — Vira-se de modo enfático para a entrada. — Por enquanto, tenho uma academia para administrar. E o senhor é, oficialmente, uma *persona non grata* aqui. Como acredito já ter deixado claro no passado.

Os guardas reapareceram misteriosamente atrás do jovem diretor. Ali permanecem, com uma animosidade reconfortante. O agressor dá uma última olhada no quadro de Yuliang. Mas é a Liu Haisu que dirige suas últimas palavras antes de ir embora:

— Pode se preparar. Ainda vou vê-lo fechar as portas.

— Antes disso vou vê-lo num barco a vapor, afundando e indo para o inferno — diz Liu Haisu confiante.

Depois de constatar a retirada do sujeito, ele agacha-se e pega o panfleto do piso. Em seguida, amassa-o bem e entrega-o ao guarda. — Queime isto. — Então, dirige-se à pintora: — Eles não chegaram a provocar estragos, chegaram?

Ela balança a cabeça, embora as pernas continuem a tremer.

— Quem são eles?

— Assassinos hipócritas. Não é a primeira vez que fazem uma cena dessas. — Ele indica, com o queixo, o professor Hong, que foi até a mesa dos jurados. — Pelo menos não quebraram nada. No ano passado, implicaram com o professor Yang e provocaram um escândalo por causa de *Jovem próximo ao espelho*. Quebraram algumas das esculturas dos alunos também. Não lembra?

Yuliang assente, apesar de, na verdade, ter quase esquecido. Na época, supôs que os manifestantes eram um bando de bêbados. Meneando a cabeça, olha de esguelha para a porta dupla da galeria, esperando ver Pan Zanhua. Em vez dele, vê Tang Leiyi, o repórter do *Shenbao*, escrevendo concentrado em seu caderno. A pintora empalidece.

— *Aiya*. Vai sair nos jornais agora!

O diretor Liu acompanha seu olhar.

— Claro! — diz ele, animadíssimo. — Que ótimo. — E sai apressado de novo, com a mão estendida.

A jovem pintora fita-o por alguns momentos e, em seguida, esfrega os olhos. *Talvez seja melhor Pan Zanhua não vir*, pensa, cansada. *A última coisa de que ele gostaria é fazer parte de tudo isso*. E até mesmo Yuliang tem de admitir que qualquer esposa que faz o marido passar pelo que ela o fez passar é exatamente o que o homem a denominou: uma desgraça.

— Madame Pan?

Ela pestaneja, deparando-se com o olhar caloroso de Xing Xudun, seu vizinho, igualmente artista.

— Desculpe — diz ela, distraidamente. — Não vi você chegar.

— Já vi que perdi os fogos de artifício — brinca, abrindo um largo sorriso.

Yuliang dá uma risada acanhada.

— Eu me expus ao ridículo, bem na frente dos meus superiores.

— *Le grands ne nous paraissent grands que parce que nous sommes à genoux. Levons-nous!* — declara ele. — "Nossos superiores só aparentam ser poderosos porque estamos de joelhos. Levantemo-nos!" Foi o que os bonapartistas disseram ao invadir a Bastilha.

Ela sabe que ele estuda francês, matemática, história e técnicas de manufatura na nova Associação Educacional Sino-Francesa, uma escola na Concessão francesa.

— Você deve estar tirando boas notas — diz Yuliang.

— Só vou bem nas matérias e nos assuntos de que eu gosto.

— Como francês?

— Como a revolução.

Ela olha-o rapidamente, meio espantada com a palavra. Porém, ele ri de novo.

— Sabia que me deram o visto?

— Não diga! Então você vai?

— Em agosto. — Ele arrasta um dos pés no assoalho. — Talvez a gente se encontre na França.

O rapaz o diz com hesitação, o que, por algum motivo, comove Yuliang.

— Duvido que me queiram depois do que aconteceu hoje — diz ela, tocando no pequeno javali de jade que leva no bolso. — Você vai ficar em Montargis, não é? É longe de Lyon... ou não? Está vendo como conheço pouco?

— Espero ir para Lyon também. Ouvi dizer que não tem mais lugar para a gente no programa de estágio de Montargis. Um aluno da minha província me mandou uma carta e contou que quase não tem trabalho, nem camas, para os estudantes que ainda vivem lá. Acho que ele e vários outros estão dormindo no escritório da administração. Alguns recorreram até a tendas no térreo do prédio.

— Então por que continuam a enviar estudantes?

Xudun dá uma risada.

— O problema seria se eles tentassem impedir a gente de ir. A oportunidade de viver na França vale mais que algumas noites mal dormidas. — Fitando-a, acrescenta: — Ainda mais em boa companhia.

Yuliang desvia o olhar, sentindo o rosto enrubescer levemente. Observa o quadro e, impulsivamente, diz:

— Mas você ainda não me disse o que acha do meu quadro.

O jovem perscruta a pintura sem o menor constrangimento. Quando se vira para ela, o sorriso sumiu da face.

— Sem dúvida alguma, é o mais bonito daqui. — Faz-se um breve silêncio. Então, ele olha para o relógio. — Tenho de ir. Aula de metalurgia. — Ele volta a sorrir. — Que pena que não vou estar aqui para ver você ganhar.

— Não vou ganhar — diz ela, ofegante.

— Vai sim. Estou sentindo que vai. E a gente vai tomar café. *Un café, s'il vous plaît.*

Virando-se com elegância, Xing Xudun tira um chapéu imaginário, imitando o gesto do filme mais recente de Charles Chaplin. Enquanto ele se retira, Yuliang imagina-o andando a passadas largas ao estilo de Cézanne em campos verdes. A imagem a distrai um pouco, até ela se lembrar do que estava pensando antes disso. O sorriso desfaz-se no rosto, e ela procura por Pan Zanhua. *Por favor, venha*, pensa a jovem, sentindo um estranho desespero, como se a chegada dele fosse uma espécie de sinal dos céus.

E então, simplesmente, ele aparece.

Está parado à entrada, maleta de viagem na mão. Com aparência esbaforida, o marido acena e caminha rumo a ela. À medida que ele se aproxima, Yuliang tem vontade de se posicionar bem diante de *Beldade saindo do banho*, para impedir que o olhar estressado dele se concentre no quadro. Evidentemente, ela não o faz. Aguarda imóvel feito uma pedra. E, no fim das contas, ele mantém os olhos grudados nela, sem desviá-los para a esquerda nem para a direita.

— Quase que não chego — comenta, apertando apressado a mão da esposa. — Os trens para Xangai estavam lotados após o feriado. Tiveram de colocar metade de nós no que saía mais tarde.

Ele parece tenso e exausto. Yuliang não sabe se ele ouviu algo a respeito do manifestante.

— Que bom que você está aqui. Daqui a pouco vão dizer se nós ganhamos ou não.

Yuliang não saberia explicar por que falou *nós*, e não *eu*. Tampouco por que se volta para o quadro e aponta para ele. É um impulso diferente do que a levou a fazer com que Xudun prestasse atenção em sua imagem; seus sentimentos são outros neste momento. O coração bate acelerado, como se Pan Zanhua não só fosse seu marido mas também um dos jurados. E, quando o olhar dele não desvia — negando-se a fazê-lo — do rosto da esposa, uma pequena parte dela sente, de súbito, como se já tivesse perdido.

Felizmente, contudo, essa sensação dura apenas alguns instantes. Logo a voz nítida de Liu Haisu ressoa na galeria.

— Senhoras e senhores! *Mesdames et messieurs!* — Ele olha diretamente para Yuliang, um amplo sorriso estampado no rosto. — Um minuto de atenção, por favor. Temos a satisfação de anunciar os resultados de hoje.

Em todo o ambiente, os presentes se voltam para observar: não com desdém e cobiça e sim com expectativa e animação. *Não consigo*, pensa Yuliang, estonteada e aterrorizada. *Nunca mais vou conseguir me mover*. É como se pinos de ferro prendessem seus pés no chão.

Porém, o marido põe-se ao seu lado e segura-a pelo braço.

— Venha — murmura ele. — Venha comigo.

E, passo a passo, ele a ajudou a atravessar a galeria, afastando-se de *Belda-de saindo do banho* rumo à decisão dos jurados.

Parte VII

L'ÉCOLE

As águas são azuladas, as plantas, róseas; a tardinha, bela de se ver;
Costumamos passear;
as grandes dames *saem para caminhar,*
com as petites dames *ao encalço.*

— NGUYEN TRONG HIEP, PARIS,
CAPITALE DE LA FRANCE:
RECUEIL DE VERS (HANÓI, 1897)

Vinte e Nove

França, 1923

EM JULHO, YULIANG DEIXA LYON e suas tradicionais ruas de indústrias e instituições financeiras e embarca em um trem rumo ao norte, à capital. Responde educadamente às perguntas do cobrador, com seu francês ainda rústico. Ignora o olhar descontente da passageira ao lado, uma matrona de cabelos loiros, quase brancos. Uma das coisas que aprendeu nos últimos dois anos foi usar as atenções indesejadas como desculpa para mergulhar nos próprios pensamentos. Tira o livro da bolsa e abre-o, protegendo-se de olhadelas e sentindo certa satisfação ao pensar no título, o qual, ao contrário dela, é claramente francês.

Trata-se de *O que é arte?*, de Tolstói, uma edição recém-lançada, que Xing Xudun enviou para ela quando ele chegou lá. Embora o francês de Yuliang tenha melhorado bastante, a leitura ainda é trabalhosa, e, no final, ela mal passa da dedicatória em chinês: *Eu me lembrei da nossa primeira conversa quando achei este livro. A ideia de vê-lo em suas belas mãos de pintora me enche de alegria. Aguardo ansiosamente, ainda, o há muito esperado café.* S'il vous plaît.

Porém, o que Yuliang busca não são essas frases um tanto ousadas, nem o texto do livro em si, mas o que foi guardado no meio das páginas: uma carta, escrita em chinês, mas com selo de Paris. Ela a pega, examinando com satisfação os ideogramas graciosos. Exceto pela descrição de Liu Haisu, que chamou

Xu Beihong de falastrão e dândi, não sabe muito sobre ele. Mas, se o velho provérbio que diz que pintura e caligrafia fluem do mesmo pincel for verdade, o trabalho dele deve ser, de fato, impressionante.

Yuliang relê a carta, checando os detalhes do encontro marcado pelo jovem pintor no dia seguinte. Será às 11h30; se ela tiver sorte, pensa, talvez ele lhe pague o almoço. A boca saliva ao se lembrar do sanduíche *croque-monsieur*. Desde que o governo de Anhui cortou sua bolsa, há seis meses, só comeu presunto ou carne algumas vezes.

Voltando a guardar a carta nas páginas ainda intocadas de *O que é arte?*, ela fita, esfomeada, a capa por um momento. Então, sentindo o olhar da matrona de novo, volta a atenção para a vista lá fora.

Trata-se do tipo de paisagem adorada por Millet: pinheiros verdes formando a tonalidade mais escura do espectro do verão; as figuras reluzentes e indefinidas dos camponeses labutando nos campos cor de trigo; casinhas de tom carmesim queimado passando depressa em um ritmo que chega a ser cômico, sob nuvens tão claras e brancas quanto algodão. A paisagem é tão adorável quanto qualquer uma que tenha sido imaginada na sala de aula apertada e cheia de fumaça de Xangai. No entanto, como Yuliang já está ali há quase três anos, também lhe parece comum. Sem a interpretação da pintura, não se vê paisagem — apenas terra. Bem mais interessante é seu reflexo na janela: uma jovem de olhar sóbrio, cuja imagem se esvaece em trilhos que conduzem, em ritmo constante, para oeste.

XU BEIHONG ATRASA-SE praticamente uma hora para o encontro; apesar disso, nem faz menção de se desculpar. Assim que chega, chama o garçom que passa com um gesto régio, muito condizente com seu sobretudo de veludo vermelho. Pede um café *noisette* para si e acrescenta à xícara meia jarra de leite, bem como vários torrões de açúcar. Observando-o, Yuliang nota o contorno suave de seu maxilar e os lábios cheios, ambos contrastando com o nariz marcante e largo. Jinling, pensa ela, teria gostado do rosto dele. Diria que seu nariz vaticinava força nos negócios, e a boca e o queixo, uma fraqueza pelos prazeres.

— Então — começa a dizer o pintor, sorvendo a bebida leitosa — quer dizer que quer estudar aqui. Mas na sua carta você insinuou que havia alguma complicação.

— Isto aqui vai explicar melhor do que eu. — Ela tira outros dois papéis que leva no livro de Tolstoi. Um é o breve comunicado de sua não aceitação na Beaux Arts. O outro, ainda mais curto, enviado pelo governo de Anhui, informa que suas duas bolsas foram canceladas.

Xu Beihong lê rapidamente um, depois o outro. Yuliang recosta-se, tentando analisar a cultura dos cafés parisienses, algo que não teve tempo de fazer em sua rápida passagem por ali antes. É, de fato, bem diferente de Lyon. Enquanto observa, um homem com fantasia de arlequim passa depressa, entregando um bilhete para uma moça sentada do outro lado do estabelecimento. A jovem lê a mensagem e manda um beijo lânguido para o remetente. Sua roupa parece um uniforme militar masculino; debaixo do braço, a moça carrega um poodle, como se fosse uma bolsa. Considerando as fivelas douradas e o sueterzinho com acabamento em pele de cobra, sem dúvida alguma o cachorro está muito mais bem-vestido que a dona. Ou, pensa Yuliang, secamente, até mesmo que ela própria.

— Estudou no novo Instituto Sino-Francês? — pergunta ele.

A pintora volta a se concentrar.

— Só por seis meses, antes de passar para a academia de arte de Lyon.

— Tempo bastante para se cansar dos exercícios de gramática e das incontáveis lições sobre boas maneiras às refeições — tamborila na mesa. — Estava lá durante as manifestações?

— Estava.

— Participou?

— Não. Mas apoiei. — Quando ele arqueia uma das sobrancelhas, ela explica: — Eles tinham razão. O cônsul chinês disse a eles que garantiria a admissão de todos.

— Pelo que escutei, não foi bem essa a versão dele.

Yuliang coloca a xícara na mesa.

— Ele é um covarde e um mentiroso.

O pintor dá a impressão de estar se divertindo.

— Não devia ser mais cautelosa? Sabe-se lá, ele pode ter colegas neste café.

— Se tiver, não são meus amigos. — Ainda assim, ela passa os olhos pelos frequentadores. A jovem de roupa em estilo militar dá folhado de amêndoas ao cachorro, partindo pedaços com as unhas pintadas de dourado antes de meter as porções na boca com gengivas escuras do animal.

— Alguma vez você adoça as suas palavras? — pergunta Xu Beihong, esticando-se para pegar o açúcar de novo.

— Fiz isso uma vez. Mas aprendi que não dá para pintar com açúcar.

Ele dá um sorriso largo e caloroso que parece iluminar a atmosfera ao seu redor.

— *Touché*. Vai se sair bem aqui, *mademoiselle*.

— Madame — corrige ela.

— Isso aí — diz ele, desinteressado. Bate de leve nos bolsos e pega a cigarreira manchada. — Essa história do cônsul — prossegue, colocando um Gauloise na boca e guardando o porta-cigarros sem oferecer um. — Ouviu-a direto dele?

Yuliang assente.

— Um amigo meu da academia, que veio da facção de Montargis, foi até Lyon.

— E contou para você que tinham mentido para ele.

— Todos disseram isso. Eu acreditei neles. — Ela dá um sorriso triste, ante a lembrança. — Embora naquele tempo eu mal pudesse crer que estava na França.

— E esse seu amigo... era um dos radicais?

— Era um estudante, como eu. Ou como... qualquer outra pessoa. — Yuliang ia dizer *como você*, mas, considerando que o jovem artista havia se formado em belas-artes no ano anterior, ela pressente que ele ficaria ressentido diante da insinuação de que são iguais. Afinal, Xu Beihong já expôs em duas galerias e se tornou *protégé* do realista Dagnan-Bouveret. — Acontece que o governo cortou a bolsa do meu amigo. O trabalho dele na fábrica de automóveis em Montargis pagava bem menos que o salário mínimo para se viver, então, imagine se teria condições de arcar com as despesas de instrução. De qualquer forma, nem tempo de estudar ele tinha.

Ela olha para o café. Está ótimo, benfeito e amargo, muito mais forte que a infusão tingida de preto que vem consumindo desde que lhe cortaram a verba. No entanto, o que vê, contemplando-a, não é aquele líquido precioso, mas os olhos calorosos de Xing Xudun encarando-a, sem pudor nem reservas.

NA ÚLTIMA VEZ QUE O VIU, ela estava correndo de um lado do campus para o outro, a cabeça repleta de rostos e frases ainda pouco familiares. Suas papilas gustativas pareciam ter se tornado insípidas em virtude da grande quantidade de manteiga que vinha consumindo; à noite, a ausência de Pan Zanhua era como um golpe a cada dia. O surgimento repentino de uma multidão de estudantes chineses gritando lhe deu a impressão de haver voltado para casa, e, quando ela abriu caminho para se dirigir à aula de francês, acabou sorrindo em face da animação deles. Todos a saudaram em uma mistura de dialetos, francês e até mesmo um pouco de alemão. Ofereceram uma cerveja e um chocolate. Um cartaz também.

— Não posso — explicou, rindo. — Com licença, por favor.

Porém, fez uma pausa ao se dar conta, pela primeira vez, da imagem no cartaz que acabara de recusar: duas mãos fortes entrelaçadas, contornando o globo.

Ela ergueu os olhos.

— Quem... — começou a dizer. E, de súbito, viu Xing Xudun, tão alto quanto uma estátua, à sua frente.

— *Levons-nous!* — gritou ele, e abriu os braços para lhe dar as boas-vindas.

A hesitação de Yuliang levou-o a ficar imóvel por alguns instantes, tal qual um pássaro enorme. Então, ele deixou cair os braços, porém sem parar de sorrir.

— Quando você chegou? — perguntou ela, radiante.

— Hoje de manhã. O cônsul Chen pagou a nossa viagem. Está apoiando a luta para que consigamos boas colocações aqui. — Alguém gritou seu nome do outro lado do gramado repleto de estudantes. Xing Xudun acenou, o braço longo estendendo-se no céu brilhante de outono. — Vá com calma, sim? — vociferou ele em resposta. — Os outros nem chegaram ainda. — Virou-se para Yuliang. — Onde instalaram você?

— No alojamento feminino. — Fez uma careta. — Com cinco outras moças. E você?

— Isso é o que viemos resolver — explicou, animado. — E, se tudo correr de acordo com os nossos planos, talvez a gente possa ir tomar aquele café, por fim.

— *Xudun!* — Os amigos chamaram-no mais uma vez. — A gente precisa desse cartaz, companheiro!

Ele segurou o cotovelo dela.

— Olhe, você estará livre amanhã, lá pelas quatro?

Na verdade, Yuliang tinha uma aula de etiqueta e cultura francesa nesse horário. Pensou um pouco a respeito e, em seguida, disse:

— Estou.

— Ótimo. — Ele sorriu mais uma vez; ou talvez, simplesmente não houvesse deixado de fazê-lo. — Eu geralmente preciso de um café às quatro. A gente se encontra aqui, então. *S'il vous plaît.* E saiu caminhando, com largas passadas, pelo campus de gramado bem cuidado.

Yuliang foi para a aula em um estado de felicidade antecipada. À noite, porém, não pôde evitar a ligeira sensação de culpa que sentia quando o via, apesar de haver dito a si mesma que não havia motivo para tanto. *É apenas Xudun. A gente vai só se encontrar para falar de arte.* Para se reconfortar, recitou o poema de Li Qingzhao, "Flor vermelha de ameixeira", três vezes e, depois, fez uma lista de assuntos acadêmicos para discutirem. Passou a manhã seguinte e o início da tarde no Museu de Belas-Artes — de Lyon, fazendo cópias de quadros de Van Gogh que queria mostrar a Xudun no encontro. Às três e meia, colocou os desenhos na bolsa e voltou depressa, chegando ao local do encontro um pouco antes das quatro.

Xudun, no entanto, não estava por lá, tampouco os demais manifestantes. A grama havia sido danificada e os cartazes encontravam-se amassados, rasgados e manchados. Pontas de cigarro espalhavam-se pelo gramado como neve suja. Quando Yuliang perguntou o que tinha acontecido, o velho faxineiro que estava limpando a bagunça simplesmente apontou para o alojamento masculino. Foi então que viu a fila de viaturas estacionadas diante do dormitório. Quando tentou passar pela multidão, um policial impediu-a.

— Vá para casa, chinesinha. Nem chegue perto desses desordeiros de rostos amarelos.

Foi só muito depois que Yuliang soube do que ocorrera pelos jornais franceses: ao serem ameaçados de expulsão da universidade, Xudun e mais sessenta estudantes se trancaram no alojamento masculino, gritaram palavras de ordem, cantaram o hino nacional da França, "A Marselhesa" e, por fim, penduraram uma faixa com o desenho de uma figura com os olhos vendados, esboçada por Xudun, com os cabeçalhos *La Justice* e 正义, seu equivalente em chinês. Então, foram enviados para uma sala de espera em Marselha e, em seguida, mandados para casa em barcos a vapor do serviço postal francês. Um dos manifestantes chegou a se enforcar, envergonhado.

Durante meses, indo entorpecidamente da aula de gramática à de história e depois à de etiqueta, Yuliang supôs que esse havia sido também o destino de Xudun. Apenas quando recebeu uma carta sua soube que ele e vários outros ainda se encontravam em Marselha. Receberam ajuda do Partido Comunista Francês, com o qual fundaram a filial europeia da Associação da Juventude Comunista Chinesa. "Eu não me considerava um radical antes", concluiu ele, com sua caligrafia bonita, seus ideogramas em tom escuro. "Mas, se é o que querem de mim, então, *par Dieu*, é o que vão ter."

NESTE MOMENTO, Yuliang mexe o café, sorrindo como quase sempre faz ao se lembrar dessa afirmação entusiasmada. Até mesmo agora, considera-a mais doce que radical. Afinal de contas, apesar de toda a rebeldia dele e das suas conversas sobre a "revolução", esta é a impressão que sempre tem de Xudun: um rapaz meigo.

— É difícil para todos nós — diz Xu Beihong, tomando sua mistura açucarada. — Não chegamos na condição de americanos ricos, para comer, beber e dançar *le Charleston* a noite toda. — Faz um gesto em direção a uma mesa em que há um grupo deles, conversando alto com suas vozes ressoantes. — Temos de abrir o nosso caminho. Temos de trabalhar.

— Meu amigo só estava tentando fazer um curso para poder sobreviver e estudar.

— E não conseguiu.

— Foi o sistema que não permitiu. Deixou a todos nós na mão. — Yuliang fita Xu Beihong com tranquilidade. É óbvio que este assunto o enfada. Ela resolve escolher outro, que, a seu ver, será mais agradável para ele: — É verdade que você vai expor de novo em outra galeria?

Tal como esperado, ele deixa a sisudez de lado e sorri, satisfeito.

— Quatro obras, até agora. E eles ainda estão pensando na possibilidade de incluir mais cinco quadros. — Recosta-se, efusivamente. — Mas quero saber mais de você. Como conseguiu ser transferida para a Lyon Beaux Arts tão rápido?

— O diretor Liu Haisu me ajudou a cuidar de tudo. Conhecia alguém lá.

— Liu Haisu. — Pronuncia o nome como se já o houvesse escutado antes, e Yuliang contém um sorriso. Em Xangai, Xu Beihong e Liu Haisu se tornaram famosos rivais quase tanto quanto o são Picasso e Matisse na Europa. Diz-se até que quando o diretor fundou sua associação de pintura Cavalo Celestial em Xangai, Xu Beihong lançou a própria na França, a Associação do Cão Celestial, assim chamada porque cachorros atacam cavalos. Agora que conhece Beihong, Yuliang acredita totalmente na história. Tem a ver com o nível de arrogância que seria de esperar de um homem usando veludo vermelho. — Quer dizer que *monsieur* Liu mexeu seus pauzinhos para que você entrasse em Lyon? Mas acho que a influência dele não chega a Paris. — Ele diz isso com aparente satisfação. Pegou o outro papel, contendo o comunicado da rejeição de Yuliang por parte da Beaux Arts. — "Bom desempenho, sobretudo na coloração" — traduz ele, com uma facilidade que provoca inveja na pintora. — Não é tão ruim assim. A maioria das pessoas nem passa pelo exame de admissão inicial. Ainda são três dias de testes: perspectiva, pintura de retratos, desenho arquitetônico etc.?

— Acho que fui bem até a parte oral. — Interrogada sobre história da arte renascentista por um homem que poderia ter se sentado com Marat nos tribunais revolucionários, Yuliang sentiu o próprio francês se desintegrar, cada palavra duramente conquistada. Tudo o que pensou que havia aprendido, todas as frases, as datas e os jargões arquiteturais, esvaiu-se como papel de arroz confeitado derrete na boca.

— Quem foi o idiota? — pergunta Beihong.

— Lambour. Ou Lambourg. Algo assim.

— *Ah, oui.* Claude Lambourdière. — Ele revira os olhos em desdém. — Um talento insignificante. Conseguiu esse emprego porque expôs com Pissarro, nos velhos tempos. O que é meio irônico, já que Pissarro nem chegou a frequentar a Beaux Arts. — Ele olha de esguelha para o portfólio que ficou encostado na perna dela durante a conversa dos dois. Yuliang o trouxe de sua *pension* pela manhã, apesar de temer que ele considerasse sua atitude ousada. — Posso...?

A pintora assente, sentindo de súbito a boca ficar tão seca quanto a própria pasta de papelão. Xu Beihong folheia o conteúdo, o cigarro pendurado nos lábios franzidos.

— O problema — diz ela, contendo uma onda de ansiedade — é que mesmo se eu tivesse sido aceita pela Beaux Arts, ainda precisaria de bolsa. O governo cortou a minha também. Está fazendo isso com todo mundo. Acho que precisa de cada centavo para combater os senhores da guerra.

Fazendo uma pausa para observar uma paisagem ao estilo de Cézanne, o rapaz dá uma risadinha. Felizmente, não ri do trabalho dela.

— Ninguém que não tenha nascido aqui vai receber um centavo da Beaux Arts. É como tentar tirar um osso da boca de um cachorro. — Ele passa por vários outros desenhos, fitando cada um com experiência e intensidade, antes de apagar o segundo cigarro, que ainda está pela metade. — Impressionante — afirma, empurrando a pasta de volta em direção à perna dela. — Mas recomendo que vá ao Louvre de imediato para receber uma boa dose de Prud'hon, Delacroix e Rembrandt. Você tem de se concentrar na forma. É a essência da arte. Afinal de contas, pinta com doçura, madame Pan. — Ele chama outro garçom, que carrega uma bandeja com tortinhas. — E por falar em comida, quão importante ela é?

— Perdão?

— Você está prestes a se mudar para a capital culinária da Europa. Alguns dizem até que é a do mundo, embora eu tenha de admitir que preferiria que usassem mais sal. — Erguendo a leiteira, ele coloca o que sobrou na xícara. Um pouco do líquido derrama; a essa altura, menos um respingo que um vestígio opaco. Falando mais baixo, num tom conspiratório, o rapaz acrescenta:

— Aliás, nunca coloque sal no *foie gras*, por mais insípido que esteja. É falta de educação. Como pegar o último bolinho. — Ele leva a xícara melada à boca e sorve a bebida. — Você acha que eu estou brincando?

— Sobre o *foie gras*?

— Sobre a comida.

— E *está*? — pergunta Yuliang, meio aborrecida. Não faz ideia de aonde ele quer chegar com essa conversa. E, apesar de ela ansiar por uma refeição, Xu Beihong nem abriu o cardápio.

— Pense bem. O que é mais importante: um bom quadro ou um bom pedaço de carne? Ou, aliás, um daqueles vestidos exuberantes do Poiret que a minha esposa vive mostrando para mim?

— Um quadro, claro.

Ele sorri de novo, daquele jeito lânguido e meloso. Mais uma vez, Yuliang sente um absurdo enrubescimento de prazer. Trata-se de um homem, percebe ela, de súbito, que joga seu charme como um ás da espada; é sua arma secreta.

— *Sans aucun doute*. O bife deixa você de barriga cheia por um dia. O vestido vai lhe render elogios, ao menos para minha esposa, por uma semana. Mas, daqui a dez ou cem anos, o que você pintou — ele aponta para o portfólio — vai permanecer. Seus filhos, seus netos vão ver. Você tem filhos?

O garçom chega. Xu Beihong entrega-lhe a leiteira, embora Yuliang não entenda por quê, pois, a esta altura, o café dele praticamente já acabou.

— Ainda não — ela responde, e desvia o olhar. — Mas preciso de um pouco de comida para viver, não é mesmo?

— De um pouco, sim — admite ele, enquanto o garçom aparece de novo, para recolocar a minúscula leiteira na mesa, com um floreio. — E, como você vai descobrir, um pouco em Paris é bem mais caro que em outras partes. Eu e Biwei passamos um tempo em Berlim, no ano passado, achando que seria mais barato. — Ele coloca um torrão de açúcar na boca. — Claro que os preços *lá* estavam aumentando num ritmo assustador. Já ouviu falar no que aconteceu? — Ele quebra e mastiga o torrão ruidosamente. — O pão custava 1 ou 2 marcos no final da guerra. Mas já pediam 200 *bilhões* de marcos, ou mais, quando a gente foi embora. Os nossos amigos que tinham emprego recebiam os salários duas ou três vezes por dia, só para conseguir acompanhar a inflação. Ainda assim tinham de correr para comprar as coisas, até as básicas. — Ele balança a cabeça, com otimismo. — Mas a situação melhorou agora. Quer dizer, isso, se a pessoa tiver talento e souber de alguns truques, como evitar bombons, chapéus extravagantes e sapatos. Em alguns dias, talvez até muitos, nada de jantar. Se fizer tudo isso, vai se sair bem, como eu.

Ele tem um acesso de tosse intermitente e profunda, que, para alguns, teria solapado sua afirmação. O garçom aparece como um gênio de lâmpada, com um copo d'água na bandeja.

— Quanto à Beaux Arts — prossegue Xu Beihong, depois de tomar alguns goles —, no fundo, continuam não querendo ninguém que não tenha nascido aqui. Quando abrem uma exceção para alguém, dão à pessoa a função de *extraordinaire*, e não de estudante. Alunos propriamente ditos são só os franceses de sangue puro. Os poucos que restaram depois da guerra, claro. — Ele termina de tomar a água. — E você sabe que, mesmo se ganhar a competição mais importante dessa escola, o Prix de Rome, não ganhará o prêmio. Nem a quantia em dinheiro.

Após terminar o café, ele faz sinal ao garçom e, em um francês tão desenvolto quanto sem sotaque, pede *um petit pot* de água quente. Em seguida, volta a se dirigir a Yuliang:

— Então, não inclua isso no seu orçamento — acrescenta ele, em chinês.

O garçom volta com uma chaleira de água fumegante.

— Algo mais, senhor?

— Não. Obrigado, André. — O jovem pintor tira do bolso da jaqueta algumas notas que parecem, suspeitosamente, com as que ela viu do lado de fora, deixadas como gorjetas nas mesas por clientes. Enquanto Xu Beihong dedica-se ao preparo da mistura leitosa, Yuliang fita seu prato e seus talheres, lembrando-se das primeiras semanas lúgubres em Lyon. *Garfinhos para saladas. Garfos para carnes. Faca para cortar carne, não para passar manteiga. Colher para sopas ou sorvetes, nunca para o prato principal. Não a lamba quando for usá-la. E não toque nos utensílios à sua frente, a menos que vá utilizá-los.*

Yuliang pega a colher de sopa e a examina. O que vê é o próprio rosto, embaçado. De cabeça para baixo.

— Meu marido quer que eu volte para casa — revela, do nada.

— Minha esposa quer que eu pare de comprar quadros. Minha galeria quer que eu pague a comissão. O mundo sempre vai querer que a gente gaste nosso dinheiro de forma diferente, que pense diferente. — Aponta o dedo para ela. — O que *você* quer?

— Ficar. — A resposta sai sem a menor dificuldade, uma pequena parte de sua alma. — Gostaria de viver aqui. Pintar aqui. Mais nada. Mas, se a Beaux Arts não me aceitar...

— Vão aceitá-la.

Yuliang olha fixamente para Xu Beihong.

— Como? Não fui aprovada no exame de admissão.

— Sempre tem mais de uma entrada na toca do coelho. Se a pessoa souber onde procurar. Já ouviu falar de *étudiants libres*? São substitutos, na verdade. Mas, se você tiver disciplina e se relacionar bem com o *maître de session*, vai acabar tendo uma instrução tão boa quanto a de qualquer francês. — Ele termina o pão e limpa os dedos delgados com o guardanapo. — E, embora eu não tenha como conseguir uma bolsa para você, posso ajudá-la a encontrar um lugar barato para ficar. Não precisaria pagar muito. — Contempla-a, pensativo. — Sabe bordar?

Ela fica surpresa.

— Um pouco.

— Biwei faz alguns trabalhos para o Grands Magasins du Louvre. Sabe, lenços, echarpes, gravatas, esse tipo de coisas. É trabalho manual, claro, mas paga bem.

Sem querer Yuliang entesa-se, recordando-se da mãe. Os dedos longos e habilidosos, os gloriosos jardins tecidos. *Não é como montar um Renault*, tem vontade de dizer ao jovem pintor.

— Claro que, se não for o que você quer... — diz ele, interpretando mal sua expressão.

— Não! — A jovem tenta sorrir. — Eu... eu nem mereço tudo isso. Ficaria muito grata...

Xu Beihong balança a cabeça, com complacência.

— Em troca, eu só pediria que se lembre de mim quando conhecer alguém útil.

— Útil?

— Ah, críticos. Pintores importantes. Não *marchands*. Na minha opinião, o objetivo deles é sugar a vida da arte, tal como todos nós a conhecemos. — Ao sondar o estabelecimento, a face dele se anima em um piscar de olhos. — *Allo!* Fujita! — grita para duas pessoas que acabaram de se sentar. A mais baixa e mais morena vira-se para eles. É só então que Yuliang se dá conta de que aquilo não é uma mulher e, sim, um oriental com um corte de cabelo radical, óculos redondos e argolas brilhantes e douradas em ambas as orelhas. Ele acena para Beihong e, em seguida, volta-se para a companheira. — Fujita Tsuguharu — explica Beihong, ao se virar para ela.

— *Aquele ali* é o Fujita? — O homem, nota ela, também está usando batom.

— Em carne e osso, como se diz. Gosta que o chamem de Leonard Foujita, aqui. — Xu Beihong chama o garçom. — Acho o estilo de pintura dele meio suave demais. Muitos gatos e muitas mulheres magras. Mas as linhas dele são incríveis. E, além disso, ele é muito bem relacionado.

E, pelo visto, muito bem-sucedido. Enquanto Yuliang observa, com inveja, o artista japonês pega várias tortas de um carrinho de doces. Para sua surpresa, seu estômago ronca. Ela cruza os braços na barriga, de imediato.

— Você está bem? — Xu Beihong fita-a, achando engraçado.

— O quê? Ah. Claro que sim. — Tenta evitar ficar vermelha. — Estava pensando naquele velho ditado, que diz que não se pode desenhar um bolo e depois comê-lo também.

Ele deixa escapar um grunhido.

— Um dos favoritos de Biwei. Eu escutei esse ditado muitas vezes lá em Berlim.

— E o que dizia para ela?

O pintor endireita um pouco mais o corpo frágil.

— Que se eu desistisse da minha arte, acabaria consumindo os meus sonhos. E sonhos extintos são algo pior do que a fome. São um veneno.

Xu Beihong olha fixamente para Yuliang por alguns instantes. Em seguida, lambe a colherzinha, consumindo os últimos grãos de açúcar com óbvio deleite.

Trinta

NÃO SÃO AINDA 8H30, e a porta do Amphitheatre d'Honneur foi deixada entreaberta. Os sons típicos da manhã ecoam na Cour Vitrée: ruídos de cavaletes sendo abertos e de bancos se arrastando no assoalho empenado.

— *Alors!* Isso daí é um rapaz? Mais parece um macaco! — zomba alguém.

— Você quer dizer sua namorada! — A segunda voz é gutural, com consoantes suaves e vogais delicadas. Yuliang reconhece o italiano ao lado do qual sempre trabalha nas aulas.

— Qual delas? — pergunta o francês. — A sua mãe?

— *Vaffuncuolo! Vai in culo!*

Yuliang, parada do lado de fora com os outros substitutos, contém um sorriso fatigado. Evidentemente, não sabe o que o italiano disse. Mas parecia muito uma imprecação. A jovem pintora tem a impressão de que gostaria da Itália.

— Senhores! — Uma terceira voz, neste momento: é Vincent, o assistente do professor, encarregado de cobrar as mensalidades, chamar os substitutos, marcar os horários das modelos, enfim: manter a ordem no ateliê. — Se quiserem brigar, por favor, vão até o Julian — aconselha, fazendo menção ao ateliê mais barato de Paris, pertencente a um pintor que é famoso por ser desordeiro; o ateliê fica do outro lado da cidade. — Caso contrário, por favor, deem um aperto de mãos e recomecem a pintar. — Volta a se concentrar na lista de chamada. — Baudin!

— *Oui.*

Ruído de moedas. A mensalidade, 300 francos, equivale a três quartos do que Pan Zanhua envia a Yuliang. Ao pagá-la, ela sempre sente uma onda de frustração ao ver o pouco que lhe resta para as quatro semanas seguintes. Ainda mais frustrante é o fato de que, por mais cara que seja, a mensalidade não lhe garante o ingresso nas sessões, embora ela costume ser sempre a primeira da fila dos substitutos. O que, em si, não é uma tarefa simples: em face das leituras, que ela leva dias apenas para traduzir, e das encomendas de bordados que a esposa de Xu Beihong lhe passa de tempos em tempos, Yuliang muitas vezes só vai dormir às três ou quatro da madrugada. Sobrevive com uma dieta de indigente: café, pão adormecido e, às vezes, frutas machucadas, compradas em promoção. Em virtude da inflação vertiginosa do pós-guerra e do iuane cada vez mais fraco diante do franco, ela teve até de parar de andar de metrô. Vai andando até a legação chinesa, com sapatos cujos buracos nas solas foram tapados com pedaços de lona. Não é nenhuma surpresa, portanto, ela viver, além de faminta, exausta, e pintar em uma espécie de transe apático. Ainda assim, as caminhadas lhe permitem observar ao redor. A fome dá um toque pungente à beleza já etérea da cidade. A quantidade de estilos, escolas e eras da arquitetura deixaram-na embasbacada no início. Porém, ao mesmo tempo, ela fica encantada com a forma como cada ideia arquitetônica parecia se harmonizar perfeitamente com o entorno. É um contraste grande com o amontoado urbano ao nível do mar de Lyon. Ou com o Bund de Xangai, onde o velho e o novo formam um conjunto desarmônico no litoral, membros conflitantes de algum gigantesco clã de concreto.

Mas, acima de tudo, ali há arte.

Arte por toda parte, pendurada placidamente nos *musées* da cidade, desconcertando em uma variedade de cores nas galerias e exposições. Chama atenção de seus nichos nas catedrais e nas paredes dos cafés, com os matizes escurecidos pela fumaça e pela gordura da cozinha. Na primeira semana que passou em Paris, Yuliang praticamente morou no Louvre e desenhou até o pescoço e os olhos doerem. Os pés e as pernas latejavam de tanto ficar em pé e caminhar. Em compensação, conseguiu abordar cada estilo por vez: clássico, renascentista, realista, romântico. Os azuis reluzentes e os tons de ocre de *A coroação da Virgem*, de Fra Angelico. O frágil e suave *Mulher com pérola*, de Corot. "Na China", escreveu ela ao marido, estupefata, "pinturas de tamanha grandeza ficariam encerradas em mansões e palácios. Aqui são penduradas como pimentas secando para o inverno! Qualquer um com 5 cêntimos pode ir ver e desenhar todas elas. Pode fazer o que quiser, na verdade, menos tocá-las."

Contudo, ela não sente a necessidade de tocá-las. Tal como não precisa de guias e professores para explicar secamente por que esses trabalhos são tão importantes. Todas as vezes que reproduz *Retrato de Baldassare Castiglione*, de Rafael, obra admirada por Cézanne, Matisse e Ticiano, fica ainda mais maravilhada com as habilidades do úmbrio. As linhas bem traçadas, o sombreado e os matizes perfeitos. A dois passos de distância, a pintura envolve Yuliang com uma intensidade que nenhum homem poderia superar. E ela, evidentemente, não revela *esse detalhe* a Pan Zanhua. Não só porque seria indelicado como também porque já desistiu de tentar transmitir a ele a forma como tais quadros a fazem se sentir. É o mesmo que tentar definir o indefinível: infinidade, intuição. É o mesmo que tentar definir com palavras exatas o amor.

Em vez disso, Yuliang faz pequenos desenhos de paisagens e monumentos para o marido: o Arco do Triunfo, a Sacré-Coeur, o Jardim de Luxemburgo. Diz nas cartas que sente saudades dele, o que é verdade, claro. "Ninguém aqui", escreve ela, "realmente me conhece como você... Queria que estivesse comigo no crepúsculo ontem, à tardinha, quando eu caminhava de volta para casa. Você teria gostado da vista... Ontem passei a noite tomando vinho e lendo o livro de poesias que você me deu. Sinto muita falta do nosso jogo poético..." Porém, mesmo ao escrever esse tipo de coisas para ele, ao endereçar a carta em duas línguas diferentes e levá-la à legação para postagem expressa, mesmo assim outra pontada de culpa a incomoda. Pois a grande verdade, a *principal* a ser admitida, é que nunca se sentiu tão feliz antes.

— Você está bem?

Yuliang para de contemplar o telhado de ferro e vidro do pátio. Sua amiga Fan Junbi a olha com preocupação.

— Estou bem — responde. — Por quê?

— Você estava tremendo de novo. E os seus olhos estão... estranhos. Vermelhos.

— Acho que ando cansada. Eu fiquei bordando praticamente até as duas da madrugada e, depois, traduzi aquele artigo para história da arte.

— Ah, Yuliang. Você sabe que podia ter lido a minha tradução. Levo metade do tempo que você leva.

Embora seja verdade, ela balança a cabeça.

— Tenho de fazer isso sozinha.

— Você é mais teimosa que um búfalo. — A amiga busca algo na bolsa. — O que você estava bordando?

— Lenços de seda para homens. *Le Louvre, Paris, 1924.* — A pintora ergue os dedos com melancolia: estão cheios de pontinhos minúsculos de tanto serem furados. — Também fiquei sem o meu dedal, que quase se embrenhou na minha própria pele.

— Coma isto. — Junbi pega da bolsa um pacotinho. Dentro do jornal dobrado há um *croissant*. O aroma parece a Yuliang uma fragrância celestial. É tão esplêndido e leve quanto um dos iluminados campos de trigo de Van Gogh. — O padeiro nos deu uma dúzia deles na hora de fechar, ontem.

— Mas você devia ficar com ele — protesta Yuliang. — Tem mais bocas para alimentar.

Junbi, que vive na França há quase uma década, mora com o marido, uma estrela em ascensão no Partido Republicano, com o filhinho e uma irmã sobrevivente; a outra, uma revolucionária dos primórdios do movimento contra a dinastia Qing, foi decapitada durante a primeira rebelião.

— A gente tem bastante — diz a outra. — Vou trazer outro para você amanhã.

Yuliang fecha de novo o pacote. Está faminta o bastante para devorá-lo ali mesmo, mas não é permitido comer durante a sessão. E, sem dúvida, não quer comprometer a posição duramente adquirida na fila ao saudar Vincent com a boca cheia de migalhas.

Às 8h45, ele aparece, com a prancheta e a boina.

— *Alors* — diz Vincent. — Pelo visto, tem muito aluno indisposto hoje. Se pagaram a mensalidade de novembro, todos vão poder trabalhar. — E, voltando-se para Yuliang, comenta: — A primeira da fila de novo, *mademoiselle* Pan.

— Madame — lembra-lhe ela. — Eu acordo cedo por força de hábito — acrescenta, tentando ao mesmo tempo evocar e traduzir um velho ditado sobre arrozais e crepúsculo antes de chegar à conclusão de que está cansada demais. Em vez disso, entrega a ele um punhado de notas e moedas.

Para a sua surpresa, no entanto, ele afasta dela a lata.

— *Vous savez* — explica, em voz baixa — que se precisa do dinheiro pode ficar com ele e me pagar depois.

Yuliang fita-o com cautela, perguntando-se se ele a está ridicularizando ou, pior, tentando seduzi-la, como já o fez certa vez, no semestre passado. Desta vez, porém, seus olhos de tom cinzento transmitem apenas uma compreensão sincera.

— *Maître* Simon me dá permissão de ajudar aos que precisam. Mas não se preocupe, mantemos um registro. — Ele sorri. — Pode nos pagar quando ficar rica e famosa.

Durante alguns instantes, ela considera a ideia. Trezentos francos equivaleriam ao novo tubo de verde-cádmio, cuja compra vem protelando. Poderia trocar o cavalete, que já perdeu diversos parafusos e oscila levemente quando ela dá pinceladas mais fortes no lado direito. E, claro, há o novo chapéu de inverno que ela quer. Talvez um chapéu de feltro com uma pena ou um broche reluzente. Yuliang o usaria bem enfiado, para acentuar a franja que ela mesma cortou e manter as orelhas quentes no vento frio de inverno... Contudo, enquanto pondera a respeito, outra voz traiçoeira e por demais melodiosa sussurra em sua mente: "Bonito, não é? Pode comprar. Só vou anotar no livro-caixa."

— Estou bem — diz, laconicamente. E joga o dinheiro na lata.

NO INTERIOR DO ANFITEATRO, todos estão concentrados. Os alunos pintam, absortos, em um semicírculo, diante do pedestal do modelo nu, os cavaletes dispostos nas marcas de fitas no piso. Raios de sol penetram pelas janelas altas, iluminando latinhas com pincéis e paletas de vidro, bem como os impressionantes afrescos nas paredes — retratos em tamanho natural de 75 das maiores personalidades ocidentais do mundo da arte. Todos homens: as únicas mulheres são as pintadas por Delaroche como os quatro grandes períodos artísticos: grego, romano, gótico e renascentista. Há também la Génie des Arts; viçosa, de seios expostos, ela distribui coroas de louros aos homens, que a ladeiam. A obra, feita de cera, ainda conserva resquícios de um incêndio de oitenta anos atrás. O umbigo da mulher derreteu e, na face da renascentista, formaram-se lágrimas viscosas, cor de fuligem.

Enquanto prepara tudo, Yuliang sente seu estado de ânimo melhorar, o que sempre ocorre quando sua mente se volta para o trabalho. Devora essas horas como antigamente devorava os doces que o tio se dava ao luxo de dar-lhe, geralmente após uma ausência injustificada. "Suas veias devem estar cheias de pasta de feijão doce, em vez de sangue", brincava o *jiujiu*. "Nunca vi uma sapequinha tão gulosa!" Ela nunca lhe contou que sua atitude esfomeada vinha mais de praticidade que de voracidade: eram muitos os presentes do tio que desapareciam assim que a sobriedade e as dívidas se assomavam de dia.

Neste momento, Yuliang checa o ângulo em relação ao modelo erguendo o pincel. Vincent remexe e ajeita o jovem até o membro do rapaz pender, tal como o fez ontem. No início, tal visão afligia tanto outra estudante chinesa que ela chegava a sair do anfiteatro. Já Yuliang sente menos constrangimento e mais comiseração pelo modelo. Não é possível que ele esteja ali por vontade própria — não tem mais que 14 anos, uma idade em que, tal como ela sabe muito bem, sujeitar o corpo à inspeção não é nada fácil. A postura curvada, os ombros agora largos, mas o peito é ainda mirrado, parecem-lhe um objeto de estudo incongruente. A penugem burlesca da adolescência sombreia os lábios cheios. São esses contrastes que Yuliang quer captar: as forças conflitantes da vulnerabilidade e da masculinidade, o pavor da maioridade e, ao mesmo tempo, a ânsia por ela.

Retirando o plástico da paleta, Yuliang reserva um momento — apenas um — para refletir sobre o fato de ela mesma nunca ter tido tais conflitos e de sua infância ter sido eliminada de uma forma tão brutalmente eficaz que ela mal notou que seu sofrimento a transformou numa mulher. Não costuma ficar remoendo o passado. Como disse certa vez ao marido, "nossas raízes estão no presente". E, nesta época específica, para o bem ou para o mal, não há outro lugar em que prefira estar.

Ela passa o pincel no vermelho veneziano e começa.

Trinta e um

Paris, 1925

MAIO CHEGOU EM UM PISCAR DE OLHOS, deixando o Jardim de Luxemburgo com matizes suaves de rosa, violeta e verde. Porém, enquanto os novos brotos se materializam, o mesmo não acontece com a mesada de Yuliang. A última vez que recebeu notícias de Pan Zanhua foi em um telegrama enviado no final de março, logo após a morte repentina de Sun Yat-sen: "A perda do general é um desastre. Fui transferido para Nanquim. Vou enviar detalhes e dinheiro após a mudança."

No entanto, isso foi há mais de cinco semanas. Ela não recebeu mais nada desde então. E tampouco surgiram bilhetes da esposa de Xu Beihong com ofertas de trabalho. Já nos últimos tostões, Yuliang aguarda — e se preocupa. Resta apenas mais um mês no programa da Beaux Arts, mas, mesmo se a mesada de Pan Zanhua chegar, ela mal terá condições de pagar a mensalidade. O salto de seu sapato quebrou e a pintora foi obrigada a comprar outro, bem barato. Ao custo de 20 francos, eles praticamente consumiram todo o seu orçamento de compras. Ela comeu as últimas latas de sardinha e pêssego, os últimos ovos cozidos e o que restou de macarrão, antes de recorrer a uma subsistência mais furtiva, escondendo aperitivos em vernissages, pegando maçãs machucadas descartadas por vendedores no fim do dia, aproveitando brioches abandonados por pombos nos parques. Yuliang sempre foi exigente com comida, sobretudo porque teve pouca escolha em outros âmbitos. Agora, entretanto, a fome severa a leva a comer qualquer coisa. Até mesmo queijo mofado e despedaçado, que lembra gesso e (conforme ela e Junbi costumavam brincar) cheira a faixas de pé usadas.

Felizmente, o clima mais quente facilita ao menos algumas coisas. Elimina a necessidade de carvão à noite e permite que uma luz mais adequada incida em seu cavalete por mais tempo. Os frequentadores dos restaurantes ao ar livre que se reúnem nas ruas Montparnasse e Vavin muitas vezes deixam pães e restos de comida nas mesas. Seguindo o exemplo de Xu Beihong, no caso das gorjetas, Yuliang os pega antes dos garçons. Ela continua a recusar a oferta de Vincent no que tange ao adiamento da mensalidade. No entanto, aceita que ele lhe dê a comida que sobra de cenários de natureza-morta. Faz da laranja um aperitivo e da pera, uma entrada, que corta em fatias bem finas com a espátula.

À medida que os dias se arrastam, ela tenta convencer a si própria que a fome é irrisória, nada pior que um resfriado ou uma dor de cabeça, e que haverá tempo de sobra para comer mais tarde, quando ela voltar para casa. Lembra-se das histórias contadas por sua mãe, que teve de comer casca de árvore e argila. Tenta tratar as sensações provocadas pela fome — a dor prolongada no estômago, a visão turva, as estrelas que parecem orbitar ao redor de seus olhos — como um luxo. Afinal de contas, como sensações, são preferíveis a várias das que foi obrigada a vivenciar na Casa. Além disso, há muitas outras questões em que se concentrar. O gradual domínio da pintura com a ponta da espátula, e do pontilhismo. O colorido fauvista. A série interminável de mestres esperando no Louvre. E, o mais alentador, o recente e inesperado encorajamento de Lucien Simon para que ela participe da exposição no Salon d'Autome.

O mestre, um conhecido defensor tanto de mulheres como de estudantes estrangeiros, parou em frente ao cavalete dela na semana anterior, em uma de suas lentas caminhadas pelo anfiteatro, durante as quais ele se detém e critica as pinturas dos alunos, um de cada vez. Com a maioria deles, faz correções e objeções, pegando um pincel ou um tento para ressaltar olhos ou dobras escuras. No entanto, quando chegou ao desenho de Yuliang, uma Maria Madalena de expressão sóbria, com base em uma reprodução em gesso da escultura de Michelangelo, ele apenas observou, os dedos longilíneos acariciando o cavanhaque bem aparado.

— O que temos aqui? — perguntou, por fim, apontando para uma das três cores principais.

— Amarelo cádmio, misturado com branco e verde cúprico claro.

Ele assentiu.

— Nada mal. E onde vai ficar a maçã do rosto?

Yuliang mostrou uma linha inclinada sob um dos olhos tristes de Maria Madalena.

— Ótimo. É preciso sempre buscar o osso. — Anuindo com a cabeça, o mestre foi até o estudante seguinte. Após a aula, no entanto, chamou-a a um canto. — Seu trabalho é muito diferenciado. Já pensou na possibilidade de apresentá-lo no Salon?

— Eu? — perguntou, atônita.

— Não devia ficar tão surpresa. Seus quadros têm um ar exótico e inovador. Estão buscando esse tipo de coisas hoje em dia.

Ela saiu da aula ainda mais aturdida que o normal. Entretanto, apesar do encorajamento dele, não consegue decidir qual será o tema. Todas as ideias que lhe vêm à mente não aparentam ser nem exóticas nem inovadoras a ponto de satisfazê-la, quanto mais os juízes da exposição.

O mais perturbador é que a mente e os olhos da pintora começaram a traí-la. Nas aulas, tem dificuldade de distinguir os tons básicos na paleta. Sua produtividade caiu. Não consegue mais se concentrar nas sessões. Senta-se durante as palestras e aulas em um estado letárgico, fazendo anotações — *sensibilité moderne, fruit dans le paradis, ouvriers se font passer comme des bourgeoises* — em uma mescla desconexa de francês e chinês que, depois, deixa-a totalmente confusa.

Por fim, um dia, enquanto trabalha com uma natureza-morta em aula — um vaso de tom azul-petróleo cheio de rosas com pétalas aveludadas —, a sala começa a rodopiar à sua volta. Quando baixa os olhos, o assoalho de pinho gasto dá uma guinada em sua direção, com as velhas marcas de fita e os respingos de tinta preta, salmão e violeta-berinjela sangrando e desvanecendo, para então surgir de novo, envolvendo-a em um arco-íris sombrio

YULIANG DESPERTA MOLHADA DE SUOR, na própria cama diminuta. Uma panela de metal de algum alimento foi deixada em sua mesa de pintura, bem como vinho, pão, queijo e um bilhete em francês:

> *O médico disse que você simplesmente tem de se alimentar e descansar. Por favor, fique em casa na segunda-feira. Prometo que conseguirá compensar a aula perdida depois.*
>
> *Vincent*

Ela levanta-se e ergue a tampa da panela. A gordura endureceu como cera sobre o feijão, mas o simples cheiro da comida — sal, carne, banha e alho — faz seu estômago revirar. Somente depois de tampar de novo a panela vê uma carta próxima a ela, no familiar envelope amarelo com o selo da província de Anhui. Uma observação foi escrita diretamente na parte externa: "Já enviei sua mesada. Verifique com o gerente do setor financeiro da legação."

Durante alguns minutos, limita-se a contemplá-la. Em seguida, pega o abridor de cartas de jade e rompe o selo de parafina vermelha. Com cuidado, retira a carta do marido. Não há nada fora do comum: reclamações sobre os superiores ineptos ou corruptos, salários atrasados e intrigas no escritório; novidades a respeito das campanhas contra os senhores da guerra; reflexões sobre a luta pelo poder entre a direita e a esquerda, conflito que surgiu após a morte de Sun Yat-sen. Foi por isso, escreveu Pan Zanhua, que não o promoveram. "O que, no fundo, foi até melhor. O supervisor é corrupto e inepto. E, pelo menos agora, posso me concentrar na nossa nova casa e na saúde de Guanyin."

Ao ler os ideogramas desse nome, Yuliang prende a respiração. Por um lado, é a primeira vez que o marido menciona o nome da esposa nos últimos dois anos; e, por outro, confirma algo de que ela suspeita faz algum tempo: os dois estão vivendo juntos.

Um pouco aturdida, Yuliang delineia os caracteres com a ponta dos dedos, lembrando-se da moça sem expressão na fotografia do casamenteiro. Quando ouviu o nome dela pela primeira vez (Guanyin! "Deusa da Compaixão!"), quase riu. Agora, porém, sente um vazio, que a deixa triste, com as mãos úmidas, e não tem nada a ver com a fome.

Pois se deu conta de que a inclusão do nome de Guanyin não foi nada casual. É a ponta do iceberg: uma alusão pequena e deliberada ao grande e hostil descontentamento que se acha sob a superfície alegre da carta. O cenário que ele pintou para ela não poderia ser mais claro. As tentativas de Pan Zanhua de progredir na carreira vêm sendo frustradas. O marido já não pode sustentar uma casa grande. A esposa que não combina com ele está doente — pelo visto, tão enferma que está indo ao médico —, motivo pelo qual Pan Zanhua a levou para sua casa, provavelmente. Além disso, Yuliang sabe que o filho do marido está frequentando uma escola particular de elite, o que aumenta a pressão financeira. A mensagem verdadeira da carta não poderia ter sido mais óbvia, nem mesmo se rabiscada nas paredes do quarto da pintora em gigantescos ideogramas vermelhos: *Eu preciso de você. Volte para casa.*

Yuliang pega o vinho. Usando o mesmo abridor de jade, rompe o invólucro de cera vermelha do gargalo e tira a rolha da garrafa. Ao beber, recorda-se dos dedos longos de Zanhua e dos seus olhos de cílios cheios. Sente o impacto da saudade do marido; uma saudade mais que *justificada*. E é tomada por uma vergonha profunda, indescritível. Pois não sente gratidão nem amor recíproco, mas algo totalmente distinto: apreensão.

O Sol se põe neste instante. Lá fora, as lojas estão fechadas, sinos tocam. Uma prostituta discute com aspereza com um cliente. Dois membros do quarteto incongruente que vive no andar de cima — um soviético de face avermelhada, suas duas esposas e um bebê — começam o bate-boca noturno. As palavras são incompreensíveis para ela, exceto por alguns termos em francês: *francs* e *vin*, *café* e *bébé*. Por fim, tal como normalmente acontece, batem à porta. As passadas pesadas do homem ressoam escada abaixo. A mulher se debulha em lágrimas, em lamentosa sincronia com o choro do bebê.

Yuliang dobra a carta de Pan Zanhua e recoloca-a no envelope. Dá uma garfada na comida, em seguida outra e mais outra, direto da panela; o sal, a banha e os temperos combinam-se tão ricamente em sua boca que, por um momento, chega a pensar que vai desmaiar de novo.

Obrigando-se a fazer uma pausa, ela enche a taça, observando a Garota do Espelho fazer o mesmo. Por alguns instantes, aquela imagem emoldurada parece inexplicavelmente chocante, como se estivesse se servindo de um cálice cheio de sangue. Porém, ao erguer a taça de novo, não pode evitar pensar que gostaria de usar essa cor em uma tela. *Exatamente* esse tom, que não é cádmio nem salmão-escuro nem violeta de manganês, mas uma combinação inacessível de todas — um tom ao mesmo tempo exótico e essencial.

Trinta e dois

UM MÊS DEPOIS, AS AULAS na École des Beaux Arts terminaram, e Yuliang encontra-se em um café do Quartier Latin. Os desenhos estão espalhados no tampo de mármore da mesa; poses em carvão são consideradas e, em seguida, rejeitadas como temas para o quadro que apresentará na exposição. Na verdade, ela acabou de chegar à conclusão de que despreza todos. Ainda assim, quando uma brisa faz com que um deles voe até a mesa vizinha, ela levanta-se de um salto para pegá-lo, em pânico.

O homem que o pega, no entanto, não o olha apenas de soslaio.

— *Vous êtes étudiante?* — pergunta ele, e, quando Yuliang faz que sim com a cabeça, acrescenta: — *C'est très bon. Bonne chance.*

Sentando-se de novo, ela sorri. Em Xangai, o desenho (que, claro, mostra ela mesma, nua) iria, no mínimo, fazer com que algumas sobrancelhas se erguessem. Na mais conservadora Nanquim, onde é esperada no final do verão, ela poderia até ser presa.

Prendendo o desenho fujão sob o pires, a pintora inclina a cadeira para trás e acende um cigarro. Esquadrinha as estrelas urbanas opacas em busca dos amantes do céu das histórias contadas por sua mãe: a Tecelã e o Pastor Celestiais. Como sempre, no entanto, ambos continuam ocultos pelo neon concorrente de

Montparnasse, disfarçados em posições novas e estrangeiras. A única constelação que Yuliang consegue discernir vagamente é a da Mansão Celestial do Vazio, embora esteja acostumada a vê-la no norte. Tudo o mais está fora do lugar.

Suspirando, a pintora endireita a cadeira. Talvez, pensa, seja *ela* que esteja fora do lugar. Talvez Pan Zanhua tenha razão, deveria voltar para casa. No mínimo, precisa terminar a carta que começou a escrever para ele duas semanas atrás, a qual não passou do "心爱的丈夫: Adorado marido".

Desanimada, começa a recolher os desenhos, passando os olhos pelo café, em busca do garçom. Avistando um sujeito alto, de trajes escuros, ergue a mão — mas, depois, fita-o, estupefata.

Xing Xudun está parado próximo à esquina, perto das mesas ao ar livre. Ele a vê quase no mesmo instante em que ela o nota, e dá aquele sorriso adorável e radiante que parece envolver cada traço seu.

— Madame Pan! — chama ele.

Xudun caminha com suas típicas passadas largas até a mesa de Yuliang, esbarrando nas outras mesas, pedindo desculpas e, então, sorri, de uma altura que parece ser praticamente sobrenatural. As luzes do café acham-se atrás dele, e, por um instante, ele a faz lembrar um esboço de Klimt: pele sedosa e límpida, corpo delineado em ouro. Sem preâmbulos, inclina-se e, segurando os ombros dela, beija cada uma de suas bochechas.

Isso é novidade, pensa Yuliang, confusa, e, quase ao mesmo tempo, *Ele ainda me ama*. Essa convicção lhe vem à mente como quem faz uma observação sobre o tempo: "Está fazendo sol."

— Sente aqui! — pede ela, sem fôlego.

— Não está esperando alguém?

Ela balança a cabeça.

— Eu venho aqui para trabalhar.

— Sorte minha. Posso? — Ele acomoda-se na cadeira e, guardando a revista que leva, faz menção de pegar os desenhos dela.

— Não! — ela exclama, colocando-os depressa na bolsa. — Estão todos péssimos!

Xing Xudun fita-a de novo.

— Duvido muito que algo criado por você possa ser terrível.

Sorrindo de novo, ele se vira para o grupo de estudantes chineses e indochineses, que costumam se reunir ali, próximo à janela. Acena para um, movendo os lábios como se dissesse algo. Examinando seu perfil, a pintora pensa: *Ele mudou.* Só que não sabe dizer exatamente o que está tão diferente nele. O olhar aparenta estar mais firme, talvez, os lábios, um pouco mais contraídos. Yuliang detecta vários fios de cabelo branco também: lembram neve caindo em uma noite turbulenta.

— Você está ótima — comenta ele, pegando o cardápio. — Um pouco magra demais. Mas, pelo que eu soube, é o que está na moda por aqui.

Ela arqueia a sobrancelha.

— Não tenho dinheiro para comprar muito chocolate.

— Fica bem assim. Quando vi você há pouco, achei que parecia uma francesa.

— Não achou nada! — Yuliang ri, provavelmente pela primeira vez em semanas.

— Achei sim! Pensei: "Como é que aquela francesa elegante sabe o meu nome?"

Yuliang autoavalia-se mentalmente. O lenço de pescoço está desgastado. Fez a bainha da roupa duas vezes para acompanhar o comprimento sempre diferente da moda parisiense. O único item de fato elegante em si é o batom. Comprou um *escarlate selvagem*, da Elizabeth Arden, de um camelô cigano a um quarteirão do salão da Rue de la Paix, do qual provavelmente o sujeito o roubara. Ela o passou tal qual em voga, com curvas acentuadas na parte central dos lábios. Apropriado, talvez (pensa ela, ceticamente). Mas, chique?

Não obstante, como tudo o que Xudun diz, ele dá a impressão de ser bastante sincero. Até mesmo ao examinar o cardápio, parece ser tão puro que ela quase pode vê-lo como algum anjo protetor.

— Queria ter me encontrado com você antes — comenta ele, observando com avidez os pratos do café. — Mas não fazia a menor ideia de onde você estava morando. Você não escreveu para ninguém para dar seu endereço novo.

— Eu... eu tenho andado meio sobrecarregada — explica ela. O que é verdade. Só não consegue dizer-lhe que, desde que chegou a Paris, vem sentindo um temor quase supersticioso de escrever para casa, como se as lembranças do passado pudessem, de algum modo, romper o feitiço de sua vida atual.

— Sobrecarregada por causa da academia?

— É. Tem sido bem pesado. — Ela termina seu noisette.

Xudun observa-a, os olhos tão cálidos e penetrantes quanto ela se lembrava deles.

— Bom, aqui estamos, finalmente fazendo isso.

— Isso o quê? — ela pergunta, meio assustada.

— Tomando café. *S'il vous plaît*. — Coloca o cardápio na mesa. — Embora eu preferisse mesmo uma cerveja. — Ergue o braço para chamar o garçom.

Ninguém o nota, exceto um sulista de sobrancelha grossa, que se acha próximo à porta.

— Camarada Xing! — grita o rapaz, com um sotaque de Sichuan tão carregado que Yuliang mal entende suas palavras. — Ouvi dizer que você ia voltar. Venha cá! Conte para a gente o que está acontecendo em Moscou!

— Daqui a pouco — grita Xudun. — Tenho um compromisso antes.

— Você não perde tempo, hein? — provoca o rapaz.

Xudun vira-se para Yuliang.

— Não ligue para ele.

— Outro amigo grosseiro?

Ele ri.

— Aquele ali é Zhou Enlai, o nosso encarregado da mimeografia. Cuida da maior parte das impressões.

Yuliang dá um sorrisinho rígido para o rapaz antes de se dirigir a Xudun.

— Você estava mesmo em Moscou?

— Stálin abriu uma escola na capital. Não ouviu falar? A Universidade Comunista dos Trabalhadores do Oriente. — Ele diz o nome da instituição em chinês e em russo, as palavras saindo de sua boca com grande mistério.

— Fala russo, agora?

— Mais do que antes, pelo menos.

Yuliang coloca a xícara no pires, genuinamente impressionada. Ela mesma tentou um intercâmbio de aulas de línguas com Perelli, o pintor italiano de sua classe, mas parou na terceira sessão, quando ele tentou fazer com que ela se sentasse em seu colo.

— É muito mais difícil que francês? — quer saber ela, de fato curiosa.

— Não vai ser quando lançarem um dicionário bilíngue de chinês e russo. A gente teve de se virar com um *jiten* japonês. — Ele franze o cenho. — Que, devo dizer, acabou causando problemas, no início.

— Porque ninguém falava japonês?

— Porque o único disponível era de uma editora japonesa. Ninguém queria dar dinheiro para eles.

Yuliang ri.

— Claro que a editora não pode ser culpada pelos crimes do Hirohito.

Pela primeira vez ele não retribui o sorriso dela.

— Não dá para culpar a mente da raposa e deixar de lado suas pernas, madame Pan. Tudo faz parte do mesmo inimigo.

Ela o fita, intrigada.

— Você fala de *inimigo* como se a gente já estivesse em guerra.

— Vai acontecer em breve. E não pense que o tamanho considerável da China vai garantir a vitória. Se não nos livrarmos dos métodos antigos, vamos perder.

Yuliang pondera a respeito disso. Acaba lembrando-se de um dos comentários recentes de Xu Beihong: com a fanfarronice de sempre, ele declarou que nenhuma arte feita após 1880 era digna de ser rivalizada.

— Tem gente que diz que os métodos antigos duram porque são os melhores — diz ela.

— Talvez. Mas não se esqueça de que perdemos Taiwan para o Japão há 25 anos porque a imperatriz construiu seu palácio de verão em vez de investir nas forças navais. Às vezes é preciso dar fim a velhos costumes para construir uma estrutura mais sólida.

— Não estou dizendo que não devíamos nos modernizar ou acabar com a corrupção. — Ela se havia esquecido do quanto gosta de trocar ideias com Xudun e da forma como ele a escuta: não de forma indulgente, porém como se tivesse de fato algo a ensinar *a ele*. — Se os velhos costumes forem eliminados da China, então, o que é que vai restar? Nós não somos europeus. Temos uma história de cinco milênios.

— Ainda ficariam as raízes. A terra. O povo.

— Certo, mas até que ponto? O que impedirá a pessoa de continuar a mudar e mudar e mudar, até não restar nada do eu verdadeiro dentro de si?

Xudun pensa no assunto por alguns instantes, o polegar dando batidinhas na mesa.

— Sempre vai haver algo — ele diz, por fim. — Você escolheu usar batom e vestido franceses.

Yuliang faz um biquinho.

— Na verdade, o batom é americano.

Ele simula um gesto de desdém.

— Não importa. Mas o fato de usar esse batom torna você menos chinesa?

— Não — responde Yuliang, de imediato. — É óbvio, aqui, que eu sou chinesa. — Evidente demais, às vezes. Vêm à mente todos os escárnios dos estudantes que teve de aguentar ali, bem como o velho que, achando que ela fosse indochinesa, insultou-a no Louvre, há pouco. "Nativa imunda", disse o sujeito. "Volte para Hanói!" — Quer queira quer não, minha pele sempre vai revelar a verdade. E, ao contrário das minhas roupas, não dá para tirá-la.

Ela tenta conter um enrubescimento ante o inesperado duplo sentido. No entanto, Xing Xundun simplesmente prossegue:

— Digamos que pudesse. Digamos que você tenha morrido e esteja prestes a ser enterrada. O vestido que usar no caixão será sua roupa pela eternidade. Um vestido francês a tornaria menos chinesa?

Yuliang mordisca a unha do polegar: essa linha de pensamento é, por incrível que pareça, complicada. Por um lado, pareceria hipócrita se dissesse que sim, considerando que ela vem usando somente vestimentas ocidentais nos últimos anos. Por outro, a ideia do caixão sendo fechado sobre seu corpo resplandecente com a saia curta, a meia-calça de seda e a blusa transparente é meio perturbadora.

— Não sei — admite por fim, com franqueza.

Ele sorri como se tivesse vencido a discussão.

— Está bem, então. Escute só. Digamos que isto é a China. — Ele ergue a revista. — Ao remover algumas camadas — dobra uma página para trás, depois a outra —, você não está mudando a natureza verdadeira dela. O que fica na minha mão continua sendo terra.

— Não senhor. É uma revista.

Yuliang sorri de novo, para mostrar que está brincando. Entretanto, a forma como ele a contempla é, de súbito, séria.

— Senti sua falta — ele comenta, simplesmente. No interior do café, o encarregado da mimeografia xinga o parceiro de bridge. Assim que Xudun fala de novo, ela sente um enorme alívio, por algum motivo. — E quando você vai voltar para casa?

Yuliang pigarreia.

— Eu... eu ainda não decidi. Tem a possibilidade de uma bolsa para estudar em Roma. Quero ter aula de escultura lá. — Mexe no montículo de açúcar que se formou no fundo da xícara. — Pode ser que seja só um sonho. De qualquer forma, minha missão aqui não acabou. Tenho de fazer um último quadro.

— Autorretrato?

Ela concorda.

— Nua?

Agora não consegue fitá-lo. Felizmente, neste exato momento o garçom resolve notá-los. Xudun pede a cerveja. — Então — prossegue ele, assim que o homem se afasta —, quer dizer que Paris é coisa do passado e a Itália, do futuro? Onde é que você está morando agora?

— Num lugar que um amigo encontrou. Nada de mais. — O que, evidentemente, é um eufemismo. Apesar de atender aos propósitos de Yuliang, a ruela que Xu Beihong achou para ela, perto da Rue St. Denis, é, na verdade, uma zona de bordéis do Quartier Latin. Durante o dia, é certamente uma das ruas mais tranquilas da cidade. Ainda assim, ela anseia por mudar de assunto, motivo pelo qual, quando vê a manchete da revista, acaba sorrindo: *Signal d'arrêt*, termo que significa também zona de prostíbulos. — O que é SOCC? — pergunta, apontando para o acrônimo que aparece na extremidade inferior da página.

— Sucursal europeia da Organização Comunista Chinesa.

— Quer dizer que você escreve para ela, então?

— Faço as ilustrações. Mas o Zhou, aquele ali, escreveu o artigo sobre a força de trabalho, ou seja, os trabalhadores que os ingleses levaram para cavar trincheiras e covas durante a guerra. — Acena com a cabeça. — Página 15.

Yuliang folheia a revista e encontra uma xilogravura impressionante: um grupo de homens magros feito palitos, apinhados em um cubículo gradeado.

— Eles viviam mesmo em gaiolas?

— Tecnicamente, eram "acampamentos". Só que trancafiavam os homens à noite. Muitos não viveram para ver seus lares verdadeiros de novo. — Recosta-se, esticando as pernas longuíssimas. — Foram mortos na frente de batalha ou pereceram de doenças. Os governos que pagaram para que fossem até lá nem mandaram de volta os cadáveres. Uns 2 mil deles estão enterrados na França. — Chega a cerveja, e ele a ergue com a expressão séria. — *Ganbei.*

Yuliang brinda, sentindo-se de repente encabulada com seus próprios objetivos neste país: alguns tubos de tinta, carne, um chapéu mais moderno. Folheia um pouco mais a revista, detendo-se em uma fotografia granulosa de uma cena familiar ultimamente: jovens chineses, marchando.

— É em Xangai?

— Paris. A gente invadiu a legação. Não soube?

Ela balança a cabeça, negando. Continua não lendo os jornais com regularidade.

— Pensei que a esta altura você já tivesse aprendido a lição.

— O que aprendemos em Lyon foi que precisávamos lutar mais. E que não podíamos confiar nos velhacos que andam de mãos dadas com os imperialistas. — Estendendo a mão, aponta para um diminuto ponto preto em uma janela da foto, no térreo. — Esse sou eu — informa, orgulhoso. — Apossamo-nos de todo o primeiro e o segundo andar.

Yuliang semicerra os olhos.

— Mas, se estavam lá dentro, quem estava marchando do *lado de fora*?

— O pessoal do PJC.

— Partie des... o quê? Jeunes Communistes?

Xudun dá uma risada irônica.

— São tão comunistas quanto a velha Mulher Dragão, madame Chiang Kai-shek.

Ela tenta de novo:

— *Jeunes... Chinoises?* — pergunta com hesitação: a torrente de siglas faccionárias que dividem e subdividem os 2 mil estudantes ali continua a assombrá-la.

Mas Xudun assente.

— Embora *jeunes fascistes* fosse mais apropriado. Eles atacaram a gente mais de uma vez e chegaram a atirar contra nós, numa reunião. Desde então, compramos armas. Como proteção.

— Você tem uma? — pergunta, incrédula.

Ele faz um gesto de desdém, como se portar armas não fosse mais amedrontador que pôr uma gravata.

— Não estavam nem protestando contra o massacre de 30 de maio. Um dos químicos idiotas deles se matou em Billancourt. — Ele limpa a boca com a parte posterior da mão, um gesto rude que Yuliang não pode evitar pensar que Pan Zanhua nunca faria. No entanto, estranhamente, aquilo faz com que ela simpatize ainda mais com ele. — Queriam que a legação arcasse com o custo de envio do cadáver dele para a China. E, pela primeira vez na vida, aquele desgraçado do Chen agiu corretamente e se recusou a fazer isso.

— Não que você tenha perdoado esse homem.

— Não nesta vida. Nem na próxima. — Espreguiça-se. — Acho que o massacre saiu nos principais jornais daqui.

Yuliang promete a si mesma que começará a acompanhar as notícias com mais atenção.

— O artigo que li culpava alguns membros radicais do corpo estudantil — diz, com cautela.

— Balela! — exclama ele, aborrecido. — Começou com os japoneses. Impediram que os trabalhadores chineses entrassem numa das fábricas deles. Quando os trabalhadores tentaram entrar à força, os guardas atiraram neles à queima-roupa. Um companheiro foi assassinado.

— Amigo seu?

— Faz diferença?

Repreendida, ela baixa os olhos.

— Alguns dos meus amigos ainda estão presos. Os que protestaram contra o assassinato dele. Então, não teve nada de "radical" na passeata de 30 de maio. Foi apenas um movimento para protestar contra a situação hipócrita: nossos líderes permitirem que os ingleses e os cabeças de rabanete não só explorem os nossos trabalhadores como também *os matem*. Sem qualquer consequência.

— Foi uma demonstração pacífica.

Xudun balança a cabeça, confirmando.

— No começo. Você participou, não?

— Não muito — admite ela. A bem da verdade, nunca participara de nenhuma passeata. Para seu desgosto, suas próprias crises sempre lhe deram a impressão de ser mais importantes que as do país.

Yuliang sente-se aliviada quando Xudun deixa tal fato passar despercebido.

— A manifestação passou pela sede da polícia no Assentamento Britânico. Os policiais de lá atiraram nos participantes.

— Eu li que foram tiros de advertência.

— Onze pessoas morreram. Se isso são tiros de advertência, então eu sou filho de uma escrava. — Ele termina a cerveja e põe o copo na mesa. — Guifei foi ferida também.

Yuliang ergue os olhos, chocada.

— *Sério?*

— Junto com outros vinte — informa ele, com gravidade. — Eu teria mandado uma carta para você, se soubesse para onde enviá-la. A bala estilhaçou o ombro dela. A última notícia que tive foi que ainda não podia sair da cama.

Ela olha fixamente para o tampo de mármore da mesa. Por um instante, recorda-se da famosa beldade da dinastia Han, cujo nome serviu de inspiração para o da amiga. A ideia a faz estremecer, pois, no fim das contas, foi Yang Guifei, e não o digníssimo marido apaixonado dela, que pagou pela derrota do país e foi decapitada.

— Acho que ela vai se recuperar — diz Xudun. — Vai poder sair e participar dos movimentos do PCCh em breve.

Sou tão egoísta, pensa Yuliang, triste. Porém, quando o pé dele roça no dela por um breve momento sob a mesa, ela sai de seu devaneio. Corando, por algum motivo, mete os dois pés debaixo da cadeira, de forma recatada.

— Meu marido — começa a dizer, brincando com a aliança — contou por carta que agora mais republicanos conservadores vão se unir ao PCCh. Pelo bem da China.

— No mínimo, é uma união de conveniência. — Ele a fita. — E duvido muito que dure.

O coração dela quase para. *Melhor ir embora*, pensa. Mas é claro que não o faz.

— Que tal outro café?

— Se tomo demais, fico agitada. Afeta as minhas pinceladas. — Tensa, despeja o café já frio na xícara.

— Então me fale um pouco do seu trabalho aqui.

Ela respira fundo.

— Mudou um pouco.

— Posso ir dar uma olhada, algum dia? Ou, melhor ainda, posso ir ver você pintar?

A imagem que vem à mente de Yuliang (de si mesma, nua, pintando o próprio corpo despido; ele, totalmente vestido, observando-a) parece-lhe tão transgressora que seu coração ameaça ir à boca. E o que a perturba, em parte, é o apelo ilícito da situação. A grande excitação que se alastra por seu corpo, deixando-a desnorteada.

— Que horas são? — pergunta ela, muito ciente do olhar do amigo.

Quando ele baixa os olhos para checar o relógio, ela sente quase um alívio físico.

— Quase meia-noite.

— Eu... eu tenho de ir agora. Preciso trabalhar.

— Pensei que trabalhava aqui.

— Não estou conseguindo fazer muita coisa...

As palavras saem mais ásperas do que planejou. Rubra, fica de pé. Só se dá conta de que prendeu a respiração quando ele também se levanta, com toda aquela enorme e impressionante altura.

— Posso acompanhar você? Tenho um compromisso.

— Pensei que ia encontrar os seus amigos.

— Depois eu volto. Eles vêm aqui todos os dias. Como você deve ter notado. — Ao vê-la revirando a bolsa em busca do porta-moedas, estende a mão e segura a dela. Yuliang tem a impressão de que o calor dos dedos dele chegam ao seu estômago. — Eu pago desta vez.

— Não, que é isso!

— Vou considerar um investimento.

— Numa pintora desconhecida? — Ela puxa a mão.

— Numa das melhores artistas da China — diz, sem nenhum indício de sarcasmo. — Olha, você não pode ceder algumas horas do seu tempo?

— Não — responde ela, embora isso não pudesse estar mais longe da verdade. *O que é que estou fazendo?*

— Venha comigo.

— À *meia-noite*? — A essa altura, até mesmo Yuliang sabe que as palavras são meramente simbólicas. E, quando ele lhe oferece o braço, o gesto não parece estranho nem atrevido, apenas inevitável.

Tal como sua resposta: ela entrelaça o braço no dele.

Trinta e três

OS DOIS CAMINHAM À MARGEM do rio, de braços dados, a brisa quente transmitindo o aroma do verão. Conforme andam, Yuliang pondera sobre o encontro inesperado e este estranho momento. O silêncio amigável entre ambos é bastante fácil de manter, ainda que a cumplicidade aumente com o passar do tempo, a cada passada lânguida. *É só o Xudun*, diz a si mesma. *Não tem motivo para se preocupar.* Não obstante, o que sente não é exatamente uma inquietação, mas um formigamento em algum ponto abaixo do umbigo. E, para ser sincera, não era de todo desagradável.

Prosseguem rumo ao sul, calados. A certa altura, Yuliang percebe que ele a conduz em direção ao Petit Pont e à catedral, embora, evidentemente, a gigantesca igreja deva estar fechada.

— Aonde a gente está indo? — pergunta ela. Xudun, porém, limita-se a pedir-lhe silêncio, colocando o dedo longilíneo nos próprios lábios.

Ele a conduz pelos portões de granito do pátio da Notre-Dame até o outro lado. Passam pelas enormes rosáceas, que Yuliang desenhou e pintou inúmeras vezes, e estão prestes a chegar à entrada da torre quando uma figura diminuta surge das sombras. Conforme o sujeito se aproxima, ela vê que se trata de um francês baixinho com óculos fundo de garrafa.

— Monsieur Xing?

— Monsieur Barton — responde Xudun. — Sinto muito ter me atrasado. Espero que não se importe, mas trouxe uma amiga, mademoiselle Pan.

Madame, pensa ela. Porém, diz apenas:

— *Enchantée.*

— É monsieur Barton que controla o acesso aqui — explica ele, em francês. — A gente se conheceu no comício dos trabalhadores, duas semanas atrás.

— Que coincidência. — Ela sorri. E, em chinês: — Por que a gente veio aqui?

— Nós vamos subir.

— E podemos fazer isso? — pergunta, olhando de soslaio para Barton e notando, pela primeira vez, o enorme aro de chaves de metal pendurado em seu quadril.

Ou Barton intuiu o que a pintora quis dizer ou, surpreendentemente, domina o chinês (e, conhecendo os amigos de Xudun, ela não ficaria espantada com nenhuma das duas hipóteses).

— Bom, na verdade, é ilegal. Mas a vista à noite é deslumbrante. Este passeio é um presente que dou apenas para pouquíssimos bons amigos — explica Barton. Em seguida, sorri. — Como esse seu jovem.

— Ele não é... — começa Yuliang.

— *Alors* — interrompe o francês —, melhor a gente não ficar aqui por muito tempo. Se formos vistos, meu emprego.... — Traça uma linha de um lado ao outro do pescoço com o polegar e faz o ruído de um gato se asfixiando. — Ah, daqui para a frente, nada de cigarros. Nem chamas nem luz nem fósforo nem fagulha. — Pisca o olho. — Podem me seguir.

Ele destranca e abre as portas imponentes. Quando entra, parece que a escuridão úmida o engoliu inteiro. Yuliang olha para Xudun, inquieta.

— A gente devia mesmo estar desrespeitando a lei?

— Algumas leis foram feitas para serem desrespeitadas — diz ele, segurando sua mão.

Agachados como ladrões ou espiões, os dois movem-se com lentidão pela catedral, passando por sombras longas de bancos e púlpito, pelo vulto de Maria, por uma parede de anjos. A gigantesca rosa feita de vitrais, tão vívida durante o dia, aparenta estar fechada agora à noite. Despojada de cores pela escuridão, apenas deixa entrever seu esplendor pela forma como cintila suavemente, como uma joia. Assim que chegam à torre ocidental, até mesmo a mais parca luz é cortada quando Barton fecha a porta após sua passagem.

— *Commençons*. Cuidado com os degraus — avisa ele.

Sobem as escadas praticamente no breu total. Yuliang luta contra uma onda de pânico recitando mentalmente "Como um sonho", de Li Qingzhao: "Sempre me recordo do ocaso/ sobre a rotunda perto do rio/ tão efêmero que nos perdíamos a caminho de casa..." Cada passo dado por Yuliang ecoa junto com as passadas largas de Xudun, que vem logo atrás dela.

— Você está bem? — sussurra ele, embora, se houvesse alguém hostil escutando, estaria a no mínimo 60 metros abaixo deles.

Esbaforida demais para responder, a pintora apenas assente. Continua a recitar em silêncio até atingir o topo. Cruzam os arcos e chegam ao primeiro nível. Rumando à extremidade do terraço, Yuliang examina a Île de la Cité, os olhos lacrimejando por causa do vento. Inclinando-se sobre a balaustrada, contempla a cidade tremeluzente abaixo. O nostálgico jogo de sombras e luzes. As fachadas avultantes das grandes construções — o Hôtel-Dieu, a Tour St.-Jacques — dão a impressão de haver sido modeladas com papel preto.

Testando o próprio pavor, Yuliang inclina-se um pouco mais na balaustrada. Sente os pés saírem um pouco do piso. Quando semicerra os olhos, as linhas e os ângulos austeros tornam-se indistintos e ela quase — *quase* — vê diante de si o Yang Tsé, não o Sena. "Por que ele caiu?", pergunta ela, mentalmente, para a noite estrelada.

A resposta vem tão claramente que ela quase consegue ver o tio, de pé, alegre, na proa do barco a vapor. "Ele caiu do mesmo jeito que você vai cair se não tomar cuidado."

Onde estaria ele, Yuliang se pergunta, aquele seu tio velho e trapaceiro? Apodrecendo na prisão? Libertado por um dos amigos viciados em ópio? E o que pensaria se a visse ali, neste momento?

Yuliang move-se ainda mais para a frente. Só seria preciso um pouco mais. Faz a imagem mental, com bastante naturalidade, do que aconteceria a seguir: o estômago embrulharia, o céu acinzentado e difuso ficaria aos seus pés, a Lua daria um sorriso de lado, encorajando-a a pular. *Um pouco mais e você vai cair....*

— *Attention!* — grita Barton.

— Ela está apenas admirando a vista — ouve Xudun dizer. Ainda assim, põe-se ao lado dela. — Meio inclinada demais, não acha?

Virando a cabeça, Yuliang encontra seu olhar. Tal como ele próprio, é forte e firme, sem um mínimo de fingimento sequer.

— Venha cá — diz ele, estendendo a mão grande. Ela estuda-a durante alguns instantes, a mesma que viu em *La Jeunesse*, os dedos incrivelmente grossos, de nós brutos. Aceita-a, e Xudun a puxa da beirada para o meio do terraço. Enquanto os dois se fitam, surge uma sensação repentina e estonteante de que ele viu algo que ninguém mais viu. Ou talvez, mais surpreendente, que ela tenha permitido que ele visse.

Xudun sorri de novo, como se estivesse selando o segredo dos dois.

— *On peut?* — pergunta ele, apontando para a próxima escada.

O francês faz um biquinho.

— *Non.* Eu já subo lá no mínimo três vezes por dia. Mas vocês podem ir. — Pisca o olho. — Não se apressem.

— Ele acha que somos namorados — sussurra Yuliang para Xudun, quando ele se vira para conduzi-la ao outro andar.

— *Mais oui.* É francês.

— Só que... — Por alguns momentos absurdos, ela se convence de que deve esclarecer tudo para aquele homenzinho que acabou de conhecer. No entanto, conforme sobe a escada, a vontade vai passando, até restar, novamente, apenas o ruído dos dois subindo: solas de couro, pisando com suavidade, de forma ritmada. Como Barton já não está com eles, sobem lado a lado. A proximidade de Xudun, no início, é perturbadora. Contando as passadas, Yuliang segura com força o pequeno javali de jade que leva no bolso, apesar de não ter ideia do que deseja.

— *Voilà* — diz Xudun. — La Galerie des Chimères. — O Sena curva-se abaixo, delineado pelo reflexo das luzes.

Yuliang, deslumbrada, solta um suspiro.

— Ah, que pena que não trouxe o meu caderno de desenho! — Ela traça a linha curva do rio com a ponta do indicador.

— Desenhe aí dentro. — Ele dá batidinhas na própria cabeça.

— Não consigo esboçar cenários contando apenas com a lembrança. Nem com cartões-postais, como Utrillo.

— Concordo. Fotos de fotos... Prefiro a arte da mãe dele.

— Valadon — sussurra ela, sentindo-se um pouco empolgada com a forma como se entendem bem.

— Você está com muito frio? — pergunta ele, tentando pegar algo no bolso da jaqueta; Yuliang supõe que ele esteja procurando um isqueiro.

— Nada de chamas, nem de armas. — Recorda-lhe.

— Isto só vai queimar o seu estômago. — Ele tira um pequeno cantil de prata. — Smirnoff.

Parece tão orgulhoso que ela acaba rindo de novo.

— Eles não proibiram bebidas alcoólicas na União Soviética?

— Comprei aqui. Acabaram de abrir uma fábrica. — Gira a tampa. — Tive de ficar numa fila atrás de vários americanos. Eles também não podem beber no país deles, agora. Sabia?

Yuliang assente. Não tem muito conhecimento a respeito dos norte-americanos, porém certamente lembra-se dos soviéticos que afluíram a Xangai depois da deposição do czar. Muitos acabaram tornando-se indigentes, jogando cartas na rua diante da Missão do Interior da China, esperando doações de arroz e água potável.

— Imagine os soviéticos sem beber — diz ela.

— Acho que nem *eles* conseguem imaginar. É a única área em que a revolução pode não dar certo. — Ele dá um gole e faz uma careta de satisfação. Em seguida, passa o cantil. E, quando Yuliang hesita, já que nunca tomou vodca antes, ele diz: — Tome, é pura. Não vai deixar você de ressaca amanhã, mesmo se a gente beber muito.

— E a gente vai beber muito? — pergunta, com cautela.

— Não precisa beber, se não gosta.

E, embora tenha consciência de que não deve, Yuliang anui.

— Eu gosto. — O líquido faz seus olhos e nariz arderem e a garganta inchar. O segundo gole desce mais suave, apesar de ela ainda sentir a agitação nas entranhas quando entrega o cantil a ele. — Tem certeza de que isto não é tíner?

Ele ri.

— Absoluta. Faz quase um ano que não pego num pincel.

Yuliang observa-o com curiosidade. É como ouvi-lo admitir que não comeu pão nem bebeu água.

— Está só desenhando, então?

— Apenas ilustrações, de vez em quando. E xilogravuras. — Estende os longos braços acima de si e gira a cabeça.

— Você gosta de xilogravar?

Ele assente.

— Tem gente que diz que não é arte de verdade. Mas de tudo que fiz até hoje, é do que mais gostei. É um desafio misturar escultura com desenho. Decidir onde acentuar sombreados com o furador.

— Como você começou?

— A xilogravar?

— Não. A pintar. A lidar com arte. — Parece-lhe estranho ela não saber disso.

— Surgiu no meu caminho. Meu pai era fazendeiro. Contratou um professor para me dar aulas, para que eu pudesse ler para ele e cuidar das contas. — Ele dá uma risada. — Aprendi a ler. Mas eu passava a maior parte do tempo copiando as imagens e as gravuras que encontrava nos almanaques do professor. E você?

— Minha mãe bordava para se sustentar. Antes de morrer.

É tudo o que ela diz. Xudun não a pressiona. Quando lhe passa o cantil, ela o pega, as pontas dos dedos sentindo o calor deixado pelos dele no metal. Yuliang fica zonza, por não estar acostumada com o impacto dessa bebida. Mas também sente que o formigamento ansioso dentro de si foi apaziguado. Dá mais um gole e entrega o cantil para ele, sem se dar conta de que não apenas o rosto como também todo o seu corpo se voltou para o rapaz Acima, as estrelas ressurgem, com muito ímpeto; meio apagadas pelas luzes da cidade, porém ainda profusas.

— Xu Beihong. Você conhece? — pergunta ela, notando que sua pronúncia está meio ininteligível. — Ele odeia Van Gogh, acha que é um tolo. Diz que *Noite estrelada* podia ter sido pintado por uma criança do ensino fundamental. Eu o considero um gênio.

— Xu Beihong?

Ela ri, e ficou um tanto chocada com os ruídos da própria risada.

— Ele se considera com certeza. Mas eu me referia a Van Gogh.

— Talvez todos os artistas sejam tolos e gênios.

— Está me chamando de tola?

— Você é a última mulher a quem eu chamaria de tola.

Olhando nos olhos escuros dele, Yuliang sente a tensão aumentar entre os dois.

— Diga-me uma coisa — consegue falar, apontando para a enorme estrutura abaixo. — Como faria para talhar algo tão escuro, denso e complexo assim?

Xudun semicerra os olhos, observando a Sorbonne.

— Eu me concentraria naquela cúpula. E colocaria aquela gárgula ali no lado esquerdo, como se estivesse prestes a voar e ensombrecer toda a cidade. — Franze o cenho. — Ainda assim, captar essas sombras à noite, na madeira, seria bem difícil.

— Então, por que não simplesmente pintar? — indaga Yuliang, sinceramente intrigada. — Não seria mais fácil e muito mais bonito, no fim das contas?

— Essa é a questão. A beleza na arte pode ser usada para encobrir a verdade. Imagens falsas, mas belas, muitas vezes são usadas para nos distrair de realidades perigosas.

Mais uma vez, a voz de Wu Ding ressoa na mente de Yuliang: "Os artistas buscam os reflexos da existência, não a vida em si."

— Ofendi você? — pergunta Xudun, interpretando mal o silêncio dela.

— Eu... eu só estava pensando em Li Bai. Ele morreu perseguindo imagens belas, mas falsas.

Ele sorri.

— O reflexo da Lua.

— Achou mesmo que a Lua estivesse debaixo d'água. Pelo menos, foi o que meu tio me disse.

— E a China perdeu seu maior poeta. Você acabou de ilustrar meu argumento. — Ele sorri de novo. Faz um brinde ao astro e, em seguida, passa a Yuliang o cantil. Ela o aceita.

— Mas será que Li Bai não foi um grande poeta *justamente* porque perseguiu os reflexos da vida? Se tivesse passado a vida inteira escrevendo sobre verdades terríveis, talvez ninguém quisesse lê-lo.

— O que as pessoas querem ler nem sempre é o melhor para elas.

— Mas é possível obrigá-las a ler o que não querem?

— Basta explicar que é para seu próprio bem.

— E se não der certo?

Xudun pega o cantil com um gesto ao mesmo tempo brusco e inesperado.

— Será preciso eliminar as outras opções. — A expressão do rapaz endurece de súbito, como se ele, tal qual as águias e as serpentes com garras das grandes naves centrais do período gótico, estivesse cinzelado em mármore. Ele toma um pouco mais da bebida, o contorno do pescoço forte delineado contra a escuridão. Então, sorri. — Sua vez, *mademoiselle* Pan. Pinte isso para mim. — Faz um movimento indicando a paisagem.

Madame, pensa Yuliang, mas o pensamento vem como um peixinho que salta e some de vista.

— Eu usaria faixas grossas de preto de vinha e ultramarino. Algo parecido com as pinturas de Monet daquele rio inglês... qual é mesmo o nome? O Tâmisa. Só que o meu Sena seria diferente, acho.

— Diferente como?

— Uma espiral de prata na parte central. Da cor da Lua.

Xudun arqueia a sobrancelha.

— A Lua debaixo d'água.

— Exatamente — diz ela, provocadora. — Mas eu a colocaria com traços fortes. Talvez até com a espátula.

— Espátula... — repete ele, admirado. — Gostei da ideia.

A aprovação dele desencadeia uma leve onda de prazer.

— Uma técnica fauvista, na verdade. Mas tenho usado muito, ultimamente. Dá textura. Neste caso, eu usaria a espátula daquela construção até... ali.

Ela faz um gesto com a mão sobre o cenário, aplainando-o como uma folha grande, levada pelo vento. Sem querer — talvez por causa da proximidade, ou da vodca, mas não porque planejou (ou será que sim?) —, acaba esbarrando no ombro dele. Trata-se de um contato inócuo no início. Porém, como a mão dela permanece ali, pálida e relaxada, o gesto perdeu seu aspecto casual ou acidental. E quando, por fim, ele cobre a dela com a própria, torna-se algo bem diferente.

Yuliang fica totalmente imóvel por alguns instantes, sentindo não apenas os dedos cálidos dele mas o profundo significado do momento, apesar da ligeira inquietude que lhe provoca. Hesitante, acaricia os lábios de Xudun, nos quais, antes, grudou a espuma da cerveja, quando estavam no café. *Não posso fazer isso*, pensa ela. *Tenho que...*

Mas, a esta altura, já está na ponta dos pés, tentando alcançar a boca dele. E, quando o beija, é com tão pouca hesitação quanto no momento em que segurou seu braço, em que o chamou e o convidou para sentar à sua mesa.

— Xudun — ela sussurra, perto da boca dele.

E, então, os seus braços longos a envolvem.

Yuliang sente sua língua e a ponta dos dentes. Apoia-se no rapaz e, se pudesse, derreteria, e se derramaria dentro dele. Não sabe mesmo o que a impede... E é apenas quando o enorme sino da catedral toca que ela se afasta.

— O que...— começa a dizer ele.

— Espere! — ela o interrompe, relutando em desfazer o momento.

— O que a gente vai fazer? — pergunta Xudun, por entre os dedos dela.

— Espere! — ela repete. (*Não posso! Não posso!*) — Preciso pensar um pouco. — Porém, sua mente parece estar tão densa e lânguida quanto o som que ainda reverbera nas paredes antigas. — Vamos para casa — diz ela, por fim.

Ele a olha espantado.

— Para a China?

— Não. Para o meu ateliê.

CHEGAM À RUE ST. DENIS na metade do tempo que levariam normalmente, as passadas rápidas e emparelhadas, cheias de determinação. Não se tocam na rua. No entanto, Xudun fica bem atrás de Yuliang enquanto sobem pela escada os quatro andares até o ateliê e pousa as mãos no quadril dela assim que chegam à porta. Enquanto ela gira a chave na fechadura, beija seu pescoço. Quando a porta abre, os dois entram juntos, caindo meio sentados meio de joelhos no piso manchado de tinta.

Ele está enlouquecido e tímido, e demonstra uma comovente inexperiência. Tem dificuldades para abrir a blusa de Yuliang; ela a arranca, furiosamente. Quando ele coloca a mão, com cautela, no tecido transparente da camisa de baixo dela, Yuliang sobe-a até o pescoço. É apenas quando ele ergue a saia que ela o impede de prosseguir, pois é a única que tem.

— Espere! — pede-lhe. E, com dedos firmes, tira os quatro ganchos dos respectivos ilhoses.

Os dois tiram a roupa íntima e, finalmente, estão nus. Xudun inclina-se sobre Yuliang e segura sua face com as duas mãos.

— Quero que saiba que vou entender se disser que não pode — diz ele, com gravidade.

Que amor, pensa ela.

— Tudo bem.

O semblante dele fecha-se.

— Quer dizer que você... você não quer, então?

— Não — responde, passando os braços no pescoço dele. — Quer dizer que sei que está tudo bem.

Só que ela não sabe que está tudo bem; aliás, não tem a menor certeza disso. Na verdade, em meio ao caos doloroso em que se encontra, não há qualquer traço do certo e do errado. Nem de cautela, obrigação e arrependimento. Existe apenas a necessidade, que, embora seja totalmente nova para ela, é abrasadora e agradável demais para ser negada.

Yuliang segura a mão de Xudun e acaricia os dedos longos e fortes por alguns instantes. Em seguida, leva-o para o quarto.

NA CAMA, OCORRE UM SÚBITO sentimento de confusão. Não porque Yuliang não saiba o que fazer e, sim, porque não consegue levar adiante o que sempre fez — os pequenos sussurros, movimentos e encenações —, pois todo ato que aprendeu na cama parece ser insuficiente. Poderia, pensa ela, ao beijar seus lábios, seu queixo grande, a região pulsante do seu pescoço, engoli-lo por inteiro, pedaço por pedaço. Poderia sugar a vida dele, como a voraz Quinta Esposa em *Flor de ameixa no vaso de ouro*. Pela primeira vez entende algumas das coisas que lhe faziam no passado, as mordidas e amarrações, as ocasionais e odiadas queimaduras. Nem sempre é crueldade, percebe Yuliang. Às vezes o desejo se torna forte demais até mesmo para a pele... Ela afasta-se um pouco, estranhamente perturbada com a própria ânsia.

— O que foi? — quer saber Xudun.

Apoiando-se no cotovelo, a pintora tenta sorrir.

— Venha cá — pede ele.

Yuliang permaneceu deitada enquanto ele contorna o lóbulo de sua orelha com a língua, levando-a a sentir um prazer agonizante, até ela não aguentar mais. Então, ela beija seus olhos, traça um caminho do pescoço até o umbigo e, em seguida, descendo ainda mais, enquanto ele geme de novo. Yuliang examina o órgão estranho e rígido, ao qual serviu e atendeu como escrava e que a aterrorizou por tantos anos. Por incrível que pareça, não o conhece nem um pouco. Ou melhor, tem noção dos aspectos básicos, coisas que aprendeu com as flores, os livros e os diagramas. Domina-o tão bem que é capaz de lhe dar prazer e pintá-lo. Porém, independentemente do que os diversos professores disseram a respeito dele, e da forma abstraída como aprendeu, nunca antes o viu dessa forma. Nem mesmo, percebe, com Pan Zanhua.

Ela fita Xudun, deleitando-se com aquele poder recém-descoberto e inusitado. Espera até que a respiração dele desacelere de novo. Em seguida, coloca-se mais uma vez sobre ele.

— Abra os olhos — ordena Yuliang. — Olhe para mim.

Yuliang deixa-se penetrar com suavidade, apreciando as sensações. Desfrutando ao descobrir a maneira como se unem *num ponto* e depois *noutro* e em *outro*. Conforme se movem juntos, ela vai sentindo uma ponta de felicidade, que mal é notada no início. Mas, então, de algum modo, o sentimento torna-se maior do que Yuliang, e ela contrai o maxilar. *Não é possível*, pensa ela, enquanto Xudun arqueia e arfa sob seu corpo. *Não pode haver mais que isso.*

Mas há. Há um momento de estremecimento silencioso — um enorme alento interno —, não muito distinto do frio na barriga que sentiu no alto da Notre-Dame. E então, Yuliang está caindo e desmoronando sobre ele; a Lavadeira de Seda deixa-se levar por uma torrente de peles, fluidos e contrações musculares. São ondas e mais ondas, que a conduzem até o peito dele, estupefata. E, quando as lágrimas caem, ela não as questiona. Mal as sente.

Trinta e quatro

O DIA SEGUINTE SURGE COM o vigor forte e ofuscante de início de verão. Os raios de sol refletem nas telhas avermelhadas e rachadas da cobertura e penetram pela janelinha quadrada, que dá para os telhados pretos e condutos rosados de chaminés. Ao incidirem em Yuliang, levam-na a abrir os olhos. Aturdida, ela observa sua cobertura diminuta à luz do dia: o pequeno fogão, a bacia e a jarra descascadas. As pilhas de livros, papéis e desenhos; a tela intacta apoiada na parede. Esta última lhe provoca a primeira onda de pânico. *A exposição*, pensa. *Eu ainda nem comecei!*

Então, uma perna moveu-se de encontro à sua coxa, e tudo o mais lhe vem à mente. Sentando-se de repente, vê Xudun na cama, ao seu lado. Por um instante, entra em pânico. Em seguida, ele acorda. Sorrindo, sonolento, ele vira-se e abraça-a.

Então, ela não pensa em mais nada, algo que ocorreu pouquíssimas vezes em sua vida.

JÁ É FIM DE TARDE quando Yuliang finalmente consegue fazer com que Xudun saia. Então, põe-se a organizar o apartamento distraidamente, forrando a diminuta cama, varrendo o chão para tirar as migalhas do almoço. No momento em que se senta entre o cavalete e o espelho — ainda nua, na velha cadeira de braço de estofado chamativo —, a luz que penetra pela janela está de um tom granada.

Analisando a própria imagem, iluminada pelo reflexo diurno, ela percebe que sua aparência não mudou: a tez continua rosada e o semblante, sonhador. Os olhos ardem em virtude da noite mal dormida, os músculos latejam por causa das escadas e dos esforços recentes. Yuliang sente uma dor ao mesmo tempo familiar e totalmente nova entre as pernas, e, ao se dar conta dela, tem vontade de ir para a rua, correr atrás dele. No entanto, sabe que seria desastroso se o fizesse.

Quase tão catastrófico, na verdade, quanto permitir a si mesma saborear profundamente o que acabou de ocorrer.

Obriga-se a se concentrar na tela diante de si. Permite que todas as decisões não tomadas, as emoções confusas, a carta inacabada (*Adorado marido*) pairem em algum recôndito da consciência, como mariposas brancas esbarrando de leve em sua felicidade. Resolve preocupar-se com tudo isso mais tarde. Depois que terminar o quadro. Depois que ele secar, for embrulhado e entregue na exposição. Depois que se encontrar com Xudun de novo, dali a uma semana, no Café de Cluny, e tiver tido a oportunidade de pensar longe do odor de tíner e das tintas. Depois. Agora não. Hoje não.

Por ora, há somente isto: sua nova e velha pele. A tela em branco. A Garota do Espelho, observando-a com interesse, sem pressa. Com os braços cruzados atrás da cabeça, Yuliang estuda-se novamente devagar. Capta o olhar vago, as maçãs do rosto rubras. O corpo saciado. Cantarolando, pega a paleta. Decide que vai se pintar exatamente assim; nesta cadeira vistosa, a tez do mesmo tom do crepúsculo de verão. Uma tríade de cores: pêssego, dourado e rosado. Um violeta neutro para obter unidade e controle — duas propriedades que ela vai examinar, hoje, apenas na tela.

Parte VIII

AS ESPOSAS

Por isso, eu sei o valor da não ação.

— DITO TAOÍSTA

Trinta e cinco

Nanquim, 1936

— ANTES DE INICIARMOS — anuncia Xu Beihong —, gostaria de lembrar a todos que a sétima exposição individual da professora Pan ocorrerá daqui a duas semanas. — Ele se vira para Yuliang. — Será no Centro de Exposições de Xangai de novo, não é mesmo?

Ela anui. Seu amigo e mentor toma um gole de café antes de acomodar a xícara na mesa, com uma careta. Toma-o como um homem rico agora: tão preto como piche, tão escuro como corvo, feito todas as manhãs por uma secretária jovem e atraente. No entanto, apesar de ele haver ensinado com cuidado à moça (ao menos, de acordo com Beihong), ela ainda não o prepara tão forte quanto ele deseja.

— Não deixem de marcar o dia nos calendários de vocês — concluiu ele.

Yuliang observa seus colegas professores. Apenas um deles, especializado em pintura a óleo, anota de fato a data. As reações dos demais refletem uma gama familiar de emoções, que variam de indiferença a insegurança mal disfarçada. Isto é, exceto pela instrutora de caligrafia, Shu Meiyi. Seu rosto amplo transmite algo parecido com pura malícia. Trata-se de uma expressão que Yuliang vê com frequência não só na professora Shu como também em alguns de seus colegas insossos e descontentes. "Não gosto de você", diz a expressão. E: "Não é justo." E, tal como intencionado, isso a magoa — ao menos no início, quando ainda era ingênua o bastante para achar que a situação mudaria. Hoje ela sabe que isso não vai acontecer.

Vaffuncuolo, pensa Yuliang, chegando a considerar o uso do gesto para acompanhar o palavrão. Mas contenta-se em abrir a cigarreira de prata, um presente de despedida dos colegas com os quais estudou em Roma, quando voltou para casa em 1929.

— Ah, ótimo. Posso pegar um? — pergunta Xu Beihong, estendendo a mão. Como decano da faculdade de artes na Universidade Central Nacional, o artista baixinho tem plenas condições de comprar os próprios cigarros ultimamente. Mas, como diz o velho ditado: os rios e as montanhas são suscetíveis, só mesmo a natureza do homem é difícil de mudar. Esta lição está destinada a ser aprendida e reaprendida, pensa Yuliang, ao passar a cigarreira e o isqueiro.

Inclinando-se para acender o cigarro, ele traga com satisfação.

— Então, o primeiro item...

A reunião inicia com a costumeira lista de trivialidades e queixas. A liberação tardia de uma aula que deveria ter terminado às 13 e não às 14 horas. A necessidade urgente de cavaletes, tintas e modelos. Xu Beihong aproveita para informar, com orgulho, que o *Davi* de gesso que trouxe da França foi restaurado e será exposto na Biblioteca de Belas-Artes para que os estudantes o desenhem.

— Se a atual comoção no que diz respeito aos órgãos genitais da estátua continuar — acrescenta, com suavidade —, vamos considerar a possibilidade de cobri-los. Talvez. — Pigarreia. — Isso é tudo?

— Bom, já que estamos falando de cobrir, queria saber se alguém consideraria códigos de vestuário — sugere o professor de filologia clássica.

— Códigos de vestuário? — repete Xu Beihong.

— Pelo menos para as alunas. Devem ter notado como as jovens da academia de arte usam roupas bem menos — olha de esguelha para Yuliang — *apropriadas* que as de outros departamentos. Quase nenhuma delas usa mais *qipao*. E ontem vimos três estudantes com saias que não só eram absurdamente justas como também deixavam os joelhos à mostra.

— É mesmo?

— Ao menos quando elas se sentavam.

Xu Beihong olha de forma irônica para Yuliang. Ela, que está de calça, cruza as pernas e inclina a cabeça para o teto, soltando um anel de fumaça. Seu gosto por calças — não as folgadas do estilo chinês, mas as justas apreciadas por Marlene Dietrich — é outro motivo de ressentimento tácito.

— Entendo — diz o decano. — E o senhor crê, sem dúvida, que devíamos exigir que nossas estudantes sigam com mais rigor os padrões sugeridos por madame Chiang Kai-shek. Saias à altura da canela e fendas de no máximo 8 centímetros. Ah, sem falar que as saias devem cobrir inteiramente o traseiro. Não é isso?

— É o que fazem as outras disciplinas — intervém a professora Shu, com firmeza. — Somos os únicos diferentes.

— Somos *artistas* — ressalta Xu Beihong. — Ninguém espera que nos vistamos como malditos contadores. — Ele toma um gole do café. Nada de código de vestuário. Próximo item?

Sem se dar por vencida, a professora Shu ergue a mão.

— Nós estávamos nos perguntando se o decano já considerou nossa petição.

— Aquela sobre a moralidade em sala de aula? Não.

— Mas nós a passamos para você...

— No mês passado — interrompe ele. — Eu sei.

— Por acaso leu o item a respeito de exigências para a escalação de funcionários? — insiste ela.

— Aquele que diz que "não se permitirá que pessoas de antecedente dúbio e histórias questionáveis tenham contato excessivo com os estudantes"? Nem uma palavra. E, se me perguntar por que não, a resposta será a mesma. Não creio que haja alguém neste departamento que se encaixe nessa descrição específica.

Ninguém olha para Yuliang. No entanto, ela sente as atenções se fixarem nela como um torno gigantesco.

— Mas... — balbucia a professora Shu.

— E *essa* é minha decisão final sobre o assunto. Se quiser levá-lo adiante, terá que lidar com o reitor da universidade. Ou, melhor ainda, com madame Chiang Kai-shek.

A face redonda da professora de caligrafia fica da cor de uma berinjela madura. Para comemorar, Yuliang desenha uma na margem do caderno de anotações. Passa o restante da reunião fazendo o que quase sempre faz: esboços. Uma rua calçada com pedras. A Ponte Vecchio. Uma orquídea. Quando ergue os olhos, percebe que os professores foram dispensados: ouve-se o ruído de papel sendo remexido e de cadeiras sendo arrastadas.

Xu Beihong inclina-se na direção de Yuliang enquanto junta os arquivos.

— Não dê atenção a eles — sussurra. — Simplesmente estão com inveja do seu sucesso.

— Eu sei.

E sabe mesmo. Mesmo assim, Yuliang lança um olhar de gratidão ao amigo, enquanto também junta seus papéis. Quantas vezes a ajudou até aquele momento? Ele a acomodou em Paris, escreveu a carta de recomendação para a Academia de Arte de Roma. Ao longo dos quatro anos que passou ali, Xu Beihong a apresentou a diversos contatos e assegurou sua participação em diversas exposições e salões. E não menos importante: ofereceu este emprego após seu rompimento, amplamente divulgado, com a Academia de Arte de Xangai. Para o deleite de Liu Haisu, os tabloides publicaram inúmeras versões da história, durante semanas: madame Pan atacara uma colega professora na academia; a vítima tivera de usar um lenço ao redor do rosto durante dois dias (embora, na opinião de Yuliang, ela o fizera mais para causar impacto que para encobrir um ferimento). O que os jornais não mencionaram, evidentemente, foi que a professora com roupas da Hermès (a mesma mulher, inclusive, que infernizou a vida de Yuliang quando esta foi sua aluna) chamou a pintora de prostituta, na frente dos alunos. "Ela pede por esse tapa há mais de vinte anos", afirmou Yuliang, furiosa, quando Liu Haisu a convocou em sua sala. "A mulher é uma víbora."

No final, apesar de um pequeno movimento para que Yuliang fosse despedida, o diretor Liu pediu-lhe apenas que se desculpasse. Porém, ela já não aguentava mais. Estava farta da política, dos tabloides. Farta do escândalo interminável. Farta de dormir sozinha à noite. Farta até de Xangai, com o avanço infindável das construções, o incansável apelo da última novidade — coquetéis, exposições, Willie Lewis & Negro Band. Sem falar nos indícios cada vez mais óbvios das cruéis intenções do Japão. Graças à Liga das Nações, os soldados de Hirohito patrulhavam as mesmas concessões estrangeiras que atacaram de forma repentina em 1932, ao passo que as tropas chinesas, que lutaram contra eles durante mais de dois meses, foram banidas da própria cidade. Considerando tudo isso, ela havia chegado à conclusão de que estava na hora de partir. E, quando recebeu o convite de Xu Beihong, as ruas amplas e tranquilas de Nanquim lhe pareceram um recesso bem-vindo.

Ainda assim, ao atravessar o campus neste momento, Yuliang não consegue afastar um leve, porém persistente, sentimento de mágoa. Percorrendo depressa a área de esportes da universidade, cheia não de atletas mas de civis em treino de combate obrigatório, não consegue evitar o desgosto. É como se tivesse acabado de passar por uma sala cheia de teias de aranha. Cerrando os olhos por um breve instante, quase consegue visualizar o cenário: tramas circulares de fios sedosos letais, repletas de carcaças frescas de insetos.

EM CASA, TRABALHA NO espaço que reservou tanto como ateliê quanto como segundo quarto de dormir, para as noites em que a insônia a transforma em uma péssima companheira de cama. Da janela grande se vislumbram as avenidas ladeadas de árvores de Nanquim. Ao leste, vê-se a Montanha Púrpura, o local de descanso de Sun Yat-sen e do "rei camponês" Zhu Yuanzhang, que apesar da origem humilde tornou-se imperador, fundando a dinastia Ming. Ao sul, está Yuhuatai Shan, a Montanha da Chuva de Flores. Ali, segundo a lenda, um monge certa vez entoou sutras com tanta doçura que Buda fez chover flores sobre ele. Os botões celestiais foram se transformando conforme caíam nos penedos cor de arco-íris, que atualmente se espalham no cume. Desde que Chiang Kai-shek assumiu a responsabilidade de liderar a China, a montanha se tornou famosa por outro motivo: diz-se que é para lá que os comunistas e outros radicais são levados e liquidados. Os sortudos, tal como o velho amigo de Pan Zanhua, Chen Duxiu, mofam nas prisões nacionalistas. Os mais sortudos de todos, como Meng Qihua, conseguiram fugir para o norte com os poucos comunistas ainda não eliminados pelo governo.

Mesmo assim, apesar da paisagem sombria, Yuliang tem pintado prolificamente neste quartinho, produzindo um número de quadros mais do que suficiente para as mais de vinte exposições que fez desde que voltou para casa, quase oito anos atrás. A última, em Nanquim, incluiu sua primeira pintura política, inspirada na 19ª Tropa do Exército, que lutou tão bravamente contra as forças invasoras de Hirohito. Tem muito orgulho de *Nossos heróis*. Toda vez que a contempla, lembra-se do choque causado por aquelas primeiras semanas — o estrondo dos aviões japoneses, o zumbido dos morteiros, o rugido das bombas. Diversas edificações desmoronaram conforme o grande avanço das construções em Xangai ia sendo revertido. Após o sinal de fim do perigo, Yuliang saíra, desafiando o toque de recolher para examinar a cidade atacada.

Estava tudo sinistramente mudo, despojado de conversas e de ronronares de motores, do estrépito das riquezas ocidentais e orientais. Não cheirava a dinheiro e café, mas a destroços e fuligem — e, em algum lugar sob ambos, carne chamuscada.

Em meio à calmaria temporária, funcionários da Cruz Vermelha ajudavam soldados a levar os cadáveres até a rua. Os sobreviventes formavam filas nas calçadas, aguardando o atendimento de médicos estrangeiros. Parando na rua, Yuliang dirigiu-se a uma suposta criança ferida, aparentemente deitada em uma poça de gasolina. Tratava-se, na verdade, do corpo sem pernas de um homem, e o que parecia gasolina era seu sangue escuro e empoeirado. Foi uma imagem que não saiu da mente da pintora, mesmo depois de ela terminar o quadro — apenas 12 horas após haver voltado correndo para sua pequena casa.

Seu atual projeto, *Homem forte*, foi também iniciado em meio à fúria, tanto em relação aos japoneses quanto aos críticos. Cinco anos atrás, sua obra foi descrita pela imprensa chinesa como "revigorante", "primorosamente ocidental", "concorrente de Manet" e até "portadora da atmosfera dos velhos mestres". Mais tarde, no entanto, à medida que o movimento da "Vida Nova" do generalíssimo lançava sua sombra na China, o tom começou lentamente a mudar. "Por que campos franceses, pontes venezianas e negros de dorso nu?", questionou o *Shenbao* na última resenha de sua exposição mais recente. "Será que madame Pan, agora merecidamente famosa no mundo da arte chinesa, tem vergonha de pintar temas que combinam com a cultura e o gosto deste país?"

A publicação direitista *Mundo da China* foi além, tachando sua obra de "pura pornografia": "Vá conferir se realmente quiser. Mas lide com ela como se lida com um bordel: deixe sua esposa e sua filha em casa."

Contemplando *Homem forte* neste momento, Yuliang consola-se ao constatar que nem mesmo o mais fiel neoconfucionista acharia algo de malicioso ali. Certo, o peito do sujeito está exposto. Entretanto, assim se acham também a maioria dos camponeses que vão conduzindo búfalos e arando a terra para lançar as sementes, tema que ela vinha esboçando nas últimas semanas. E, evidentemente, ninguém deixará passar o significado da terra fértil que o homem tem nas mãos. A pintora gastou horas nelas, lutando para torná-las tanto grandes quanto suaves. Mãos que, por um lado, permitiram que a China prosperasse e, por outro, impediram que desmoronasse.

Agora, após fitar a pintura com o pincel língua de gato na vertical, Yuliang mergulha-o na tinta recém-preparada de marrom-ocre. Durante vinte minutos, raspa e mistura, pincela e retoca, sem permitir pensamentos além da mescla cremosa de um tom com o outro. Está começando a umedecer o pincel quadrado quando ouve o ranger inconfundível de sapatos de sola de madeira, seguido do ruído da porta do estúdio sendo batida.

Guanyin aparece, usando óculos escuros tão grandes que lhe cobriam quase toda a face. Esquadrinha o quarto com uma fúria incompreensível, a Justiça cega à cata de uma fugitiva. O que, pensa Yuliang, de certa forma ela é, já que a lei ainda proíbe concubinas.

— *Xiao taitai!* — vocifera Guanyin, usando o termo odiado por Pan Zanhua. — Segunda esposa!

— Sim? — responde Yuliang, sem perder tempo. Os médicos da primeira esposa dizem que ela está perdendo a vista depressa; em um ou dois anos, poderá ficar cega. A pintora suspeita de que é, em parte, uma desculpa: os olhos de Guanyin estavam bons o bastante para que ela notasse as delicadas argolas de ouro que Pan Zanhua dera a Yuliang em seu aniversário, no ano anterior.

— Precisa de algo, irmã mais velha? — pergunta, guardando o pincel.

— Vim saber se tem alguma preferência para o jantar. Vou mandar o cozinheiro para o mercado. — Entra no quarto. — Pensei em vermelho com champignon. Mas o preço dos dois subiu. E o cozinheiro vai precisar de uma panela nova também, pois a que ele está usando rachou.

Yuliang contém um sorriso. A última vez que o cozinheiro "precisou" de uma panela nova foi no mês passado, quando ela deu o valor correspondente. Duas semanas depois, o utensílio em cima do fogão continuava rachado e manchado. Guanyin, no entanto, desfilava com um novo *qipao* de seda de Nanquim.

Porém, a última coisa que Yuliang quer, a essa altura, com tanto trabalho pela frente, é discutir. Prometeu a Pan Zanhua que faria o possível para manter a paz.

— Não tenho nenhuma preferência — informa apenas. Pegando a bolsa, retira três notas recém-impressas pelos nacionalistas.

Guanyin aceita-as acenando com a cabeça e, em seguida, coloca-as no cós. No entanto, em vez de ir embora, começa a perambular pelo quarto. Ergue livros à luz do sol. Folheia os cadernos de desenho de Yuliang. E, por fim, chega à tela na qual a outra trabalha neste momento.

— Esta é para a exposição de Xangai? — pergunta, semicerrando os olhos por sobre os ombros da segunda esposa.

— É.

— Quando você vai partir?

— Daqui a uma semana e meia.

— Todas essas viagens para lá e para cá. — Ela solta um suspiro, como se, de fato, preferisse que Yuliang ficasse em casa. — E esta é tão demorada.

— O governo abriu novos trilhos para o norte. A viagem é mais suave até mesmo que de automóvel, hoje em dia.

— Ainda assim. Você vai ter de sossegar em algum momento, se realmente quiser ter um filho. — Faz um bico. — Já é difícil o bastante tirar pérola de ostra velha. — Dá um passo atrás, apoiada nos diminutos pés, que ela ainda se recusa a deixar que Pan Zanhua desenfaixe, e entrecerra os olhos de novo, por trás dos óculos. — É um garoto?

— Um homem.

— Nu?

— Vestido. — E, então, na defensiva: — Parcialmente.

— Quer dizer então que não precisou entrar escondida em lugar algum para pintar o rapaz.

— Não. — É a resposta curta e seca de Yuliang.

Recentemente ela saiu nos jornais por trajar roupas masculinas para conseguir ingressar de modo sorrateiro em um seminário só para homens, que versaria sobre o estudo de modelos masculinos. Como fizera isso para provar seu ponto de vista a respeito das regras da universidade no que tangia à decência, não se importou nem um pouco por haver sido reconhecida. Pan Zanhua, porém, não achou tão divertido, sobretudo quando o incidente foi publicado no *Diário de Nanquim* ("Artista famosa direciona o pincel para modelo desnudo").

— Ocidentais ou chinesas? — insiste Guanyin.

— O quê?

— As roupas que ele vai usar. Serão ocidentais ou chinesas?

Yuliang revira os olhos.

— Sério, *da taitai*, que diferença faz?

— As pessoas prestam atenção nessas coisas agora. — Agita um jornal que pegou enquanto caminhava pelo quarto. — Quando um jornalista diz que falta espírito nacional e decência feminina nos seus quadros, isso se reflete na honra de todas nós.

— Sua visão parece ter melhorado bastante.

A primeira esposa dá de ombros.

— Claro que não sei se é *exatamente* isso que foi escrito.

— O que os jornalistas sabem de arte poderia ser inscrito num grão de arroz — afirma Yuliang, voltando a se concentrar na tela. — Alguns deles podiam até ser cegos.

— Algumas das pessoas que têm a bênção da visão não enxergam além dos próprios narizes — retruca a outra. — Pintam coisas que nenhuma pessoa decente e de bem quer comprar.

Não se trata de um novo insulto, nem de um comentário particularmente injusto. Yuliang não pode negar que as vendas e as comissões diminuíram nos últimos meses. Ainda assim, ela gira no banco, aborrecida.

— Pelo visto a primeira esposa esqueceu que o meu trabalho paga a universidade de Weiyi. Além disso, tem mantido nossa posição social em Nanquim intacta. E, nos últimos tempos, até permite que a gente continue nesta casa.

Guanyin estreita os olhos.

— Mas eu não esqueci que você trabalhou em muitas casas, em muitas *posições* — diz, com malícia.

Sua vaca sarnenta. Por um momento, Yuliang ergue o braço para esbofeteá-la. É preciso uma tremenda força de vontade para pôr a mão no estojo de pintura, em vez disso. Com o maxilar contraído, ela pega a espátula.

— Sinto muito, *taitai* — diz, da forma mais controlada possível. — Obrigada por se preocupar comigo. Pode dizer para o cozinheiro fazer o que você acha melhor. — Yuliang mete a espátula em um pote de obsidiana e passa-a de modo brusco no plano de fundo da pintura.

A primeira esposa, porém, ainda não se deu por satisfeita:

— É ele, então? — Acena com a cabeça em direção ao quadro imenso.

Yuliang vira-se de novo.

— Ele quem?

— O dono do rosto que se vê nos seus extravagantes livros de desenho.

— Não estou entendendo o que quer dizer.

Guanyin dá um sorriso lento e ferino, que revela os dentes de ouro com os quais substituiu os últimos dois incisivos.

— E ainda chamam você de professora.

Os olhos dispersos da primeira esposa brilham por alguns instantes, atrás dos óculos escuros. Então, ela gira nos calcanhares e sai, provocando os usuais rangidos.

Trinta e seis

DEPOIS QUE GUANYIN VAI EMBORA, Yuliang continua sentada, os olhos fixos na paleta de cores recém-misturadas. *Não pode ser*, pensa. *Ela é ainda mais louca do que eu imaginava.*

Continua a refletir sobre isso, levanta-se e vai até a pequena estante sob a janela. Percorre os dedos pela série organizada de lombadas texturizadas, com os títulos em diversos idiomas e cores: *O pintor da vida moderna*, de Baudelaire; *Chéri*, de Colette. Seus próprios dois volumes, uma edição limitada de suas gravuras, publicada no auge de seu sucesso. E, por fim, alguns exemplares antigos e saudosos de *L'Gazette Bon Tan*, ainda manchados e marcados com água do mar ressecada.

A princípio, por acidente ou por algum mecanismo de defesa do subconsciente, Yuliang passa direto pela obra que quer. Acha-a ao procurar de novo: a lombada esverdeada, com tinta dourada gasta, de *O que é arte?*. Tirando-a da estante com cuidado, passa o dedo pela dedicatória que a constrangeu uma década atrás: "Eu me lembrei da nossa primeira conversa quando achei este livro. A ideia de vê-lo em suas belas mãos de pintora me enche de alegria."

Os ideogramas flutuam diante dela por alguns instantes. Pestanejando, Yuliang deixa-os para trás, indo para os encartes outrora em branco, no fim do livro. Está tudo ali: o maxilar quadrado e grande; os cabelos penteados com a mão; as maçãs do rosto arredondadas, com aparência pueril. Tudo reproduzido inúmeras vezes, em um estilo mais experimental e abertamente ocidental que a forma que ela pinta agora. Ainda assim, não restam dúvidas de que se trata de desenhos seus. Produtos de suas mãos. E até mesmo Guanyin — a quase cega Guanyin — consegue ver isso.

Sentando-se no chão, Yuliang examina as imagens. Na primeira, Xudun dorme, o rosto sem rugas, os lábios meio entreabertos. Na segunda, acha-se sentado, com um lençol jogado sobre a cintura. Na terceira, estica o braço em direção ao céu noturno. Em outra, encontra-se próximo ao Sena, os cabelos escuros contrastando com o rio.

A última imagem, desenhada enquanto Yuliang aguardava por Xing Xudun no Café de Cluny, mostra o amante em uma pose simples, de pé. Despojado de detalhes, ele foi esboçado com a técnica de hachuras; é impossível dizer se o rapaz vai em direção ao observador ou para o lado contrário. A hesitação captada pela pintora sempre a faz estremecer um pouco, pois quando se sentou ali, no dia de seu encontro marcado, e depois no seguinte, e no outro, foi assim que o viu, como uma figura vaga e ilusória, que estava passando rápido por Paris para se encontrar com ela ou que mentira e já partira. Aguardando no café, Yuliang não tinha como saber que Xing Xudun não se achava em Paris, mas em Marselha, tendo sido delatado à polícia francesa pelo mesmo PJC que ele ridicularizara na primeira conversa dos dois ali. Ele e vários outros membros do PCCh acabaram sendo colocados em um barco a vapor superlotado e conduzidos ao Oriente, onde, mais ressentidos do que nunca, levaram a revolução com muito mais veemência.

Yuliang, tanto magoada quanto ligeiramente aliviada, acabou se mudando para Roma e se perdeu na revolução permanente iniciada por ela e pela Garota do Espelho. Ao longo dos quatro anos seguintes, dedicou-se ao Vaticano, a Leonardo e Rembrandt, aos Gentileschi. Tratou a própria ferida como se fosse um dos erros que cometia cada vez mais raramente na escultura — algo a ser cinzelado e suavizado. A ser reparado. Somente muito tempo depois de voltar para casa, no ano de 1929, ela soube a verdade.

E, àquela altura, evidentemente, era tarde demais.

A pintora dá uma última olhada no livro. Então, abraçando-se, vira-se para o cavalete. A compreensão vem de supetão, deixando-a sem fôlego: o homem que desenhou naquela época e o que acabou de pintar são quase idênticos.

Estupefata, Yuliang cobre o rosto com as mãos. *Como isso foi acontecer?* Faz meses que não pensa em Xudun; tal ccmo outras partes dolorosas de sua vida, ela o manteve fechado em uma caixa-preta nos recônditos mais profundos da mente. E o modelo usado para *Homem forte* foi outro indivíduo: um estudante robusto do primeiro ano, a quem ela dá aulas de vez em quando. É verdade que alterou um pouco o rosto, mas apenas porque o rapaz se arriscou o bastante para posar para ela.

Furiosa consigo mesma, ela atira o livro no chão. Quando o faz, dois papéis saem de entre as páginas. Um é um artigo de jornal, cortado de forma irregular. O outro, uma carta, amarelada, as pontas dobradas. A pintora alisa-os no joelho, um de cada vez, mas não os lê; não precisa. Sabe palavra por palavra.

GÂNGSTERES ATACAM SINDICALISTAS E SIMPATIZANTES SOVIÉTICOS, ANTES DO AMANHECER

Centenas de mortos, vários presos. O número de vítimas continua a aumentar, afirmam autoridades.

Xangai, 13 de abril de 1927: Houve comoção na cidade ontem diante da informação de que centenas de líderes sindicais e esquerdistas foram cercados antes do crepúsculo e sumariamente executados.

A notícia espalhou-se antes da chegada há muito aguardada na cidade do general Chiang Kai-shek e de suas tropas da Expedição do Norte, que, até o momento, foram aliadas dos comunistas. O ataque surpresa, que teria sido organizado pela famosa organização criminosa Gangue Verde, pôs um basta aos amplamente anunciados planos de greve geral dos sindicatos e simpatizantes comunistas da cidade.

Fontes envolvidas nos ataques afirmaram que a polícia não só estava ciente do expurgo planejado como também participou da ação. Um porta-voz do governo, entretanto, negou a acusação, tachando-a de "absurda".

Já a carta é de setembro de 1929.

Minha querida amiga:

É com grande pesar que informo que nosso amigo Xing Xudun faleceu na noite do dia 13 de abril. Ele estava hospedado na pensão Lucky Chan, em Hongkou, quando esta foi atacada pela Gangue Verde. Apenas dois dos meus colegas sobreviveram. Todos os outros foram assassinados na rua.

Lamento muito ter que lhe dar essa terrível notícia quando acaba de voltar da Europa. Mas, como com certeza sabe, essa tem sido uma época dificílima para todos os membros do nosso partido. Perdemos mais de cinco mil filiados, só naquela semana. Foi grande a sorte que tive de não ter sido ferida de novo — ou algo pior.

Vou enviar esta carta pela minha mãe, que, por sua vez, vai entregá-la para você. Talvez, se a situação melhorar, tenhamos a oportunidade de nos encontrar de novo, em circunstâncias mais felizes — tanto para nós quanto para nosso pobre país maltratado.

Guifei

YULIANG PERMANECE SENTADA por um longo tempo, com os dois papéis e o livro no colo. Apenas quando os raios de sol incidem perigosamente perto do piso é que ela se dá conta do quão tarde está. Mal haverá tempo e luz para misturar de novo as tonalidades da face. E, a bem da verdade, a última coisa que ela quer fazer é pintar. Não há nada que ela deseje mais neste momento do que se deixar levar pelo desespero.

Mas, enquanto pensa nisso, uma porta bate no andar de baixo. Yuliang escuta duas vozes no pequeno quintal, do lado de fora. Uma é de Guanyin, a outra, da empregada que ela leva de vez em quando às compras. Não se trata de Qian Ma, que já morreu faz muito tempo, mas de uma de suas sobrinhas.

Yuliang acocora-se, enquanto as duas entram em um riquixá, que se dirige a Beijing Road. Em seguida, com cuidado, dobra e guarda os papéis amarelados dentro do livro, o qual carrega até o cavalete. É óbvio que precisará encontrar um novo esconderijo para eles.

Em um impulso, pega o jornal que tomou de Guanyin. Passa direto pela matéria com a crítica incriminatória, examinando e descartando todas as fotografias granulosas, antes de se deter em uma, que chama sua atenção. É de Chiang Kai-shek elogiando um general do Kuomintang, que aparenta ser convenientemente robusto e desconhecido. Ela dá uma batidinha na foto com o dedo e, em seguida, recorta-a com a espátula. Depois, prende-a no alto do cavalete.

Ao dar as primeiras pinceladas úmidas, Yuliang volta a sentir certo pesar. Por um momento, vê Xing Xudun parado diante de si, tal qual naquela derradeira manhã. Sente os músculos fortes e quentes das costas dele em suas mãos. Yuliang o vê virar-se para ela, exausto. Extremamente feliz. "Vá se encontrar comigo daqui a uma semana", pediu ele. "Vou ficar esperando no Café de Cluny, de novo, ao meio-dia."

Yuliang fica sentada, totalmente imóvel por alguns momentos; dali a pouco, pega mais tinta com o pincel. E, após um suspiro breve e tenso, pinta por cima do rosto de Xing Xudun.

Trinta e sete

UM DIA ANTES DA EXPOSIÇÃO, Yuliang encontra Guanyin tomando café da manhã na sala de jantar.

— Bom dia, irmã mais velha — diz a pintora, com educação.

A outra limita-se a inclinar a cabeça. Porém Yuliang, intuindo a vigilância por parte daqueles olhos quase cegos, suspeita de algo na hora. *Ela está tramando algo.*

À primeira vista, não vê nada fora do lugar. A comida parece pouco atraente à pintora, tal como ocorre com quase todos os alimentos nos momentos de apreensão — e seus nervos sempre ficam à flor da pele antes de exposições. A colher e a xícara de chá encontram-se nos lugares de sempre, bem como o suplemento fitoterápico à base de ginseng, tang-kuei e peônia, receitado pelo médico ao qual ela e Pan Zanhua foram na semana anterior. O marido deixou o *Shenbao* no lugar de costume, diante de sua cadeira, para que ela o leia.

É apenas quando Yuliang pega o jornal que vê: o conservador *Mundo da China* foi colocado com esmero sob o outro. Aberto na seção de arte, destaca a manchete: "Exposição 'NOVA' é considerada pervertida; venda insuficiente de entradas provoca o encerramento antecipado."

Ah, pensa a pintora.

Finge dar uma olhada no artigo enquanto esvazia o conteúdo do papel-manteiga na água e mexe. Secretamente, no entanto, concentra-se em cada uma das palavras. A exposição, promovida por sua própria galeria, foi composta sobretudo por obras de pintores treinados em Tóquio, em estilos que desconcertavam até mesmo alguns ocidentais: neofauvismo, surrealismo mágico, neoplasticismo. De acordo com o curador, o evento tinha como propósito "abolir as algemas das representações e formas figurativas e libertar as mentes dos observadores, para que pudessem seguir seus sonhos". Ainda segundo o artigo, porém, o resultado foi mais um pesadelo. "Nunca entendi o futurismo", comentou um frequentador. "No máximo, esses quadros me fazem sentir saudade da arte clássica." Um sujeito foi mais direto: "Meu cachorro teria feito quadros melhores com alguns tubos de tintas, o traseiro e o rabo."

O que é ainda mais perturbador é que duas pinturas foram desfiguradas. *Desfiguradas?*, pensa Yuliang, fazendo uma careta ao cuspir o conteúdo amargo da xícara. Colocando-a no pires, pega o jornal e lê o artigo novamente, com mais atenção.

Do outro lado da mesa, Guanyin sorri.

— Pedi que Pan Zanhua lesse para mim ontem. Pensei que talvez você acharia interessante.

— A exposição NOVA se baseou num estilo de pintura diferente do meu — diz Yuliang friamente, balançando a chaleira.

— Você não é futurista?

— O termo não quer dizer nada. Os incultos usam essa palavra para descrever qualquer coisa que não entendem de imediato.

Guanyin contrai os lábios. Embora nunca tenha demonstrado interesse em aprender algo além dos clássicos confucianos como o *Xiao Xue*, ou *Livro da educação moral*, ela se ressente amargamente da ampla instrução de Yuliang. Ou, mais precisamente, o que o marido compartilhado gasta com isso.

— Hoje em dia — afirma neste momento, torcendo o nariz — dão importância demais à educação. Até mesmo a mulher mais culta do mundo não tem valor algum se não der filhos ao marido.

Ela fita Yuliang através dos óculos escuros, com certeza esperando seu protesto. Porém, a pintora já cometeu esse erro antes. Tudo o que conseguiu foi dar a Guanyin uma desculpa para acompanhar a considerável quantidade de meses infecundos desde a chegada da segunda esposa ali, marcados por toalhinhas menstruais, que a primeira mulher, de alguma forma, sempre consegue ver. Trata-se de uma vigilância tensa e sanguinária, que lembra de modo sinistro a Casa e o terrível livro-caixa da Madrinha.

Yuliang pega o bule de água quente.

— Eu ficaria feliz com uma menina — comenta a pintora.

— Sonhei que você tinha um bebê.

— É mesmo? — Yuliang a olha de esguelha, com receio. Sente-se cada vez mais supersticiosa com relação ao seu útero ultimamente. Quando voltou à China, sua infertilidade foi quase um alívio, um período para redescobrir o marido, a nação, ela mesma como cidadã e esposa. Conforme os anos passaram, no entanto, o que se arraigou, em vez de um filho, foi uma grande sensação de culpa. Como se seu corpo agora a punisse por todos os anos em que abusou dele e o privou do necessário.

— Era uma garota — diz Guanyin, lentamente. — Só que não chinesa. Ou, pelo menos, não dava a impressão de ser totalmente chinesa. Parecia...

— Parecia o quê?

— Bom, mais velha, acima de tudo. Não lembro muito bem. Afinal, foi só um sonho. — Ela dá uma risada nervosa. — E, seja como for, não importa, não é mesmo? Meninas são meninas. Depois de paridas, são criadas para os outros.

— Eu não faria isso.

Guanyin pestaneja atrás de seus óculos.

— Você não é tão moderna a ponto de não deixar a sua filha casar, ou é? — pergunta, indignada, como se Yuliang tivesse proposto não deixar a menina comer.

— Claro que se ela quisesse, eu deixaria. Mas não me importaria se decidisse fazer outra coisa na vida.

— E o que mais poderia fazer?

— Qualquer coisa. Por exemplo, o que eu faço.

A primeira esposa dá de ombros, salientando o quão pouco sabe da vida da outra e o quão pouco se importa com ela.

— Aposto como você gastaria milhares de iuanes para mandar a menina para lá e para cá, enchendo a cabeça dela de coisas totalmente desnecessárias.

— Eu daria para ela a mesma educação de um menino. E, é verdade, talvez levasse minha filha para Paris e Roma também. Assim como Weiyi. Algum dia.

Guanyin torce o nariz.

— Para quê?

Yuliang sorri.

— Não forçaríamos você a ir junto, se não quisesse. — Durante alguns instantes, quase vê a cena: ela e a filha, juntas no Louvre. Yuliang revelaria os segredos que descobriu em meio àquelas paredes privilegiadas: o autorretrato sombrio de Solario, sendo incorporado como uma joia lúgubre na bandeja, em *Salomé com a cabeça de São João Batista*. A cliente fantasmagórica em *Bar em Folies-Bergère*, de Manet. A habilidosa série de truques e brincadeiras em *Almoço na relva*. O piquenique absurdo, com as frutas espalhadas e o pão enlameado. — Ela vai ter que conhecer o mundo. Ensinar somente temas próprios de esposas acabaria limitando a menina. Seria quase como cegá-la.

Pelo menos desta vez, a desfeita não é proposital. Ainda assim, os ombros de Guanyin encolhem ligeiramente.

— De qualquer forma, é inútil discutir isso — diz a primeira esposa, terminando o café da manhã. — A que horas sai o seu trem?

— Às seis — informa Yuliang, olhando para o relógio. Já são quase 11 e ela nem pegou sua roupa, tampouco começou a fazer a mala. *Homem forte* ainda precisa ser empacotado para a viagem. E também há alguns trabalhos, que planejou pegar para ler e dar nota no trem...

— Uma pena Pan Zanhua não poder ir com você — comenta Guanyin.

A outra limita-se a anuir. O marido, na verdade, vai se encontrar com Yuliang em Xangai, como quase sempre faz quando ela tem uma exposição. No entanto, na última vez que informaram um plano similar à primeira esposa, a pintora encontrou o estúdio sutilmente destruído quando voltou. Alguns de seus pincéis tinham sido partidos ao meio, outros ficaram sem os pelos de javali e raposa. As bisnagas de tinta haviam sido abertas e espremidas, formando uma gosma monocromática. De forma que Pan Zanhua e Yuliang viram-se obrigados a inventar histórias. Desta vez, disseram que o marido vai participar de uma reunião da Associação de Mercadores em Wuxi.

— Está indo na segunda classe, espero — prossegue a primeira esposa.

— Na terceira — conta de forma condescendente, embora esteja indo, de fato, na primeira, já que Pan Zanhua insistiu que ela precisa descansar. — Quer que eu leve alguma coisa para Weiyi? — acrescenta, olhando a outra de soslaio.

Tal como esperava, o semblante de Guanyin fecha-se, como um livro.

— Não o incomode. Ele escreveu dizendo que anda muito ocupado.

O que, sem dúvida alguma, é verdade. Yuliang sabe disso pelas próprias cartas que recebe (Weiyi escreve com frequência para ela). Sabe que o enteado pertence tanto à Sociedade para a Reconstrução da China quanto, por insistência da madrasta, à Associação de Resistência ao Japão. Recentemente, o rapaz começou a participar de um fórum de leitura de Ibsen. Se não tivesse a inteligência do pai, Yuliang acharia um pequeno milagre ele ter tempo de estudar.

Não obstante, ela conhece Guanyin o bastante para saber que o aviso não foi feito por preocupação com os hábitos de estudo do filho. Conforme a saúde da primeira esposa vai piorando, o que um dia foi possessividade vem se transformando em um territorialismo perverso. Yuliang acha inclusive que é um dos motivos que levam a mãe a impedir que Pan Zanhua traga o filho de Xangai para casa, como diversas famílias fizeram após o ataque do Japão. "Aqui não é mais seguro que lá", disse ela, com firmeza. "Quem garante que os anões da ilha não vão atacar a capital também?" Na verdade, porém, ela está menos preocupada com um ataque japonês à cidade que com uma interferência da concubina na lealdade do filho.

Como se para ressaltar isso, Guanyin vira-se desconfiada para Yuliang.

— Ele não vai à sua exposição amanhã, vai?

— Claro que não — exclama a outra, levantando-se. — Sabe que eu não iria contra a sua vontade.

— Você nunca se importou com a minha vontade. — A primeira esposa concentrou o olhar vago no prato diante de si. — Nenhum de vocês.

Algo em seu tom de voz leva a segunda esposa a fitá-la; Guanyin ficaria feliz se ela morresse. Travou uma guerra com Yuliang desde o dia em que ela pisou ali, insistindo que fizesse o tradicional *kowtow* de subserviência. Sem querer começar mal, Yuliang obedeceu, apesar dos protestos de Pan Zanhua; encostou a testa no chão poeirento da entrada três vezes. Por dentro, no entanto, imaginou-se espetando aqueles olhos amargos e ocultos com o cinzel de esculpir.

Contemplando Guanyin neste momento, Yuliang lembra-se com clareza das primeiras palavras de Pan Zanhua a respeito dela: "Nunca foi um casamento de verdade." E acaba sentindo uma onda de compaixão, não apenas por essa esposa mal-amada e doente, a envelhecer, mas por um universo que parece construído para fazer seus membros mais fracos se voltarem uns contra os outros, talvez para simplesmente mantê-los fracos.

— Você tem razão — diz Yuliang, com suavidade. — Nunca nos importamos.

Guanyin fita-a. Pela primeira vez nos últimos tempos, chega a tirar os óculos.

— O quê?

Seus olhos, à luz da manhã avançada, parecem largos e escuros, tão adoráveis quanto na foto tirada pelo casamenteiro, que Yuliang viu anos atrás. Estão também úmidos, embora não se possa saber se de tristeza ou de doença. Seja como for, Yuliang tem vontade de se aproximar dela. De oferecer o lenço bordado com *Le Louvre, Paris, 1924* ou seu ombro, quase da mesma forma que oferecia consolo às companheiras flores depois de uma noite particularmente ruim ou de um espancamento.

Porém, o sentimento só dura alguns instantes. Em seguida, a outra recoloca os óculos.

— Melhor você ir logo. Não pode se dar ao luxo de se atrasar. — Estende o jornal, com um leve sorriso. — Se quiser, leve isto para ler no trem.

Trinta e oito

O BLUE STEEL EXPRESS CHEGA a Xangai na manhã seguinte, com um coro eficaz de clangores e suspiros. Yuliang veste-se e, embora não tenha descansado muito (nunca dorme bem antes das exposições), após duas xícaras de um excelente café, desce os degraus de metal, empurrando com o pé a maleta de tecido. Já *Homem forte*, envolvido em um manto e embrulhado com papel pardo, ela carrega.

Uma vez na plataforma, procura um carregador. E seu olhar se depara com dois jovens soldados japoneses, de pé próximo ao trilho, como se tivessem todo o direito de estar ali.

Por um brevíssimo momento, a pintora sente vontade de voltar na hora para o trem. Pelo menos em Nanquim, apesar de todo o conservadorismo e dos sobrevoos ruidosos dos aviões nacionalistas, ainda não se veem aqueles odiosos uniformes cáqui. No entanto, quando ela chega a Tianmu Street, alguns minutos depois, seu estado de ânimo melhora. Sempre se esquece do quanto sente falta de sua vida ali, da cor e do caos tão ausentes na capital. Depois de dar um trocado para o carregador, fica algum tempo apenas parada ali, na cidade que ela ainda considera seu verdadeiro lugar. Em comparação com as ruas sóbrias da nova capital, aquilo é como uma dose de bom uísque: o barulho e o resplendor, a energia incessante. Passa um riquixá, com um condutor esquelético carregando um padre no mínimo três vezes mais gordo que ele. Quando vão chegando ao cruzamento, um Duesenberg surge à frente do riquixá, obrigando o rapaz a parar bruscamente. O condutor e o padre se unem em um coro de impropérios, que são retribuídos de imediato pela motorista do sedã, uma *taitai* de cabelos oxigenados.

Observando o sucedido, Yuliang tem de rir. *Que os céus ajudem Hirohito*, pensa, chamando um riquixá para si. Se os japoneses atacarem Xangai de novo, vão se meter em uma briga muito pior do que imaginam.

YULIANG CHEGA À GALERIA um pouco antes do meio-dia, no momento em que os trabalhadores acabaram de colocar seu nome na marquise. Protegendo os olhos do sol, lê por sobre os ombros deles: PAN YULIANG: A FAMOSA MULHER ARTISTA E SEU ESTILO OCIDENTAL.

— Idiotas — murmura ela. Por mais que peça que não o façam, incluem a palavra *mulher*.

Mas, como Liu Haisu lhe disse em inúmeras ocasiões: "Dê-se por satisfeita que só ponham 'mulher'. Colocariam 'nua' também, se achassem que venderia mais." E, então, sorria. "O que não seria necessariamente ruim."

Na galeria principal, todos os sinais da desastrosa exposição NOVA desapareceram. As paredes estão limpas e pintadas, já com ganchos e pregos. O diretor da galeria circula entre uma série de assistentes. Ao ouvir o ruído dos saltos de Yuliang, ele abre um largo sorriso e ela inclina a cabeça, com relutância. Em termos de expressões faciais, o pequeno curador é o total oposto de Yuliang: sorri de forma compulsiva. Corresponder o tempo todo aos sorrisos dele faz o rosto dela doer.

— Ah, madame Pan — diz ele, radiante. — Vejo que está muito bem. Por acaso ganhou peso?

— Acho que não. Mas obrigada. — Olha ao redor. — O tom das paredes ficou muito bom.

Ele sorriu.

— Fico feliz com a sua aprovação.

— Mas devo dizer que vi a marquise quando entrei.

— Novos caracteres! — anuncia ele, animado. — Multicoloridos, como certamente deve ter notado. E 6 milímetros maiores que os do ano passado.

Ela assente.

— Mas não pude deixar de notar que o senhor fez aquilo de novo.

O curador franze ligeiramente o cenho.

— O quê?

— Voltou a me chamar de "famosa mulher".

Ele abre um sorriso.

— Mas é o que a senhora é.

Yuliang contém um suspiro.

— Posso saber, mais uma vez, por que é necessário acrescentar "mulher"? Será que alguém, a essa altura, acha que eu sou um homem?

Ele parece pensar a respeito, mantendo o sorriso.

— Acho que não.

— É tarde demais para tirar?

— Infelizmente, é sim. Sabe, já colocamos esse título nos pôsteres e programas. — Pegando um do bolso, ele lhe entrega. — Sinto muito mesmo. Eu me esqueci completamente da nossa conversa sobre isso. A questão é que tenho andado ocupado demais nos últimos tempos.

Ele continua a sorrir. Porém Yuliang detecta, ou assim pensa, um toque de insegurança em sua voz. Aguarda alguns instantes. Mas, como o curador fica calado, ela muda de assunto:

— Essa é a lista que enviei para o senhor com a ordem em que os quadros vão ficar? — pergunta ela, apontando para a folha que ele traz consigo. — Posso? — Yuliang avalia a tabela preparada às pressas e, em seguida, vira-se, para examinar a sala. — Vou fazer algumas modificações.

— Ah. Claro.

Já acostumado com o envolvimento obsessivo de Yuliang em suas exposições, normalmente o diretor lhe dá total liberdade. Hoje, no entanto, será diferente. Com o eterno sorriso, ele a segue, dando tragadas ansiosas e rápidas no cigarro. Entrelaça as mãos para observar a pintora desempacotar *Homem forte* e, então, fica batendo os pés enquanto ela o coloca na parede central. Porém, é só quando a artista se vira para sair que ele se manifesta.

— Madame Pan?

— Sim?

— Uma pergunta, por favor. — A face dele continua risonha. Apenas o espasmo em uma de suas pálpebras trai sua agitação. — Eu só estava pensando na posição daquele... daquele ali. — Aponta para *Nudez sonhadora*.

Yuliang observa o quadro.

— Algum problema?

— Não, não, claro que não. É que me pergunto se não ficaria melhor em outra parte. Ali, por exemplo. — Aponta para um nicho relativamente escondido atrás da parede à esquerda. O local em que ela colocou a série de *guohua*, as aquarelas tradicionais que fez para consolidar suas raízes chinesas. O resultado não satisfez muito suas expectativas, motivo pelo qual a pintora as colocou naquele ponto.

Ela franze as sobrancelhas.

— Mas não teria visibilidade ali.

— Bom, é verdade. Só acho que... quer dizer, que de repente nós... — Ele dá uma risadinha sem graça. — Talvez seja mais seguro.

— Mais seguro em relação a quê?

O curador entrelaça as mãos de novo.

— Tenho certeza de que leu algo sobre a exposição NOVA. A reação foi, digamos assim, um pouco mais volúvel do que esperávamos. O incidente levou o conselho a considerar a necessidade de adesão mais firme a certos... ah, padrões.

Yuliang tenta conter a irritação.

— Com certeza meu trabalho ainda corresponde aos seus padrões artísticos.

— Ah, sem dúvida, madame. Afinal de contas, a senhora é a famosa artista de estilo ocidental da China. — Ele dá outra risadinha.

Ela o fita, sem achar graça.

— E a que padrões eu agora não correspondo, então?

— Não que seja o que eu pense, claro, mas há novos ventos, ou seja, novos estados de espírito em Xangai. Até mesmo entre os frequentadores de exposição mais modernos. Considerando o que aconteceu, nós simplesmente nos perguntamos se não deveríamos deixar os quadros, digamos, mais impetuosos em posição de menor destaque.

— Espere aí. — Quando Yuliang ergue a mão, o diretor chega a se encolher. Os tabloides devem estar publicando de novo aquela velha história sobre o tapa que ela deu na professora de paisagismo. Ela não pode evitar uma leve e maliciosa satisfação diante do pavor dele. — O senhor sabe — ela diz calmamente —, que já fiz uma exposição para arrecadar verbas para o movimento antijaponês. E que já me apresentei na Sociedade do Silêncio.

Ele anuiu, parecendo estar pouco à vontade. As declarações antijaponesas de Yuliang (e seu evidente desprezo por aqueles que não tomam uma posição) foram amplamente divulgadas nos jornais, tal qual a exposição da Sociedade do Silêncio, uma série de pinturas modernas, em estilo ocidental, realizada a despeito da recente onda de conservadorismo do país.

— Então, o senhor deve perceber — prossegue Yuliang — que não tenho o menor interesse em esconder meu trabalho. Se as pessoas não gostarem, podem ir embora.

— Em princípio, concordo. Claro. É que... — O curador hesita e, em seguida, sussurra: — Foi sugerido que destacássemos apenas as obras que se encaixassem nos limites da...

A favor dele, pode-se dizer que não consegue anunciar a palavra. Yuliang a pronuncia para ele:

— Decência.

Ele apenas sorri.

— Está querendo me dizer — ela prossegue, falando devagar — que, depois de terem lucrado com meu trabalho nos últimos cinco anos, agora chegaram à conclusão de que a minha obra é pornográfica?

— *Pornográfica* não, imagine! Acontece... — Apesar de continuar a sorrir, ele lança um olhar desesperado à porta; na certa busca uma forma de escapar. — Acontece que não se pode negar o fato de que a senhora... de que os seus nus artísticos... mostram tudo.

Mais uma vez, Yuliang contém um suspiro. Com que frequência é necessário discutir isso?

— Não é justamente essa a *ideia* dos nus artísticos? — ela pergunta, entediada.

— Talvez em Paris.

— Xangai é chamada de "Paris do Oriente".

— Os *laowai* a chamam assim, de fato. — E, de novo, o sorrisinho sem graça de quem pede desculpas. Como se Yuliang também fosse ádvena. — Mas, madame, a questão é essa. O nosso público está sob ataque estrangeiro. Não apenas suas fronteiras como também sua própria cultura. Seu modo de vida. Acho que a nossa função agora, como artistas, é fazer com que esse público se sinta seguro. Lembrar-lhe a pureza e a força de sua própria tradição.

Por um longo momento Yuliang simplesmente fita o piso. Quando ergue os olhos, fala devagar:

— Mestre Ma. O senhor estudou na Alemanha, não é mesmo?

— Foi onde conheci o mestre Dean Xu.

— Então com certeza o senhor, dentre todas as pessoas, devia entender que a arte não consiste em fechar fronteiras e, sim, em ampliá-las. Em encorajar novas técnicas, novos pontos de vista. Não em censurá-los.

O homem baixinho fica ressentido.

— Eu não estou apoiando a censura, apenas ressaltando a necessidade de sensibilidade. E não só em consideração ao nosso público. — A risadinha vira quase uma súplica. — Tenho, como a senhora sabe, esposa e dois filhos pequenos. E a senhora... a senhora tem um marido, claro...

— Meu marido me apoia totalmente — ela retruca. Por algum motivo, mais parece um protesto.

O curador sorri com amabilidade.

— Tenho certeza de que sim. Mas, sem querer ser grosseiro, já parou para pensar se a senhora apoia seu marido?

Por diversos instantes o único som que se ouve é o de um trabalhador varrendo o pó de gesso do chão. A pintora cruza os braços e desvia o olhar. Contempla *Nudez sonhadora*, com suas linhas caligráficas e seus tons que lembram joias. A Garota do Espelho retribui o olhar, rubra e misteriosa.

Yuliang pintou esse autorretrato há seis meses, quando suspeitou de que, por fim, tinha engravidado. Apesar de todas as suas ressalvas, sentiu uma leve emoção ao pensar que aqueles seios que havia pintado em breve estariam inchados, cheios de leite. À medida que foi se acostumando com a ideia, chegou até a incluir indícios discretos: um tecido branco drapeado atrás, que poderia ser tomado por um cueiro; uma garrafa de vinho, enfeitada com laços infantis, para a comemoração após o nascimento; um tom de pêssego estilo Cézanne, evocando as flechas de pau-rosado, que tradicionalmente se colocavam próximo aos berços para afugentar os maus espíritos. E até traçou os arcos de sua boca com suavidade, como o beijo com batom que uma mãe daria no rosto do filho recém-nascido.

Dois dias depois, no entanto, sua menstruação chegou com bastante intensidade. Atormentada com as cólicas e a náusea, ela repreendeu a si mesma por ter se deixado sequer seduzir pela esperança. Nos dias seguintes, quando o período deu a impressão de prosseguir de forma interminável, chegou a se perguntar se provocara uma maldição sobre si mesma. Afinal de contas, Guanyin dissera que pronunciar a palavra "bebê" dava azar na gravidez. Então, o que aconteceria se pintasse um, mesmo disfarçadamente?

— Melhor mudarmos também o *Negra* — diz o curador atrás dela, com boa disposição. — Podíamos até colocar algumas das paisagens a óleo ali também. A do Partenon, por exemplo. Essa é antiga, não é? Quase todo mundo já viu. E *Mãe amamentando*, apesar de adorável, merece um pouco mais de privacidade. Acho que a aquarela dos porcos ficaria ótima na parte central.

— E aquele ali? — pergunta Yuliang, apontando para *Homem forte*. — Não dá para negar que, pelo menos, ele está vestido.

Ele avalia o quadro, acariciando o próprio queixo.

— Bom, pelo menos, parcialmente vestido.

Por um breve instante a pintora de fato tem vontade de bater nele; chega a cerrar o punho com força. Porém, obriga-se a relaxar.

— Eu não quero que fiquem em outro lugar.

O curador vira-se para fitá-la.

— Nem mesmo os esboços de nus artísticos?

Ela balança a cabeça.

— Mas, se entendeu o que eu...

— Bem até demais — interrompe-o ela. — Tudo vai ficar como eu pedi. Aliás — olha para a parede —, chame os trabalhadores de novo.

Mestre Ma pigarreia.

— Posso saber...

— Ouça. — Ela começa a escrever no bloco os planos para a apresentação modificada. — Ponha as paisagens europeias aqui, mais perto da entrada. As aquarelas, *Porcos*, *Lago com flores de lótus* e *Ponte em Suzhou*, podem ir para lá, para o nicho.

— E os nus artísticos?

— Na parede central. Todos eles. *Nudez sonhadora* no meio. Pode tirar do lugar *Homem forte*, se for o caso. — Ela hesita. — Mas não o deixe muito longe do meio. Quero que ele seja um dos três primeiros quadros que as pessoas verão.

O curador tira os óculos. Por fim, parou de sorrir. A face, sem a costumeira fachada de animação, de súbito parece quase ameaçadora a Yuliang.

— A senhora quer mesmo que seja assim?

— Quero — ela confirma, com firmeza. — Quero sim.

O baixinho abre a boca mas fecha-a em seguida. Coça a careca, o pescoço fino. Quando ergue os olhos, o sorriso costumeiro voltou, tão mecânico e fútil como nunca.

— Então, assim será — diz ele, com suavidade. — Afinal, a senhora é a artista.

— A *mulher* artista — Yuliang lembra-lhe.

E, finalmente sorrindo, ela se vira para sair.

Trinta e nove

— Você agiu bem — afirma Pan Zanhua, uma hora depois.

Esticando-se, acaricia sua mão. Yuliang segura seus dedos durante alguns momentos e, em seguida, solta-os para que possam pegar os docinhos que acabaram de chegar à mesa. Os dois estão sentados à janela em La Maison Pâtisserie, um dos locais preferidos de ambos nos velhos tempos.

— Não acha que me comportei mal?

Ele parte um mil-folhas pequeno com o garfo.

— O importante é se ater aos seus princípios.

Está na ponta da língua de Yuliang recordar-lhe que ele nem sempre aprova seus princípios. Porém, limita-se a limpar o açúcar dos lábios. A última coisa que quer é prejudicar o frágil equilíbrio que ambos lutaram tanto para manter nos últimos anos. E, a bem da verdade — lembra a si mesma, pegando uma forminha de um sedoso *crème brulée* —, não *sabe* ao certo se Pan Zanhua desaprova seus princípios. Os dois não falam dos quadros de nus artísticos dela. Assim como não tratam da lenta queda que ele sofreu da graça política, causada — pelo menos é o que Yuliang pensa, até este momento — pela forte amizade que ele mantinha com comunistas conhecidos, tais como Chen Duxiu e Meng Qihua. As carreiras de ambos vieram a integrar o mesmo âmbito silencioso nas conversas que o trabalho dela na Casa. Vira e mexe Yuliang pensa na inversão de papéis que ocorreu desde que ela foi resgatada daquele lugar por Pan Zanhua, um inspetor honrado e enérgico que parecia conhecer tudo e todos. Que já havia ido ao exterior. Que conseguia sustentá-la...

— No que está pensando? — quer saber o marido.

— Nesta... nesta manhã interessante — diz ela, dando um sorriso constrangido.

— Como dizem, estes são tempos interessantes. — Ele passa o guardanapo no bigode, para tirar os farelos. — Quando um país entra em guerra, até mesmo as coisas mais mundanas parecem ameaçadoras. Alguns podem até considerar isto, por exemplo, uma arma. — Agita a bengala inglesa com a qual veio mais cedo e que está apoiada na parede, próximo à cadeira.

— Eu ia até perguntar sobre isso. Onde é que você arranjou esse negócio?

— Comprei quando vinha para cá, da estação de trem. No brechó Xangai, em Nanjing Road.

— A idade avançada está deixando você tão fraco assim? — ela provoca.

— Simplesmente resolvi que chegou a hora de parecer tão elegante e cosmopolita quanto você. Então, na verdade, eu a comprei para você. — Ele sorri. — Viu só quanto me sacrifico em seu nome?

Yuliang ri com ele. Mas há uma estranha tensão em seu bom humor. Ela esfarela a dourada camada de cima do mil-folhas.

— Às vezes eu me pergunto se não devia me sacrificar mais por você.

O marido surpreende-se.

— Como assim?

Ela hesita.

— O meu trabalho... preocupa você?

— Só quando você sugere que quer me pintar sem roupa.

Evidentemente, é também uma brincadeira. Yuliang nunca sugeriu pintar Pan Zanhua nu, embora nos últimos anos tenha feito esboços carinhosos dele e de Weiyi.

— Não, estou falando sério. Prejudicou você? No ministério?

— Não — responde ele, com firmeza. — Mas outras ligações sim, talvez. E claro que tem também minha famosa "arrogância", como eles denominam.

O que, na verdade, é simplesmente a velha honra, um conceito muito alheio a essa gente, ainda mais agora. — Ele mordeu uma bomba. — Por quê?

— Ouvi rumores. E, depois da conversa com o mestre Ma hoje, fiquei imaginando se teriam um fundo de verdade. — Com o dedo, faz um círculo no açúcar semelhante a neve, que se espalhou em seu prato. A porcelana azul reluz por debaixo: um lago estreito e congelado. — Alguns dizem que eles têm uma lista dos "maus" artistas e escritores, daqueles cujo trabalho é considerado reacionário.

— E o que o seu decano Xu diz sobre isso?

— São apenas boatos. Mas ao que se sabe ele foi incluído também. Como Liu Haisu. — Ela dá um sorriso tenso. — Deve ser a única sociedade da qual os dois concordaram em participar.

Pan Zanhua examina as próprias mãos.

— Tem havido debates — informa ele, enfim.

Yuliang para de desenhar círculos no prato.

— Sobre a lista?

— Não existe lista. Pelo menos, eu não acho que exista. Mas o meu chefe já insinuou, em conversas anteriores, que o Ministério da Cultura tem estado, bem, *ciente* dos seus trabalhos.

— Ciente — repete Yuliang.

— Em especial das pinturas de nus artísticos. — Dá uma risadinha sarcástica. — E, claro, de seus pontos de vista sobre a política do Generalíssimo em relação ao Japão.

— Foi tudo o que disseram? Que estão "cientes"?

— Houve discussões questionando se eu teria alguma... influência. Sobre você.

As mãos da pintora caem no colo. Não é a primeira vez que lhe ocorre que ela, com sua obra controversa, seu passado questionável, seus vínculos com o exterior e seu estilo, poderia prejudicá-lo. Há ocasiões em que o silêncio lúgubre de Pan Zanhua parece preencher toda a pequena casa deles. Ele dá as costas para ela na cama, transformando a ligação de ambos em uma barreira. Nesses momentos, a mente de Yuliang oscila entre perguntar o que anda errado e querer evitar saber o que ocorre.

Neste momento, no entanto, ela vai em frente, incitada por uma crescente inquietação:

— E o que você disse para eles?

— Que eu teria mais influência sobre um terremoto. — Dá um largo sorriso. E, por um breve instante, volta a ser o jovem espirituoso que a salvou vinte anos antes. Porém, o sorriso esvai-se e a imagem se transforma na de um homem mais velho. Parece mais pálido, mais magro. Lembra mais um burocrata criticado que um soldado vitorioso do general Sun. Quase, na verdade, alguém que precisa de uma bengala. *Será que fui eu que fiz isso com ele?*, pergunta-se Yuliang.

Ela respira fundo.

— Zanhua, o decano Xu me ofereceu um aumento para pegar uma nova disciplina. Se for só uma questão de dinheiro, posso pedir um adiantamento.

O marido olha-a com agressividade.

— Nunca me deixei seduzir por esse tipo de corrupção.

— Eu sei que não. Mas, se for uma questão de honra...

— Não vê? Não *importa*. — Ele quase grita as palavras. — Mesmo se a gente pagar uma pequena fortuna para eles, isso só vai me fazer parecer um hipócrita. Não mudará o fato de todos rirem de mim pelas minhas costas. Não mudará o fato de que todo relatório que escrevo vai parar numa pilha em algum lugar, sem ser lido. Não mudará o fato de... — contém-se, balançando a cabeça.

— O fato de que...? Continue.

— Não faz diferença. — O marido contrai os lábios.

Yuliang recosta-se com ímpeto na cadeira. Perto deles, um garçom deixa cair uma bandeja, desencadeando exclamações em francês, iídiche e cantonês nas mesas ao redor.

Ela se inclina mais uma vez.

— Zanhua, eu preciso saber a verdade — diz, calmamente.

Ele passa a mão no rosto.

— Eu nunca minto para você, Yuliang. Prometi que não faria isso. — Outro sorriso abatido. — Assim como prometi que nunca a deixaria.

Por alguns instantes, ela fica tão emocionada que se limita a pestanejar. Ao ver sua expressão, Pan Zanhua segura a mão de Yuliang de novo.

— Espero não estar interrompendo — interpôs uma voz suave.

Sobressaltada, ela ergue os olhos e se depara com o olhar bem-humorado de Meng Qihua.

Tal como Pan Zanhua, ele está mais velho e mais magro. Mantém-se, porém, mais elegante que nunca, os cabelos penteados para trás, o terno impecável, de corte inglês.

— Qihua! — Ela se levanta de um salto.

Ele faz uma leve reverência.

— Um prazer, como sempre. — Qihua aponta para o jovem que está ao seu lado. — Acho que vocês não conhecem meu colega, mestre Zhou.

— Ah, a famosa madame Pan — comenta o amigo.

Ao olhá-lo, Yuliang fica boquiaberta de novo. Pois, na verdade, conhece o rapaz ou, ao menos, já o viu antes. O jovem com o terno medíocre é nada mais nada menos que o amigo de Xing Xudun, o moço de sobrancelhas grossas do Café de Cluny.

— Você é... você é o encarregado da mimeografia! — ela gagueja, impressionada.

— É o que eu era, em Paris. — Zhou Enlai ri. — Agora trabalho com algo um pouco diferente.

Durante alguns instantes ela apenas o fita, o ambiente girando ligeiramente. Em seguida, por algum motivo que ela não entenderá depois, inclina-se e lhe dá dois beijinhos, no estilo francês, nas bochechas.

Está voltando ao seu lugar quando há um flash. Pestanejando, vê um terceiro homem, com trajes típicos de jornalista.

— Madame Pan — diz ele, abaixando a sua Kodak. — Lembra-se de mim? Tang Leiyi. — Yuliang pega seu cartão aturdida, com luzinhas flutuando diante de si, como diminutos planetas. — Ouvi dizer que exporia aqui. Que sorte encontrá-la.

— Obrigada.

Ela o diz com frieza; sua tolerância para com os jornalistas diminuiu junto com as críticas positivas. Está prestes a se virar sem fazer nenhum comentário adicional quando, para a sua surpresa, Pan Zanhua põe-se à sua frente.

— Por que tirou a foto? — exige saber, furioso.

— Para a coluna social — responde o jornalista, com cordialidade. — Conhece a nossa seção "Vistos na cidade"?

— Não — diz Pan Zanhua. — Seja como for, acho uma grosseria tirar foto sem pedir permissão. Estávamos apenas tomando café.

— Muita gente famosa vem tomar café aqui — afirma o jornalista, já pendurando a máquina no ombro. — Ontem encontrei Butterfly Hu, sentada bem ali. — Aponta para uma mesa no canto, ocupada neste momento por dois executivos japoneses e não pela graciosa atriz.

— É uma invasão de privacidade. Eu poderia processar você.

O jornalista dá de ombros.

— Não sou advogado. Apenas tiro as fotos que o meu editor me pede para tirar.

— Diga para o seu editor que não pode colocar minha esposa no seu jornal.

— Por quê? — pergunta Tang Leiyi, com um sorriso afetado. — Como se as pessoas não soubessem que aparência ela tem...

Por um breve instante, Pan Zanhua dá a impressão de ter levado um tapa na cara.

— Como ousa? — questiona ele, zangado.

E, para o pavor de Yuliang, atacar a câmera do sujeito com a bengala.

— Zanhua! Pare! — grita ela, fazendo menção de puxá-lo. Qihua, no entanto, chega primeiro.

— Calma, amigo — ele sussurra.

Pan Zanhua abaixa a mão, ofegante. Tang Leiyi riu.

— Eu esperava fazer uma pequena entrevista. Mas acho que consegui mais do que queria. — Ajeitando o chapéu de feltro, acrescenta: — Boa sorte com a sua exposição, madame Pan. Aguardo ansiosamente vê-los amanhã.

Com o jornalista batendo em retirada, Yuliang vira-se para o marido.

— Por que você fez isso? Era apenas um fotógrafo!

— Ah, mas eles são um bando de cretinos, esses fotógrafos! — Qihua oferece a mão para Pan Zanhua. — Aceite meu pedido de desculpas. Em nome de todos nós.

A pintora olha de esguelha para Zhou Enlai. Como era de se esperar, o desconforto está escrito em seu rosto: evita o olhar dela, passando os olhos pelo restaurante com atenção. Em seguida, anima-se: — Preciso ir falar com alguns companheiros que estão ali. Com licença, volto já... — E se vai, atravessando com pressa o salão.

Aflita, ela volta-se para o marido. Qihua dirigia-se a ele, com seriedade.

— Por que tanta frieza, meu velho amigo? Tenho certeza de que nossos caminhos diferentes não nos afastaram tanto assim.

— Se tivessem afastado você não estaria aqui. Você, mais do que ninguém, devia saber disso. — Vira-se para a esposa: — Melhor nós irmos andando. Você precisa descansar.

Yuliang, ainda intrigada com o comportamento dele, ignora-o.

— Eu queria pelo menos colocar as notícias em dia.

— Como quiser. — Dando as costas, o marido pega a conta. Ela o olha brevemente, antes de se dirigir a Qihua: — Onde tem andado? Não ouvimos falar de você desde que eu voltei da Europa!

— Estou mais ou menos estabelecido no norte, agora.

— Yan'an?

Ele anui.

— Você participou da marcha? — O recuo do PCCh de sua antiga base em Jiangsu, no ano anterior, já se tornou quase lendário. Encurralados pelas tropas de Chiang Kai-shek, os comunistas deram início a um plano de fuga quase impossível: uma retirada de um ano de duração, por montanhas, pântanos, territórios de tribos e senhores de guerra hostis, abarcando uma distância de aproximadamente 9 mil quilômetros. De acordo com alguns relatos, dos 90 mil soldados do Exército Vermelho que iniciaram a marcha, apenas 10 mil a completaram. — Foi tão ruim quanto disseram?

Qihua assente de novo.

— E, contrariando todas as expectativas, estou vivo. Mas, como eu pretendo continuar assim, só vou ficar em Xangai até amanhã de manhã. — Ele olha de soslaio para Pan Zanhua, que insiste em ignorá-los. — E você?

Yuliang esboça um sorriso.

— Como disse o jornalista, eu tenho uma exposição amanhã.

— Ah, sim. — Ele dá um largo sorriso. — Acompanhei sua ascensão rumo à fama e à glória.

Ela enrubesce.

— Não passa de conversa fiada. Ainda está fotografando?

— Ficou um pouco mais difícil. — Ele ergue a mesma mão que usou para conter Pan Zanhua. É só então que Yuliang percebe que está sem vida e flácida, um membro quebrado, pendendo em um ângulo estranho no pulso.

— Oh, Qihua! O que...?

— Tive algumas dificuldades durante a festinha surpresa do Generalíssimo aqui. A que agora está sendo chamada de Terror Branco. Um bandido queria obter informações de mim. Achou que eu as daria mais depressa se sapateasse nos meus dedos. — Dá um meio-sorriso. — Um pequeno preço a pagar, na verdade. Ainda mais considerando o que poderia ter acontecido. — Faz um gesto em direção a Pan Zanhua. — Não fosse o seu marido.

Zanhua balança a cabeça com veemência.

— Eu não fiz nada. — Continua visivelmente transtornado; uma veia destaca-se em sua têmpora esquerda, latejando. — E, mesmo se isso fosse verdade, pensei que tínhamos combinado não tocar no assunto.

— É difícil encontrar heróis em tempos como os de hoje — diz Qihua. — Quando achamos, devemos dar a eles o devido reconhecimento.

— Não quero reconhecimento. — Pan Zanhua encaixa a bengala no braço. — Quero apenas tomar meu café em paz. — Virando-se para Yuliang, diz: — Vou esperar lá fora até você terminar.

Zanhua começa a dirigir-se à porta. Yuliang observa-o sair, sentindo-se bastante confusa.

— Sinto muito — diz ela, por fim, ao amigo. — Ele anda... imprevisível ultimamente.

— Nada é previsível ultimamente — diz Qihua, com o semblante fechado. — Mas tenho de admitir que esperava... — Ele solta um suspiro. — Talvez seja melhor assim. Acho que fizemos uma espécie de acordo.

— Acordo?

— Pan Zanhua usou sua influência para me tirar da prisão.

Yuliang contém a respiração.

— Ele nunca me contou isso!

— Não estou surpreso. Deixou claro, por anos, que preferia que mantivéssemos uma distância segura um do outro. Ah, não faça essa cara de espanto. Não faz muito tempo, até mesmo ser visto com um velho agitador como eu poderia colocar o sujeito no lado errado do pelotão. E você sabe que o nosso amigo Chen Duxiu continua preso.

Ela anui, devagar.

— Ainda assim, pensei que a situação estivesse melhor. Dizem que o Generalíssimo está se reconciliando com o PCCh agora.

— Ah, nós fizemos as pazes durante a guerra. Ainda assim, confiar no KMT é como tentar cavalgar um tigre. Cedo ou tarde, vai nos morder.

Yuliang mordisca o lábio, lembrando-se de súbito do comentário surpreendente de Xing Xudun, mais de uma década atrás: "No mínimo, é uma união de conveniência. Duvido muito que dure."

— Ele mudou — comenta ela, com suavidade, olhando mais uma vez na direção do marido.

— Todo mundo muda. Ora, olhe para você! Quem diria, na época da Ocean Street, que você estava trilhando o caminho para se tornar a "famosa artista de estilo ocidental da China"?

— Tudo graças a você. Se não tivesse convencido Pan Zanhua a me deixar pintar, eu não passaria de uma concubina de uma autoridade.

Qihua dá uma risada irônica.

— Quem dera eu pudesse receber crédito por isso. Só que ele vai para o seu marido.

Yuliang franze o cenho.

— Mas foi você que foi atrás dele naquela noite.

— Fui sim. E assim que encontrei Pan Zanhua, ele já tinha decidido apoiar você. — Ela o observou, pasma. — Para ser sincero, madame, não creio que tenha desejado nada além disso. Você é uma mulher de muita sorte.

A conversa que teve pela manhã com o curador Ma lhe vem à mente de imediato. "Já parou para pensar se a senhora apoia seu marido?" Por alguns instantes, ela não consegue encarar Qihua.

— Sou mesmo — diz, tocando o pequeno javali no bolso. — Tenho muito mais sorte do que merecia ter.

Durante um momento ficam os dois ali, de pé, perdidos nos próprios pensamentos. Em seguida, o semblante de Qihua anima-se.

— Ah, Lao Zhou. Como foi seu encontro?

Zhou Enlai voltou.

— Reconfortante — afirma ele. — Eu não via aqueles dois desde a marcha. Temia que estivessem na lista de desaparecidos permanentes. — Sorri para Yuliang. — Seu estimado marido foi embora?

Tanto o comentário quanto o tom em que foi feito foram muito educados. No entanto, ao fitar o rapaz, Yuliang novamente perde a fala.

— Ele saiu para tomar um pouco de ar — explica Qihua, com delicadeza. — E, se me dão licença, vou me unir a ele um pouquinho. Tem mais uma última coisa que eu gostaria de comunicar a Zanhua.

Inclinando a cabeça para ambos, Qihua ruma à porta. A pintora observa-o, um nó se formando em sua garganta.

Zhou Enlai acende um cigarro e oferece-lhe um.

— Vocês... vocês dois eram amigos íntimos — comenta ela, enquanto ele acende o cigarro de Yuliang. Por algum motivo, fala em francês.

— Eu e mestre Meng?

— Você e Xudun.

— *Oui* — afirma, sem deixar transparecer emoção alguma.

A mão de Yuliang estremece quando ela ergue o cigarro.

— Você estava lá, então, naquela noite?

— *Mais oui*. Só escapei por milagre.

— E... ele morreu mesmo.

— *Je l'ai enterré* — ele responde, simplesmente.

A pequena centelha de esperança que havia dentro dela se extingue. E, no entanto, a pergunta sai de seus lábios com a mesma facilidade que a face de Xudun fluiu de seu pincel:

— Então, ele contou para você sobre mim?

— Não em detalhes. Mas todos nós sabíamos.

Lá fora, Meng Qihua conversa seriamente com Pan Zanhua, que mantém os olhos fixos na calçada. Yuliang cai em si de súbito: se Zhou Enlai sabia, então Qihua também sabia? E Duxiu? Era possível, até, que o marido... sente um aperto no coração ao pensar nos desdobramentos.

— Você deve achar que sou uma péssima mulher — diz, por fim. É com muito esforço que encara os olhos brilhantes do rapaz. Quando o faz, fica surpresa ao ver que estão cheios de respeito.

— Madame Pan, Xudun não teria se orgulhado tanto daquela relação se a senhora fosse uma péssima mulher. — Apaga o cigarro e vira-se para sair. Em seguida, volta-se para ela. — Continue a lutar contra eles. Seja o que for que fizer. Ele teria se orgulhado ainda mais.

Quarenta

A GALERIA SÓ ABRE ÀS 11, o mais cedo que a elite apreciadora de arte de Xangai pode comparecer em um sábado, agitada, elegante e levada por motoristas. Não obstante, o riquixá com Yuliang e Pan Zanhua chega a Yan'an Road muito antes das nove, pois ela quer dar uma olhada na nova ordem em que os quadros serão exibidos.

Trata-se de uma tradição que ela desenvolveu nos últimos anos: caminhar diante de seus quadros uma última vez. Não anota nem muda nada. Simplesmente perambula, fuma, pensa. Ajusta uma moldura ali, esfrega uma sujeirinha acolá com o lenço umedecido na língua. *Vocês vão ficar bem*, diz às obras, a cada uma delas. *Vocês são lindas. Eu me orgulho de cada uma*. Por incrível que pareça, este momento — não o recebimento de prêmios ou de lucro, nem o flash das câmeras dos jornalistas — é o mais aguardado pela pintora. Este, da caminhada ansiosa. Da última avaliação tranquila. Ela e suas obras, sozinhas.

Hoje, entretanto, quando o riquixá entra na avenida de três faixas, Yuliang fica surpresa ao ver que já há uma pequena multidão ali e que as portas já foram abertas. Estas não estão enganchadas próximo às paredes, como de costume, mas oscilam, escancaradas, como dois dentes moles.

— Uma boa quantidade de gente — comenta Pan Zanhua, que ou não notou aquele detalhe ou não deu atenção a ele. — Talvez consigamos vender alguns quadros. — Como a esposa não responde, ele toca seu braço. — Não se preocupe. Esta vai ser a sua melhor até agora.

Yuliang dá um sorriso forçado. É tão tocante quanto inexplicável, esse apoio praticamente irredutível dele, durante todos esses anos.

— Eu não estou preocupada. — Porém, resolve checar o bolso. E só sente a textura acanalada da meia-calça; vasculha o outro: também está vazio.

Franzindo o cenho, ela retira a mão do braço do marido. Virando-se no assento, procura no estofado do riquixá.

— O que foi? — pergunta Zanhua.

— Meu javali. — Ela verifica na saia mais uma vez e, em seguida, na jaqueta. Lembra-se claramente de tê-lo colocado no bolso da roupa que planejava usar hoje, um terninho xadrez com mangas bufantes e a saia com a barra uns 5 centímetros acima dos padrões da Vida Nova. Porém, não acha o javali em nenhum dos inúteis bolsinhos. A bolsa bordada contém apenas o de sempre: cigarros, batom, anotações a respeito de uma palestra que ocorrerá na academia. Tampouco há qualquer coisa no piso do riquixá.

— Quer voltar? — pergunta Zanhua.

Por um breve instante Yuliang fica tentada a fazê-lo. Afinal de contas, trouxe a minúscula escultura da Europa e dormiu com ela sob o travesseiro duro da terceira classe. Levou o talismã consigo a quase todas as exposições e eventos de maior porte, desde então. Estava em seu bolso até mesmo quando fez o *kowtow* pela primeira vez para Guanyin. A ideia de enfrentar justamente este dia, logo hoje, sem ele é quase aterrorizante. Porém, ela obriga a si mesma a se recompor.

— Não seja bobo — diz ao marido, secamente.

Ainda assim, à medida que se aproximam mais da galeria, sua ansiedade provoca um nó no estômago, que se revira dolorosamente. A multidão não consiste no grupo típico que geralmente se reúne antes de um vernissage. Parece mais a que se forma diante da cena de um crime. Policiais da Concessão francesa, com suas pequenas boinas e fivelas de prata, conversam com severidade, tomando notas. Jornalistas aglomeram-se com os operadores de vídeo. Pedestres param ali. Funcionários dos edifícios fumam e se abanam em grupos tensos. Conforme o riquixá vai parando, os jornalistas apinham-se ao seu redor, as expressões alertas, quase eufóricas.

— Tem ideia de quem fez isso? — grita um. — Já sabe o que está faltando?

— Tem alguma teoria a respeito do local aonde as obras possam ter sido levadas? — Reconhecendo esta última voz, Yuliang vira-se, depressa. De fato, é Tang Leiyi, do *Shenbao*. Com um sorrisinho frio, ele se meteu entre a pintora e seu marido. — Ouvi dizer — diz em voz baixa — que a Sociedade dos Camisas-Azuis está envolvida. Algum comentário?

— Isso é um absurdo! — exclama Pan Zanhua, nervoso, afastando-o. — E você não tem o direito de nos incomodar de novo. — Pegando o braço da esposa, tenta empurrá-la rumo à galeria.

Yuliang, no entanto, fica parada no lugar. Acaba de se dar conta, de súbito, dos dois sujeitos de aparência um tanto sombria, do outro lado da rua. Quando os fita, eles retribuem o olhar. Sem expressão. Fumando quase em uníssono.

— Você disse Camisas-Azuis? — pergunta, também em voz baixa. Essa sociedade é muito conhecida em Nanquim, onde desempenha um papel-chave na erradicação dos comunistas. Seguindo vagamente ao modelo dos Camisas-Negras de Mussolini, eles têm o objetivo declarado de assegurar a mais absoluta lealdade ao seu Generalíssimo, Chiang Kai-shek, nos âmbitos militar, governamental e civil. Alguns afirmam que controlam tudo, desde escolas públicas a editoras. Até o momento, porém, Yuliang nunca soube de casos em que eles dirigiram o olhar insensível à pintura.

— Ninguém confirmou ainda, mas, depois do que encontraram aqui, surgiram boatos...

O temor faz um calafrio percorrer seu corpo.

— O quê? *O que* encontraram aqui?

— Quer dizer que não ligaram para a senhora? — Ele escreve furiosamente. — Acha, então, que a galeria estava envolvida nisso também?

— Nisso *o quê*? — começa a dizer Yuliang. No entanto, é interrompida por uma contundente exclamação:

— Não escreva isso, não escreva isso! — O curador Ma chega apressado, os óculos tortos. Pelo menos no momento a expressão dele não é risonha. — Nós telefonamos para madame Pan na hora — informa ao jornalista. É o tom de voz mais zangado que ela o ouviu usar. — O recepcionista vai confirmar, se você checar no Cathay. Claro que não acha que tivemos a ver com...

Yuliang não aguenta mais:

— *Contem-me*! — grita. — Se alguém não me disser *agora* o que está acontecendo eu... eu nunca mais vou dar entrevistas para o seu jornal. E vou... vou levar minha obra para outro lugar.

O curador fica espantado. O jornalista dá outro sorrisinho. Escreve algo e sublinha as palavras. Duas vezes.

— Melhor eu deixar que o senhor acompanhe a pintora até lá dentro, mestre Ma. — Virando-se para Yuliang, Tang Leiyi acrescenta, de forma sinistra: — Madame, minhas condolências. Todos sabemos o quanto a senhora trabalha duro. — Dirige-se ao pôster da exposição, próximo à entrada.

Com as mãos trêmulas, o curador ajeita a gravata.

— Ligamos para o seu hotel três vezes, não menos que isso! — diz, debilmente. — Três vezes!

— Nós fomos tomar o café da manhã fora — explica Yuliang. — Mas eu ainda.... — Ela para de forma brusca, ao olhar outra vez para Tang Leiyi, neste momento posicionado com a câmera diante da entrada. Prepara-se para fotografar um pôster da exposição, com as mesmas palavras que a pintora pediu que fossem mudadas. Com um sobressalto, Yuliang dá-se conta, de súbito, de que *mudaram*, mas não como requisitado. Agora, não só *mulher* como *famosa* foram riscadas com um traço vermelho. E, acima delas, foram rabiscados ideogramas que têm um significado totalmente diferente: 妓女.

Puta.

Yuliang cerra os olhos. *É um sonho*, diz a si mesma. *Mais um dos meus sonhos.*

Porém, quando abre os olhos, o pôster continua ali. Tal qual os dois sujeitos, esmagando as pontas dos cigarros. Um deles percebe seu olhar. E sorri, um sorriso insensível e irônico.

Ela se vira para o curador.

— Diga-me o que houve.

A tentativa do homem de dar um sorriso transforma-se em algo tão distante do objetivo que, em outras circunstâncias, ela teria rido.

— Acho... acho que talvez seja melhor a senhora ver por si mesma.

— Vou com ela — diz Pan Zanhua, colocando-se à frente de Yuliang, para protegê-la.

No entanto, a pintora balança a cabeça.

— Melhor eu ir primeiro. — Estende a mão para o curador. — Por favor, dê-me as chaves da galeria.

Por um breve instante o espectro do seu antigo sorriso mostra-se em seus lábios.

— Na verdade, madame, não vai precisar delas.

AO ENTRAR NO PRÉDIO, Yuliang vê que os pôsteres da parte interna foram arrancados das molduras e rasgados e pendem em tiras. As portas estão entreabertas; uma das maçanetas foi quebrada. Estilhaços de vários painéis danificados formam montículos brilhantes no piso. Yuliang olha fixamente para os fragmentos com a sensação, tão fugaz quanto um aroma etéreo, de que já passou por isso antes. Porém, não se lembra de quando foi. E, mesmo se já tiver enfrentado algo semelhante, sabe que o fato não a preparou para o que está por vir, de qualquer forma. Sem dizer uma palavra, empurra a porta quebrada e entra.

O que a impressiona de imediato é a brancura — a impressionante ausência de cor. É quase como imagina que deve ser a passagem para o além. Ela leva alguns instantes para perceber que vê apenas a luz solar, refletindo nua nas paredes vazias.

E as paredes *estão* sem nada, quase todas elas. Exceto pelo nicho, todos os demais quadros que ela pediu que fossem pendurados na galeria foram arrancados ou chutados da parede. Os que os vândalos deixaram ainda se acha no chão. Alguns desapareceram; simplesmente não estão por ali.

Estupefata, Yuliang examina o ambiente, listando os que faltam. Conta cinco: *Negra*, *Paris nua*, *Nudez sonhadora* e *Mãe amamentando*. De uma hora para outra, dá-se conta do que ocorreu: todos os nus artísticos. Somente eles foram levados. Por uma fração de segundo ela fica perplexa. Por que levar exatamente os quadros mais condenados de todos?

A resposta vem com frieza: *Foram roubados para serem vendidos.*

Por trás da pintora, um leve ruído. Um lápis anotando algo em um bloco Ela sente Pan Zanhua atrás de si, a mão pousada em seu ombro. Afasta-o e caminha sozinha pela galeria, dando prosseguimento, entorpecida, ao inventário: *Flores de lótus*, *Crisântemos*, *Natureza-morta com vaso e papel*. Todos esses encontram-se intactos. Porém, suas paisagens de cidades — de Roma e Veneza, de cenas de rua de Paris — foram rabiscadas ou riscadas. *A ponte da grande lealdade* foi quase totalmente destruída: não passava de uma série de tiras de tom cinza e negro.

Mas o pior de todos é *Homem forte*. Quando Yuliang se inclina para inspecioná-lo, assusta-se e desvia o rosto. É como se estivesse identificando um cadáver, mas um totalmente diferente da figura robusta e graciosa à qual ela se dedicou nos últimos meses.

Encheram o corpo esguio de obscenidades caricaturais; seios, um membro flácido de proporções irreais. Pouco foi deixado abaixo do nariz, exceto a tinta usada pelos vândalos. E o mais aterrador: os olhos sumiram — foram, literalmente, cortados fora. Tornaram-se brancos e vazios, como os de um fantasma. No alto alguém escreveu, na mesma letra meticulosa que Yuliang viu no pôster: "Homenagem de uma puta ao cliente."

A pintora ergue o quadro.

— Como fizeram isso?

— Nós... nós não sabemos direito ainda, madame — diz o curador. — Mas parece que alguém entrou pela janela da esquerda.

Aponta para ela. Está aberta, porém, ao contrário da porta, intacta: nenhuma vidraça quebrada, nenhum sinal de dano ou arrombamento.

— Está me dizendo que não tinha sido *trancada*?

— Nunca pensamos... — começa ele. — Quer dizer, nunca houve a necessidade.

— Mentira! — grita ela. — Você mesmo me disse ontem que havia perigo!

Atrás deles, o barulho de canetas escrevendo. Pan Zanhua pega seu braço de novo, quando surge o primeiro flash. Em meio ao odor de enxofre que se segue, ele tenta reconfortá-la:

— Yuliang. Vamos fazer com que paguem por isso. Ligaremos para o meu advogado.

Ela dá uma risada rouca.

— Por quê? Ele sabe pintar? — Com os olhos marejados, faz um gesto em direção ao ambiente destruído. — Não tem mais nada. Tudo se foi. Metade de uma vida de trabalho.

Conforme mais flashes são disparados, ela coloca as mãos sobre os olhos, bloqueando tudo — os estouros, os restos. Aquele vazio ofuscante e terrível. Não obstante, até mesmo entre os dedos tremendo continua a ver tudo: o que o público verá nos jornais de amanhã. Não uma artista. Nem mesmo uma vítima. Verão uma prostituta chorando em meio às ruínas de sua carreira. No fim das contas, os cortes das facas dos vândalos simplesmente expuseram o que em verdade todos já pensam a seu respeito.

— Queriam isso — sussurra. — Todos eles.

O marido agarra seu braço.

— Venha. Não há motivo para ficar.

Yuliang empurra-o.

— Não. — E, com esse gesto, o que resta de seu autocontrole vai por água abaixo. Ficando de joelhos, ela tira *Homem forte* da moldura. — É *isso* o que vocês todos queriam? — Joga a moldura no chão. — E *isso*... mais *isso*...

Pisoteia a madeira até que se parte. Tenta rasgar a pintura também, mas a tela, reforçada por camadas de tinta a óleo seca, resiste à sua força. Com as câmeras ainda ressoando atrás de si, ela continua a despedaçar a moldura e a arranhar o verniz com o salto do sapato. Em seguida, bate os pés nos desenhos obscenos e danifica-os, até que ficam indecifráveis.

Então ela volta a encarar os fotógrafos.

— Pronto. Pelo menos, noticiem que eu concluí o trabalho. Se forem escrever algo, escrevam isso. Eu sempre termino o trabalho.

Quarenta e um

NO FIM DAS CONTAS, os detetives encarregados do caso admitem não ter a menor pista. Não fazem a menor ideia, dizem eles, de quem teriam sido os vândalos e o que os motivou.

— Eram muito habilidosos — afirma um, sem conseguir fitar Yuliang. — Eu aconselho a senhora a esquecer.

— Os vândalos?

— Esqueça tudo.

— Acha mesmo que eu consigo fazer isso? — pergunta ela, incrédula.

O olhar que ele lhe lança é de puro escárnio, apenas levemente suavizado pela compaixão.

— Madame, são apenas quadros. A senhora pode pintar outros. — Seu tom de voz sugere que tudo não passou de um infortúnio.

O mais revoltante é o valor oferecido pela galeria como compensação: mal cobre os custos de pintura por três meses, quanto menos o equivalente a vinte anos de trabalho.

— Estamos cientes de que é bastante inadequado — explica o curador Ma, com seu sorriso de volta, mais irritantemente alegre do que nunca. — Mas, lamento dizer, temos os nossos próprios problemas agora. O seguro mal cobrirá os danos, e os artistas das duas exposições seguintes desistiram.

— Bom, suponho que isso em si já seja uma forma de vocês pagarem pelo ocorrido — diz Pan Zanhua (uma vez que, a esta altura, Yuliang acha mais prudente não comentar nada).

O MARIDO É, COMO SEMPRE, atencioso, cuidadoso e solidário. Compra-lhe soníferos, cigarros franceses e seu Pinot Noir favorito. Exorta-a a voltar para Nanquim.

— Por favor, Yuliang. Não há mais nada a fazer aqui. Vamos embora de Xangai amanhã.

Entretanto, ela mal consegue sair do quarto do hotel, muito menos voltar para a cidade fastidiosa que até neste momento na certa se deleita com seu infortúnio. Descarta as tentativas do marido de levá-la para sair: à corrida do Champion's Day, ao Clube Francês para jantar, ao novo filme de Marlene Dietrich no Lyceum. Recusa-se a ver Liu Haisu, que vai visitá-la com flores quando a história é publicada nos jornais de Xangai, na manhã seguinte (mas ela lê o bilhete que acompanha o presente: "A meta não é fazer arte. É viver *por meio* da arte. O que quer que você faça, não desista."). Não tem vontade nem mesmo ver o enteado, que interfona da recepção do hotel no dia seguinte.

— Vão dar uma saída, vocês dois — diz a pintora a Pan Zanhua, desanimada. — Leve-o para almoçar. Aproveitem para ver *A mulher satânica*. — Deixa escapar uma risada amarga. — Os jornais vão gostar disso.

Depois que o marido sai, ela fica olhando para a colcha da cama, fumando um cigarro atrás do outro. Quando a luz começa a diminuir, finalmente pega o caderno de desenhos. Em meio à tardinha, que se esvai, ela aguarda algum evento, um sinal ou momento, sem, na verdade, saber ao certo o que seria — inspiração, talvez. Perdão. Renascimento. Mas, enquanto fuma cigarro após cigarro, aquele branco impecável retribui seu olhar, tão sombrio e vazio quanto as paredes da galeria no dia anterior. Recita "Riacho", de Li Qingzhao, repetidamente (*Sua fragrância penetrante afugenta meus sonhos cativantes de lugares distantes/ Quanta impiedade!*). No entanto, nem mesmo a poesia surte efeito. Não lhe resta esperança, está desprovida de espírito artístico, desconcertada demais até para jogar o caderno do outro lado do quarto. E quando, horas depois, finalmente consegue dormir, até mesmo seus sonhos são vazios.

PASSA-SE QUASE UMA SEMANA até Pan Zanhua por fim conseguir convencê-la — sobretudo em face do argumento de seus recursos cada vez mais escassos — a voltar para casa. Ele contrata um carro fechado, paga a conta com discrição e passa às escondidas com a esposa pelos jornalistas que espreitam do lado de fora. Embarcam no Blue Steel Express bem antes dos demais passageiros e dirigem-se depressa à cabine privada dos dois. Jantam juntos em silêncio e continuam mudos até o cabineiro vir abaixar seus leitos. O marido adormece de imediato no seu, a cabeça elegante caindo em cima do novo exemplar de *A vida e a morte heroicas de Sun Yat-sen*.

Yuliang, no entanto, não consegue pregar o olho. Sorve o vinho, faz um brinde à cidade, que desaparece a distância. Após o neon e a agitação incessante de Xangai, a zona rural de Jiangsu, com suas colinas ensombrecidas e seus campos iluminados pelo luar, parece quase etereamente silenciosa. Não há mansões ao estilo Tudor ali, apenas cabanas pequenas e discretas. As persianas de quase todas elas estão fechadas, como rostos humildes a proteger os próprios olhos dos intrusos que passam pela estrada de ferro. "As janelas são símbolos", costuma dizer ela aos alunos. "Trata-se de caminhos — pistas para mundos misteriosos e ocultos. Não pensem nelas como simples linhas e matizes."

Apesar do que ensina, Yuliang raramente pensa na vida dos outros. Agora, entretanto, ela o faz. Reenchendo a taça de vinho, imagina as famílias que vivem atrás daquelas fachadas tranquilas. Visualiza pais talhando brinquedos de madeira, fumando cachimbo próximo ao *kang*. Vê mães de rostos marcados fazendo remendos. Sente inveja dessas vidas simples e comuns, centradas em objetivos não menos essenciais que assegurar a limpeza dos quartos, a temperatura do chá e a alimentação das crianças. E, passando a mão pela barriga reta, anseia mais uma vez pelos sinais heterogêneos da maternidade: o ventre saliente e as costas doloridas, ligados eternamente a um bebê a chorar. Um corpo cujas energias criativas não sobrepujam o útero em sua busca incessante por um pincel...

É então que ocorre a Yuliang: talvez devesse simplesmente *parar*.

A ideia parece, a princípio, insubstancial e duvidosa. Sorvendo o vinho, Yuliang testa-a e prova-a. Enche os contornos de detalhes, acrescenta estrutura e conteúdo. *É, por que não?*, pensa. Com certeza, a esta altura, já adquiriu as habilidades necessárias para viver como uma mulher comum, sem se preocupar com nada além de roupas, casa, necessidades e emoções do marido. Considerando o salário cada vez menor de Pan Zanhua, ela teria de continuar a dar aulas. Mas quem disse que precisa continuar a pintar? Podia vender os poucos quadros que restam no estúdio, lucrar com a fama e pôr um ponto final em tudo. Esse encerramento de carreira seria bem-vindo em todos os âmbitos. Inclusive para ela.

Enquanto termina o vinho, sente uma espécie de tontura, como se o trem estivesse caindo de um precipício. Porém, quando contempla a paisagem, nota que continuam na linha férrea ao longo das cidadezinhas e dos vilarejos assentados de forma reconfortante. Diante dela descortina-se a paisagem noturna, de tom violáceo, de seu país vasto e conflituoso, delimitado por montanhas ancestrais, zelado pela Tecelã e pelo Pastor Celestiais. Atrás dela, o marido inabalável continua a dormir.

Quarenta e dois

Nanquim, 1936

UMA HORA DEPOIS DE Pan Zanhua haver se levantado, se vestido e saído para trabalhar, Yuliang senta-se à penteadeira. Trabalha de forma frenética, não em um desenho ou autorretrato, mas na proposta para uma disciplina que quer oferecer no outono, a respeito da obra da Madame Guan Daosheng. Já antecipa certa resistência à ideia de ela, uma pintora "moderna" controversa, dar aulas sobre uma artista reverenciada do século XIII. Porém, considera o debate providencial. Aliás, dá as boas-vindas a qualquer coisa que tire sua mente do tédio: ele tomou conta do vácuo que parece haver em sua vida desde que decidiu parar de pintar.

Assim que voltou de Xangai, passou uma semana em casa, evitando Guanyin tanto quanto os jornalistas, estudantes e simpatizantes que tocavam a campainha o tempo todo. Como trancara o ateliê, Yuliang viu-se obrigada a dar vazão a sua fúria por outros meios: baixando bainhas, pregando botões, remendando os sapatos com sola de tecido que estavam largados, sem uso, no canto distante de seu armário. Reorganizou as roupas por cor e estilo, empurrando os trajes em estilo ocidental — os terninhos e as calças parisienses, as gravatas, os chapéus e as blusas decotadas — para um lado. Embrulhou os sapatos de salto alto em sacos de flanela e mandou fazer novos cheong-sams de seda, bem como diversas calças de linho. Todos os itens de seu novo guarda-roupa seguem ao pé da letra os padrões do movimento Vida Nova, de Madame Chiang Kai-shek. Ao usar as peças, Yuliang tem a sensação de estar estranhamente disfarçada — quase, na verdade, como se sentiu quando Jinling pintou sua face pela primeira vez na Casa.

O novo papel respeitável estende-se à universidade também. Pela primeira vez na vida, Yuliang participa dos conselhos. Vota pela renovação da biblioteca de arte, pela avaliação da metodologia dos professores. Chega até a ir às reuniões do Comitê da Moralidade em Sala, embora mais por interesse em censurar a fofoca crescente sobre si do que em discutir quaisquer dos temas em debate. Supervisionou seis provas, foi curadora da exposição de arte de três alunos e deu duas palestras ("A iluminação na pintura: impressionistas *versus* pontilhistas" e "Fauvistas e cores: uma mostra do indômito"). A primeira conferência atraiu somente cinco estudantes. A segunda, apenas um — um rapaz apaixonado, que a persegue no circuito de palestras com o ardor frustrado de um cão de canódromo.

Não obstante, Yuliang conduziu as duas apresentações de forma impecável, sem pausas, tropeços ou queixas. Ficou calada quando surgiram as inevitáveis risadinhas dissimuladas nas reuniões de professores e nos corredores. E mal pestanejou quando alguém enfiou um bilhetinho debaixo da porta de sua sala, logo após seu retorno de Xangai. Continha apenas uma frase, com caligrafia suspeitosamente bonita:

自作自受
Foi bem feito.

No fim das contas, em geral ela anda quase tão serena quanto seus próprios autorretratos — sem falar na forma bem mais convencional de se vestir.

Neste momento, dá uma olhada rápida na proposta de disciplina, checando se há erros nos ideogramas ou expressões inadequadas. Acrescenta uma lista de livros sugeridos e vai escolher a roupa a ser usada no dia — jaqueta e saia recatada — com esmero. Põe os óculos redondos, de armação preta, que até há pouco resistia em usar (tanto por vaidade quanto por fazerem com que se lembre do tio) e penteia os cabelos para trás, tirando-os totalmente do rosto. Em seguida, avalia o resultado.

Por um breve instante ela sente o vazio, que se infiltra como gotículas pelas fissuras diminutas de sua determinação. Contrai o maxilar e obriga-se a sorrir. "O dia está lindo", anuncia desafiadoramente para si mesma, ou talvez para ninguém em especial. "Vou dar uma volta no lago antes de ir para o Comitê da Biblioteca."

NESTA MANHÃ DE QUINTA-FEIRA, encontra-se no parque Xuanwu a usual mistura de estudantes, visitantes e casais de namorados caminhando. Yuliang passa depressa por eles, dirigindo-se, sem ser notada, ao lado ocidental do lago. Enquanto passa ao longo das ruínas de muros erguidos por trabalhadores da dinastia Ming, mantém os olhos fixos na água. Adora a forma como a superfície reflete as cores de cada estação — os verdes viçosos da primavera, o céu azul-piscina do verão. Já no inverno, fica escura e opaca como ônix, as árvores desfolhadas reluzindo como veios cinza abrindo caminho rumo à superfície. Porém, neste início de outono, o lago apresenta tons de marrom e dourado, uma colagem provisória de folhas molhadas e céu refletido.

Ela faz uma pausa na caminhada, para não se interpor entre um visitante e a paisagem mais famosa do local: cinco ilhotas ligadas por antigas pontes de pedra. Ao observar o sujeito mover-se, ajustando a câmera cara e volumosa, quase chega a sentir pena dele. As ilhas são famosas por seus crisântemos: florações outonais nas cores açafrão, fúcsia e amarelo. Yuliang as pintou diversas vezes, frequentemente com seus alunos. Até mesmo agora, quando já não é pintora, não consegue evitar pensar que essas ilhotas merecem mais do que a paleta desolada e dissonante da fotografia.

Assim que o turista tira a foto, ela prossegue, o ruído curto e seco ressoando em seu ouvido interno. Por alguns instantes tudo volta: a avalanche de flashes, as fotografias condenatórias — sobretudo a que Tang Leiyi tirou dela com Zhou Enlai ("Mulher pintora de nus artísticos abraça dirigente do PCCh"). Quando Pan Zanhua viu o artigo (deixado convenientemente para ele por Guanyin), não fez nenhum comentário. Porém, seu silêncio estoico magoou mais Yuliang que qualquer recriminação verbal. Foi como se suas entranhas houvessem sido esmagadas com um torno.

Ao passar por um vendedor de chá no lago, ela pega sua bolsinha de moedas e entrega algumas ao homem, observando desinteressada enquanto uma névoa segue em direção ao lago. Quando seu olhar pousa em um banco do parque e no homem que ali está, ela sorri, achando divertida a bengala de ponta de prata ao lado dele. Pelo visto, Pan Zanhua gerou moda. Ela pega o chá, distraída, contemplando mais uma vez o dono da bengala. Em seguida, para e olha de novo.

Pois o homem é ninguém menos que o próprio marido.

Yuliang não tem a menor dúvida de que é ele. A bengala está apoiada no banco. Ela reconheceu também a maleta que ele fez na noite passada, quando lhe disse que teria reuniões durante todo o dia seguinte. Mas é óbvio que não está ali para se encontrar com alguém. Acha-se encurvado, o jornal intocado no colo, contemplando com tristeza o pico da Montanha Púrpura.

— Seu troco — diz o vendedor.

Ela se vira parcialmente e pega as moedas, sem tirar os olhos do marido, que joga a ponta do cigarro no chão, no ponto em que já havia outras seis.

— O senhor fica aqui todos os dias? — pergunta ela ao vendedor, em voz baixa.

— Sempre que não chove.

— Aquele homem já esteve aqui antes? — E aponta.

O sujeito semicerra os olhos.

— Ele? Ah, sim. Está sempre ali. Às vezes até dorme, cochila naquele banco mesmo. Não deve ser muito confortável. — O homem coça atrás da orelha. — Mas na maior parte do tempo só fica sentado.

— Faz quanto tempo que ele vem?

O vendedor franze o cenho.

— Acho que um mês. Talvez um pouco mais.

Faz quase oito semanas que os dois voltaram de Xangai e seis desde que a fotografia de Yuliang e Zhou Enlai foi publicada.

— Tem certeza de que é o mesmo homem? — quer saber, abalada, embora já saiba a resposta.

— Claro que sim. No início eu até achei que era um pedinte. Mas ele se veste muito bem, usa até bengala. Além disso, paga pelo chá e parece ter algum dinheiro de sobra. — Fitou-a. — Por quê? A senhora o conhece?

Como poderia responder a uma pergunta dessas? *Conheço*, imagina-se dizendo. *Ele é o meu marido, o meu salvador. A minha consciência. Devo a ele tudo o que tenho.*

Por outro lado, como poderia fingir que o conhece, sabendo o que sabe neste momento? Vem dormindo ao lado deste homem nas últimas oito semanas. Acalenta-o na maioria das noites, na contínua esperança de engravidar. Aconchega-se na barriga e nos braços macios dele para dormir. De manhã, organiza os formulários da aduana e os papéis de trabalho que ele sempre deixa espalhados pelo quarto. Por descuido; ou assim pensava ela. Porém, é evidente que tudo não passa de uma farsa. Os documentos são um disfarce: ou ele perdeu o emprego ou está envergonhado demais para aparecer por lá.

— Por que não compra um chá para ele? — sugere o vendedor, amavelmente. — Tenho certeza de que ele vai gostar de ter um pouco de companhia.

— Por que diz isso?

O homem dá de ombros.

— Ele está sempre sozinho. Até a senhora chegar, eu achava que não conhecia ninguém.

Yuliang fita o vendedor e, em seguida, o marido.

— Faça um favor para mim. Não conte para esse homem que fiz perguntas sobre ele.

— Eu teria que receber algo em troca desse esforço. — Aturdida, ela devolve o troco e o chá, cujo sabor, de súbito, a desagrada. — Meus lábios estão selados. — Ele diz, e mergulha o caneco dela em uma lata de água amarelada, supostamente para lavá-lo.

Yuliang dá as costas, preparando-se para bater em retirada pelo mesmo caminho por que veio. Após alguns passos, no entanto, para. O que de fato quer é ir até Pan Zanhua, abraçá-lo e apoiar a cabeça no seu ombro. Sabe, porém, que isso seria um desastre. Pegá-lo mentindo — a única mentira contada por ele (e a pintora estremece, pois definitivamente não pode dizer o mesmo) — tiraria do marido o último resquício de orgulho.

Então, obriga-se a tomar o sentido oeste de novo, em direção a Zhongshan Road e a casa. Já são 11 horas — ela vai perder a reunião. No entanto, aquilo já não importa. Nada faz diferença, a não ser ir ao lugar em que tem quase certeza de que não verá o marido antes do anoitecer.

AO CHEGAR A CASA UM POUCO DEPOIS, Yuliang pega a correspondência e sobe devagar, examinando-a. A dois degraus de seu andar, para, segurando uma carta delgada, com o selo e o endereço do remetente em Paris. Curiosa, abre o selo e lê uma vez, depois mais outra. Em seguida, contempla a parede.

Apesar da objeção de Yuliang, Guanyin pendurou um insípido rolo de pintura com riacho e carpas, feito por alguma artista de *guohua* de terceira categoria, conhecida da família dela. Neste momento, contudo, a segunda esposa o contempla, em meio aos sons prosaicos da casa: o *toc-toc* do cutelo do cozinheiro, a voz da primeira esposa dando bronca na empregada, o chamado triste de um vendedor de milho que passa.

— *Xiao taitai!* — Ouve Yuliang, dentro em pouco. — Você está aí?

Ela hesita; mas não responde. Desgrudando os olhos do rolo, guarda a carta. Em seguida, termina de subir a escada.

Quarenta e três

LOGO DEPOIS, ABRE A PORTA do estúdio pela primeira vez após dois meses. Entra no pequeno espaço com a estranha sensação de ingressar em uma casa na qual viveu e vendeu depois. Sem a desordem e o eterno cheiro de solvente, parece simplesmente um quarto reserva. Por algum motivo, porém, a vacuidade transmite uma atmosfera agourenta. O cavalete lembra um esqueleto de madeira longo e esguio. A moleta de vidro e o triturador de tinta parecem mais armas em potencial que instrumentos de pintura.

Yuliang vai até o banco desmontável. Senta-se, fitando o mesmo horizonte que o marido contemplava no parque: a Montanha Púrpura, com as encostas mais baixas luzindo em tons de verde-jade e marrom-claro, o novo observatório brilhando sob a luz solar. É uma cena que ela esboçou desinteressadamente milhares de vezes no passado. Neste momento, porém, outra imagem lhe vem à mente: o marido sentado ao lago, com um monte de guimbas de cigarro perto de si.

Depois de acender o primeiro cigarro após quase dois meses, Yuliang exala profundamente, apreciando a vista e a sensação da fumaça, saindo de seus pulmões. Tenta entender o que acabou de testemunhar e como pôde deixar de notar o que estava bem diante de si mesma. Afinal de contas, Pan Zanhua notou, com certeza, que a esposa parara de trabalhar e, pelo menos uma vez, conversara a respeito da carreira dela, por um longo tempo. Mostrou-se satisfeito com seus objetivos, mas intrigado com seus métodos. "Acha mesmo que devia parar *totalmente* de pintar?", perguntou. "Não poderia simplesmente pintar coisas consideradas... bom, mais aceitáveis?" Yuliang não teve coragem de dizer-lhe que fazer quadros mais "aceitáveis" seria muito pior do que não pintar.

Ele, por sua vez, afora aquela ida ao parque de Wuhu, nunca perdera um dia de trabalho — ao menos, não no período inicial do relacionamento dos dois. "Posso estar doente", dizia, quando ela lhe pedia que ficasse e dormisse para melhorar de um resfriado ou de uma ressaca, "mas o país está muito mais enfermo do que eu." É verdade que o marido ficava em casa em Nanquim com mais frequência. Porém, Yuliang nunca questionava muito aquelas faltas, nem lhes dava importância. Simplesmente supunha que o comparecimento na agitada alta administração fosse mais flexível que em Wuhu. Além disso, gostava daquela carga horária mais leve por lhe dar mais oportunidade de ficar com ele, queixando-se da academia e das fofocas. Nesses dias, Pan Zanhua a acompanhava até as salas de aula, caminhando pelo campus com ela, discutindo os programas das matérias que daria e os alunos.

No entanto, sentada diante do cavalete vazio, Yuliang percebe, de súbito, que apesar de todo o tempo que passaram juntos, de todas as promessas de honestidade e sacrifício, sua vida a dois difere do que eles fingem ser. Ambos vêm mentindo. E, no fim das contas, a vida dele está tão arruinada quanto a dela.

Yuliang fica algum tempo ali, sentada, algumas cinzas caindo suavemente do cigarro. Só o calor da ponta próximo ao seu dedo tira-a do devaneio; pestanejando, apaga o cigarro. Pega o espelho de mão que usa para esboçar seus autorretratos, ajeita os cabelos e tira uma erva de tabaco que grudou no dente da frente. Após hesitar por um momento, retira da bolsa o batom Elizabeth Arden. Ao abri-lo, tem a estranha impressão de que é a primeira cor de verdade que vê desde as paredes brancas da galeria. Ao passar o batom, a Garota do Espelho faz um beicinho zombeteiro.

— Bem-vinda de volta — diz Yuliang. — Senti sua falta.

E, após um rápido aceno, sai do estúdio.

Quarenta e quatro

NAQUELA NOITE, YULIANG passa várias horas no estúdio. Não pintando, mas avaliando o material. Examina os cadernos de desenho e as telas antigas ou inacabadas que deixou encostadas na parede, o verso das molduras encarando o observador. Folheia a pilha de críticas de suas exposições na China, de sua participação no Salon d'Automne, de seu livro de gravuras, publicado em Xangai. Relê um punhado de artigos biográficos, escritos no auge de sua popularidade, quando aparentemente toda a China queria conhecer sua história.

Olha um pequeno álbum fotográfico e observa sua própria imagem evoluir por meio das lentes banais da câmera. Aqui, noiva adolescente, posando séria com Pan Zanhua e Meng Qihua. Ali, tensa e ansiosa na frente da Academia de Arte de Xangai, no primeiro dia de aula. Em uma delas, ligeiramente enjoada no navio *Canadian Queen*; na outra, no Boulevard de Clichy, um rosto, dentre um grupo de estudantes de belas-artes durante um brinde, que não sorria ante a perspectiva do final do semestre. Há uma foto tirada em Roma, de Yuliang no ateliê de escultura e outra da exposição na Sociedade do Silêncio.

A última fotografia foi tirada pouco mais de quatro meses atrás, com 16 universitários, alunos de Yuliang. Ela está no meio do grupo, com a modelo da classe ao lado. A moça posava em nu frontal, tão delgada e pálida quanto uma fatia de reflexo lunar. Os seios pequenos e eretos foram captados despudoradamente pela câmera. A única parte de seu corpo que não dá para ver é o rosto, que ela virou, evitando o olhar da lente.

Analisando a foto, Yuliang não consegue evitar pensar na dupla estranha que formam: ela no terninho sob medida, de lenço parisiense cruzado de forma elegante no pescoço, e a modelo ao seu lado uma sombra nua e sem face. Se alguém lhe houvesse dito vinte anos atrás que ela seria a mulher vestida — a instruída, a pintora famosa, a professora universitária —, teria simplesmente chamado a pessoa de louca. Porém, ao contornar com os dedos a borda da fotografia, uma voz há muito esquecida surge em sua mente como em um sonho. "Está vendo só?", diz o tio. "Você é muito inteligente. Pode se tornar o que quiser. Poetisa. Professora." Estranhamente, a lembrança chega sem o costumeiro calafrio que sempre acompanha os pensamentos a respeito do *jiujiu*. Será que realmente o perdoou?

Vai recolocando as fotos quando vê algo mais: uma lata de biscoitos francesa, empoeirada, com a tinta vermelha carcomida pela ferrugem. Após forçar um pouco a tampa manchada, consegue abri-la. Tamanho é o amontoado de papéis que alguns pulam para fora; é então que Yuliang se lembra do que se trata: cartas de Pan Zanhua, enviadas quando ela estava na Europa. Deve haver mais de duzentas — o suficiente para um pequeno livro.

Ajoelhando-se no chão, apoia uma carta no joelho e a desamassa. "Minha querida Yuliang", lê. "Não faz nem uma semana que você deixou a nossa terra. Acho que não é muito, se formos considerar a duração de uma vida. Mas a sensação que tenho é de que já parece uma pequena eternidade..."

Ela sente um nó na garganta. Recorda-se desta carta: foi a primeira que recebeu após se instalar em Lyon. Havia chegado antes dela mesma na Secretaria de Intercâmbio. Leu-a e releu-a dúzias de vezes durante aqueles primeiros dias. A mera visão da letra bonita mas ágil era um alívio imediato em meio à grande quantidade de comidas, sons e rostos estrangeiros...

A pintora permanece ali por um longo tempo, a antiga tristeza desanimando-a. É apenas quando vê no relógio da mesa de pintura que já são quase 11 horas que guarda a carta na lata. Indo até a bolsa, pega outro envelope — o da

França, que recebeu mais cedo, hoje. Relê o conteúdo, a boca formando em silêncio as palavras em francês, do qual, a seu ver, já se esqueceu de metade.

> *Prezada Madame Pan:*
>
> *Espero que esteja bem. Queria informar-lhe que eu e meu amigo finalmente abriremos a galeria sobre a qual nós conversamos. Situada na Rue Ste.-Anne, apresentará obras modernas de artistas da China, da Indochina e do Japão. Nós gostaríamos muito de expor sua obra no vernissage e, evidentemente, arcaríamos com os custos de viagem e transporte dos quadros. Caso seja de seu interesse, envie um telegrama de confirmação o mais breve possível.*

Atrás da carta há um outro envelope, rígido, com odor de tinta fresca. Ela já sabe qual é seu conteúdo, pois ela mesma o comprou: uma passagem só de ida para Marselha. O navio parte em menos de dois meses.

UM POUCO ANTES DA MEIA-NOITE, Yuliang ouve a porta batendo no andar de baixo. Após breves ruídos na cozinha, escuta as pisadas contidas de Pan Zanhua na escada rangente. Imagina o marido passando primeiro pelo quarto vago de Weiyi e depois pelo de Guanyin antes de chegar ao dela. As passadas param do outro lado do batente e a pintora contém a respiração. Mas Zanhua não bate à porta de sua concubina. Fica ali em silêncio, de pé por um momento, depois se dirige ao quarto que fica perto do ateliê dela — o dele.

Quando Yuliang ouve a porta fechar, suas entranhas revolvem, com uma sensação não muito diferente de pesar. Continua a senti-lo ao ir, na ponta dos pés, ao seu quarto, lavar o rosto na bacia e usar a diminuta latrina. E o mal-estar perdura, uma serpentina gelada no meio de sua barriga, até mesmo quando ela se deita.

Evidentemente, Yuliang perde o sono de novo, e nem mesmo a leitura reconfortante de Li Qingzhao ajuda. Levantando-se, por fim, vai até o armário e olha-se no espelho. E ali não se depara com a Garota do Espelho, mas com alguém que mal reconhece: uma aparição de meia-idade, com olhos enrugados e cheios de olheiras, por falta de sono. Os cabelos estão emaranhados e desalinhados. Parece à pintora inútil pegar a escova; em vez disso, vira-se e sai, sem fazer barulho, do quarto.

Atravessa o corredor em silêncio e vai até a porta de Pan Zanhua. Aguarda alguns instantes e, então, entra. A cada passo que dá no assoalho encerado, espera que o marido acorde e a veja. No entanto, ele continua a dormir profundamente. Está deitado de barriga para cima, com uma das mãos descansando próximo à cabeceira da cama, a outra apoiada em seu lugar favorito, em sua bochecha. Seu rosto, à penumbra, parece muito mais sereno do que Yuliang se lembra de haver visto nas últimas semanas. Ele precisa cortar os cabelos — uma mecha longa demais sobressai, uma pincelada negra contrastando com a região pálida de sua fronte. Yuliang estende a mão e a ajeita.

Assim que se deita ao lado de Pan Zanhua, ele balbucia algo mas não se move. Com cuidado, ela posiciona a cabeça diante dos marcos de tom perolado da janela: quer ser a primeira imagem que ele vai ver ao acordar. Sussurra seu nome:

— Zanhua. — E repete: — Zanhua.

As pálpebras do marido tremulam. Quando ele tenta se sentar, ela faz pressão para que ele permaneça deitado, prendendo com suavidade os braços dele com os seus. Yuliang percorre seu corpo devagar, ainda segurando suas mãos, obrigando-o a manter-se submisso até sentir que ele está pronto. Assim que volta para cima, beija-o de novo, acariciando com os lábios os traços que passou a conhecer melhor do que os seus próprios: olhos e cílios curvados, nariz, maçã do rosto, têmpora pulsante, a reentrância suave que marca a divisão da clavícula. Quando ela torna a descer devagar, Pan Zanhua deixa escapar um leve gemido e a abraça. Em seguida, puxa-a para o alto e os dedos longilíneos movem-se primeiro para se libertar e, depois, para encontrá-la, para achar o caminho de entrada.

Porém, esta noite, Yuliang recusa-se a seguir o padrão corriqueiro de consumação impensada e eficaz. Pressiona as pernas contra o corpo dele, circundando-o. Quando por fim abre-se para o marido, prolonga cada segundo, forçando-o, com um sussurro ou um aperto mudo e contundente, a ir mais devagar ou até a parar, de forma que, no final, os dois mal se movem.

Fitando os olhos lânguidos de sono do marido, Yuliang tenta transmitir tudo o que sente para ele: o que descobriu hoje, os temores. Os inúmeros remorsos. As decepções. A dívida impagável e indefinível. *Eu não escolhi ser assim*, quer dizer-lhe. *Tentei mudar, mas não consegui*. Perscruta a face dele, em busca de algum indício de compreensão enquanto movimentam-se com suavidade, juntos.

Dessa escassa movimentação — simplesmente o movimento simultâneo da respiração dos dois —, Yuliang vai guiando ambos para um ritmo quase frenético. E, então, o arroubo que percorre seu corpo é mais profundo do que tudo que já sentiu antes, quase doloroso. Dá a impressão de percorrer não apenas seu corpo como também todo o seu ser, erguendo-a bem acima do marido, para então trazê-la de volta à terra.

Não obstante, deitada sobre ele depois, com o peito úmido e suave do marido sob o seu e o próprio corpo dolorido, vazio e ansioso, Yuliang ainda se sente estranhamente só. Quase como se — apesar do hálito quente e familiar dele e da pressão firme de seus membros — já estivesse a quilômetros de distância.

Parte IX

O TERRITÓRIO

Outra palavra para criatividade é coragem.

— HENRI MATISSE

Quarenta e cinco

Uma semana após o ano-novo ocidental de 1937, madame Pan Yuliang acha-se com o marido no píer da companhia de navios a vapor Canadian Maritime. Uma sampana foi escolhida e inspecionada; além disso, já pechincharam o preço, pagando apenas dois terços da oferta inicial. O barqueiro castigado pelo clima, ansioso para fazer o percurso e voltar para pegar algum passageiro atrasado, está ocupado colocando as duas malas, a bolsa de viagem de tecido e dois portfólios — todo o trabalho dela que restou — na popa quadrada da embarcação. A própria Yuliang leva o estojo de pintura e a bolsa.

— Está com os documentos? — pergunta Pan Zanhua.

— Você já me perguntou isso quatro vezes.

— Talvez porque fico torcendo para que os tenha esquecido. — Ele sorri sem entusiasmo.

A esposa retribui o sorriso, embora por um instante tenha a sensação de que seu coração já a abandonara.

Ao longo da última semana os dois mal mencionaram a desagradável e iminente perspectiva de sua partida. Em vez disso, gastaram toda a indenização recebida pela exposição desastrosa. Viveram como se a vida começasse e terminasse em Xangai, indo comer fora quase todas as refeições, conferindo os estabelecimentos da cidade, desde os franceses aos *pubs* ingleses, bem como o famoso restaurante à moda de Yangzhou, situado em Nanjing Road.

Compraram sapatos e meias na Wing On, chapéus na Grigorieff & Co., roupa íntima na China Tai Underwear Co. Yuliang encomendou quatro vestidos novos de Madame Muriel, na Avenue Joffre. Os dois tomaram chá no Cathay, vinho no Palais e gim no Vienna Ballroom. Em um impulso, resolveram juntar-se ao próspero público da Reunião de Corrida do Ano-Novo, realizada anualmente, no elegante hipódromo de Xangai. Yuliang nunca tinha assistido a uma corrida antes, mas acabou se empolgando bastante, cativada não apenas pelos pôneis mongóis (com os quais Xu Beihong, quando jovem, desenvolveu a habilidade de desenhar cavalos) como também pelas mulheres de chapéus enfeitados com naturezas-mortas em movimento: flores de seda e frutas falsas, pássaros e laços. Comemoraram e gritaram entusiasmados quando o cavalo escolhido por Pan Zanhua como segundo colocado cruzou a linha de chegada na posição prevista.

Até mesmo ao fazer amor há um clima de abandono frenético, mais uma forma de ambos postergarem o momento da despedida. Em sua última noite, enquanto estavam deitados e ofegantes, os corpos brilhantes de suor e fluidos um do outro, não houve qualquer menção da terrível separação que ocorreria dali a algumas horas. Pan Zanhua apenas deu um beijo na testa de Yuliang, como sempre fazia antes de ir dormir. Em seguida, abraçou-a e fechou os olhos. Já ela ficou acordada quase até o amanhecer. Mas não se moveu, tomando todo cuidado para não o acordar.

Parados ali agora, prestes a enfrentar a maior separação dos dois até então, pareceu a Yuliang surreal que os dois estivessem vivendo em uma atmosfera tão vazia. *Mas*, lembra ela a si mesma, *estamos em Xangai*. Toda a cidade, ultimamente, aparenta viver em negação do que ocorre, em um estado de torpor hedonista. A guerra se mostra cada vez mais inevitável com o passar do tempo. Os aviões dos nacionalistas sobrevoam a cidade, as tropas japonesas marcham com arrogância e impunidade por Hongkou, ocupando as fronteiras setentrionais da China, combatendo em escaramuça por enquanto, mas tramando "incidentes" que lhes servirão de desculpa para invadir com força total. A reação dos habitantes de Xangai, no entanto, é pedir outra rodada. As bebidas são consumidas com mais rapidez, as saias encurtam, as madrugadas e os bailes prolongam-se; os casais dançam cada vez mais colados, a ousadia aumentando dia após dia. Até mesmo neste momento, recuperando-se da ressaca — algo que só voltará a ter, no mínimo, daqui a um mês —, Yuliang vê, entre a grande quantidade de navios a vapor, sampanas, juncos e cargueiros, a *Hi no Maru* e seus raios esvoaçando contra o horizonte, em dois contratorpedeiros. Os navios de guerra japoneses acham-se muito além da zona de "navegação proibida" da Liga das Nações, a presença tão contundente quanto dois dentes de aço.

— A gente tem de ir agora, madame — avisa o barqueiro com rispidez, ajeitando o remo na popa do barco. O *Duchess of York* está aportado com imponência a certa distância, no rio Huangpu. A balaustrada do convés já se encontra cheia de gente do tamanho de bonecas, acenando, gritando, carregando câmeras, lançando alimentos e dinheiro para a multidão onipresente de pedintes abaixo. O navio sairá daí a menos de meia hora, e o imenso alto-falante na coberta superior já deu seu penúltimo aviso. No píer, outros passageiros, que chegam na última hora, concluem as negociações com os condutores de sampanas e dão um último abraço em seus entes queridos. — Melhor se apressar, madame — insta o barqueiro, mais uma vez.

— Já vou.

— Melhor ir logo *mesmo* — diz Pan Zanhua —, ou os documentos não farão diferença.

Protegendo os olhos com a mão, ele contempla o navio, que atracará em Saigon, Cingapura e Colombo. Contornará o grande Chifre da África, passará pelas águas cor de cobalto e os recifes de coral de Djibuti e avançará lentamente pelo canal de Suez até Port Said, antes de chegar ao destino final: Marselha. É a terceira vez que Yuliang faz esta mesma viagem; já fez desenhos, do convés, das cidades portuárias pelas quais o navio passa. De súbito, o aspecto daquelas aglomerações urbanas se esvai de sua mente, vindo-lhe apenas a cidade condenada e adorada além do porto — isso e a face triste do marido.

Por um momento, ela sente-se tentada a voltar atrás e desistir da decisão tomada. *Mudei de ideia*, imagina-se dizendo. Em vez disso, pega a mão de Pan Zanhua.

— Tenho um desafio para você.

Ele dá um sorriso débil.

— Está bem. Quais são as pistas?

— Primavera. Esquife. Enorme peso.

Pan Zanhua cerra os olhos e move os lábios em silêncio. Em seguida, volta a abri-los.

Dizem que em Twin Brooks a primavera continua bela
Quisera eu conduzir meu próprio barco até lá.
Mas temo que a jornada do pequeno esquife rumo à região
Não aguentaria o enorme peso de minha mágoa.

Sua voz falha na última palavra. Contraindo o maxilar, ele desvia o olhar.

Ficando na ponta dos pés, Yuliang o abraça, apoiando os braços em seus ombros.

— *Eu* é que temo — sussurra ela, abalada. — Não devia deixar você nessas condições. Não agora.

— Você fala como se houvesse um momento em que *devesse* partir. — Abraça-a também. A bengala ridícula espeta-a no ombro.

— É que... Não confio neles para proteger você.

— Quem?

— Você sabe quem. — Seus olhos lacrimejam, talvez por causa do vento. Yuliang enxuga as lágrimas, com raiva. Na última semana as notícias giraram em torno de sequestros e libertações, espiões japoneses, planos de contingência, negociações nos bastidores. Uma nova aliança entre o KMT e o PCCh foi estabelecida; alguns afirmavam que por Zhou Enlai em pessoa, o que explicaria a recente acolhida positiva de Pan Zanhua no trabalho (embora sem dúvida a partida de sua concubina propensa a escândalos devesse ter ajudado). Porém, Yuliang ainda não confia neles, em nenhum deles. — Tenho a sensação de estar jogando você na cova dos leões.

— Então fique e me proteja. — Ele tenta, mais uma vez, sorrir. — Não conheço ninguém mais qualificado para negociar com os leões.

— Mentira. — Ela enxuga os olhos com a manga, rindo. — Se eu fosse corajosa, não estaria indo embora.

— Por que não? Todo mundo tem que tirar férias da luta contra os leões.

Não se trata apenas de férias, quer dizer ela. Porém, não o faz. Segue a regra tácita que existe entre os dois e não expõe os aspectos mais dolorosos.

— Yuliang. Sério. Você ainda pode ficar. A situação aqui está prestes a mudar. Posso sentir.

Enquanto acaricia o rosto dele, ela sabe que ele fala sério e que, apesar de toda a amargura, Zanhua mantém a fé irredutível no país tão forte como nunca. Mesmo se Guanyin e Weiyi não fizessem parte de sua vida, nunca agiria como Yuliang: jamais abandonaria a nação.

— Então, faça parte da mudança — aconselha Yuliang a Pan Zanhua. — Procure os seus amigos, junte-se a eles. Não se preocupe com o que as pessoas vão pensar de você.

O marido contrai os lábios.

— É mais difícil para uns que para outros.

A buzina do *Duchess of York* ressoa: a última chamada.

— Madame! — queixa-se o barqueiro. — Olhe, se a senhora não vai subir, então pegue as suas malas, porque tenho mais o que fazer.

Ela respira fundo e fica na ponta dos pés de novo. Dá dois últimos beijinhos, um em cada bochecha do marido, em meio à forte brisa.

Porém, quando Yuliang começa a se afastar, ele a agarra de novo. Segurando a cabeça dela com força, Pan Zanhua a beija com ímpeto, chegando a machucá-la. A esposa, porém, não se afasta. E, quando ele a solta, ela tem a sensação de que está caindo de uma certa altura.

— Vou... vou ficar no convés durante a partida do navio — ela murmura. Senta-se, rígida, e, após dar um último adeus, entorpecida, vira-se, achando que, se se voltar uma vez sequer, sua determinação irá por água abaixo.

Mas, quando o condutor da sampana começa a remar, ela ouve o marido chamá-la mais uma vez.

— Yuliang, Yuliang! Espere! Eu me esqueci de dar isto para você... — A esposa vira-se. O marido mostra algo, pequeno demais para que a esposa o veja. — Vou jogar — ele grita, dada a distância já considerável.

— Não, espere...

Tarde demais. Pan Zanhua estica o braço e lança o objeto, que, após formar um arco sobre as águas de tom acinzentado, ricocheteia na borda da embarcação. Por alguns instantes aflitos, ela acha que vai cair no rio, mas o objeto acaba tombando e rodopiando na parte interna molhada, próximo aos seus pés.

Ela inclina-se para pegá-lo. Depois de limpá-lo na calça, ergue-o, sem conseguir acreditar: é o javali de jade, que perdeu na última viagem.

— Estava no hotel — grita o marido. — Encontraram debaixo de uma das camas. — Ele grita algo mais, porém o ruído do remo impede-a de escutar.

— O quê? — ela brada, a voz falhando em virtude do esforço.

Pan Zanhua balança a cabeça e respira fundo. Então, circunda a boca com suas mãos de intelectual. E, dessa vez, ela consegue discernir as palavras, embora com dificuldade.

— *É para dar sorte.*

Yuliang assente, segurando o pequeno amuleto com tanta força que os nós de seus dedos ficam brancos.

Yuliang não desgruda os olhos do marido quando os ruídos do navio a vapor os sobrepujam: os gritos de adeus e a derradeira e sombria buzina. Observa-o enquanto os sons europeus espalham-se no Huangpu, as malas são embarcadas e o condutor da sampana se afasta. Contempla-o até o alto-falante do navio anunciar a hora e o recepcionista, que aguarda, inclinar-se e perguntar-lhe, no francês estranhamente monótono da América do Norte:

— *Venez-vous à bord, mademoiselle?*

Yuliang vira-se e fita-o.

— *C'est madame* — sussurra.

— *Pardon.* — E, em seguida, pergunta em chinês: — A senhora vai embarcar?

A pintora fita o pequeno javali. Ele retribui o olhar com os olhos verdes, tão pétreos e teimosos como nunca. Ela o aperta uma última vez e o coloca no bolso.

Epílogo

Em 13 de julho de 1937, os japoneses atacaram Xangai pela segunda vez, iniciando uma batalha dura e sangrenta que, graças à determinação e à perseverança tanto das tropas chinesas quanto da própria população intrépida da cidade, durou mais de três meses (e deixou dezenas de milhares de vítimas) antes de Xangai ser tomada. Já em dezembro de 1937, o Japão ocupara Nanquim, principiando uma orgia de seis semanas de estupros, saques e carnificinas que custou a vida de meio milhão de pessoas. Chiang Kai-shek e seu governo nacionalista fugiram para o interior, indo instalar-se em Chongqing, onde estabeleceram uma aliança débil com o Partido Comunista Chinês. A trégua foi suspensa com a rendição do Japão, em 1945, lançando a China em uma guerra civil cruel, que duraria mais quatro anos.

Em dezembro de 1949, o último baluarte nacionalista, Chengdu, caiu, e a administração de Chiang Kai-shek fugiu de novo, dessa vez para Taiwan. Após a proclamação da República Popular da China, em outubro de 1949, o governo comunista nomeou o realismo socialista o estilo artístico ideal do novo país. Concebido especialmente contra os movimentos ocidentais de cunho mais romanesco, esse estilo concentrava-se nas realidades hediondas da vida moderna, sobretudo na situação ruim dos desprivilegiados. Os nus artísticos tradicionais foram desencorajados de forma categórica.

Alguns dos colegas de Yuliang tentaram se adaptar à nova estética. Xu Beihong tornou-se presidente da Central Academy of Fine Arts e, como tal, abriu caminho para a tentativa de se combinar o realismo com a pintura tradicional; porém, morreu de acidente vascular cerebral em 1953. Após a liberação, a Academia de Arte de Xangai, de Liu Haisu, juntou-se a duas outras escolas, formando o East China College of Art, em Nanquim. O próprio Haisu pintou intensamente nos anos 1950 e 1960, diminuindo o ritmo temporariamente após ser declarado inimigo da Revolução Cultural e confinado a prisão domiciliar. Faleceu em 1994, dedicando-se de forma incansável à pintura até o final.

Pan Zanhua faleceu em 1959.

Pan Yuliang nunca mais voltou à China. Na década posterior ao seu autoexílio, apresentou-se no Salão, na 53ª Exposição de Arte Nacional da França, no Salon des Independents e no 51° Salon Art Show. Em 1945, ganhou o primeiro prêmio ao participar do Salon des Independents e, em 1958, expôs outra vez ali. Neste mesmo ano, apresentou-se no Museu de Arte Moderna de Paris. Pouco inclinada a mudar seu estilo de pintura ou a superar sua aversão a marchands, ela nunca se tornou mais do que modestamente bem-sucedida na esfera comercial e, de acordo com a maior parte das informações, passou os últimos dias vivendo na pobreza, enferma. No entanto, nunca deixou de se orgulhar de sua nacionalidade, optando por manter a cidadania chinesa até a morte, em 1977. Foi enterrada no Cimetière du Montparnasse, em Paris, com a tradicional vestimenta chinesa.

O impressionante legado de Pan Yuliang inclui mais de 4 mil obras de arte, entre elas esculturas, esboços, pinturas a óleo e aquarelas. Muitas podem ser encontradas na província em que nasceu, Anhui, no museu homônimo. Como seria de esperar, também provocou controvérsia: em 1993, uma exposição de seu trabalho em Pequim causou tanta preocupação que diversos de seus nus artísticos foram retirados.

Bibliografia selecionada

Ayscough, Florence. *Chinese Women: Yesterday and Today*. Nova York: Da Capo, 1975.

Baum, Vicki. *Shanghai, '37*. Nova York: Oxford University Press, 1987.

Birnbaum, Phyllis. *Glory in a Line: A Life of Foujita: The Artist Caught Between East and West*. Nova York: Faber and Faber, 2006.

Brassaï. *The Secret Paris of the 30's*. Trad. de Richard Miller. Nova York: Pantheon, 1976.

Brettell, Richard. *Modern Art, 1851-1929*. Londres: Oxford University Press, 1999.

Chang, Iris. *The Rape of Nanking: The Forgotten Holocaust of World War II*. Nova York: Penguin, 1997.

Clark, David, et al. *Shanghai Modern: 1919-1945*. Ostfildern, Alemanha: Hadje Cantz, 2005.

Dong, Stella. *Shanghai: The Rise and Fall of a Decadent City*. Nova York: Harper Perennial, 2000.

Dunand, Frank (org.). *The Pavilion of Marital Harmony: Chinese Painting and Calligraphy Between Tradition and Modernity*. Chicago: Art Media Resources, 2002.

Evans, Richard. *Deng Xiaoping and the Making of Modern China*. Ed. rev. Nova York: Penguin, 1997.

Gronewald, Sue. *Beautiful Merchandise: Prostitution in China, 1850-1936*. Nova York: Harrington Park, 1985.

Hamilton, William Stenhouse. *Notes from Old Nanking, 1947-1949*. Camberra: Pandanus, 2004.

Hansen, Arlen J. *Expatriate Paris: A Cultural and Literary Guide to Paris of the 1920s* Nova York: Arcade, 1991.

Henri, Robert. *The Art Spirit*. Boulder, Colorado: Westwiew, 1984.

Hershatter, Gail. *Dangerous Pleasures: Prostitution and Modernity in Twentieth-Century Shanghai*. Berkeley: University of California Press, 1997.

Ho, Lucy Chao. *"More Gracile Than Yellow Flowers": The Life and Works of Li Ching-chao*. Hong Kong: Mayfair, 1968.

Huddleston, Sisley. *In and About Paris*. Londres: Methuen, 1927.

Levine, Marilyn A. *The Found Generation: Chinese Communists in Europe During the Twenties*. Seattle: University of Washington Press, 1993.

Liao, Jingwen e Ching-wen Liao. *Xu Beihong: Life of a Master Painter*. Trad. de Zhang Peiji. São Francisco: China Books and Periodicals, 1987.

Lu, Hsun. *Selected Stories of Lu Hsun*. Trad. de Yang Hsien-yi e Gladys Yang. Nova York: W. W. Norton, 2003.

Lucas, E. V. *A Wanderer in Paris*. Londres: Methuen, 1909.

Mason, Caroline Atwater. *The Spell of France*. Boston: L. C. Page, 1912.

Rose, June e Suzanne Valadon. *Suzanne Valadon: The Mistress of Montmartre*. Nova York: St. Martin's, 1999.

Shinan. *Huahun (Painter's Spirit: The Biography of Pan Yuliang)*. Xangai: Wenhui News/ Wu Wenhuan, 1983.

Spence, Jonathan D. *Em busca da China moderna*. Companhia das Letras, 1996.

Stein, Gertrude. *Paris, França*. José Olympio, 2003.

Sullivan, Michael. *Art and Artists of Twentieth-Century China*. Berkeley: University of California Press, 1996.

Wakeman, Frederick. *The Fall of Imperial China*. Nova York: Free Press, 1975.

Wang, Ping. *Aching for Beauty: Footbinding in China*. Nova York: Anchor, 2002.

Wheeler, K. W. e V. L. Lussier (orgs.). *Women, the Arts, and the 1920s in Paris and New York*. Nova York: Transaction, 1982.

Yang, Benjamin. *Deng: A Political Biography*. Armonk, N. Y.: M. E. Sharpe, 1998.

Ye, Zhaoyan. *Nanjing 1937: A Love Story*. Trad. de Michael Berry. Nova York: Columbia University Press, 2002.

Agradecimentos

Este foi um projeto de longo prazo fascinante e talvez até ambicioso demais. Se consegui ser bem-sucedida, devo-o em grande parte às pessoas que me ajudaram e incentivaram ao longo do caminho, entre as quais se incluem (embora certamente não se restrinjam a): Alan Ziegler e a Columbia School of the Arts Writing Division, que me apoiaram, encorajaram e compreenderam as limitações de tempo e de orçamento de uma mãe escritora; Helen Schulman, que me ajudou a encontrar o percurso desde cedo; Binnie Kirshenbaum e Mary Gordon, que exerceram pressão e me mantiveram caminhando. Jeesoon Hong, Kailin Huang, Yeewan Koon e Wei Zhong auxiliaram-me nas pesquisas, traduções e revisões essenciais em chinês, e Andrea LaFleur, Denis Bonnet e Hillary Jordan ajudaram-me igualmente com o francês. Tim Brewer e Erica Hope Charpentier aguentaram minhas incursões precárias no mundo da pintura a óleo. Sou muito grata a Kuiyi Shen, da Universidade da Califórnia, San Diego, curadora da exposição na qual entrei em contato pela primeira vez com a obra de Pan Yuliang. Borhua Wang, do Pratt Institute, também me transmitiu sua visão a respeito do trabalho de Yuliang, e Madeleine Zelin, do Departamento de Lingua e Cultura do Leste Asiático, da Universidade de Columbia, indicou-me leituras, trabalhos e outros consultores. Suzette Cody perambulou incansavelmente por Cingapura, em busca de quadros de Pan Yuliang; Tom Cody percorreu as ruelas de Xangai em busca de pistas sobre sua vida e influências em sua formação. Liang Luo, da Universidade de Michigan, Antonia Finnane, da Universidade de Melbourne, e Anik Fournier, do Museum of Contemporary Art de Montreal, foram todos generosos no compartilhamento de pesquisas, imagens e ideias. Agradeço muito à Student Art League, de Nova York — sobretudo Frank Mason e seus talentosos alunos —, por terem permitido minha intrusão em seu mundo, por um dia.

Vários colegas de aula e amigos amantes da literatura fizeram comentários a respeito deste romance, enquanto eu o escrevia. Sou especialmente grata a Alison Bogert, Halle Eaton, Michael Epstein, Joanna Hershon, Hillary Jordan, Amy Sirot, Ellen Umansky, Josh Weil e Michelle Wildgen, por terem dedicado parte de seu tempo a lê-lo, relê-lo e me aconselhar. Minha incrível agente, Elizabeth Sheinkman, incentivou-me corajosamente desde o início a levar adiante esta empreitada, e os editores Jill Bialosky, da Norton, e Mary Mount, da Viking United Kingdom, formaram uma dupla inigualável; foi um privilégio trabalhar com ambos. A revisora Liz Duvall fez incontáveis correções que foram cruciais. Além desses, também gostaria de agradecer aos que me ofereceram suas casas, seus escritórios e seus recantos tranquilos, já que meu próprio apartamento estava cheio de brinquedos, alegrias e birras: Marcy Lovitch, Susan Chaddick e Andrea Reiff foram especialmente generosas.

Para finalizar, meu marido, Michael, sobretudo, merece minha eterna gratidão (mesmo que nem sempre a aceite) por farejar uma boa ideia, lançar-me o desafio de levá-la adiante e dar-me total e heroico apoio, bem como opiniões sinceras, além de manter nossa sólida união enquanto eu o fazia. Você é o Cavalo de Fogo da minha alma. Minhas filhas, Katie e Hannah — Dragão e Macaco, respectivamente —, têm sido uma fonte infindável (e insone) de inspiração, alegria e admiração. Esta obra, tal como tudo, é para vocês.

A autora agradece as autorizações concedidas para citar trechos das seguintes obras:

Martin Bernal, *Chinese Socialism to 1907.* Copyright © 1975 by Martin Bernal. Published by Cornell University Press. Used with permission of the author.

Robert Henri, *The Art Spirit.* Copyright © 1923 by J. P. Lippincott Company. Copyright renewed 1951 by Violet Organ. Reprinted by permission of the Perseus Books Group.

Gail Hershatter, *Dangerous Pleasures: Prostitution and Modernity in Twentieth-Century Shangai.* Copyright © 1997 by the Regents of the University of California. Reprinted with permission of the University of California Press.

Ho Xuan Huong, "The Floating Cake" and "The Lustful Monk," translated by John Balaban, from *Spring Essence: The Poetry of Ho Xuan Huong.* Copyright © 2000 by John Balaban. Reprinted with the permission of Copper Canyon Press,

www.coppercanyonpress.org.

Li Po, "At Ching-Men Ferry," "Avoiding Farewll in a Chin-Ling Wineshop," "Drinking Alone Beneath the Moon: Part 3," and "Night Thoughts at Tung-Lin Monastery on Lu Mountain," translated by David Hinton, from *The Selected Poems of Li Po,* copyright© 1996 by David Hinton. Reprinted by permission of the New Directions Publishng Group Corp.

John Sloan, "The Gist of Art." Copyright © 1977. Reprinted by permission of Dover Publications, Inc.

Michael Sullivan, *Art and Artists of Twentieth-Century China.* Copyright © 1996 by Michael Sullivan. Reprinted by permission of the University of Californaia Press.

Este livro foi composto na tipologia FournierMT-Regular, em corpo 12/16, e impresso em papel off-white 80g/m² no Sistema Cameron da Divisão Gráfica da Distribuidora Record.